Die Invasion von Krateno

Zum dritten Mal begeben wir uns auf den verderbten Kontinent Krateno. Die Elfen, die in ihrer Not nie über die Grenzen ihres Landes hinausgedacht haben, treffen nun auf weitere Völker Godwanas. Eine Invasion hat begonnen. Doch nicht nur das dunkle Reich interessiert sich für diesen Kontinent, sonder auch eine andere, weitaus üblere Macht.

Weitere Informationen zu vorliegendem Werk und anderen Büchern um Godwana findest du unter: **www.lucian-caligo.de**

Über den Autor:
Lucian Caligo, 1985 in München geboren, gehört zu den neuen aufstrebenden Selfpublishern. Nach seiner Schulzeit stolperte er in eine Bauzeichnerlehre, von der er sich zur Krankenpflege weiterhangelte. Fantastische und vor allem düstere Geschichten zu ersinnen, war in dieser Zeit nicht mehr als eine heimliche Leidenschaft. Erst im November 2014 beschloss er all seine Bedenken, wegen seiner Legasthenie und tausend anderen Gründen, über Bord zu werfen und seine Werke zu veröffentlichen.

LUCIAN CALIGO

Die
Invasion
von
Krateno

Bibliografische Information der Deutschen Nationalbibliothek:
Die Deutsche Nationalbibliothek verzeichnet diese Publikation in der Deutschen Nationalbibliografie; detaillierte bibliografische Daten sind im Internet über http://dnb.dnb.de abrufbar.

© 2017 **Lucian Caligo**

Illustration: **Raimund Frey**
Lektorat: **Christina Reichel**

Herstellung und Verlag: BoD – Books on Demand, Norderstedt

ISBN: 978-3-7431-7869-4

*Für meinen Freund Flo,
einem der Erschaffer von Godwana*

Prolog

Der vergessene Kontinent, wird er genannt. Mythen umgeben ihn, wie dichter Nebel. Um seine Geheimnisse weiß allein die hohe Schule der Magie und die Magier halten sich bedeckt. Bisher galt es nicht als lohnend, ihn zu Besetzen, doch nun ist es anders. Das Kräfteverhältnis der Mächte in Godwana hat sich verschoben.

Krateno ist ein verderbtes Land voller vergiftetem Wasser und mutierten Wesen, die diesem entsteigen. Einst war dieser Kontinent das Zentrum des Elfenreiches. Jetzt ist von ihrer Kultur nicht mehr viel übrig. In den Ländereien des hellen und des dunklen Reiches leben sie als Bettler und Straßenräuber. Auf Krateno - so scheint es - haben sie nicht überlebt. Nur wenige Eingeweihte wissen es besser. Einige Elfen konnten sich auf dem unwirklichen Eiland behaupten. Sie haben das Überleben mit ihrer Kultur bezahlt.

Jetzt, da sich für sie alles zum Guten wenden soll, ziehen am Horizont dunkle Wolken herauf. Das dunkle Reich der Menschen hat beschlossen, seine alles an sich reißende Hand nach diesem Land auszustrecken.

I.

»Sie lauern, in den Gräsern, den Bäumen, jeder Höhle ...
Doch das alles ist nichts gegen jenes, was in der Tiefe des Meeres haust.«

Letzter Überlebender der ersten Expedition

Hinrich krallte sich in die Reling. Der Gram über seine Verfehlung holte ihn täglich ein. Sie brannte, wie eine alte Wunde, die niemals ordentlich verheilt war. Die niemals heilen würde. Die Wut auf sich selbst musste irgendwo hin. So sah das Holz an dieser Stelle bereits so aus, als hätten Ratten daran genagt. Wie hatte ihm das nur passieren können? Er konnte niemandem die Schuld dafür geben. Er allein trug die Verantwortung.

Seine Männer ließen ihn zu jeder Zeit wissen, dass er auch vor ihnen sein Gesicht verloren hatte. Sie hassten ihn mehr, als es für einen Befehlshaber gut war. Denn schließlich war es Hinrich zu verdanken, dass sie sich nun auf der Fahrt zum letzten Kontinent befanden. Früher wären sie ihm blind auf eine Mission gefolgt, die kaum Aussicht auf überleben bot. Zum Ruhm des Reiches. Doch nun legte sich der Schatten der Schande über ihre Heldentat. Selbst wenn ihre Unternehmung glückte, so stand sie im Zeichen der Abbitte, die ihr Kommandant zu leisten hatte. Es blieb allein die Hoffnung, dass man sie nicht auf dem Feld der Schande beisetzen würde.

Reue stand Hinrich nicht gut zu Gesicht und dennoch konnte er sie nicht abschütteln. Am liebsten hätte er den verdammten Magier gebeten, in seinen Verstand einzubrechen und ihm diese Schmach zu nehmen. Aber das wäre der Ausweg eines Feiglings.

Seine Mission war klar. Den verfluchten letzten Kontinent besetzten und dort eine Kolonie errichten. Damit das dunkle Reich seinen Anspruch auf dieses unerforschte Land geltend machen konnte. Wenn ihm gelang, was vor ihm noch keiner vollbracht hatte, dann würden ihm die Herren vielleicht vergeben.

Die salzige Luft blies Hinrich um die Ohren. Manch ein Seemann sagte, hier draußen fühle man sich frei, ungebunden, wie ein König. Diese Gefühle wollten sich bei Hinrich nicht einstellen. Überall um sie herum gab es nur Wasser, das nicht einmal dazu geeignet war, davon zu trinken. Das war keine Freiheit, das war ein Gefängnis! Hinrich hatte sich noch nie für die Seefahrt interessiert. In der Vorbereitung auf diese Unternehmung hatte er es sich gänzlich anders vorgestellt, über das Meer zu fahren.

Das Schiff schwankte, die Taue knarrten und die Ruder stachen rhythmisch in die ruhige See. Die Sonne brannte vom wolkenlosen Himmel und die Seemänner an Deck gingen routiniert ihrer Arbeit nach, von der Hinrich nichts verstand. Anscheinen gab es aber immer etwas zu tun.

»Joff!«, rief Hinrich seinen Hauptmann zu sich.

Der Gerufene trottete über das Deck, das in diesem Moment von einigen Seeleuten geschruppt wurde, als ginge es um ihr Leben. Das Meer hatte Joff stark zugesetzt. Seine Schultern hingen schlaff hinab und sein breitbeiniger Gang, ließ das letzte bisschen militärischen Stolz vermissen. Er rasierte sich nicht einmal mehr. Sein Bauch, der deutlich sichtbar gegen den Waffenrock drückte und die erschlafften Muskeln trugen ihr übriges zu dem erbärmlichen Anblick bei.

Er blickte seinen General aus trüben Augen an.

Hinrich meinte, in dem Blick Verachtung zu lesen. Er ging nicht darauf ein, sondern bemühte sich um den Ton des Befehlshabers, der ihm einst im Blut gelegen hatte ... vor dieser vermaledeiten Sachen. »Wann habt ihr zuletzt die Ballisten gewartet, sie setzen Rost an?«

»Was soll uns hier draußen passieren?«, gähnte Joff. »Mit den Schwächlingen gibt es einen Friedensvertrag. Die Jamator verlassen ihr Land nicht, die Zwerge gehen nicht auf See und die Wilden dringen nicht in diese Gewässer vor.«

»Haltung, Soldat!«, ermahnte Hinrich. »Vergiss niemals wohin wir unterwegs sind.«

»Wie könnte ich das«, grollte Joff. Er vermied es, seinem General in die Augen zu sehen.

»Überprüft die verdammte Bewaffnung, wir wissen nicht, was da auf uns zu kommt. Wir müssen auf alles vorbereitet sein.« Früher hätte Hinrich sich nicht erklären müssen. Nicht einmal dieser Befehl wäre notwendig gewesen.

»Jawohl«, Joffs Stimme troff vor Hohn.

Wenn wir hier draufgehen, nur weil die Waffen nicht bereit sind, dann liefere ich dich persönlich bei Galwar ab, schwor sich Hinrich.

»Land in Sicht!«, donnerte es vom Ausguck herab.

Hinrich fuhr herum. Er suchte den Horizont ab, aber es war nichts zu ... Doch da! Nicht mehr als eine gezackte Linie, die sich über den Horizont erstreckte. Hinrich langte nach seinem Fernglas und griff ins leere. »Dieser verdammte Kobold!«, brüllte er aufgebracht. »Wo ist das verfluchte Mistvieh!« Der Zorn fühlte sich gut an, so wie früher, zielgerichtet und klar.

»Ich glaube, er ist bei dem Schwächling unter Deck«, überlegte Joff. Unter Soldaten galten Magier als erbärmliche und feige Männer, die nichts von Ehre verstanden. So war Joffs Verachtung für diesen Mann nicht sonderlich erstaunlich.

»Den kauf ich mir«, zürnte Hinrich. Auch wenn er wusste, dass er dem Kobold des Magiers nicht Herr werden konnte, so war Zorn ein weit willkommeneres Gefühl als Reue. Hinrich tat noch einen Blick über die Schulter, um sicher zu gehen, dass es sich beim Anblick des Festlandes nicht um ein Trugbild handelte. Er kniff die Augen zusammen. »Was ist das?«

»Was?«, fragte Joff.

»Das da, die Erhebung dort«, erklärte der General.

Jetzt sah es wohl auch der Hauptmann. »Vielleicht eine Sandbank, die da aus dem Wasser ragt.«

»Gib dem Kapitän bescheid«, befahl Hinrich.

»Jawohl.« Joff wollte sich aber nicht von dem Anblick losreißen.

Hinrich sah ihn durchdringend an. Er würde diesen Befehl nicht wiederholen, eher würde er den Hauptmann Kielholen lassen.

»General sie ist weg.« Joff blickte sich suchend um.

Hinrich wandte sich um. Tatsächlich! Eben noch hatte sich dort eine gigantische Schwelle befunden, die vom Wasser überspült wurde. »Wie kann das sein? Diese Sandbank lief fast über den gesamten Horizont, sowas verschwindet nicht von jetzt auf gleich?« Ein ungutes Gefühl beschlich Hinrich. »Gib Signal, die Schiffe sollen anhalten.«

»Jawohl«, nahm Joff den Befehl entgegen. Ihm stand der Schweiß auf der Stirn. Natürlich kannte auch er die Geschichten, die sich um den letzten Kontinent rankten.

Es krachte, Schreie erklangen, Holz barst und Orks brüllten. Die Galeere wurde von einer mächtigen Welle erfasst und schwankte bedrohlich. Hinrich bekam gerade noch die Reling zu fassen. Joff verlor hingegen den Halt und rutschte, gegen eine Balliste. Verzweifelt klammerte er sich an deren Wurfarm.

Die Seemänner schrien wild durcheinander.

»Backbord!«, rief einer der Seeleute, der sich neben Hinrich an der Reling festhielt. Die Seemannssprache bereitete Hinrich Schwierigkeiten, aber es war nicht nötig, diesen Begriff zu verstehen, denn er sah es ebenfalls. Linker Hand war eines ihrer Kriegsschiffe nicht nur zerbrochen, es fehlte der gesamte Mittelteil, samt des Hauptmastes. Bug und Heck liefen voll Wasser und sanken. In dem Moment zerbarst, der vordere Teil des Schiffes. Holzsplitter flogen, die Schreie der Todgeweihten gellten an Hinrichs Ohren und zeitgleich erhob sich eine Flutwelle, die ihr Deck überspülte.

Hinrich spuckte das Salzwasser aus. »An die Ballisten!«, brüllte er. Er wusste zwar nicht, was es war, dass sie angriff, aber es würde diesen Entschluss bereuen.

Die wenigen Soldaten, denen es gelungen war sich an Deck zu halten, kämpften nicht nur um ihr Gleichgewicht, sondern auch mit dem schlecht instand gehaltenen Mordwerkzeug.

»Signal an alle Schiffe, sie sollen sich kampfbereit machen!«, Hinrichs Stimme donnerte über das Chaos hinweg.

Da erstarben alle Tätigkeiten an Deck. Die Blicke der Soldaten und Seemänner wandten sich nach rechts. Dort türmte sich die See zu einer gigantischen Wassersäule auf. Größer, als der Bergfried der Festung des Herrschers. Der Wasservorhang fiel und gab den Blick auf ein Ungeheuer frei. Der Kopf eines Drachen auf dem Körper einer Seeschlange. Das Monster kreischte markerschütternd. Die Männer pressten sich die Hände auf die Ohren, um sich der Gewalt des Schreies zu entziehen. Es half nichts. Hinrich fürchtete, im nächsten Moment müsse sein Kopf bersten. Daraufhin wurde es still, wenn seine Ohren nicht derart geklingelt hätten, so müsste Hinrich befürchten, sein Gehör eingebüßt zu haben.

Aus dem Maul des Monsters fiel ein Holzstück, das wie ein Strohhalm wirkte. Der Kommandant erkannte darin den Hauptmast der vernichteten Galeere. Das Monster schob seinen Leib aus dem Wasser. Hinrich musste den Kopf in dem Nacken legen, um die Bestie zur Gänze sehen zu können. Darauf ließ das Seeungeheuer seinen Körper auf eine Galeere fallen. Eine masthohe Welle brandete auf, sie brach kurz vor Hinrichs Schiff und lief darunter hindurch. Dieserhalb wurden sie weit in die Luft gehoben. Von oben konnte er die Trümmer des zerschmetterten Kriegsschiffes sehen. Ihre Galeere sank so schnell hinab, als befände sie sich im freien Fall. Eine weitere Welle traf ihr Schiff und rollte über das Deck. Das Wasser erstickte die Schreie jener, die sie von Bord riss.

»Was ist denn hier los?«, wie aus dem Nichts tauchte der verdammte Magier auf. Er stand von dem Seegang unbeeindruckt mitten an Deck, die Männer rutschten und stolperten an ihm vorbei. Auf seiner rechten Schulter saß der Kobold.

»Seht dort!«, rief ihm Hinrich zu.

Aus dem Wasser erhob sich erneut das Ungeheuer, diesmal zeigte sich nur der Kopf. Das Monster schoss wie ein Pfeil auf eine der Galeeren zu. Die Kiefer zermalmten den Bug und rissen den Rest des Schiffes unter die Wasseroberfläche.

»Ich verstehe«, kommentierte der Magier, er trat an die Reling und hob seinen Stock. Der blaue Edelstein in dessen Spitze erstrahlte in gleißendem Licht. Chotra der Kobold auf der Schulter des Magiers zerfloss zu waberndem Nebel.

Hinrich spürte, wie etwas an seinem Inneren zog, als wolle ihm eine unbekannte Macht die Seele aus der Brust reißen. Der Schweiß trat ihm auf die Haut und floss daran hinauf. Lestral hob zu einem Gesang an, der Hinrich bis in die Grundfesten erschütterte. Gegenüber den Kräften, die auf ihn einwirkten, fühlte er sich schwach und hilflos. Er sah sich einer Gewalt ausgesetzt, die ihn von innen zu zerreißen drohte. Den Männern an Deck schien es ähnlich zu ergehen. Sie sanken schweißüberströmt in die Knie, andere verloren das Bewusstsein.

Das Ungeheuer schoss aus dem Wasser, die Augen weit aufgerissen. Es gab ein Grollen von sich, versank hinab und bewegte sich dicht unter der Wasseroberfläche auf Hinrichs Galeere zu. Er konnte die Bewegungen der monströsen Seeschlange deutlich erkennen. Der Kopf brach durch die Meeresoberfläche, das Untier riss sein Maul auf, gab einen erstickten Laut von sich und erschlaffte. Der Leib des Untiers stieß gegen die Bordwand der Galeere.

Lestral fuhr mit dem Gesang fort. Es kam Hinrich wie eine Ewigkeit vor. Als er glaubte, es nicht mehr auszuhalten, brach der Magier ab. Er taumelte und sank auf die Knie. Auf seinem Rücken materialisierte sich der Kobold, der die Soldaten genau im Auge behielt. Chotra hielt die kleinen Fäuste geballt, als wolle er seinen Herrn gegen jeden verteidigen, der es wagte, die Schwäche des Magiers auszunutzen.

Die Soldaten und Hinrich atmeten erleichtert auf. Der Kommandant humpelte zu Lestral hinüber. Chotra sah zu ihm auf, zog das vermisste Fernrohr hervor und schwang es wie ein Schwert. Drohend reckte er die improvisierte Waffe dem General entgegen.

»Geht es ihm gut?«, erkundigte sich Hinrich. Das Wohlbefinden von Lestral war ihm herzlich egal. Aber für die Mission war die Macht des Magiers, nicht zu ersetzen.

»Er braucht Ruhe und jetzt fort!« Chotra stieß Hinrich das behelfsmäßige Schwert entgegen.

»Es ist gut«, flüsterte Lestral. »Aber General, die Gefahr ist noch nicht gebannt«, warnte er. »Jetzt seid Ihr an der Reihe, uns zu schützen.«

»Was meint Ihr?«

»Seht«, Lestral deutete zur Reling.

Dort schwamm der unwirklich große Leib des Monsters. Ihn zierten keine Schuppen, wie es zunächst den Anschein gehabt hatte. Vielmehr waren es Geschwüre, dicke Blasen, die vom Sonnenlicht durchdrungen wurden. Darin bewegte sich etwas.

Durch die dünne Haut schlugen scharfe Klauen und rissen sie auf, trübe Flüssigkeit ergoss sich daraus. Geschuppte Bestien wühlten und bissen sich aus den Geschwüren heraus. Sie reckten ihre langen Hälse, schüttelten sich und entfalteten ihre Flügel. Die Wesen kreischten schrill.

»Wyvern«, erkannte Hinrich die Bestien. »Joff!«

»Der ist über Bord gegangen«, teilte ihm ein entsetzter Soldat mit.

Mehr und mehr dieser Kreaturen kämpften sich ins Freie.

»Schützen, an Deck!«, brüllte der General.

Die routinierten Soldaten, schritten zur Tat, eine Armbrust nach der anderen wurde gespannt. Schussbereit legten sie über die Reling hinweg an.

»Schießt!«, rief Hinrich. Die Bolzen schlugen in die Kreaturen ein. Zwei rutschten schwer getroffen vom Leib des Seeungeheuers herab. Die anderen kreischten, erbost ob der Geschosse, die ihnen in den Leibern steckten.

»Laden!«

Noch mehr der Bestien erwachten und wühlten sich aus den geschwürhaften Blasen.

»Infanterie, zu den Waffen!«, gab Hinrich den Befehl. »Gebt Signal, an die anderen Schiffe!« Es fühlte sich gut an, endlich wieder echte Befehle zu geben.

Die Schusswaffen konnten zwar vergleichsweise schnell geladen werden, dennoch dauerte es eine Weile, die Sehne zu spannen und den Bolzen einzulegen. Erschwerend kam hinzu, dass die Waffen über die Reise hinweg ebenso wenig Beachtung geschenkt bekommen hatten, wie die Ballisten.

»Schießt!«

Etliche der frischgeschlüpften Kreaturen fanden in dem Beschuss ein grausames Ende. Ihre Leiber fielen in die schäumende See. Aus dem aufgewühlten Meeresspiegel brachen weitere Wyvern hervor. Das Wasser floss von ihnen herab, als sie sich in die Luft erhoben.

Die meisten Soldaten waren starr vor Angst.

»Waffen laden!«, schrie Hinrich.

Als hätten sie sich beim Anblick ihrer fliegenden Brüder erinnert, zu was sie ihre Schwingen befähigten, erhoben sich die übrigen Wyvern hinauf in die Lüfte. Der Körper der toten Seeschlange war kaum mehr zu sehen, unter den flatternden Schwingen der Bestien.

»Schießt!«, brüllte Hinrich über das Kreischen der Monstren hinweg.

Die Salve aus Bolzen schlug in der Horde ein, ohne einen sichtbaren Effekt. Die Bestien flatterten auf die Schiffe zu.

»Seemänner unter Deck!«, befahl Hinrich. Die Wenigen, deren Neugier die Angst überwogen hatte, ergriffen ob dieses Befehls die Flucht. Auf dem Weg die schmalen Stufen nach unten, war sich jeder selbst der Nächste.

»Schildträger nach vorne!«

Die schweren Schilde wurden auf die Reling gewuchtet. Die Infanteristen stemmten sich dem Anflug der Monstren entgegen. Diese schlugen schwer in die Wand aus beschlagenem Holz ein. Die Schwertkämpfer bezogen hinter den Schildträgern Stellung und stachen auf jede der Bestien ein, die über den Schildwall hinweg flog. Die Wyvern schienen sich ihren Fähigkeiten noch nicht bewusst zu sein. Nur wenige schwangen sich hoch genug in die Luft, um über die Blockade hinwegzufliegen.

Hinrich zog sein Schwert und schlug auf eines der Monstren ein. Seine Waffe schnitt durch die weichen Schuppen und spaltete dem Biest den Schädel.

»Haltet die Linie!«, brüllte er.

Der Schildwall hielt und die Schwerkämpfer verrichteten ihre Arbeit. Allerdings konnte Hinrich nicht erkennen, was sich hinter der Barrikade tat. Da wurde es dunkel. Wie ein Schwarm gigantischer Fledermäuse stoben die Wyvern über das Schiff und gingen von allen Seiten auf die Soldaten nieder.

»Achtung!«, Hinrichs Wahrung war überflüssig, und kaum zu hören, im Konzert aus schlagenden

Schwingen, kreischender Bestien und sterbender Männer.

Die Soldaten des dunklen Reichs stellten unter Beweis, dass sie das Mordhandwerk beherrschten. Jeweils ein Schildträger und ein Schwerkämpfer taten sich zusammen. Mit gedecktem Rücken droschen die Infanteristen auf alles ein, was Flügel, Klauen und Schuppen besaß. Auf Kommando wechselten sie die Position, damit der Schwertträger sich um jene Bestie kümmern konnte, die der Schildträger derweil zurückhielt.

»Schützt den Magier!«, brüllten Hinrich. Doch jetzt galten seine Befehle nichts mehr. Jeder Soldat war dem eigenen Überleben verpflichtet.

Mit einigen Schwertstreichen kämpfte sich Hinrich zu Lestral durch.

Der Kobold schlug mit dem Fernglas nach jeder der Bestien, die sich in seine Richtung reckte. Für jene, die ihm zu nahe kamen, hielt er in der anderen Hand einen Dolch bereit, den er den Wyvern in die Nasen rammte. Mit dieser Technik hielt er vier der Ungeheuer auf Abstand, die ihn mit zerschnittenen Schnauzen anbrüllten. Hinrich konnte zwei der Monstren niederstrecken, bevor sie ihn bemerkten. Die anderen beiden wichen seinen Hieben aus. Chotra nutzte die Ablenkung, sprang eines der Bestien von hinten an und rammte ihr den Dolch zwischen die Rippen. Das Biest verreckte, noch bevor es verstand, was geschah.

Indes gelang es Hinrich, der anderen Bestie Herr zu werden. Mit dem Handballen schlug er den Kopf des Ungeheuers beiseite und stieß ihm das Schwert in den Leib.

»Achtung!«, kreischte der Kobold.

Hinrich fuhr herum, in derselben Bewegung schlug sein Schwert in den Hals der Bestie, die sich von hinten an ihn rangeschlichen hatte. Sterbend brach das geflügelte Ungetüm zusammen.

Für jede Bestie die Hinrich erschlug, sah er sich zwei weiteren gegenüber. Er wehrte sich nach Leibeskräften. Die lange Zeit auf See hatte ihm nicht gutgetan. Sein Schwertarm schmerzte und ermattete zusehends. Für einen Moment dachte Hinrich daran, die Orksklaven zu entfesseln. Aber sie würde bei einem Kampf das Schiff in Trümmer schlagen.

Nebel zog über dem Deck herauf und legte sich als dünner Wasserfilm über Hinrichs Haut. Der Dunst wurde so dicht, dass es ihm schwerfiel zu Atmen. Eines der Monstren, das im Sturzflug auf ihn hinabstieß, verfing sich in den Nebelschwaden, wie in einem Netz.

Der Magier hatte sich erhoben. Er hielt seinen Stab mit beiden Händen in die Luft gereckt. Um ihn herum brauste das Wasser einer Windrose gleich, die angetan war sich über das gesamte Schiff auszubreiten. Hinrich und alle anderen Soldaten wurden davon erfasst. Das Salzwasser schlug ihnen wie die Gischt der See entgegen. Aber wenn der Wirbel auf eine der Wyvern traf, wurden die Untiere regelrecht zermalmt. Über das Rauschen des Wassers hinweg war das Brechen ihrer Knochen deutlich zu hören.

Mit beidhändig geführtem Schwert hackte Hinrich auf die kampfunfähigen Monster ein, die auf die Planken hinabstürzten. Die Soldaten taten es ihm gleich. Um sie herum tobte der Wassersturm, der jede der Bestien niederschmetterte, die einen Angriff auf ihre Galeere wagte.

Der Wasserzauber fiel wie ein Vorhang, er offenbarte einen blauen Himmel und eine Sonne, die ihre Strahlen auf das Massaker an Deck warf. Etliche Soldaten langen tot zwischen den abgeschlachteten Bestien. Hinrich blickte zu dem Magier hinüber, er schien unverletzt. In seiner Linken hielt er ein waberndes Schwert. Hätte Hinrich es nicht besser gewusst, so hätte er geglaubt, dass diese Klinge gänzlich aus Wasser bestand. Lestral nickte dem Kommandanten zu, offenbar wollte er ihm zu verstehen geben, dass alles in Ordnung sei.

Von den anderen Schiffen drang Kampflärm zu ihnen hinüber.

»Bringt uns zwischen die Galeeren!«, rief Hinrich.

Der Befehl ging von Mann zu Mann bis unter Deck, wo sich die Matrosen versteckten.

Hinrich stieg über die toten Bestien hinweg, um nach Lestral zu sehen.

»Habt Ihr noch Kraft?«, erkundigte er sich bei dem Magier.

»Es wird gehen«, gab dieser zur Antwort und wischte sich das Blut von der Nase.

»Wenn Ihr Euch selbst in die Luft sprengt, dann werde ich Euch auspeitschen lassen, Ihr seid zu wertvoll, um hierbei draufzugehen«, drohte Hinrich.

»Wenn mich die Magie aufzehrt, dann bleibt nicht mehr viel, was Ihr auspeitschen könnt«, lächelte Lestral. Das Wasserschwert in seiner Linken zerfloss und platschte auf die feuchten Planken. Zurück blieb ein Dolch, in dessen Schneide blaue Edelsteine eingearbeitet waren. Es handelte sich um die Waffe, die Chotra zuvor geführt hatte. Er schob die Klinge in die Scheide, an seinem Gürtel. Mit beiden Händen stütze sich Lestral auf den Stab. Offensichtlich hatte er mehr Kraft verbraucht, als er bereit war zuzugeben. Hinrich verstand nichts von Magie, er hoffte nur, dass sich

Lestral wieder einigermaßen erholt hatte, wenn sie den Kampf erneut aufnahmen.

Der Taktgeber der Ruderer schlug die Trommel und das Schiff geriet in Bewegung.

***

Einundzwanzig Galeeren ... Hinrich konnte es immer noch nicht glauben. Sie hatten einundzwanzig Schiffe verloren. Einige waren zerschmettert, bei anderen war die Besatzung von den Wyvern abgeschlachtet worden. Dass er sich selbst zu den Überlebenden zählen konnte, verdankte er - es fiel ihm schwer, sich das einzugestehen - dem Magier und seinen Kräften. Hätte dieser mit seinen Zaubern nicht so viele der Bestien zur Strecke gebracht und dazu seine Soldaten abgeschirmt, wäre die Expedition bereits jetzt gescheitert.

Der Magier war in Wirklichkeit eine Waffe. Es galt darauf aufzupassen. So wie man sein Schwert von Rost befreit und die Klinge scharf hielt.

»Kommandant«, sprach ihn ein Seemann an, der sich bemühte, stramm zu stehen wie ein Soldat. »Der Proviant ist verladen. Sollen wir die Galeeren wirklich zurücklassen?«

Hinrich nickte nur.

Der Matrose sah betroffen zu Boden, schritt jedoch davon, um die Befehle weiterzugeben.

Der Gedanke behagte Hinrich ebenso wenig. Schiffe waren teuer. Aber was sollten sie mit ihnen anfangen, auf ihnen türmten sich die Leichen? Sie würden sich nicht damit aufhalten die Toten über Bord zu werfen, nicht auszudenken, welche Ungeheuer sie auf diese Weise anlocken konnten.

Am Horizont trieb der Kadaver der gigantischen Seeschlange, auf die Küste des letzten Kontinents zu. Hinrich hatte seine Flotte Abstand dazu nehmen lassen. Nur eine einzige Galeere hatte die Küste abgefahren. Natürlich hatte Hinrich der Besatzung nicht gesagt, dass sie lediglich als ein Köder, für etwaige Bestien fungierte, die dort womöglich auf der Lauer lagen. Widererwartend war sie, ohne Schaden zu nehmen, zur Flotte zurückgekehrt.

»Habt ihr eine Anlegestelle gefunden?«, erkundigte sich Hinrich bei einem der Matrosen, des Köderschiffs. Der Seemann hatte gerade mit einem Beiboot zu ihnen hinüber gewechselt, um persönlich Meldung zu machen.

»Bisher nicht, das Wasser ist tief, die Klippen sind steil, hier ist kein guter Ankerplatz«, vermeldete der Matrose.

»Weitersuchen«, verlangte Hinrich. Der verängstigte Blick des Seemanns entging ihm nicht. Aber es wäre Vergeudung von Ressourcen gewesen, die ganze Flotte, die immerhin noch aus neunundzwanzig Galeeren bestand, die Küste auf und abfahren zu lassen.

Er lenkte seine Schritte über Deck.

Die Peitsche fraß tiefe Bahnen in den Rücken des Soldaten, der sich am Mast festhielt. Es knallte laut bei jedem Schlag. Hundert Peitschenhiebe fand Hinrich angemessen, für die Ernennung eines neuen Hauptmanns. Garum sollte wissen, wo sein Platz in der Hierarchie war. Außerdem hielt Hinrich Hass für die stärkste Kraft, die er - wenn sie nur hell genug in seinen Hauptleuten loderte - leicht für seine Zwecke nutzen konnte. Eine Waffe musste im Feuer geschmiedet und danach geschliffen werden. Genauso verhielt es sich mit den Soldaten des dunklen Reiches.

Die umstehenden Infanteristen stießen sich nicht daran, sie wussten um die Bräuche der Armee. Ganz anders die Matrosen, ihre schwachen Gemüter schienen das Ritual nicht zu verstehen.

Der Magier hingegen - ebenso eine Waffe - bedurfte einer anderen Behandlung, das war Hinrich klar. Nur wusste er noch nicht, welche er anwenden sollte. Bisher hatte er Magier generell für Schwächlingen gehalten. Doch heute hatte er am eigenen Leib gespürt, welche Mächte sie bündelten. Vermutlich war Lestral, wenn er einen Zauber wirkte, weit stärkeren Kräften ausgesetzt, als jene die in seiner Nähe standen. Wie ein Mensch das aushielt, war Hinrich ein Rätsel.

Wenn er den Magier wirklich nach belieben einsetzen wollte, so musste er dessen Motive kennen. Warum hatte er sich seiner Expedition angeschlossen, da er doch wissen musste, wie gefährlich diese Reise war. Die Mythen, die sich um den letzten Kontinent rankten beschrieben unvorstellbare Grausamkeiten. Nach dem heutigen Tag hielt Hinrich sie allesamt für untertrieben. Dennoch hatte sich Lestral freiwillig für diese Unternehmung gemeldet.

Hinrich stieg die Stufen unter Deck, klopfte an der Kajüte des Magiers und trat ohne Aufforderung ein. Der Wohnraum war klein, aber gut ausgestattet. Links befand sich ein Schrank, der an die Wand genagelt worden war und ein solides Schloss besaß. Daneben stand eine Kiste, die so schwer war, dass zwei Orks nötig gewesen waren, um sie hereinzutragen. Soweit Hinrich wusste, war sie mit allerhand Flaschen und Büchern gefüllt. Unter dem Fenster stand ein Tisch, auf dem ein in Leder gebundener Foliant ruhte. Das Bett gegenüber schien zwar schlicht, aber wirkte wesentlich bequemer, als sein Eigenes. Der Magier saß mit untergeschlagenen Beinen und geradem Rücken auf der Matratze. Er hatte die Augen geschlossen.

Chotra, der vermaledeite Kobold, sprang Hinrich in den Weg, zückte das Fernrohr und baute sich drohend vor ihm auf. Der blaue Quälgeist reichte Hinrich geradeso bis zu den Knien. Am liebsten hätte ihn Hinrich beiseitegetreten. Diesen Fehler würde er aber nicht noch einmal begehen. Als er das erste und letzte Mal nach dem Winzling geschlagen hatte, war dieser zu blauem Dunst zerflossen, sodass sein Schlag ins Leere ging. Kurz darauf war ihm der Kobold im Nacken gesessen und hatte ihn, wie ein Pferd an den Ohren ziehend, über das Schiffsdeck geritten. An dem Tag hatte Hinrich endgültig den Respekt seiner Soldaten verloren. Er hätte es den Kobold nur zu gerne büßen lassen, nur wie? Lestral hatte versprochen ihn zu strafen, aber das Verhalten des Kobolds hatte sich nicht verbessert.

»Gib ihm das Fernglas zurück«, gebot Lestral seinem Helfer.

Chotra grummelte etwas Unverständliches und hielt Hinrich das Fernrohr entgegen. Nur, um es gackernd fortzuziehen, als dieser die Hand danach ausstreckte.

»Pest und Cholera, du verdammte Plage!«, schimpfte Hinrich.

Chotra sprang, ein Seemannslied schmetternd, davon.

»Es tut mir leid, Kommandant«, entschuldigte Lestral den Kobold. »Ich werde ihn später dafür zur Rechenschaft ziehen.«

»Ja ja«, tat Hinrich ab. Er wusste mittlerweile um die Erfolgsaussichten eines solchen Unterfangens. Wie eine fleischgewordene Karikatur verkörperte der Kobold die Haltung der Magier Autoritäten gegenüber. Sie achteten keine Herrscher. Im Gegenteil, sie mischten sich in die

Belange von König und Fürsten ein, als seien sie mit ihnen gleichberechtigt.

»Was verschafft mir die Ehre?«, erkundigte sich Lestral. Er wirkte nicht mehr ganz so blass, auch wenn man das im Zwielicht der Kajüte nicht mit Sicherheit sagen konnte.

»Ich habe mir Sorgen um Euch gemacht«. Das stimmte zwar, aber auf eine sehr nüchterne Art und Weise. »Ich habe in meinem Leben nicht viele Männer Blut spucken sehen, die das lang überlebt hätten.«

Lestral lächelte milde. »Es war nur etwas viel heute«, tat er ab. »Ein, zwei Tage Ruhe und ich bin gänzlich wieder hergestellt.«

Der Kommandant sah in skeptisch an. Es blieb zu hoffen, dass der Magier sich richtig einschätzte.

»Wie habt Ihr das gemacht? Die Seeschlange getötet, meine ich?«, wechselte Hinrich das Thema. Als Kind hatte man ihm die Neugier ausgeprügelt und als Kommandant hatte er gelernt, keine Fragen nach dem Wie zu stellen, sondern Antworten zu verlangen. Aber dem Magier gegenüber empfand er zum ersten Mal, ein Gefühl von echter Unterlegenheit. Diese erinnerte ihn daran, wie er als Kind seinem Vater gegenübergestanden hatte. Natürlich besaßen die Könige von Godwana Macht, aber sie waren gewöhnliche Menschen, im Zweikampf nutze ihnen ihre Herrschaft nicht das Geringste.

»Ein Fisch muss atmen, wir haben lediglich das Wasser in seinen Atemwegen zum Stillstand gebracht«, erklärte Lestral.

»Das Monster ist erstickt«, fasste Hinrich zusammen. »So einfach, ja?«

»Pah, einfach«, empörte sich Chotra, er saß auf dem Schrank und betrachtete den Kommandant durch das

Fernrohr, wobei er es verkehrt herum hielt. »Die Wassermassen, die wir festhalten mussten, waren größer als dieses Schiff! Einfach ...!«, redete er sich in Rage.

»Es ist gut, Chotra«, besänftigte Lestral in.

Hinrich entschied, sich nicht auf einen Streit mit dem Kobold einzulassen. Er griff in die Kiste, zog eine lange Flasche hervor, entkorkte sie und goss etwas davon in einen Holzbecher. Lestral hatte ihm angeboten, sich jederzeit zu bedienen. Ein paar der Weine, die der Magier mit sich führte, waren nicht zu verachten. Der eigentliche Hauptgrund warum Hinrich hierher gekommen war. Er ignorierte den Kobold, der ihn mit großen Augen anstarrte.

»Haben wir schon einen Ankerplatz gefunden?«, fragte Lestral und schloss die Augen.

Hinrich ließ sich schwer auf den Stuhl am Schreibtisch sinken. »Noch nicht, das Wasser ist wohl zu tief für einen Anker und die Klippen zu steil.« Er schwenkte nachdenklich den Inhalt des Bechers.

»Darf ich Euch einen Vorschlag unterbreiten?«, fragte Lestral, mit der falschen Bescheidenheit eines Magiers.

»Ihr werdet es doch ohnehin tun«, erwiderte Hinrich und nippte an dem Wein. Er wälzte ihn im Mund herum und musste einen aufkommenden Hustenreiz unterdrücken, als er ihn hinunterschluckte.

»Wenn ich es richtig spüre, dann legt sich die tote Seeschlange an die Küste, die Strömung drückt sie dagegen. Benutzt den Kadaver, um die Felsen zu ersteigen.«

Hinrich sah den Magier ungläubig an.

»Wenn wir die Küste weiter abfahren, dann könnte es geschehen, dass wir in das Territorium einer anderen Seeschlange geraten. Hier sollte es sicher sein, zumindest eine Weile.«

»Und was ist, wenn in dem Kadaver noch weitere Monstren lauern? Unsere Verluste waren bereits viel zu hoch, dafür, dass wir noch keinen Fuß auf das hundertfach verdammte Festland gesetzt haben.«

»Der Kadaver ist sicher«, beteuerte Lestral. »Ich spüre kein Leben mehr darin. Außerdem ist er noch zu frisch um Aasfresser zu fürchten. Und selbst wenn welche auf den Plan treten sollten, sie werden sicher das tote Tier fresse und nicht eure Männer.«

»Ich werde darüber nachdenken«, gestand ihm Hinrich zu und nahm einen weiteren Schluck. Er spürte, wie ihm die Glieder schwer wurden. »Das Zeug ist gut, steigt einem aber gleich in den Kopf«, urteilte er.

»Der Alkoholgehalt darin ist überdurchschnittlich hoch«, erklärte Lestral mit einem milden Lächeln auf den Lippen. »So üblich bei Desinfektionsmitteln.«

Chotra prustete los vor Lachen. Und stockte sogleich, als er sah, wie Hinrich den Becher mit einem Zug leerte.

II.

»Einst gehörte die Magie zu unserem alltäglichen Leben. Wie so vieles, haben wir deren Gebrauch mit unserer Vergangenheit begraben. Ein Preis, den wir für unser Überleben zahlten.«

Aus der privaten Aufzeichnungen von Kranach

»Wir werden kommen und euch retten!«

»Nein, es soll zwischen uns Elfen nie wieder Blut vergossen werden. Das müssen wir endgültig hinter uns lassen.«

»Ich verstehe.«

»Nein, das tust du nicht. Ich bin in deinen Gedanken, du kannst im Moment nichts vor mir verbergen. Selbst eine kleine Delegation könnte als Aggression verstanden werden. Zunächst werden wir herausfinden, was hier los ist, dann denken wir über weitere Schritte nach.«

»Geht es Farangar gut?«

»Er ist stark.«

»Auch ich habe Einblick in deine Gedanken. Ich weiß, dass es nicht gut aussieht. Norfra, ich werde euch nicht sterben lassen.«

»Gib mir zwei Tage, dann macht euch auf den Weg.«

»Wir haben schon zu lange gewartet!«

»Überstürze nichts, wir sind nur noch wenige ...« Die Verbindung riss ab. Norfra fuhr so heftig in seinen Körper zurück, dass es ihm weh tat. Er schlug die Augen auf, die Sonne schien durch die vergitterten Fenster. Die massive Tür ihrer Zelle war von der anderen Seite verriegelt. Zwei Schritte von ihr entfernt saß Farangar, Norfras Schützling. Er blickte in eine

Schale angefüllt mit Wasser. Seine Lippen waren spröde, sein Körper ausgetrocknet.

»Du musst stark bleiben«, wies ihn Norfra an.

»Ich versuche es«, krächzte er heiser. In jungen Jahren war es für Elfen nicht einfach, auf Nahrung und Wasser zu verzichten. Auch Norfra fiel das schwer und er zählte bereits über dreihundert Jahre. Das unfreiwillige Fasten machte sich dahingehend bemerkbar, dass seine Muskeln einfielen und seine Konzentration litt.

»Wir sitzen jetzt schon neun Tage hier fest«, klagte der angehende Schamane.

»Du musst durchhalten, wir kommen hier schon irgendwie raus«, Norfra wusste nicht, woher er diese Zuversicht nahm.

»Nur einen Schluck, erlaube mir nur einen Schluck von dem Wasser, Norfra«, bettelte Farangar.

Das Wasser in der Schale war mittlerweile trüb geworden.

»Ich habe dabei kein gutes Gefühl, etwas stimmt hier nicht.« Norfra stand auf, nahm die Schale und stellte sie in die Sonne.

»Nicht, da verdunstet es doch.« Kraftlos streckte Farangar die Hände danach aus.

»Vertrau mir«, beschwor ihn Norfra.

»Wir haben euch Schamanen immer vertraut«, beteuerte er.

»Ich weiß, das dies eine schwere Prüfung ist.« Norfra blickte durch das Fenster hinab in die Festung. Sie befanden sich im zweiten Stockwerk des gigantischen Turmes. Ein Zeuge aus der Vergangenheit, der das große Ereignis unbeschadet überstanden hatte. Hier hatte Darlachs Klan Zuflucht vor den Schrecken Kratenos gefunden.

Innerhalb der Mauern schien alles seinen gewohnten Gang zu gehen. Die Elfen kamen ihren Tätigkeiten nach, aber etwas fehlte ... Das Leben. Die Bewohner der Festung sprachen kaum miteinander. Sie verrichteten ihre Arbeiten zielstreben und still. Norfra war zu weit von ihnen entfernt, um ihre Emotionen empfangen zu können. Aber das Leben hätte er spüren müssen. Warum ihm das nicht gelang, konnte viele Gründe haben, vielleicht lag es lediglich an seiner mangelnden Fähigkeit sich zu konzentrieren.

Das Schloss knackte und die Tür wurde aufgeschoben.

»Warte hier«, befahl eine harte Stimme, die keinen Widerspruch zuließ.

Durch die Tür trat Dradnach, er gehörte offenkundig der Kriegerkaste an. Er war hoch gewachsen und breitschultrig. Wie üblich in diesem Klan waren seine Ohren mehrfach eingekerbt, sodass sie nicht nur spitz, sondern gezackt waren. Seine Haare trug er streng zurückgebunden. Wie alle Krieger bewegte er sich keinen Schritt ohne seine Rüstung, die aus den dicken Panzerplatten der Bestien von Krateno, hergestellt worden war.

Er musterte die beiden wie ein Raubtier seine Beute. Für einen Lidschlag wirkte er überrascht. »Ich biete euch meine Gastfreundschaft und ihr weist sie zurück«, empörte er sich.

Farangar sah sich um. Seine Miene verriet, dass er unter »Gastfreundschaft« mehr verstand, als ein karger Raum, in dem es nicht einmal eine Schlafstätte gab.

Norfra erhob sich. Seine eindrucksvolle Erscheinung ließ Dradnach einen halben Schritt zurückweichen. Um zu bedeuten, wer hier im Vorteil war, legte er eine Hand an den Schwertgriff.

»Wir danken dir für deine Gastfreundschaft«, beteuerte Norfra. »Wir wollten nur wissen, warum wir uns nicht frei bewegen dürfen?« Gemischte Emotionen schlugen ihm von Dradnach entgegen. Es fiel ihm schwer, sich daraus ein eindeutiges Bild zu schaffen. Er spürte, den Stolz eines Anführers, vermischt mit der Überheblichkeit, den dunkelhäutigen Elfen gegenüber. Aber da war auch Wut, wohl über den passiven Widerstand, den Norfra und sein Schüler leisteten. Und zu guter Letzt ... Verunsicherung, die er vergeblich zu überspielen versuchte. Wie ein Anführer der Befehle gab, von denen er nicht wusste, ob sie richtig waren. Dem jedoch keiner zu widersprechen wagte. Nicht in Frage gestellt zu werden, ließ jeden Anführer für sein Handeln erblinden.

»Meine Brüder mögen keine Fremden«, tat Dradnach ab. »Ich werde euch etwas Neues zu trinken bringen lassen. Kommt zu Kräften dann sprechen wir.«

Dradnach schritt zwischen den beiden Gefangenen hindurch und hob die Schale mit trübem Wasser auf.

Norfra signalisierte Farangar, sich ruhig zu verhalten. Doch dieser nahm ihn nicht wahr. Er warf sich mit der rechten Schulter voran gegen den Krieger. Dradnach geriet kaum ins Taumeln, er ließ die Schale fallen und schlug den Faranier zur Seite. Dieser prallte hart an die Wand. Er hatte sich kaum umgewandt, da setzte ihm Dradnach die Schwertspritze an die Kehle. Die Klinge ritzte dessen Haut an. Ein dicker Blutstropfen rollte über die Brust des angehenden Schamanen.

Dradnach sah ihn zornfunkelnd an. In seinen Augen flackerte für einen Moment die Unbeherrschtheit des Elfenfluchs auf, der jeden in einer hohen Position heimsuchte. Er machte einen Schritt auf Farangar zu, ohne das Schwert zu bewegen. Nun musste er den Arm nur noch ausstrecken, um das Leben des Elfen zu beenden.

Der ausgezehrte Faranier blickte ihn aus trüben Augen an. Es fehlte ihm die Kraft den Tod zu fürchten, vielmehr schien er ihn herbeizusehnen.

»Erbärmlich«, kommentierte Dradnach und nahm das Schwert herunter. »Ich werde noch einmal darüber hinwegsehen.« Ohne Hektik schritt er an Norfra vorbei, wobei er das Schwert in die Scheide gleiten ließ. Mit der Faust hieb er gegen die Holztür. »Aufmachen.«

Sie wurde geräuschvoll geöffnet.

Die Tür flog hinter Dradnach ins Schloss.

Norfra warf einen prüfenden Blick auf den Schnitt an Franguls Kehle. Er war nur oberflächlich und würde heilen. Tadelnde Worte sparte er sich. Er entnahm dem Blick von Farangar, dass dieser genau um seine Torheit wusste.

Norfras Aufmerksamkeit wurde nun von dem verspritzten Wasser in Anspruch genommen. Auf dem warmen Stein verdunstete die Flüssigkeit schnell und von der Pfütze war nicht mehr, als ein grüner Schatten geblieben. Norfra kniete sich hinab und strich mit den Fingern über den Feuchtigkeitsfilm. Prüfend zerrieb er ihn zwischen Daumen und Zeigefinger, um völlig sicher zu gehen, roch er daran. »Bestienblut«, stellte er fest.

»Aber warum sollte er versuchen uns zu vergiften?«, fragte Farangar, der neugierig neben seinen Lehrer trat.

»Vor einiger Zeit gab es unter den Elfen von Krateno jemanden, der versuchte die Klane aufzuwiegeln. Dazu setzte er einen üblen alchemistischen Zauber ein. Mit ihm unterwarf er sich einige Elfen, die daraufhin zu seinen willenlosen Dienern wurden. Dazu hat er ebenfalls das Bestienblut eingesetzt. Damit erschuf er

Golem, wie Darlach sie nannte«, fasste Norfra zusammen.

»Dann will er uns zu solchen Dienern machen?«, krächzte Farangar.

»Vielleicht«, überlegte Norfra.

Die Tür wurde abermals geöffnet. Ein gerüsteter Elf trat ein. Er balancierte eine Wasserschale und stellte sie mitten in den Raum. Dabei behielt er die beiden Faranier genau im Blick.

Norfra versuchte irgendeine Emotion bei dem Krieger zu spüren. Er schloss sogar die Augen, um nicht vom Äußeren des Elfen abgelenkt zu werden. Aber er fühlte nichts. Ganz so, als wäre er mit Farangar alleine in der Kammer.

Als die Tür geschlossen wurde, öffnete er die Augenlider.

»Das war ein Golem.« Norfra schauderte ob seiner eigenen Worte.

»Du meinst, Dradnach hat ihn verwandelt, wie?«

Norfra hob die Schultern. »So weit ich weiß, hat der Intrigant von damals die Seiten gewechselt.«

»Du meinst der, der aus unseren Brüdern willenlose Diener gemacht hat, lebt noch?«, fragte Farangar mit weit aufgerissenen Augen.

Norfra nickte. »Ich werde mit meiner Nichte Kontakt aufnehmen und sie dazu befragen.« Er setzte sich mit untergeschlagenen Beinen zum Fenster.

Routiniert richtete er die Konzentration auf sein Innerstes. Sein Geist wandte sich Richtung Norden und schoss aus seinem Leib. Die Landschaft blieb ihm durch einen dunklen Schleier verborgen. Dennoch spürte er, wo sich Marelija aufhielt.

***

»Bei ihrer Flucht mussten Marelija und ihre Freunde eine Tasche, mit Radonars Blut zurücklassen«, erklärte Norfra, sein Kopf pochte. Es fiel ihm immer schwerer, die nötige Konzentration aufzubringen, um mit seiner Nichte in Kontakt zu treten.

Farangar saß in einer Ecke der Zelle und lehnte sich erschöpft an die Wand.

»Es kann sein, das Dradnach es nutzt, um die Elfen dieser Festung zu unterwerfen«, überlegte Norfra.

Sein Schüler hob die Augenlider. Zu mehr war sein geschwächter Körper kaum noch im Stande. »Wie können wir das unterbinden?«

»Wir müssen Dradnach töten«, offenbarte Norfra.

»Er ist einer unserer Brüder ...«, wandte Farangar ein.

»Es geht nicht anders, jedenfalls kenn ich keinen anderen Weg.« Auch Norfra bedrückte dieser Gedanke. Als Schamane galt ihm das Leben als höchstes Gut. Es war in seinen Augen ein Frevel nach dem Tod einer seiner Brüder zu trachten.

»Versuch dich auszuruhen«, wies Norfra seinen Schüler an. »Wenn uns Dradnach das nächste Mal aufsucht, dann werden wir ...« Er wagte nicht, auszusprechen, was er vorhatte. Norfra hatte bisher nur einem Elfen das Leben genommen und das war im Affekt geschehen, um Enowir das Leben zu retten. Den Mord an einem der ihren zu Planen, war etwas anderes. Norfra wusste aber auch, dass er nicht zögern durfte, falls sich eine Gelegenheit bot. Das wusste er mit solcher Sicherheit, wie ihm klar war, dass er bei seinem ersten Mordversuch ins Stocken geraten würde. Wenn es gelingen konnte, dann nur mit einer List. Schnell hatten die beiden eine Strategie gefasst.

Sie brauchten nicht lange zu warten, bis die nächste Wache vorbeikam. Da die Wasserschale leer war und die beiden Faranier apathisch in der Ecke saßen, lief der Krieger - wie erwartet - davon, um Dradnach zu holen. Ein zufriedenes Lächeln kräuselte dessen Lippen, als er eintrat.

»Erhebt euch, meine Diener«, sprach er.

Die beiden Gefangenen kamen der Aufforderung nach.

»Ihr werdet zurück in eure Heimat gehen«, verlangte Dradnach. »Dort will ich, dass ihr eurem Anführer etwas hiervon ins Trinkwasser mischt«, er zog ein Fläschen hervor. »Darauf wird er ebenfalls willenlos, er wird sich mir unterwerfen. Übermittelt ihm meinen Befehl: Er soll mit all seinen Kriegern hierher kommen.«

Norfra schritt mit trübem Blick auf ihn zu und besah die Flasche, seine wahre Aufmerksamkeit galt jedoch der Bewaffnung an Dradnachs Gürtel. Unvermittelt ergriff er das Schwert, riss es aus der Scheide und warf es hinter sich, in der Hoffnung, Farangar würde es fangen. In derselben Bewegung nahm er Dradnach den Dolch ab und stieß die Klinge in dessen Hals. Zumindest dorthin, wo sich dessen Hals eben noch befunden hatte. Der Krieger war, der Rüstung zum Trotz, blitzschnell ausgewichen. Die Klinge prallte an seiner Schulterplatte ab.

Norfra bekam eine Faust in den Bauch gerammt. Der Hieb warf ihn an die Wand, sein Kopf wurde gegen den Stein geschmettert. Durch den Nebel der Benommenheit sah er, wie der geschwächte Farangar die schwere Klinge schwang. Dradnach wehrte sie mit der linken Armschiene ab, die ob dieses Schlages zerbarst. Der Klanobere ergriff den Waffenarm des Faranier, drehte ihm das Schwert aus der Hand und rammt ihm den Griff gegen das Kinn. Farangar ging zu Boden und rührte sich nicht mehr. In derselben Bewegung stieß Dradnach das Schwert gegen Norfra. Dieser versuchte auszuweichen, doch der Angriff erfolgte zu schnell. Die Schneide fuhr ihm in den Unterleib. Als Dradnach das Schwert herauszog, explodierte der Schmerz, der Norfra zu zerreißen drohte. Seine Beine trugen ihn nicht mehr. Im Sturz kehrte Norfra in sich, um den inneren Frieden zu finden, in dem er so oft und lange verweilt hatte. Doch jetzt da Dradnach das Schwert über ihm zum tödlichen Schlag hob, blieb Norfra die geistige Ruhe verwehrt. Zu viel war unerledigt ...

***

Farangar wehrte sich nicht, wenngleich er eigentlich wissen musste, welche Gefahr es barg, das Wasser zu trinken. Als Norfra ihm die Trinkschale absetzte, wollte Farangar sie festhalten. Es verlangte ihm nach mehr, aber sein Körper musste sich erst wieder daran gewöhnen, Nahrung aufzunehmen.

Der angehende Schamane verschluckte sich an dem letzten Rest Wasser in seinem Mund.

Geduld, du bekommst genug. Da die Worte nicht über Norfras Lippen fanden, versuchte er, Farangar diese zu vermitteln, indem er ihm die Hand beruhigend auf die Stirn legte.

Mit verkniffenem Gesicht hielt sich Farangar den Kopf. Er musste wahnsinnige Schmerzen haben. Der zerstoßene Hybis würde seine Wirkung tun.

Auch wenn es brannte, so kaute Norfra auf einigen Blättern dieser Pflanze herum.

Farangar schlug die Augen auf. Erstaunt nahm er die vielen Kräuter wahr, die auf dem Boden lagen und im Fenster zum Trocknen aufgehängt waren. In ihrer Zelle standen nun einige Krüge mit Wasser. Es gab sogar zu essen, wenn auch nur Beeren und Wurzeln.

Der junge Schamane sah auf. »Norfra, haben wir gesiegt?«

Dieser schüttelte den Kopf.

»Was ist geschehen?«, wollte der Schüler wissen.

Norfra öffnete den Mund, um ihm den blutigen Stumpf seiner Zunge zu zeigen.

Farangar fuhr heftig zusammen. »Was hat er dir angetan?« Sein Blick blieb für einen Moment auf Norfras Bauch hängen, um den ein Verband geschlungen war, durch den Blut und schmerzlindernde Paste gleichermaßen hindurch quoll.

Norfra hob den Zeigefinger und kniete sich zu seinem Schüler hinab, wobei das Feuer des Schmerzes in seinem Bauch erneut aufflammte. Er legte ihm den Daumen auf die Stirn. Sein Schüler schloss die Augen, um sich besser konzentrieren zu können.

Er hat mir die Zunge herausgeschnitten, weil..., Norfra brach ab. Er spürte, dass er nicht zu seinem Schüler durchdrang. Dessen Gedankenstrom war zu stark, als dass er vermochte, diesen zu durchbrechen. Farangar war zu jung, um fremde Gedanken zu empfangen. Es grenzte an ein Wunder, dass Marelija diese Fähigkeit beherrschte, da sie bedeutend jünger war als er. Noch dazu auf solch eine weite Entfernung.

»Deine Wunde, Norfra, lass mich sie sehen«, verlangte Farangar.

Ergeben ließ er seinen Schüler den Verband öffnen.

Farangar roch an dem Wundsekret, so wie Norfra es ihn gelehrt hatte. »Dein Darm ist nicht verletzt und keine Entzündung«, diagnostizierte er.

Norfra nickte zustimmend.

»Aber du hast nur Schmerzstiller verwendet«, stellte Farangar fest. »Warum? Hier gibt es doch alles.« Er machte sich sogleich daran eine Heilpaste nach seinem Gutdünken anzurühren.

Norfra schlug die Augen nieder. Sein Schüler hatte recht, nur blieb ihm nicht genug Zeit, die Wirkung der besten Heilpaste abzuwarten. Zu gerne hätte er sich seinem Schüler mitgeteilt, aber auch des Schreibens und Lesens war dieser noch nicht mächtig.

Erst als es daran ging, Wasser zu verwenden, hielt Farangar inne und blickte Norfra fragend an. Dieser nickte ihm beruhigend zu. Er hatte alle Krüge getestet. Das Wasser hinterließ keine Blutspuren, wenn es verdunstete.

Die Worte Dradnachs, die er gesprochen hatte, nach dem er Norfra die Zunge herausgeschnitten hatte, beherrschten seine Gedanken. »Ich werde meinem Klan beweisen, dass ihr Wilde seid, die man vertilgen, oder in die Knechtschaft zwingen muss. Und du wirst mir dabei helfen!«

Was auch immer Dradnach vor hatte, Norfra würde all seine geistige Klarheit aufbringen müssen, um ihm zu widerstehen. Doch wenn er versuchte, sich zu versenken, raubten ihm nicht nur die Schmerzen die Ruhe, sondern auch das Fehlen seiner Zunge, die er nicht wie sonst am Gaumendach spürte. Gewohnheiten waren gefährlich, aber in der Meditation notwendig.

Farangar beherrschte die Wundversorgung ausgezeichnet, auch sein Verband linderte die Schmerzen. Allerdings verursachte der eintretende

Heilungsprozess ein Jucken, das Norfra zusätzlich um die geistige Ruhe brachte.

***

Die nächsten Tage kam Farangar immer mehr zu Kräften. Er verbrachte seine Zeit damit zu Meditieren, um seinen aufgewühlten Geist zur Ruhe zu bringen. Es gelang Norfra dennoch nicht, ihm seine Gedanken mitzuteilen. Sie verständigten sich lediglich über Zeichen. Auf diese Weise vermochte Norfra ihm einiges begreiflich zu machen. Bis auf die eine Frage, die er sich selbst nicht beantworten konnte: Was hatte Dradnach mit ihm vor? Ein Teil von ihm fürchtete sich vor der Antwort.

Die Tür wurde aufgeschlagen. Herein drangen vier gerüstete Elfen, mit blank gezogenen Klingen. In der Zelle wurde es so eng, dass sie sich mit den Schwertern selbst im Weg umgingen. Dradnach zeigte sich nicht. Norfra wurde wortlos gepackt und aus dem Gefängnis geschleift. Hinter sich hörte er Farangar rufen. Es wurde still, als die Tür ins Schloss fiel. Das aufeinander schaben der Rüstungsplatten und die Schritte hallten durch den Turm.

Norfra versuchte sich auf seinen Körper zu konzentrieren, um die Ruhe zu finden, die er benötigte, um mit Marelija in Kontakt zu treten. Die Wunde in seinem Unterbauch juckte und biss. Der kümmerliche Rest seiner Zunge brannte und auf seiner Brust pochte etwas ...

Das Amulett! Er hatte es völlig vergessen. Ein Artefakt aus der Epoche ihres Volkes, vor dem großen Ereignis. Es warnte seinen Träger mit einem dumpfen

Pochen, wenn sich verseuchte Bestien in der Nähe befanden. Magiekundige Elfen hingegen konnten es sogar nutzen, um diese Geschöpfe zu beeinflussen. Aber warum schlug es gerade jetzt aus? Es mussten schon ein gigantisches Monster nahen, wenn sich der Stein so penetrant bemerkbar machte.

Norfra wurde die Treppen hinab gezerrt. Um das Loch des Aufzuges herum, der sich noch nie bewegt hatte, seit er hier angekommen war. Im unteren Bereich waren einige Steine aus dem Boden und den Wänden gehebelt worden. Auch die Geheimgänge, die es dort zuhauf gab, standen allesamt offen. Sie führten zu weiteren Türmen außerhalb der Festung und wurden einst für Botengänge oder als Fluchtwege genutzt. Das sich Dradnach durch das Fundament des Turmes grub, konnte nur bedeuten, dass er etwas suchte.

Zwischen den Trümmern arbeiteten etliche Elfen. Sie sprachen nicht miteinander, sondern gingen stupide ihrer Tätigkeit nach. Dazu gehörte, dass sie die Wände abtasteten und mit Hammer und Meißel die Fugen aufsprengten, um Steinquader herauszulösen.

Die Elfen!

Der Stein in seinem Amulett reagierte auf die Elfen, die Norfra gefangen hielten. Mit seinem Geist griff der Schamane nach dem Stein. In diesem Moment wurde er durch die Torbogen nach draußen geführt. Die blendende Sonne lenkte ihn zu sehr ab, um den Zauber nutzen zu können. Der Schmerz und das Brennen in seinem Leib taten ihr Übriges.

Dradnach stand auf dem Podest, dessen Treppe hinab in die Festung führte, die aus Steinhäusern bestand. Umgeben von einer massiven Mauer. Diese Bauwerke waren wie der Turm erhalten geblieben. Wenn auch nicht ganz so unbeschadet. An vielen Stellen waren sie ausgebessert worden und auch die Dächer mussten ständig erneuert werden.

Am Fuß der Treppe hatten sich alle Elfen dieses Klans versammelt. Die Krieger hatten sich unter sie gemischt, wobei sie regelmäßige Abstände einhielten. Sie blickten teilnahmslos zu Dradnach hinauf. Die anderen Elfen, wirkten dagegen ... verunsichert!

Norfra spürte deutlich ihre Angst. *Sie sind genauso gefangen wie ich*, erkannte der Schamane. *Das Gift hat wohl nicht für den ganzen Klan gereicht.* Noch dazu wollte Dradnach mit dem letzten Rest des Giftes auch Norfras Klan unterwerfen.

»Hier seht ihr ihn, einen der Wilden!«, rief Dradnach. »Sie erdreisten sich, in unser Land zu kommen, und wollen uns den Boden streitig machen, in den das Blut unserer Ahnen geflossen ist!«

Norfra sah viele zweifelnde Gesichter. Es wagte jedoch keiner, zu widersprechen. Kaum einer der Elfen stand mehr als zwei Schritte von einem Krieger entfernt, der ihn - falls nötig - zum Schweigen gebracht hätte.

»Darlach glaubte, mit ihnen Frieden schließen zu können!« Er trat neben den Gefangenen. »Doch seht sie an, sie können nicht einmal richtig sprechen.« Er schlug Norfra auf die Wunde.

Blitze des Schmerzes zuckten durch dessen Körper. Der Schamane biss die Zähne zusammen. Freiwillig würde er nicht in die Rolle zu schlüpfen, welche Dradnach ihm zugedachte. Er verhielt sich still, wehrte sich nicht und versuchte Haltung zu bewahren.

Dradnach sah ihn wütend an. »Komm schon Wilder«, flüsterte er. »Wehr dich, zeig ihnen was für eine Bestie du bist.«

Norfra hielt seinen Blick stand und rührte sich nicht.

»So geben sie sich!«, rief Dradnach laut. »Er wartet nur auf eine Gelegenheit, mich angreifen zu können! Nun denn Wilder, die sollst du haben, damit du uns endlich dein wahres Gesicht zeigst!«

Norfra wurde losgelassen und sogleich bekam er ein Schwert in die Hand gedrückt. Er wollte es bereits fallen lassen, doch damit war niemandem gedient. Das war seine Möglichkeit diesen Klan zu befreien. Er musste Dradnach töten. Natürlich wollte dieser genau darauf hinaus. Norfra würde ihm direkt in die Hände spielen. Niemals wäre er so töricht gewesen zu glauben, er könnte gegen einen erfahrenen Krieger gewinnen. Aber wenn er von Nemira und Enowir eines gelernt hatte, dann, dass Galarus jenen bestärkt, der das Unmögliche wagte.

Dradnach sah ihn abwartend an. »Na los«, sprach er so leise, dass nur Norfra ihn hören konnte. »Zeig mir den Wilden. Willst du wissen, was ich mit deiner Zunge ...« Weiter kam er nicht.

Anstatt mit dem Schwert zuzuschlagen wie es Dradnach erwartete, rammte ihm Norfra den Handballen seiner Linken von unten gegen die Nase. Es knirschte erbärmlich. Dradnach verlor das Gleichgewicht und stürzte kopfüber die Treppe hinab. Sein Hinterkopf schlug gegen etliche Stufen, bevor er am Fuß der Treppe zum liegen kam.

Die Menge keuchte erschrocken.

Norfra ignorierte sie. Mit dem Schwert bewaffnet, sprang er dem Gestürzten hinterher. Wenn er den Klan retten wollte, dann musste Dradnach sterben. Das war die Gelegenheit.

Norfra kam neben Dradnach zum Stehen. Er holte aus, um dem Gefallenen den Schädel zu spalten. Metall klirrte aufeinander. Mit überelfischer Geschwindigkeit, hatte Dradnach sein Schwert gezogen und den Schlag abgefangen. Das Überraschungsmoment für sich nutzend hieb Dradnach die Klinge seines Gegners beiseite und sprang auf. Die Rüstung schien ihn dabei nicht zu behindern. Einige der Platten hatten sich ineinander verhakt. Er richtete deren Position beiläufig.

»Seht die Grausamkeit dieses Wilden. Nicht mehr, als ein Tier, das feige sein Opfer angreift!«, rief er.

Norfra behielt seinen Gegner im Auge. Er versuchte seinen Geist von allem Für und Wider zu befreien und nur zu spüren, was Dradnach fühlte.

Er ist unsicher, es gibt niemanden, der ihm widerspricht. Keinen, der ihm Ratschläge gibt. Er ist ganz allein. Er versucht, sich selbst zu überzeugen, dass er das Richtige tut. Nichts wischt so sehr alle Zweifel beiseite, als die Ausrichtung auf einen Feind. Vielleicht täuschte sich Norfra auch, denn ganz deutlich war dieses Gefühlsbild nicht. Darauf konnte er nun keine Rücksicht nehmen. Er musste gegen seinen Widersacher bestehen. Zum Wohle aller Elfen dieses Klans.

Er zögerte nicht einen weiteren Lidschlag, sondern ging zum Angriff über. Norfra konnte kämpfen, nur war er mit einem Stab geübter. Er legte sein Gewicht in einen Schlag von oben. Dradnach hielt spielend mit beiden Händen am Heft seiner Waffe dagegen. Norfra nahm die Kraft aus seinen Armen und warf sich mit der Schulter gegen den Gegner. Dieser geriet ins Taumeln. Der Schamane fuhr herum und schlug mit dem Schwert nach ihm. Die Klinge traf Dradnachs Brustpanzer. Die Platten brachen. Die Lederstriemen rissen.

Dradnach schlug das Schwert seines Gegners beiseite. Da er seine Waffe nicht loslassen wollte, wurde Norfra von der Wucht des Hiebes zu Boden geschleudert. Er kam auf dem Bauch zum Liegen. Das Amulett pochte gegen seine Brust. Einem Instinkt folgend klärte Norfra seinen Geist und schickte ihn aus, wie er es schon hunderte Male gegen die Bestien von Krateno getan hatte.

Aus den umstehenden Elfen traten die Krieger hervor. Ihre Rüstungen klapperten im Gleichschritt. Sie warfen sich Dradnach entgegen, der über Norfra zum Todesstoß ausholte. Der Schamane hörte das Klirren der Waffen und drehte sich um. Dradnach hatte die Überraschung schnell überwunden und kämpfte verbissen gegen die neuen Gegner. Seine Kraft überwog die seiner Krieger um ein vielfaches. Mit jedem Konter stieß er die Elfen zurück und brachte sie ins Taumeln. Es waren jedoch zu viele, als dass er auch nur einen davon niederstrecken konnte.

Hinter ihm traten einige Wächter auf den Kampfplatz, in leichten Rüstungen und mit Speeren bewaffnet. Ohne eine Warnung trieben sie ihre Langwaffen durch den zerstörten Panzer in Dradnachs Leib. Der Krieger riss überrascht die Augen auf. Seine Beine gehorchten ihm nicht mehr. Er brach zusammen. Seine schwachen Versuche sich zu wehren wurde von den Soldaten abgeschmettert. Immer mehr Klingen drangen in seinen Körper. Wie auf Kommando traten die Elfen zurück und rissen ihre Waffen aus dem Sterbenden. Dradnach ließ sein Schwert fallen und fasste in sein Blut, das dick und grün aus den Wunden floss. Als er sich der Farbe seines Lebenssaftes bewusst wurde, begann er wie ein Wahnsinniger zu lachen.

Die Angst und das Grauen der Umstehenden schlug Norfra wie eine Welle entgegen. Der Schmerz benebelte seinen Geist, als er sich erhob. Die Pein schirmte seinen Verstand von der Flut der Emotionen ab. Dennoch wurde er von einer unsichtbaren Macht überrollt, die nicht nur er spürte, auch die umstehenden Elfen wichen zurück. Die Krieger um Dradnach knickten ein, sie fielen auf die Knie, als wollten sie dem selbsternannten Oberen ihre Treue schwören. Dradnach kam mühelos auf die Beine. Der Blutfluss aus seinen Wunden versiegte.

»Packt ihn!«, brülle er.

Die Krieger erhoben sich und wandten sich Norfra zu. Der Schamane vermochte nicht, in deren Geist vorzudringen. Die Elfen des Klans, von Entsetzen gelähmt, standen so dicht, dass es kein Entkommen gab.

»Norfra hierher!«

Der Gerufene fuhr herum. In einer Tür zu einem der Steinhäuser stand eine weiß gewandete Gestalt.

Darlach!

Der Schamane ergriff die Flucht. Um nicht von ihm niedergerannt zu werden, stoben die Elfen beiseite.

Im Haus wurde er gepackt und gegen eine Wand gedrückt. Ehe er sich versah, versank er darin.

***

Norfra stolperte aus der Mauer. Er drehte sich um. Auf einem der Steine glomm das Symbol für Luft, es war allerdings um ein paar Silben erweitert. Bevor er sie entziffern konnte, verloschen die Schriftzeichen.

»Geht es dir gut?«, Darlach fasste den Faranier an den Schultern und musterte ihn. »Ich bin noch nie mit jemand anderem gereist. Ist alles noch dran?«

Norfra nickte.

»Conara sei dank«, sprach der Gelehrte erleichtert. Einst hatte er diesen Klan geführt, bis ihn Dradnach gewaltsam abgesetzt hatte. Zwischen den Gelehrten und den Kriegern, herrschte seit jeher große Rivalität. Die beiden Kasten vertraten völlig gegensätzliche Vorstellungen davon, wie dieser Klan zu führen sei.

Norfra erkannte den Raum wieder, in dem sie sich befanden. Es handelte sich um den Thronsaal, ganz oben im Turm. Unter der Herrschaft der Gelehrten war er zu einem Studierzimmer umfunktioniert worden. Donner lief durch das Gemäuer. Erschrocken blickte Norfra auf.

»Das ist nur ein Gewitter«, beruhigte in Darlach.

Norfra sah aus dem Fenster. Der Himmel war blau und wolkenlos, das bedeutete jedoch nichts. Der Turm ragte weit über die Wolkendecke hinaus.

Er deutete auf die Stelle der Wand, auf der vor Kurzem die Rune für Luft geglommen hatte.

Darlach schob den Ärmel seiner Robe nach oben und zeigte ihm einen Armreif. »Das ist ein alter Zauber«, erklärte er. »Magie, mit der man die Luft beeinflusst. Man kann diese Symbole nutzen, um ungesehen durch die Festung zu schreiten. Dazu benötigt man solch einen Armreif und etwas Konzentration.«

Norfra kannte diesen Zauber von seinem Studium. Luftmagie war ein kompliziertes und schwieriges Feld, deshalb hatte er es nur theoretisch erschlossen.

»Dradnach glaubt, ich würde ein geheimes Tunnelsystem benutzen. Deshalb hat er angefangen, Steinblöcke aus den Wänden schlagen zu lassen, in denen ich verschwunden bin. Er hat keine Ahnung, dass er damit den Zauber bricht, der den Turm instand hält«, führte Darlach aus. »Aber was ist mit dir, du bist noch wortkarger als sonst?«

Norfra trat auf Darlach zu und legte ihm die Hand auf die Stirn. Der Daumen ruhte dabei zwischen dessen Augenbrauen. Er nutzte die Gedankenübertragung, um seinem Freund alles Nötige zu berichten. Davon, dass er mit seinem Schüler hierher gereist war, um das aufgebrachte Gemüt der Elfen zu beruhigen. Dass sie dabei in Gefangenschaft geraten waren. Darlachs Geist war wesentlich ruhiger, sodass Norfras Worte ihn ungehindert erreichten.

»Er hat was getan?«, entfuhr es Darlach. Die Verbindung brach ab.

Norfra öffnete den Mund, um ihm zum Beweis die Reste der Zunge zu zeigen.

Ein Schauder durchlief Darlach. »Dradnach«, er blickte zu Boden. »Ich hätte ihm nicht kampflos das Feld überlassen sollen.«

Hättest du dich gegen deine Absetzung gewehrt, wärst du nun tot, widersprach Norfra, der erneut die Hand auf Darlachs Stirn gelegt hatte. *Wir müssen meinen Schüler retten. Er befindet sich unten im Turm, in einem Abstellraum.*

»Du musst noch etwas wissen«, eröffnete Darlach ihm. »Solch eine Reise durch die Luft, dauert etwa einen halben Tag.«

Norfra erinnerte sich, so etwas gelesen zu haben. In ihrer Situation konnte das bedeuten, dass sein Schüler nicht mehr am Leben war. Wenn Dradnach den Aufstand überlebt hatte, dann musste sich sein Zorn unweigerlich gegen Farangar richten.

Darlach schritt zu einem Regal und zog aus einer Schatulle einen Reif hervor, den er Norfra anlegte. »Damit werden die Glyphen an den Wänden sichtbar. Wenn du sie berührst, fühlst du die Orte, an die du damit Reisen kannst.«

Norfra blickte ihn fragend an.

Der Gelehrte verstand. »Nein, wir können diese Festung damit nicht verlassen. Dazu wäre ein größerer Wegpunkt nötig. Wir haben aber keinen gefunden. Die

Zauber an den Wänden des Turms sind lediglich auf die Stadt beschränkt.«

Mit der Hand an dessen Gelenk der Ring lag, fuhr Norfra über die Wand, aus der sie gekommen waren. Das Symbol erstrahlte in weißem Licht. Er legte die Fingerspitzen darauf und schloss die Lider. Vor seinem inneren Auge entstand ein Bild dieses Turms. Er fand die Runen an unzähligen Wänden. So als hätten die Schüler der Magie dieses Bauwerk genutzt, um den Luftzauber zu üben. Eine Erinnerung an die Zeit vor dem großen Ereignis. Vermutlich waren diese Zauber dafür verantwortlich, dass der Turm den Niedergang ihres Volkes nahezu unbeschadet überstanden hatte.

»Wenn du in einen anderen Raum gelangen willst, dann musst du dich auf das Symbol dort konzentrieren«, erklärte Darlach. »Das ganze hat aber zwei Nachteile, du spürst nicht, wer sich dort aufhält und das Reisen dauert etwa einen halben Tag.«

Norfra nickte. Er musste seinen Schüler retten, dafür würde er jegliches Risiko auf sich nehmen.

Die Temperatur des Turms fiel schlagartig ab. Norfra konnte seinen Atem sehen.

»Sie machen weiter«, sprach Darlach, der es ebenfalls bemerkte. »Die Luft hier oben, außerhalb des Turms, ist kalt und dünn. Der Zauber schützt uns davor. Weil Dradnach den Turm auseinandernehmen lässt, wird die Magie schwächer. Ich fürchte, dass dieses Bauwerk sich nicht von alleine trägt. Wenn er den Zauber gänzlich gebrochen hat, wird der Turm einstürzen und alle Elfen unter sich begraben.«

Wir müssen ihn aufhalten!

»Dradnach hat den Verstand verloren. So wie viele vor ihm unserem Fluch erlegen sind. Aber so lange ihm die Elfen folgen, können wir ihn nicht absetzten lassen.« Darlach ahnte wohl, was Norfra dachte.

Der Schamane schritt zu seinem Freund und legte ihm erneut die Hand auf die Stirn. *Es ist noch viel Schlimmer*, teilte er ihm mit. *Er hält die gesamte Kriegerkaste unter seiner Kontrolle, mit Radonars Blut. Die übrigen Elfen müssen um ihr Leben fürchten, wenn sie ihm nicht folgen.*

Es bleibt zu hoffen, dass er deinen Angriff nicht überlebt. Es beschämt mich, den Tod einer meiner Brüder herbeizusehnen, antwortete Darlach in Gedanken.

Es wunderte Norfra nicht, dass Darlach diese Technik - denn mehr war es nicht - beherrschte. Norfra ging erneut zur Wand und suchte den Turm nach dem Ort ab, wo er und Farangar gefangengehalten worden waren. Tatsächlich fand er einen Raum, der diesem ähnelte.

Ich habe ihn!, verkündete er.

Wir sollten gemeinsam gehen, wandt Darlach ein. »Wenn wir getrennt werden, dann finden wir uns nicht mehr wieder.«

Norfra nickte zustimmend und reichte Darlach die Hand. Der Gelehrte schlug ein. Durch die Meditationspraxis fiel es Norfra leicht, sich auf einen Punkt zu konzentrieren. Er machte die Kammer erneut ausfindig, in der er Farangar vermutete und fokussieren sich darauf. Es fühlte sich so an, als würde er von der Wand aufgesaugt werden.

Norfra stolperte gefolgt von Darlach, der gegen ihn stieß, in die Kammer. Die Tür war geschlossen und in einer Ecke zusammengekauert saß Farangar. Mittlerweile war ein Tag vergangen. Viel Zeit die Dradnach offensichtlich genutzt hatte, um sich ausgiebig mit dem angehenden Schamanen zu beschäftigen. Über den gesamten Leib des jungen Elfen zogen sich lange verkrustete Striemen, wie von einer Peitsche geschlagen. Der Blick des Faraniers ging ins Leere.

Norfra packte den Arm seines Schützlings. Farangar verzog das Gesicht, als eine der Wunden aufbrach und sich ein rotes Rinnsal daraus ergoss. Er winkte Darlach herbei, der ihm half Farangar aufzurichten.

Da flog die Tür auf.

»Da seid ihr ja!«, rief ein Elf in Rüstung mit blankgezogenem Schwert. Er kam hereingestürmt und schlug zu. Schmerz zuckte durch Norfras Hand, die er dem Hieb reflexartig entgegenstreckte. In dem Moment zerfloss die Welt um ihn herum.

***

Die Sterne leuchteten am Himmel, als Norfra mit Farangar und Darlach aus der Wand stolperte. Sie befanden sich außerhalb des Turms, an der Rückseite eines Hauses. Ein gefährlicher Ort. Unweit von ihnen gab es einen Brunnen. Norfra spürte Hitze in seinem Körper, die ihn mahnte, endlich etwas zu trinken. Ihm war klar, warum Darlach sie hierher gebracht hatte. Die Zeit verstrich - während dieser Reise - für ihre Körper genauso, wie jene in der wirklichen Welt. Wenn sie nicht aufpassten, dann konnten sie auf diese Weise verdursten.

Der Schnitt in Norfras Handfläche war mittlerweile verkrustet.

Farangar sank entkräftet an der Hauswand zusammen.

»Er braucht zu trinken«, schätzte Darlach den Zustand des jungen Schamanen ein. »Ich werde ihm etwas holen. Wenn man mich sieht, dann treffen wir uns oben im Studierzimmer wieder.«

Norfra nickte und zog sich in den Schatten des Hauses zurück. In der Nacht verschmolzen die beiden Faranier, wegen ihrer dunklen Haut nahezu vollkommen mit der Dunkelheit.

Darlach sah sich nach allen Seiten um, kein Elf schien zwischen den Häusern unterwegs zu sein. Es platschte, als er den Eimer in den Brunnen fallen ließ. Langsam zog er ihn herauf.

Da hörte Norfra Schritte, von schwer gerüsteten Elfen. Darlach vernahm sie ebenfalls und huschte zurück in den Schatten. Mit seinem weißen Gewand fügte er sich nicht sonderlich gut in die Finsternis ein.

Ohne einen Blick hinter sich zu werfen, schritten die Krieger zum Brunnen. Im Mondschein sah Norfra, wie sie einen Flakon hervorzogen, mit der Absicht dessen Inhalt in die Quelle zu kippen.

Farangar stieß einen Schrei aus: »Hier! Hier sind sie!«

Norfra und Darlach gefroren zu Eis.

Die Krieger schraken zusammen, dabei ließen sie den Flakon fallen. Er zerbarst auf dem Steinboden. Grüne Dämpfe waberten im Mondschein zum Himmel empor. Erst jetzt begriffen die Krieger, dass dieser Ruf nicht ihrem Tun galt, sondern sie auf Darlach und Norfra aufmerksam machen sollte.

Der Gelehrte fuhr zu der Rune herum und wählte einen Fluchtort. Norfra mühte sich mit seinem Schützling ab, der sich mit Leibeskräften dagegen wehrte, von ihm gerettet zu werden. Der Schamane spürte, was ihm zuvor entgangen war. Franguls Geist war vom selben Gift befallen, wie die Seelen der Krieger. Er war Teil einer Falle, die Dradnach ihnen gestellt hatte. Dennoch wollte er Farangar nicht zurücklassen. Da dieser geschwächt war, fiel sein Widerstand nicht stark aus.

Die Krieger rannten auf die drei zu, bereit sie zu erschlagen. Da spürte Norfra den vertrauten Sog.

III.

»Die Götter, ja die Götter ... Jeder in Godwana hat die heilige Pflicht an sie zu glauben.
Eine Pflicht, deren Vernachlässigung wir schuldig sind.«

Lestral, Magister der hohen Schule der Magie

Unser Gott hat uns nicht verlassen! Es war unsere Schuld, unsere Arroganz. Wir waren es, die den Göttern gegenüber gefrevelt, die sie zurückgewiesen haben. Doch Conara ist zurückgekehrt und er wird uns heilen. Auf dass wir unser Land zurückgewinnen. Demut muss unser steter Begleiter sein.«

Radonars Gewand bestand aus einer weißen Toga. Seine Haare waren nach hinten geflochten. Offenbar versuchte er, der Statue von Conara hinter ihm im Tempel ähnlichzusehen. Allerdings konnte er sein skelettiertes Kinn nicht verbergen, von dem die Haut heruntergefressen worden war. Daraus, dass ihm die rechte Hand fehlte, machte er ebenfalls keinen Hehl, wenn er seine Worte mit ausladenden Gesten untermalte. Vor ihm hatten sich die letzten Überlebenden der Vergessenen versammelt. Einen Namen, den sie sich selbst gegeben hatten, da sie glaubten, von den anderen Elfen auf Krateno, vergessen worden zu sein.

»Seine Worte sind sehr inspirierend«, flüsterte Aldrina, in Marelijas Ohr. Die beiden Elfen lauschten jeder Ansprache von Radonar, die er alle drei Tage vor Conaras Tempel abhielt. Dabei blieb Marelija stets in der hintersten Reihe. Sie betrachtete den religiösen Eifer ihres Freundes mit Sorge. Radonars Charakter war mit ambivalent sehr gut beschrieben. Er balancierte am äußersten Rand von Begeisterung zum Wahnsinn. Bei jeder Rede drohte er abzurutschen. Dennoch konnte die Faranierin nicht umhin zuzugestehen, dass seine Worte den Vergessenen, Hoffnung spendeten.

Marelija seufzte.

Aldrina strich sich die weißen Haare zur Seite, die sich am Ansatz schwarz zeigten. Das Gift, welches sich die Vergessenen zugeführt hatten, um von dem verdorbenen Wasser trinken zu können, hatte ihrer Haarpracht die Farbe geraubt, die nun zum ersten Mal in ihrem Leben sichtbar wurde. »Kommst du?«

Radonar war inzwischen dazu übergegangen, wie zu jeder Predigt, das Wasser aus den Tempel von Conara auszugeben. Er hatte es direkt von der Statue im Tempel genommen. Das Wasser aus der Urquelle besaß keine Eigenschaften. Es stillte nicht den Durst, man schmeckte und spürte es nicht einmal, ebenso hätte man versuchen können Luft zu trinken.

»Heute nicht«, lehnte sie ab.

Aldrina hatte sich bereits in die Schlange der Elfen eingereiht, um einen Schluck aus der Urquelle zu empfangen.

Marelija wandte sich ab. Radonar würde sich nach ihrem Verbleib erkundigen. Eigentlich hatte sie sich fest vorgenommen nicht schon wieder mit ihm ein Gespräch über die Gnade von Conara zu führen. Für ihn kam es der Ketzerei gleich, dessen Segen abzulehnen. Marelija dagegen verstand nicht, was es für einen Sinn haben sollte aus der Urquelle zu trinken. Der Segen ihres Schöpfergottes lag für sie in dem Lebensfunken, der in ihrer Brust wohnte. Das sie mittlerweile Stark an der Existenz ihrer Götter zweifelte, sprach sie nicht aus. Wahrscheinlich spürte Radonar dies und nahm ihr Fehlen bei der Zeremonie zum Anlass, sie bekehren zu wollen. Natürlich würde er es bemerken, wenn sie nicht vor ihn trat, um von der Urquelle zu trinken. Aber es fühlte sich demütigend an, dieses geschmacklose Wasser herunterzuschlucken. Vor allem wenn Radonar es ihr mit einer Schöpfkelle in den Mund goss. Sie entschied, es auf ein weiteres Wortgefecht mit ihm ankommen zu lassen. Auch wenn es ihr nicht gefiel, mit einem Freund zu streiten, so schien dies im Moment das kleinere Übel zu sein. Aber nicht nur er, jeder würde ihr Fehlen bemerken. Denn sie hob sich deutlich von den Vergessenen ab. Marelija zeichnete sich durch ihre dunkle Hautfarbe und ihre spärliche Bekleidung aus. Kleidung, die mehr als ihre Hüfte umschloss und die Brüste festzurrte, behinderte sie. Schuhe oder gar Stiefel zu tragen, widerstrebte ihr aus denselben Gründen. Dazu kam, dass sie in ihnen das Gleichgewicht verlor. Auf Krateno konnte dies tödliche Folgen haben.

Marelija erstieg die Stadtmauer, die über die Jahrhunderte erhalten geblieben war. Auch wenn der Stein vom Regen ausgewaschen und teilweise eingebrochen war, ließ sie dennoch die meisterliche Handwerkskunst ihrer Ahnen vermuten. Marelija schritt an den Wächtern vorbei, die hier Stellung bezogen hatten und auf Gefahren achteten, die ihnen das verdorbene Land entgegen spuckte. Die neugierigen Blicke hatten sie anfangs gestört, doch mittlerweile nahm sie diese kaum noch wahr.

»Gibt es etwas Neues?«, erkundigte sie sich bei einem der Wächter, der an der Position stand, von der sie selbst gerne ins Landesinnere sah.

»Nichts.« Er schüttelte den Kopf. »Wir sind schon lange nicht mehr angegriffen worden. Die Bestien schaffen es nicht über die Mauer. Ich glaube, sie haben dieses Gebiet als unbewohnbar aufgegeben«, mutmaßte er. »Die eigentliche Gefahr liegt, meiner Einschätzung nach, innerhalb der Stadt.«

Marelija blickte ihn überrascht an. War sie nicht die Einzige, die glaubte, dass Radonars Fanatismus gefährlich war?

Der Wächter deutete ihren Blick als einen fragenden. »Ja«, bestätigte er. »Einige Bestien haben sich im unbewohnten Teil der Stadt niedergelassen. Wenn sie auf die Jagd gehen, fallen sie auch in unseren Bereich ein.«

»Wir sind dabei eine Mauer zu errichten, die uns vor diesen Angriffen schützen soll«, erinnerte ihn Marelija.

Er schlug die Augen nieder. »Wir Vergessenen haben uns nie darum gekümmert. Wir hatten bereits alle Hoffnung aufgegeben. Ich selbst habe nicht geglaubt, dass er jemals kommen würde. Unser Erlöser ...«

Marelija erschauderte. Die Vergessenen hielten Radonar für denjenigen, der ihnen die Rettung brachte. Soweit sie von Aldrina wusste, stimmte er mit der Beschreibung des Verheißenen gänzlich überein. Und er hatte die Prophezeiung tatsächlich erfüllt. Er hatte das Heil gebracht. Weder Enowir noch Daschmir wussten, wie es gelungen war, aus der Urquelle und Radonars Blut ein Wasser herzustellen, dass die verdorbenen Quellen von Krateno reinigte. Aber nicht nur das, sie heilte auch die Vergessenen von ihrer selbstgewählten Vergiftung.

Marelija blickte zum Horizont. Irgendwo da draußen waren Enowir und Ladrach unterwegs. Sie wollten einige der verdorbenen Wasserlöcher und Seen reinigen, um zu sehen wie dieser Prozess sich auf das Umfeld auswirkte. Außerdem hofften sie, Flüsse säubern zu können. Dazu mussten sie jedoch bis zu deren Quelle reisen. Es war davon auszugehen, dass sich bewegte Gewässer in ihren Ursprungszustand zurückversetzten, wenn man die Ursache der Vergiftung nicht bereinigte.

Nur zu gerne hätte Marelija die beiden begleitet. Ohne Enowir fehlte ihr etwas. Er war ein Verwandter im Geiste, viel mehr als ein Freund. Er hatte sie gebeten hierzubleiben, denn auch er beobachtete Radonars Entwicklung mit Sorge.

»Er ist sehr labil. Es ist möglich, dass er den Plan einen neuen Elfenklan, nach seinen Vorstellungen zu gestalten, nicht aufgegeben hat. Wenn er über die Stränge schlägt, musst du ihm Einhalt gebieten«, hatte Enowir gesagt. »Dir ist er besonders zugetan, weil du sein wahres Wesen lange vor uns erkannt hast. Deinen Einwänden wird er gehör schenken.«

Daschmir hatte widersprochen. Er wollte, dass Enowir diese Aufgabe übernahm. Aber Enowir löste in Radonar die unterschiedlichsten Gefühle aus, die sich von Gleichgültigkeit über väterliche Empfindungen bis hin zu blankem Hass erstreckten. Wenn es mit ihm zum Äußersten kam, konnte diese Ambivalenz zusätzlich Öl ins Feuer gießen.

»Außerdem verfügst du über ein enormes Einfühlungsvermögen. Du wirst schneller als ich erkennen, wenn etwas mit Radonar nicht stimmt«, hatte Enowir seine Entscheidung begründet.

»Enowir ist manchmal ein richtiges Stumpfohr«, hatte Nemira über dessen Lippen verlautbaren lassen. Die beiden waren über Nibahe verbunden. Selbst wenn Nemira eigentlich gestorben war, so lebte ihr Geist in

Enowir weiter. Oder besser gesagt in einer Sphäre, in die Enowirs Bewusstsein hineinreichte.

In Enowirs Gegenwart hatte Marelija selbst Einblick in diese Sphäre erhalten. Ein unbeschreibliches Gefühl. Das Wissen verstorbener Freunde wurde auf einmal greifbar, zudem verschwand das Gefühl von Einsamkeit. Allerdings löste sich die eigene Persönlichkeit allmählich auf. Das war das einzig Beängstigende an diesem Zustand. Deshalb schreckte Marelija davor zurück, nochmal durch diese Pforte zu treten.

Das Klirren von Metall auf Stein riss sie aus ihren Gedanken. Der Wächter in Rüstung war zu Boden gestürzte und zuckte. Reflexartig kniete sie sich zu ihm hinab und drehte ihn herum. Die Adern des Elfen zeichneten sich deutlich gegen die blasse Haut seines Gesichts ab. Schaum brach ihm aus dem Mund, verzweifelt schnappte er nach Luft. Seine Lider klappten auf, hilfesuchend sah er zu Marelija auf. Seine Augen standen in Flammen, sie loderten grün.

IV.

»Macht allein zeichnet keinen guten Herrscher aus, die meisten geben sich jedoch damit zufrieden.«

Lehrspruch der hohen Schule der Magie

Die Fangarme des Ungetüms schlugen wie Regentropfen auf Enowir ein und genauso schnell hielt er ihnen sein Schwert entgegen. Es gelang ihm nahezu jedes Mal, die Klinge in die richtige Position zu bringen und auszurichten. So musste er kaum Kraft aufwenden, während das Monster sich an seinem Schwert die Glieder abschlug. Unter den fetten Hautlappen brachen immer mehr Tentakel hervor. Die abgetrennten Arme zogen sich darunter zurück und hinterließen rote Spuren. Der Qualtra brüllte vor Schmerzen. Die Pein versetzte ihn noch mehr in Rage. Er drosch auf Enowir ein, bis der gigantische Fleischberg einfach in sich zusammensank und sein Auge schloss.

»Verblutet«, stellte Enowir fest.

Ich bin beeindruckt, fast ohne Hilfe, kommentierte Nemira.

»Enowir, wo steckst du?!«

Er wirbelte herum. Ladrach hatte seine liebe Not, dem Monster Herr zu werden. Es drang wütend kreischend auf ihn ein. Der Krieger fiel zu Boden und ein peitschender Hieb schlug ihm die Waffe aus der Hand. Der Schlag auf die Brust wurde durch den Harnisch abgemildert, der Klang des Aufpralls hallte jedoch weit über die Ebene. Enowir stürmte auf den Qualtra zu. Im Sprung schlug er dessen Arme beiseite und rammte der Bestie das Schwert durch das große Auge. Das Monster schrie erbärmlich. Von allen Richtungen gingen die Fangarme auf Enowir nieder. Er riss das Schwert aus dem Monster und gab die Kontrolle über seinen Körper auf. Enowir spürte, wie Kräfte in ihn fuhren, die kein Elf alleine in sich trug. Er schwang das Schwert mit einer Schnelligkeit und Präzision, die es dem Monstrum unmöglich machte ihn zu treffen. Das Blut der Bestie stob wie ein Orkan um ihn herum. Erst als der Qualtra sterbend in sich zusammensackte, fiel der Vorhang aus Rot.

»Beeindruckend«, staunte Ladrach vom Boden zu Enowir hinauf. Er war ein Krieger aus Darlachs Klan. Einer der wenigen, der bei der Auswahl seines Standes nicht das Denken aufgegeben hatte. Dennoch beeindruckte ihn - wie jeden anderen seiner Kaste - Stärke und Kampfgeschick, dies wusste Enowir. Schon oft hatte er Ladrach drauf hingewiesen, dass seine Fähigkeiten kaum etwas mit Können zu tun hatten. Der Kämpfer ließ sich in seiner Bewunderung jedoch nicht beirren, für ihn zählte allein das Resultat.

Enowir reichte seinem Freund die Hand und zog ihm auf die Beine. In seiner Rolle als Krieger bestand Ladrach auf eine Rüstung. Nemira zog ihn ständig dafür auf. Denn in freier Wildbahn waren die schweren Panzer nur hinderlich. Ladrach hingegen schien das Tragen der Rüstung zu genießen. Die Metallteile waren leichter, als das Rüstzeug seines Klans, welche aus Panzerplatten der Monstren von Krateno zusammengesetzt waren. Noch dazu war dieser Harnisch von den Vergessenen extra für ihn angefertigt worden.

Enowir wischte das Blut von der Klinge und schob sie in die Scheide zurück. Ein seltenes Artefakt, das imstande war die Magie der Elfen zu entfesseln. Hätte er eine gewöhnliche Waffe geführt, so wäre es Nemira und den anderen Geistern, die in seinem Kopf beheimatet waren nicht möglich, in den Kampf einzugreifen.

»Ich habe noch nie so viele Qualtra auf einmal gesehen«, stellte Enowir fest. Sie hatten mittlerweile siebzehn dieser Monstren zu Strecke gebracht. Er blickte über die felsige Landschaft, der Boden zwischen den Gesteinsbrocken war sandig. Kein guter Ort für diese Kreaturen. Sie mochten es sumpfig und nah am Wasser. Ohne Mühe erkannte Enowir ihre Spuren. »Sie kamen von dort.« Er zeigte nach Osten.

»Ich bin gespannt, vor was sie geflohen sind«, freute sich Ladrach, hob sein Schwert auf und pfiff. Ihre Pferde kamen aus der Deckung. Es fühlte sich befremdlich an, auf diesen Tieren zu reiten. Pferde überlebten außerhalb einer Festung auf Krateno nicht besonders lange. Die Vergessenen hatten es jedoch geschafft sie auf dieses Leben abzurichten.

Die beiden schwangen sich in die Sättel.

»Wir müssen aufpassen«, gemahnte Enowir seinen Gefährten. »Wenn sie in Scharen fliehen, dann bedeutet das nichts Gutes.«

»Bei deinem Kampftalent wundert es mich, dass du so vorsichtig bist«, überlegte Ladrach. »Du könntest es doch mit Allem aufnehmen.«

Gemeinsam ritten sie den Spuren hinterher.

»Alle Fähigkeiten haben ihre Grenzen. Gefährlich ist es, wenn man diese nicht kennt. Leichtsinn ist mein größter Feind«, resümierte Enowir.

Den Spruch hast du von Norfra geklaut, stichelte Nemira.

Ladrach schwieg.

»Ich kann mich täuschen, aber hat das hier nicht alles einmal ganz anders ausgesehen?«, fragte Nemira über Enowirs Lippen.

Ladrach verengte die Augen. Er griff sein Schwert. Der Reflex eines Kriegers, der ihm Sicherheit verschaffte. Denn es gab nichts, was er hätte bekämpfen können.

Die einst farbenprächtige Landschaft war verdörrt. Die Bäume hatten ihre Blätter abgeworfen. Die Gräser hatten sich niedergelegt und eine braune Färbung angenommen. An einem Wasserloch lagen zwei Qualtras, die offensichtlich tot waren, die rosige Haut war schwarz. Es sah so aus, als lägen sie bereits ewig dort. Aber keine Fliege labte sich an den stinkenden Fleischbergen.

»Du hast recht«, stimmte Ladrach zu.

»Die Quelle haben wir gereinigt«, erinnerte Enowir überflüssigerweise.

»Das ist richtig.« Ladrach stieg ab und kniete sich zum Wasserloch. Skeptisch beobachtete er die klare Wasseroberfläche. Er fuhr mit seiner Hand durch das Nass und sog es mit dem Mund prüfend von den Fingern. »Das Wasser ist rein, es scheint nicht vergiftet zu sein.«

»Was hat dann die ganzen Pflanzen umgebracht?«

»Das ist die Frage.«

»Wir sollten die anderen Quellen überprüfen«, schlug Enowir vor.

Ladrach erhob sich und stieg in den Sattel.

Das Wasser hat die Vergessenen doch geheilt, überlegte Nemira. *Wie kann es sein, dass es plötzlich so eine verheerende Wirkung hat.*

»Wenn das wirklich an dem Wasser liegt, dann müssen wir so schnell wie möglich in die Stadt zurück und unsere Brüder und Schwestern warnen«, zog Enowir die Konsequenz.

»Wenn«, zweifelte Ladrach. »Aber ich ... ich glaube nicht, dass es daran liegt.« Er klang wenig überzeugt.

»Ich verstehe, auch für mich wäre es schwer zu ertragen, dass dieses Heilmittel auf einmal schädlich sein soll. Aber wir können das nicht ignorieren.« Enowir wies auf einen der abgestorbenen Bäume.

»Das wäre dumm«, stimmte Ladrach zu. Der Elf hatte schon zuviel verloren, seine Heimat und seinen Klan. Hätte dieses Wasser - das die Rettung für Krateno bringen sollte - solch eine fatale Wirkung, würde in ihm auch noch die letzte Hoffnung sterben. Ladrach war stark, doch wie viel konnte ein einzelner Elf aushalten?

Enowir vernahm das Zischen des Pfeils viel zu spät. Das Geschoss prallte an Ladrachs Schulterplatte ab. Der Krieger riss augenblicklich sein Schwert aus der Scheide.

Enowir sprang vom Pferd und zog seinen Freund hinter einen Baum. Keinen Moment zu früh. In die Rinde schlugen etliche Pfeile ein. Indes ergriffen die Rösser, ihrem Überlebensinstinkt folgend, die Flucht. Sie würden in der Nähe, aber außerhalb ihrer Sichtweite zu finden sein.

»Sie werden versuchen uns zu umzingeln, wir müssen hier weg«, beurteilte Ladrach ihre Situation.

»Bleib hier«, wies Enowir ihn an. Er griff um den Baum und zog einen der Pfeile aus der Rinde, er löste sich überraschend leicht. Die Pfeilspitze bestand aus Holz und war in Feuer gehärtet worden. Ein Wunder, dass sie durch die Baumrinde gedrungen waren.

»Das sind Elfen, die da auf uns schießen.« Er reichte Ladrach den Pfeil.

»Wenn dem so ist, dann ist das eine primitive Arbeit«, urteilte dieser.

»Benutzen die Vergessenen solche Pfeile?«

»Ich habe noch keine von ihnen gesehen«, überlegte Ladrach. »Aber ich gehe davon aus, dass sie zumindest Eisenspitzen einsetzen würden.« Er klopfte sich auf den Brustpanzer, um an ihre Handwerkskunst zu erinnern.

Enowir streckte den Kopf hinter dem Baumstamm hervor und zog ihn sogleich wieder zurück. Ein Pfeil zischte knapp an ihm vorbei. Der kurze Augenblick genügte, um zu sehen, dass sich die Angreifer auf sie zu bewegten, und ihre Formation auffächerten.

»Sie kommen näher«, teile er Ladrach mit. »Und sie haben vermutliche viele Pfeile. Sonst würden sie nicht solche unsicheren Schüsse abgeben.«

»Wir können hier nicht warten, bis sie uns umzingelt haben.« Ladrach suchte die Umgebung nach Fluchtmöglichkeiten ab. Aber die nächste Deckung lag zu weit entfernt. Bei ihrer Flucht wären sie leichte Ziele für geübte Schützen.

»Ich schlage vor, wir ergeben uns«, Enowir zog den Dolch.

»Das sieht nicht so aus, als hättest du das wirklich vor«, überlegte Ladrach.

»Bleib hier«, verlangte Enowir. Natürlich musste er sich absichern. Er atmete tief durch und gab die Kontrolle über seinen linken Arm auf. Er reckte die Hände in die Luft. Seine linke Hand drehte sich so herum, dass der Dolch von ihren Angreifern nicht gesehen werden konnte. Mit weithin sichtbar erhoben Armen trat er hinter dem Baum hervor. Sofort gingen zwei Pfeile auf ihn nieder. Seine Linke fuhr durch die Luft und schlug die Geschosse beiseite.

»Wir sind Freunde!«, rief er. Wer auch immer seinen Arm lenkte, achtete sorgsam darauf, dass der Dolch verborgen blieb.

Hinter einem Felsen trat eine Gestalt hervor. Sie hatte lange schwarze Haare und trug einen Harnisch aus Leder. Die Rüstung war aus vielen unterschiedlichen Elementen zusammengesetzt und unnötig kompliziert verarbeitet. Die Form erinnerte an die Elfenrüstungen aus ihrer glorreichen Vergangenheit. Sie war diesen offenkundig nachempfunden.

»Leg deine Waffen ab!«, verlangte der Krieger. »Und dein Begleiter soll vortreten!«

»Erst will ich wissen, wer ihr seid?«, Nemira hatte die Kontrolle über Enowirs Mund übernommen.

»Sag deinem Begleiter, er soll sich zu erkennengeben«, beharrte der Elf in Lederrüstung.

Ladrach trat hinter dem Baum hervor. Ein Krieger versteckte sich nicht. Dennoch war er klug genug zu Enowirs Seite aus der Deckung zu treten, sodass ihn dieser gegen einen erneuten Beschuss abschirmen konnte.

»Er trägt die Rüstung der Verfluchten«, stellte der Elf in Leder fest. »Er hat kein Recht, weiter auf unser Gebiet vorzudringen!«

Sofort war Enowir klar, was hier vor sich ging. Die Vergessenen hatten sich selbst vergiftet, damit sie das verdorbene Wasser Kratenos trinken konnten. Damit bezahlten sie jedoch einen hohen Preis. Nicht nur das sie ihre Unsterblichkeit einbüßten, sie bekamen davon schlohweiße Haare, stechend grüne Augen und ihre Venen zeichneten sich deutlich unter der Haut ab. Diese Merkmale verliehen ihrem Äußeren den Anschein von Dämonen. Ladrachs Klan war dieser Täuschung ebenfalls erlegen. Weshalb sie die Vergessenen Jahrhunderte lang bekämpft hatten, ohne sich einzugestehen, dass es sich dabei um ihre Brüder handelte.

»Er trägt lediglich ihr Rüstzeug, er ist keiner von ihnen«, erklärte Enowir. Es würde zu lange dauern, ihnen begreiflich zu machen, dass die Vergessenen keine Gefahr darstellt. »Seht doch selbst.«

Aus der Deckung traten sieben weitere Elfen, mit gespannten Bögen. Gemeinsam kamen sie auf Enowir und Ladrach zu. »Lasst die Waffen fallen!«, befahl der Redner erneut.

»Was ist ...«, Enowir presste die Lippen zusammen, um Nemira am Sprechen zu hindern. »Wir sind nicht eure Feinde.«

»Das muss der König entscheiden«, entgegnete der schwarzhaarige Elf.

»Der König?«, fragte Ladrach mit gerunzelter Stirn.

Das sind so wenige, die schaffen wir, versicherte Nemira.

Wir dürfen aber keinen Krieg beginnen, auf Krateno sind wir auf jeden der Unseren angewiesen, erwiderte Enowir. Er errang die Kontrolle über seinen linken Arm zurück und ließ den Dolch fallen. Daraufhin löste er den Waffengürtel. Ungeachtet schepperte dieser zu Boden. Sogleich spürte er, wie Nemira in seinem Geist in den Hintergrund trat. Die magischen Waffen trugen ihren Teil zu ihrer Verbindung bei. Ohne den vollständigen Kontakt zu seiner ständigen Begleiterin fühlte Enowir sich erbärmlich schwach.

Ladrach tat es ihm gleich. Wenn man ihm den Widerwillen auch deutlich ansah.

»Der König, er herrscht von Geburtswegen über die Elfen«, erklärte der Redner.

Solch einen König gibt es nicht, flüsterte Nemira. *Radonar hat gesagt, dass es schon lange vor dem großen Ereignis keinen mehr gab.*

»Wie ist dein Name?«, fragte der Redenführer an Enowir gewand. Den Blick auf dessen dunkle Haare gerichtet. Sie besaßen die gleiche Färbung wie die seinen. In Enowirs Klan waren schwarze Haare sehr selten gewesen.

Enowir stellte sich und seinen Begleiter vor. Auch dessen Äußeres wurde von dem Fremden gemustert, besonders die eingeschnittenen Ohren, die dadurch nicht spitz, sondern gezackt waren.

»Ich bin Enuhr«, stellte sich der Elf in gehärtetem Leder vor.

»Von woher kommst du?«, wollte Enowir wissen.

Die Krieger von Enuhr ließen die Bögen sinken. Sie trugen sogar Helme, die so geschnitten waren, dass sie so aussahen, wie das Rüstzeug der Elfen vor dem großen Ereignis. Einer von ihnen trat vor und sammelte die Waffen auf. Enowir behielt ihn genau im Auge.

»Wir lagern im Westen«, erwiderte er. Für einen Moment warf er einen Blick zu dem Wasserloch, um das alle Pflanzen verdörrt waren. Seine Miene verhärtete sich. »Kommt jetzt.«

Sie mussten nicht lange gehen, da erreichten sie die Reittiere. Es handelte sich um Echsen, allerdings waren sie nicht so hoch und schlank gewachsen wie jene, die Ladrachs Klan benutzte. Diese sahen eher wie zu groß geratene Warane aus. Sie reichten Enowir gerade bis zur Hüfte. Die Sättel waren ebenfalls komplett aus Leder gefertigt, ohne einen einzigen metallenen Beschlag. Dennoch war es diesen Elfen gelungen das Aussehen des Zaumzeugs aus den alten Tagen vortrefflich zu imitieren. Alles an ihnen wies darauf hin, wie sehr sie sich nach der Zeit vor dem großen Ereignis zurücksehnten.

Enowir und Ladrach mussten sich eines der Tiere teilen.

Die Warane bewegten sich mit beachtlichen Geschwindigkeit, wobei sie den Boden mit ihren Klauen aufrissen und ihre Leiber breite Schleifspuren hinterließen.

Enuhr antwortete auf keine der Fragen, die Enowir unterdessen an ihn richtete. So gab er es alsbald auf, mehr über die Fremden zu erfahren. Sie ritten stumm dahin, bis ... Enowir staunte nicht schlecht, als sich nach einem halben Tagesritt vor ihnen eine Stadt erhob, von eindrucksvollen Mauern gesäumt. Er benötigte einen Moment, um zu verstehen, dass sie komplett aus Holz bestand. Auch wenn man sich alle Mühe gegeben hatte, die Stadtmauern so aussehen zulassen, als seien sie aus Stein errichtet worden. Diese Elfen versuchten, den Glanz ihrer alten Tag zu bewahren, indem sie diesen mit ihren einfachen Mitteln nachbildeten. Was für die Mauer galt, das traf ebenso für die anderen Bauwerke zu. Sie waren exakte Nachbildungen von Steinhäusern, wie sie in der Festung von Ladrachs Klan zu finden waren.

»Erstaunlich«, kommentierte der Elf mit den eingeschnittenen Ohren. »Aber wie verteidigen sie das Ganze, nur Holz allein bieten keinen ausrechenden Schutz gegen die Bestien von Krateno.«

Enuhr hatte ihn offenbar gehört. Zu Enowirs Überraschung ging er auf die Frage ein. »Wenn die Bestien kommen, oder ein *anderer*«, er hätte wohl am liebsten »feindlicher« gesagt, »...Klan anrückt, können wir die Stadt innerhalb kurzer Zeit abbauen und an einem anderen Ort errichten.«

»Wie entscheidet ihr, wo ihr euch niederlasst?«, erkundigte sich Enowir.

»Das Entscheiden nicht wir, sondern der Wind, wir lassen unsere Wägen von ihm tragen. Mit Segeln.«

Windelfen, betitelte Nemira diesen Klan.

Die Neuankömmlinge wurden neugierig von den hier lebenden Elfen begutachtet. Die Elfen ohne Rüstungen, waren aufwändig gewandet. Die Männer trugen Hemden mit aufgebauschten Ärmeln und Westen darüber, die Frauen wallende Kleider. Solch Bekleidung erschien Enowir absolut unpraktisch. Vermutlich waren auch diese der Garderobe ihrer Ahnen nachempfunden. Die Elfen trugen sie mit Stolz, auch wenn sie sich nicht für das Leben auf Krateno eigneten. Nicht selten waren die Kleider zerrissen oder verschmutzt. Aber keine der Elfen hätte diese gegen etwas praktischeres getauscht. Ihre Geringschätzung Enowir gegenüber,, dessen Kleidung aus schwarzem Echsenleder bestand, lag deutlich in ihren Blicken. Dabei bot ihm diese Gewandung den nötigen Schutz und war dabei so leicht, dass sie seine Bewegung nicht einschränkte. Aber sie strahlte weder Eleganz noch Würde aus. Das Leder war schmutzig, abgenutzt und teilweise brüchig.

Vor ihnen erhob sich ein großes Gebäude. Es stellte offenkundig einen Palast dar, der allerdings stark verkleinert worden war.

»Ihr werdet dem König der Elfen gegenübertreten«, verkündete Enuhr.

Ladrachs Lächeln sprach Bände. Ein Herrscher der Hochgeborenen, den die meisten Elfen nicht anerkannten und nicht einmal etwas wussten, war ein Witz.

Die beiden Freunde stiegen ab, gefesselt wurden sie nicht, aber flankiert von den Kriegern, die mit geschulterten Bögen immer eine Hand am Schwertknauf behielten. Dennoch überraschte es Enowir, dass diese Elfen Gefangene vor ihren König führten, ohne weitere Vorsichtsmaßnahme zu ergreifen.

Enuhr trat durch das Tor des Palastes, um sie anzukündigen.

»Ich bin gespannt«, meinte Ladrach, er grinste. »Wer ist wohl so derart von sich überzeugt, sich selbst als König auszurufen ...«

»Sprich weiter und du wirst es nicht bis zu unserem Herrscher schaffen!«, fuhr ihn einer der Elfenkrieger an. Ladrachs Lächeln wich. Er warf ihm einen Blick zu, der als Aufforderung für ein Duell auf Leben und Tod genügte. Bevor der Krieger annehmen konnte, wurde das Tor geöffnet und Enuhr trat heraus.

»König Hephyros wird euch nun empfangen.«

»Dieser Name klingt ungewöhnlich«, bemerkte Enowir und sprach damit einen Gedanken von Nemira aus.

Die beiden Gefangenen wurden unsanft durch das Tor gestoßen.

Enowir hatte bereits vermutet, dass der kleine Palast nicht viele Räume barg und tatsächlich schien er aus einem einzigen zu bestehen. Einem Thronsaal. Durch die hochgelegenen Fenster drang das Sonnenlicht, sodass es hier drin taghell wurde. Zu dem Herrschaftsstuhl führte ein roter Teppich, der über niedergetrampelten Grasboden gelegt worden war. Auf dem breiten Sitz des Thrones lagen neben mehreren Kissen drei leichtbekleidete Elfinnen. Eine hatte zerwühlte Haare und die dünnen Stoffbahnen um ihren Leib waren verrutscht, über ihrer Haut lag ein deutlicher Schweißfilm. Zwischen ihnen saß er, der Herrscher. Er trug ein umständliches Gewand, das weit offen stand. Seine Brust war mit langen Narben bedeckt, die Furchen durch einen Pelz zogen. So etwas hatte Enowir noch nie gesehen. War das eine besondere Zierde, eine Mode, die er nicht verstand? Aber offenbar waren die

Haare auf der Brust des Königs festgewachsen. Wenn sie sich auch kräuselten, so besaßen sie doch die gleiche Farbe, wie sein Haupthaar, das ihm wallend über die Schultern fiel. Es musste Blond sein, auch wenn man versucht hatte, das Haar mit Blut zu färben. Enowir glaubte nicht, dass dieser Rotstich auf natürlichem Wege zustande kommen konnte. Das rechte Ohr des Königs blitze durch seinen Schopf hindurch, es war an der Spitze abgerissen und vernarbt. Seine Haut erschien grobporig und unrein. Hässlich, das war das Wort, welches diesen *König der Elfen* am besten beschrieb. Die schmutzigen und langen Fingernägel komplettierten das Bild. Das, was Enowir am meisten an dem Äußeren des Herrschers abstieß, waren die fehlenden Pupillen. Es sah so aus, als hätte man ihm Bernstein in die Augenhöhlen gesetzt. Der König der Elfen, er mochte alles sein, doch niemals ein Angehöriger ihres Volkes. Bei diesem Geschöpf passte nichts zusammen. Ein Qualtra war auf seine Weise schöner, weil bei diesen Kreaturen zumindest das Gesamtbild stimmte.

Nemira wurde nicht müde immer noch etwas zu finden, was sie an der Erscheinung ekelte.

»Mein König«, Enuhr fiel vor ihm auf die Knie. »Ich bringe die Gefangenen.«

Enowir fiel es nicht ein, diesem ... *Etwas* ..., Ehrerbietung entgegenzubringen. Grobe Hände zwangen ihn zu Boden. Ladrach verweigerte sich ebenfalls. Es waren zwei Krieger notwendig, um ihn in eine demütige Haltung zu zwingen.

»Enuhr, warum belästigst du mich«, der König griff sich in den Schritt. »Ich bin beschäftigt. Du weißt genau, wie mit den Elfen zu verfahren ist, die nicht zu meinem Reich gehören. Töte sie ...«, er klang gelangweilt. Sein

Blick wanderte zu der Elfe, mit der er offenkundig zuvor *beschäftigt* gewesen war.

»Mein König«, legte Enuhr mit gebeugtem Haupt ein Veto ein. »Sie sind keine dieser verdorbenen Elfen. Auch wenn einer von ihnen, deren Rüstung trägt. Und dieser hier«, er deutet auf Enowir, »Er könnte ein Spross aus unserer Linie sein. Bevor ihr unsere Führung übernahmt, ist unser Klan in alle Richtungen Kratenos ...«

»Das genügt!«, brauste der König auf. »Ich kenne die Geschichten. Ich weiß aber auch wie erbärmlich ihr wart, bevor ich kam, und seht euch jetzt an, nach nur fünfzig Jahren. Also tut, was ich sage!«

»Ich fordere mein Recht!«, erhob Ladrach die Stimme.

»Du hast keine Rechte«, tat der König ab.

»Als Krieger will ich um mein Leben kämpfen«, beharrte Ladrach. »Das ist altes Recht, und Ihr ehrt doch die Traditionen. Oder ist Eure Festung, die Kleidung, die Rüstungen, nicht mehr als Blendwerk?«

»Hm, ein Kampf ...«, überlegte König Hephyros. Ein Grinsen breitete sich auf seinem Gesicht aus. Dabei entblößte er seine scharfen Eckzähne, die von oben und unten ineinandergriffen. »Ich hätte Lust solch einem Spektakel beizuwohnen.«

»Mein König?« Enuhr sah ihn unsicher an.

»Der Kampf soll stattfinden!«, beschloss er. »Dieser dort, gegen ...«, er legte eine gewichtige Pause ein. »Gegen Aswir, bis zum Tod.«

»Mein König ...«, Enuhrs Einwand wurde mit einer Handbewegung beiseite gewischt.

»Jetzt lasst mich allein, in einer Stunde soll der Kampf auf unserem Hauptplatz stattfinden. Nun zu dir mein Kind.« Er wartete nicht darauf, dass Enuhr mit seinem

Gefolge den Thronsaal verlies, bevor er über die Elfe herfiel.

***

»Solch ein Gesetz gibt es nicht, hat es nie gegeben«, flüsterte Ladrach.

»Warum tust du das dann?«, fragte Enowir.

»Ich habe nicht vor, kampflos zu sterben«, erwiderte er. »Vielleicht gelingt mir ebenfalls eine große Tat.«

Das war Enowirs Fluch. Alle sahen ihn als einen Helden an, sodass jeder in seinem Umfeld plötzlich glaubten, eben solche Heldentaten vollbringen zu müssen. Dass diese teuer erkauft waren, sah kaum jemand. Noch dazu empfand sich Enowir so gar nicht als Held. Vielmehr glaubte er, den Erwartungen, die an ihn gestellt wurden, nicht gewachsen zu sein.

Die Windelfen verzichteten weiterhin darauf, die Gefangenen zu fesseln. Die Phalanx aus Speeren, konnten sie unbewaffnet nicht überwinden.

Gemeinsam traten sie auf den Hauptplatz. Hier hatten sich die meisten Elfen des Klans versammelt. Sie tuschelten miteinander und zeigten auf die Gefangenen. Enowir blickte in die vielen besorgten Gesichter.

Ihnen scheint nicht besonders wohl zu sein, urteilte Nemira.

»Der König!«, donnerte eine Stimme über den Platz. Sogleich fielen alle Elfen auf die Knie. Nur Enowir und Ladrach blieben stehen. Jemandem Respekt zu zollen, der sie umbringen wollte, fiel ihnen nicht ein.

Hephyros ließ sich auf einer Sänfte tragen, die aus einer bequemen Sitzgelegenheit und einem Sonnendach bestand. Dieser Anblick wirkte fern von alledem, was auf Krateno üblich war. Auf dem verdorbenen Boden zählte allein das Überleben. Prunk und gewichtige Titel waren nicht lebensnotwendig und daher überflüssig. Ein König, in einer Sänfte mutete lächerlich an. Die Kopfbedeckung von Hephyros setzte dem ganzen im wahrsten Sinne des Wortes die Krone auf. Es handelte sich um ein Reif aus Leder, in den verschiedenste Edelsteine eingearbeitet waren.

Hephyros hob huldvoll die linke Hand zum Gruß. Diese Art der Selbstüberhöhung wirkte auf Enowir so fremd, dass er ernsthaft daran zweifelte sich noch auf Krateno zu befinden. Die Holzhäuser, die verkleideten Elfen, ihr König, dem sie so unwidersprochen gehorchten und huldigten ... all dass erschien wie die Inszenierung einer fremdartigen Welt.

»Erhebt euch«, sprach Hephyros gelangweilt.

Es raschelte, als sich die Elfen aufrichteten.

»Diese Fremden«, er zeigte auf Ladrach und Enowir, »haben das Recht eingefordert, um ihr Leben kämpfen zu dürfen. Zumindest einer von ihnen. Ich dachte, er könne unserem besten Soldaten gegenübertreten. Aswir!«

Alle Augen richteten sich auf einen hochgewachsenen Elfen mit breiten Schultern. Er wirkte wie jemand, der sich auf das Mordhandwerk verstand. An seiner Seite stand eine Elfe mit einem Kind auf dem Arm. Sie trat sogleich näher an ihren Mann heran, als sie die Worte ihres Königs vernahm.

»Warum sollten sie nicht bis zum Tod kämpfen, dachte ich«, sprach der König getragen. »Da fiel mir ein, dass es ja zwei Fremde sind. Warum also das Leben von einem der Unseren riskieren? Wieso sollten sie nicht gegeneinander kämpfen? Derjenige der überlebt darf gehen.«

Stille legte sich über die Elfen. Mit geweiteten Augen sahen sie ihren König an, als könnten sie die

Grausamkeit ihres Herrschers nicht fassen. Keiner von ihnen sprach auch nur ein Wort.

»Das werden wir nicht!«, widersprach Enowir.

»Na gut ...«, gab der König nach. »Tötet sie.«

Die Speerträger hoben blitzartig die Waffen.

»Halt! Wir werden kämpfen!«, versicherte Ladrach.

»Ladrach«, beschwor Enowir ihn.

»Sieh sie dir doch an, sie wollen sich an den barbarischen Sitten ihres Herrschers ergötzen. Was haben wir anderes von unseren blutrünstigen Brüdern und Schwestern zu erwarten, als die Gnade einer Klinge. Dann soll es lieber die deine sein.« Ladrach sprach laut genug, sodass ihn auch der letzte Elf auf dem Platz hören musste. Sogleich empörten sich einige Elfen lautstark über diese Diffamierung.

»Ruhe!«, rief der König. Seine Sänftenträger zitterten, ob des Gewichts. Vier waren wohl etwas wenig für die schwere Konstruktion. »Ihr werdet kämpfen!«

Enowir und Ladrach wurden in die Mitte des Hauptplatzes gestoßen.

Enuhr kam zu ihnen und reichte ihnen zwei Schwerter. Zu Enowirs bedauern waren es nicht ihre Waffen. Jeder, der die Klinge seines Schwertes einmal geprüft hatte, würde es für sich behalten.

»Das ist also dein Klan«, sprach Ladrach den Windelf an. »Eine Bande, die zu feige ist selbst den Mord an ihren Artgenossen zu begehen.«

Enuhr vermied es, die beiden anzusehen. Er erwiderte nichts. Fluchtartig verließ er den Kampfplatz.

»Tu es schnell, Enowir«, bat Ladrach leise. Der sich nicht die Mühe machte, ein Gefühl für das Schwert zu bekommen. »Wir wissen beide, dass ich dich nicht besiegen kann. Selbst wenn ich es wollte, ich könnte es nicht.«

Da war sich Enowir nicht so sicher. Ladrach war ein exzellenter Kämpfer, ohne die Nibahewaffen waren sie sich zumindest ebenbürtig. »Du glaubst doch nicht, dass er mich gehen lässt. Sieh dir diesen König an, er ist offenkundig wahnsinnig.«

»Wir müssen davon ausgehen, dass er Wort hält. Mehr haben wir nicht«, verlangte Ladrach. »Mach es mir nicht noch schwerer.«

»Was ist jetzt, mir wird langweilig?«, gähnte der König. »Kämpft, oder ich lasse euch erschießen.« Er gab einem Bogenschützen einen Wink. Er zielte und schoss, der Pfeil grub sich neben Enowirs rechtem Fuß in den Boden.

»Wenn du mein Angebot nicht annehmen willst«, Ladrach schlug zu.

Die Klinge zischte knapp über Enowirs Kopf hinweg. Hätte er sich nicht weggeduckt, hätte sie ihm den Schädel gespalten.

Ladrach blickte ihn entschlossen an.

»Seht ihr, der Barbar haust in jedem von uns«, lachte Hephyros. »Los jetzt. Ich will Blut sehen. Schlagt zu!« Er hatte sich aufgerichtet und nach vorne gebeugt, um den Kampf besser beobachten zu können.

Enowir wich zurück und zur Seite, um den Hieben zu entgehen.

»Wehr dich!«, rief Ladrach.

Der Rand des Kampfplatzes kam näher. Durch die dichtgedrängten Elfen gab es für Enowir kein Hindurchkommen. Ladrach schnitt ihm gekonnt den Weg ab, sodass er nicht an ihm vorbeikam. Wenn Enowir auch nur das Schwert gegen seinen Freund erhob, so würde sich dieser bereitwillig in die Klinge stürzen, um Enowirs Leben zu erhalten.

Noch zwei Sprünge zurück und es gab kein Entrinnen mehr. Enowir hob das Schwert. Die Kraft von Ladrachs Hieb drohte ihm die Klinge aus der Hand zu reißen.

Der Tod, ist nicht schlimm, versicherte Nemira.

Enowir parierte mit Mühe die Angriffe seines Freundes. Die Klingen schlugen klirrend aufeinander. In die Enge getrieben hob Enowir zum Gegenangriff an. Ladrach sah erleichtert aus, als ihm sein Gefährte endlich etwas entgegensetzte. Ein Lächeln huschte über seine Lippen, ob der Gewissheit des eigenen Todes.

Enowir ging in die Offensive. Es gelang ihm jedoch nicht, Ladrach zurückzudrängen. Dieser öffnete dagegen Lücken in seiner Verteidigung, die Enowir ausnutzen sollte.

Mit jedem Schwertstreich schlug er ein Angebot, auf einen blutigen Sieg aus. Stattdessen führte er die Klinge durch Ladrachs Verteidigung und stieß ihm das Schwert gegen den Brustpanzer. Es donnerte laut, Ladrach wurde von der Wucht zurückgeworfen. Enowir wirbelt an seinem Freund vorbei, um sich auf diese Weise Raum für den Kampf zu verschaffen.

Ladrach fuhr im selben Moment herum, schlug zu und das Blut spritzte.

Enowir spürte den Schnitt an seinem linken Oberarm nicht. Er fühle nur wie das Blut am Arm hinab lief und von dem Leinenhemd aufgesogen wurde.

Bitte, du musst leben, las Enowir in der Miene seines Freundes. Nein, das brachte er nicht fertig. Zu viele gute Elfen waren bereits gestorben. Er würde niemanden seines Volkes ins Jenseits befördern. Er ließ die Waffe fallen und sank auf die Knie.

Was soll das Enowir?, empörte sich Nemira.

Ich komme zu dir. Er lächelte, als er seine Liebste vor sich sah. *Ich habe schon viel zu lange ohne dich gelebt.*

Er meinte, ihre Arme zu spüren, die sich zärtlich um ihn legten. Er roch ihren Duft und spürte ihren Atem auf der Haut. In diesem Moment gab es nur sie beide.

Ladrachs Klinge fuhr auf ihn hinab. Die Luft zerschneidend sang sie ein Loblied auf Galwar, dem Gott des Todes. Knapp ging sie an Enowirs Kopf vorbei. In derselben Bewegung warf Ladrach das Schwert. Die von ihren Ahnen perfekt gearbeitete Klinge wirbelte durch die Luft auf den König zu.

Dieser duckte sich unter dem Wurfgeschoss hinweg, wobei er einige Haare ließ. Mit einem dumpfen Laut blieb die Klinge in der Rückwand der Sänfte stecken. Der Schwertgriff fegte dem König der Elfen die Krone vom Haupt, als er sich bei Aufstehen daran stieß.

»Ihr habt es so gewollt!«, zürnte Hephyros. Er hob an zu einem eigenwilligen Gesang, in einer Sprache, die nur entfernt an die ihre erinnerte.

Enowir riss erschrocken die Augen auf. Vergebens versuchte er, seine Lunge mit Luft zu füllen. Er atmete und dennoch überkam ihn das Gefühl zu ersticken. Genauso schien es Ladrach zu ergehen. Er griff sich an den Hals, während seine Beine ihren Dienst aufgaben.

Enowirs Kopf schien bersten zu wollen. Das rhythmische Schlagen seines Herzens war verstummt. Die Hände krampften. Seine Sinne schwanden. Ein langgezogener schriller Ton erklang. Darüber hinweg vernahm er wild durcheinandergehende Rufe, und einen Schrei, der alles übertönte.

»Ne! Ka! Ru!«

V.

»Es mag jene unter uns geben, die glauben wir müssten unser Wissen um die Magie mit den gewöhnlichen Sterblichen teilen. Diese Narren werden eines Tages den Untergang von Godwana verantworten müssen.«

Averl, der Erbarmungslose.
Früherer Erzkanzler der hohen Schule der Magie

Dieser verdammte Magier, fluchte Hinrich in sich hinein. Der Plan war kühn und doch geglückt. Die Galeeren konnten an dem Kadaver der gigantischen Seeschlange anlegen, wie an einem Pier. Der Leib lag wohl auf Felsen auf, deshalb schwankte er nicht einmal. Das Salzwasser hatte die Blasen, aus denen die Wyvern gebrochen waren, ausgewaschen. So blieb sogar der Geruch nach Verwesung aus. Unter den zerrissenen Hautsäcken verbargen sich tatsächlich Schuppen, die unfassbar dick sein mussten. Die Orks hatten unter größter Anstrengung schwere Eisenägel zwischen die Panzerplatten geschlagen. An diesen hing die Strickleiter, an der sich Hinrich soeben emporzog. Um auf den Kadaver zu gelangen, galt es eine gewisse Höhe zu überbrücken. Der Leib der Seeschlange überragte das Deck der Galeeren um etwa zehn Meter. Der Kadaver bot ausreichend Halt, sodass sie einen Kran mit Flaschenzug und Hebeplattform darauf montieren konnten, um Material abzuladen und größere Gruppen von Soldaten oder Sklaven nach oben zu befördern. Diese Tätigkeit war mittlerweile in vollem Gange.

Hinrich misstraute den Kränen. Bei ihrer Abfahrt war bei der Beladung ein Seil gerissen. Die Fracht hatte drei

Matrosen unter sich begraben, von denen nur einer überlebt hatte. Wenn man es Leben nennen konnte mit zwei zertrümmerten Beinen in der Gosse, um Almosen zu betteln. Auf See würde dieser Mann nicht mehr fahren. Deshalb entschied sich Hinrich für die Strickleiter, auch wenn es ein mühsames Unterfangen war, den Leib des Monstrums auf diese Art zu ersteigen. Von dort oben führte eine stabile Brückenkonstruktion auf das Festland. Wenn je ein Zweifel daran bestanden hatte, dass sie sich auf dem richtigen Kontinent befanden, so hatte sich dieser in jenem Moment aufgelöst, als Hinrich zum ersten Mal die Landschaft gesehen hatte. Die Bäume waren auf groteske Weise in sich verdreht. Deren Blätter und Gräser waren mit Spitzen bewehrt. Selbst Büsche und Sträucher wirkten, als wollen sie jeden fressen, der an ihnen vorbeischritt. Garum kam zu ihm hinübergeschritten, wie er es immer tat, wenn der Kommandant einen Fuß auf dieses verderbte Land setzte.

»Wie viele sind es diesmal?«, fragte Hinrich.

»Dreiundvierzig Sklaven, ein Henker, und sieben Soldaten«, bei jeder Verlustmeldung wurde der frischgebackene Hauptmann unruhiger.

Wirklich alles auf diesem Festland schien den Sinn seiner Existenz darin zu sehen, die Invasoren töten zu wollen.

»Die Männer sollen besser aufpassen«, befahl Hinrich, wie jedes Mal.

»Natürlich«, Garum salutierte mit zitternden Händen und wandte sich zum Gehen.

»Wo ist der verdammte Magier?«, fragte Hinrich.

»Er hockt immer noch an dem Wasserloch«, teilte ihm Garum mit. Als er sich diesmal davonschlich, vergaß er jegliche Förmlichkeit.

Hinrich wusste, wie es seinem Hauptmann erging. Er selbst spürte deutlich die Schrammen auf seiner Brust brennen. Eine Maus hatte ihn von einem Ast angesprungen, das Leinenhemd zerrissen und war angetan gewesen sich in seinen Brustkorb zu wühlen. Eine verdammte weiße Maus mit stechenden grünen Augen. Er hatte sie gepackt und in seiner Hand zerquetscht. Das Blut des Nagers hatte sich in den Lederhandschuh gebrannt. Was war das nur für ein Land?

Hinrich schritt zwischen den Orksklaven hindurch, die das Gelände rodeten. Dabei töteten sie sämtliches Getier, das sie fanden. Die geschlagenen Bäume eigneten sich nicht, um damit ein Fort zu errichten. Das Holz war zu sehr in sich verdreht und voller Astlöcher. Sie würden keine stabilen Planken abgeben. In weiser Voraussicht hatten sie ausreichend Bauholz geladen. Auch Proviant gab es genug, Sorge bereitete Hinrich lediglich ihr Wasservorrat. Dieser würde wohl bald zur Neige gehen.

Überall wurde gehämmert und gesägt.

Hinrich sah den Magier, dessen kahler Kopf in der Sonne blitzte, von weitem. Er saß an dem einzigen Wasserloch weit und breit. Ein kleiner Bach ging von dieser Quelle ab. Würden sie diesen umlenken, könnten sie damit einen Brunnen unterhalten. Zuvor hatte der Magier darauf bestanden, das Wasser auf seine Trinkbarkeit zu prüfen. Er saß bereits den ganzen Tag neben der Quelle und hatte sich kaum gerührt.

Hinrich unterdrückte den Impuls, Lestral in die Hüfte zu treten, um sich bemerkbar zu machen. »Was ist nun? Wir brauchen Wasser für die Festung.«

»Kommandant«, grüßte der Magier. »Ihr solltet eine andere Quelle suchen.« Lestral blinzelte und sah zu ihm hinauf. »Diese ist mit irgendetwas verdorben.«

»Was soll das bedeuten?«

»Ich weiß es nicht«, Lestral blickte in das klare Nass. »Aber ich werde es herausfinden, Wasser ist mein Element. Aber ...«, er schwieg.

»Aber was?«, knurrte Hinrich. Sein Geduldsfaden war nie besonders lang gewesen und dieser Kerl stellte ihn gehörig auf die Probe. Allerdings galten Magier als Sensibelchen, wenn man sie zu schroff anpackte, waren sie sehr schnell eingeschnappt. Bockig wie kleine Kinder. Hinrich durfte es sich mit Lestral nicht verderben, wenn er seine wertvollste Waffe nicht verlieren wollte. Deshalb riss er sich am Riemen, so weit es ging.

»Ich kann es nicht beeinflussen«, gestand der Magier. »Als befände sich darin, eine magische Komponente, die ich nicht erfassen kann.«

Hinrich zog die Brauen hoch. »Wasser ist Wasser.«

»Das habe ich zu Beginn meines Studiums auch geglaubt. Aber diese Substanz, die sich in der Quelle befinden, sie ... schwingt anders«, versuchte sich Lestral an einer Erklärung.

»Die Substanz schwingt?«, Hinrich verstand nicht, im Grunde wollte er es auch nicht wissen. Aber wenn er den Magier für seine Zwecke gewinnen wollte, musste er sich für dessen Belange interessieren, als ein Zeichen von Anerkennung. Hinrich fluchte innerlich. Wenngleich die Menschen auf Godwana alle dieselbe Sprache nutzen, so gab es im dunklen Reich Worte, die selten ausgesprochen wurden und daher fremd wirkten. Wie Freundlichkeit, Wertschätzung und dieses Andere, das Hinrich nicht einfiel. Es verband im hellen Reich zwei Menschen miteinander und ließ sie dumme Dinge sagen und tun.

»Alle Elemente schwingen auf ihre eigene Weise. Wir Magier können diese Schwingung spüren und beeinflussen.«

»Wenn es so einfach ist, dann könnt Ihr auch andere Elemente beeinflussen?« Insgeheim hoffte Hinrich darauf. Was wäre dieser Mann für eine Waffe, wenn er auch noch Erde zu formen vermochte, wie er es mit Wasser tat?

»Nein«, widersprach Lestral. »Ich habe meinen Geist dem Wasser angeglichen, deshalb steht mir allein dieses Element zur Verfügung. Ich kenne nur einen Magier, der jemals Gewalt über zwei Elemente besaß, aber er ist verschwunden, vermutlich hat ihn seine Macht zerrissen.«

Hinrich lachte.

»Das ist kein Scherz«, beteuerte Lestral. »Wenn sich ein Schüler der Magie zu früh zu viel zumutet ... Nun es geschieht nicht selten, dass wir einen Schüler, der nicht zum Unterricht erscheint, auf seiner Stube mit geplatztem Schädel vorfinden. Hybris ist schon immer die größte Schwäche eines Magiers gewesen.«

Der Kommandant hatte sich nun lange genug für das Geschwätz des Magiers interessiert.

»Ist das Wasser vergiftet?«, warf Hinrich die naheliegende Frage auf. Es galt endlich herauszufinden, womit sie es zu tun hatten.

»Gifte sind meist auf Wasserbasis. Das bedeutet, ich kann sie genauso manipulieren, wie Wasser selbst«, Lestral sah in die Quelle. »Nein, es ist etwas anderes. Eine alchemistische Substanz, die mit Magie versetzt wurde.«

»Jetzt werde ich Euch zeigen, wie wir im dunklen Reich zu forschen pflegen. Du da!«, er deutete auf einen Soldaten, der mit seiner Armbrust am Anschlag, um die Baustelle patrouillierte. »Komm her.«

Der Soldat versuchte, gelassen zu wirken. Auch wenn Hinrich dessen Furcht fast schmeckte. Es war nie ein gutes Zeichen, als einfacher Infanterist vom Kommandanten direkt angesprochen zu werden.

»Kommandant«, er salutierte.

»Ja ja«, tat Hinrich hab. Er deutete auf das Gewässer. »Nimm einen Schluck. Nicht dass du in deinem Panzer in der Sonne zerkochst.«

Der Soldat warf einen skeptischen Blick in die Quelle. Freundlichkeit des Heerführers war immer ein Grund, misstrauisch zu werden.

»Tut es nicht«, hielt ihn der Magier zurück.

»Soldat, deine Befehle kommen von mir«, erinnerte Hinrich. Zu dem Magier gewandt sprach er: »Muss ich Euch an Eure Position erinnern?«

Zum ersten Mal war so etwas wie eine Gefühlsregung im Gesicht des Magiers zu sehen. Über Wut oder etwas Ähnliches hätte sich Hinrich gefreut. Sorge um einen Infanteristen gehörte nicht zu den Emotionen, die er sich wünschte.

Die Hand des Soldaten zitterte, als er sie in das klare Wasser tauchte und sich das Nass in den Mund schöpfte. Er kniff die Augen zusammen und schluckte. Sogleich keuchte er. Der Schmerz verzog sein Gesicht zu einer Grimasse.

»Und, wie ist es?«, fragte Hinrich gehässig.

»Es brennt Kommandant, ich ...«, weiter kam er nicht. Der Soldat krümmte sich und sank auf die Knie. Er kippte vornüber, sein Kopf durchstieß wellenschlagend die Wasseroberfläche. Geistesgegenwärtig packte

Hinrich den Soldaten am Gürtel und zog ihn an Land. Er atmete nicht mehr.

»Seht«, der Magier deutete mit seinem Stab in die aufgewühlte Quelle.

Ein glühendes Augenpaar beobachtete sie durch den Wasserspiegel. Der Tümpel explodierte. Ein klauenbesetzter Arm griff nach Hinrich. Dieser entkam nur, weil er bei einem Schritt rückwärts, über eine Wurzel stolperte. Sein Wams zerriss anstelle seines Brustkorbs, als die Klaue über ihn hinweg fuhr. Die undefinierte Bestie hob sich aus dem Wasserloch, das Maul zu einem ohrenbetäubenden Brüllen geöffnet. Darauf erklang das Klappern von Rüstungen der heranstürmenden Soldaten.

»Schützt den Kommandanten«, brüllte Garum.

Das Monster schob seinen verdrehten Rumpf an Land.

Hinrich kaum auf die Beine und stolperte hinter die Reihen der Soldaten, die ihre Phalanx für ihn öffneten.

»Schützen, schießt!«, bellte Garum. Die Bolzen sprangen von den Armbrüsten und schlugen in den massigen Leib des Monsters ein. Die Armbrustschützen des dunklen Reiches waren exzellent ausgebildet. Die meisten trafen den Kopf des Ungeheuers und ließen diesen wie ein Nadelkissen aussehen. Ein Bolzen hatte das rechte Auge durchschlagen. An Stelle von Blut ergoss sich zäher grüner Schleim aus den Wunden.

»Laden!«

Das Monster schien die Geschosse kaum zu bemerken. Hass war in seinem verbliebenen Augen zu lesen. Grollend schob es sich auf die Soldaten zu.

»Schießt!«

Eine weitere Salve der Armbrustbolzen schlugen in den Körper des Monsters ein. Eines der Geschosse versanken so tief im Kopf der Kreatur, dass es auf der Rückseite des Schädels heraus drang. Die Bestie brüllte erbost und setzte seinen Weg fort. Der massige Unterleib besaß keine Beine. Dafür hatten die Arme jeweils zwei Ellenbögen, die mit Dornen bewehrt waren. Die Klauen schlugen tiefe Wunden in den Boden, als das Monster näher kam.

Unwillkürlich wichen die Schildträger zurück. Sie wussten, wenn dieses Ungeheuer zuschlug, würden die schweren Schilde nichts nutzen.

Da trat Lestral dem Monster in den Weg. Er zog den Dolch und stieß diesen in den Trinkschlauch, an seinem Gürtel. Das Wasser spritzte daraus hervor, verharrte jedoch in der Luft und legte sich um die Klinge der Stichwaffe. Das feuchte Element formte sich zu einem Speer, den der Magier der Bestie entgegenschleuderte. Die Spitze aus Wasser durchschlug dessen Unterleib. Das Reißen der Haut war zu hören. Daraufhin ergoss sich das grüne Blut in Bächen aus dem Leib des Monsters. Mit seiner gigantischen Pranke holte es aus und schlug nach Lestral. Der Magier schüttelte den Trinkschlauch aus. Die Wassertropfen vereinten sich zu einer dünnen Scheibe, die sich über den Magier bog. Es donnerte, als die Pranke der Bestie auf die kaum sichtbare Barriere aufschlug. Die Klaue glitt kraftlos daran herunter. Das Monster grollte und brach zusammen. Der Boden zitterte. Das grüne Blut breitete sich über die Ebene aus. Zischend vergingen Blumen und Gräser, die damit in Berührung kamen. Selbst Bäume verdorrten sofort und warfen ihre Blätter ab.

Lestral schob den Dolch zurück in das Futteral. Die Soldaten wichen vor dem Magier zurück, als er auf sie zukam. Furcht breitete sich wie eine ansteckende Seuche unter den Männern aus.

Hinrich selbst wusste nicht, was er sagen sollte.

»Ihr Brauch mir nicht zu danken«, sprach Lestral.

Hinrich biss die Zähne zusammen. Diese arroganten Magier!

»Ich fürchte, ich habe es noch schlimmer gemacht«, fügte Lestral hinzu.

»Wie meint Ihr das?«, erkundigte sich Hinrich verwirrt.

»Seht!«, der Magier zeigte in die Richtung des Wasserlochs. Dort erhob sich eine blutbesudelte Gestalt.

»Der Soldat, er lebt noch?«, wunderte sich Hinrich.

»Nicht auf eine gute Weise«, ergänzte Lestral. »Das Blut, das Wasser, es hat ihn verändert.«

»Schließt die Reihen, Schützen in Position«, brüllte Hinrich.

Über die Schilde hinweg musste er mit ansehen, wie der tote Soldaten seine humanoide Form aufgab. Die Arme und Beine schwollen an. Der Kopf verformte sich. Klauen brachen aus den Händen hervor. Das Blut der toten Bestie troff von ihm herunter. Nur an wenigen Stellen wurde das blanke Fleisch des Soldaten sichtbar, der sich zu einem gigantischen Monstrum wandelte.

»Bringt es um!«, verlangte Hinrich von dem Magier.

»Das kann ich nicht«, entgegnete Lestral. »Ich brauche Wasser dazu.«

»Das Blut, es besteht auch aus Wasser!«

»Das geht nicht«, widersprach der Magier.

»Du da«, rief er einen Pikenier in der hintersten Reihe zu, »hol dem Magier so viele Trinkschläuche, wie du auftreiben kannst!«

Grollend erhob sich das Monster und wankte auf die Soldaten zu. Es wuchs während es sich durch das Meer aus Blut bewegte.

Ein Bolzen flog der Bestie entgegen. Ohne Schießbefehl lösten sich die anderen Geschossen von den Sehnen. Keines davon traf.

»Nachladen!«, brüllte Hinrich. »Und nur schießen, wenn ich es befehle, verdammt!«

Hecktisch wurden überall die Sehnen der Armbrüste zurückgezogen. Mit der Spannvorrichtung ging es schnell.

»Schießt auf die rechte Schulter«, sprach Lestral, dessen Miene angesichts des Monsters kaum eine Regung zeigte.

In Hinrich kämpfte Stolz und Zorn gegen das Vertrauen in den Magier, dieses Gefühl war den anderen beiden von Natur aus unterlegen.

»Schießt!«, brüllte Hinrich, als das Monster in Reichweite kam. Die Bolzen schlugen in den Leib der Kreatur, sie blieben tief im Fleisch stecken. Ungerührt davon schritt es auf die Phalanx zu.

Die Schützen luden, so schnell sie es vermochten. Eine weitere Salve sirrte dem Monster entgegen. In dem Moment langte es bei den Soldaten an. Mit den mutierten Armen drosch es auf die Schilde ein. Das dicke Holz brach unter den Hieben. Die Schwertträger und Pikeniere verließen die Schlachtreihe, um die Bestie zu umzingeln. Eine Strategie, die auf einen menschlichen Feind Eindruck gemacht hätte. Dieses Monster dagegen wollte nur töten. Es war ihm egal, wo seine Opfer standen. Die Stiefel der Soldaten, die bei dem Ausfall achtlos in das grüne Blut getreten waren, begannen zu dampfen. Die meisten von ihnen starben, noch bevor sie bemerkten, dass sich ihre Stiefel aufgelöst hatten. Das Ungeheuer schlug auf alles ein, was sich bewegte.

»Ihr müsst mir vertrauen«, beschwor Lestral den Kommandanten. »Die rechte Schulter, schießt darauf. Ein Bolzen genügt.«

Das Monster fuhr herum und fegte drei Schwertkämpfer von den Beinen. Die Pikeniere spielten den Vorteil ihrer langen Waffen gut aus, aber die Wunden, die sie schlugen, schienen die Bestie nur noch wütender zu machen.

Hinrich riss einem Schützen die Armbrust aus der Hand und zielte durch eine Lücke in der Phalanx. Er benötigte einen Moment, um die Bewegung des Monsters vorauszusehen und die Entfernung abzuschätzen. Er drückte den Abzug durch und der Bolzen sprang dem Ungeheuer entgegen. Er risse eine tiefe Wunde, als er die Schulter der Bestie streifte. Das Blut spritzte stoßweise in einer Fontäne heraus.

Das Untier brüllte. Der letzte Rest seines Menschseins veranlasste es, eine Klaue auf die Wunde zu drücken, um die Blutung zu stoppen. Es half nichts.

Die Pikeniere trieben die Klingen ihrer Waffen in den Leib der Bestie. Ächzend sank das, was einmal ein Soldat gewesen war, darnieder.

»Eure Männer müssen aus der Blutlache raus und die Stiefel loswerden«, wies Lestral auf die nächste Gefahr hin.

Hinrich sah es, das ätzende Blut brannte sich durch das Leder. Er reichte den Befehl an den Hauptmann weiter, darauf wandte er sich dem Magier zu. »Woher wusstet Ihr das?«

»Das Blut. Es ist so, wie Ihr sagt, auch darin befindet sich Wasser. Ich habe gespürt, wo sein Herz sitzt«, erklärte der Magier. »Durch die Mutation ist es wohl an diese Stelle ... *gerutscht*, dicht unter die Haut.«

»Aha«, quittierte Hinrich die Information. Seine Aufmerksamkeit wurde von etwas anderem angezogen. Hauptmann Garum kam auf ihn zu gerannt. Völlig außer Atem langte er bei Hinrich an.

»Mir ist klar, dass wir Verluste erlitten haben«, knurrte der Kommandant.

»Ihr wisst von den ... Angriffen?«, japste Garum.

»Angriffe?«

»Wir werden von allen Seiten angegriffen ... Wilde Bestien ... sie sehen aus wie Menschen ... die bis zur Hüfte ... in Pferdehälsen stecken«, keuchte Garum. Ihm klappte der Mund auf, als er die Kadaver der Monstren sah, die hinter Hinrich und seinen Männern lagen.

***

Hinrich ließ sich seufzend auf den Stuhl sinken. Als Kommandant stand ihm eine eigene Baracke zu. Sie war aus Holz und spärlich eingerichtet. Es gab nicht mehr als einen Tisch, zwei Stühle und ein Bett. Der Lärm der Baustelle drang durch die Wände. Die Orks arbeiteten bis tief in die Nacht. Sie waren unermüdlich. Das konnte Hinrich nur gutheißen, denn der Zeitplan drängte sie zur Eile. Der Mond stand günstig. Morgen beim Einbruch der Nacht würde es soweit sein.

Er goss sich etwas von dem Desinfektionsmittel ein, das ihm Lestral geschenkt hatte. Verdünnt gab das ein passables Getränk ab und nach diesem Tag hatte er etwas Starkes verdient. Er nahm einen Schluck und genoss das Brennen im Hals und die Wärme, die sich sogleich in seinem müden Körper ausbreitete. Wie die Umarmung einer Frau. Hinrich erlaubte sich ein Lächeln, aber nur kurz. Er beugte sich über die Karte, die im Kerzenschein gut zu lesen war. Sie hatten bisher nicht mehr als einen Kilometer der Küstenlinie erschlossen, dafür gab es schon mehrere durchkreuzte Kreise darauf. Sie markierten Quellen, die vergiftet waren. Hinrich hatte in seiner Zeit bei der Armee viel gesehen, aber solch bizarre Monster noch nie. Sie waren angetan aus gestandenen Männern sabbernde Schlappschwänze zu machen. Fünf seiner Männer hatte dieses tragische Schicksal ereilt. Er konnte es ihnen nicht verdenken. Aber dennoch war Schwäche nicht diskutabel. Mehr als die Gnade eines schnellen Todes sah das Gesetz des dunklen Reiches nicht für sie vor.

Die Karte zeigte außerdem das Fort. Zumindest so, wie es einmal aussehen sollte. Die Palisaden waren fertig. Das Hauptgebäude in Arbeit, danach würde die Kaserne folgen. Für die Orks war ein Gebäude außerhalb der Festung vorgesehen. Hinrich zog es vor, Soldaten und Sklaven voneinander getrennt zu halten.

Es klopfte.

»Eintreten!«, befahl Hinrich.

Die Tür wurde aufgeschoben und Garum trat ein. Die übliche Liste in den zitternden Händen. Er hatte Ringe unter den Augen und der Schweiß stand ihm auf der Stirn. Dass er den Überwurf verkehrt herum trug, komplettierte das Bild. Er war ein hagerer Mann, von dem sich Hinrich nicht das erste Mal fragte, wie er es hatte so weit bringen können. Vermutlich lag es an der offensichtlichen Schwäche des Mannes. Er war der ideale Untergebene. Von ihm erwartete man nicht, dass er aufmüpfig wurde und die Autorität des Befehlshabers untergrub. Zumindest waren das die Gründe, warum Hinrich ihn zum Hauptmann ernannt hatte. Heute schien es für Garum etwas viel gewesen zu sein. Bei diesem jämmerlichen Anblick überlegte Hinrich ob er sich nicht nach einem adäquaten Ersatz umsehen sollte. Zumindest hielt sich Garum noch auf den Beinen.

»Setzen«, befahl Hinrich.

Garum ließ sich auf einen Stuhl fallen und schielte nach der Flasche.

Hinrich befüllte ein Glas und schob es ihm hinüber.

»Ich will erfreuliche Nachrichten«, verlangte er.

»Dann erspare ich Euch die Verlustmeldungen«, Garum griff nach dem Glas und stürzte den Inhalt sogleich hinunter. Er unterdrückt den aufkommenden Hustenreiz. Das Zittern seiner Hände legte sich und sein Blick wurde glasig.

»Trag sie ein, ich werde mich Morgen mit den Zahlen befassen«, erklärte Hinrich. »Sind unsere Fronten jetzt endlich sicher?«

»Wir haben den ganzen Tag gekämpft«, sprach Garum erschöpft.

»Beantworte die Frage, Mann!«, fuhr ihn Hinrich an.

»Es gab bis eben noch kleine Scharmützel. Diese Bestien wollten einfach nicht aufgeben. Die Kundschafter, die zurückgekommen sind, berichten, dass sich keine weiteren dieser Kreaturen in der Nähe aufhalten«, berichtete Garum. Sein Blick wanderte erneut zu der Flasche.

»Wie viele sind zurückgekommen?« Hinrich fühlte einen Schauer über seinen Rücken laufen.

»Etwas mehr als die Hälfte«, antwortete der Hauptmann. »Aber das kann alles bedeuten, dieses Land …«

Er braucht nicht weiterzusprechen. Hinrich kam auf ihr ursprüngliches Thema zurück. »Lestral meinte, diese Pferdedinger würden nicht aufgeben und ließen sich nicht zurückschlagen. So als hinge ihr Leben davon ab, diesen Ort zu erreichen«, erinnerte sich Hinrich. Er goss sich selbst noch einmal nach und trank.

»Ach ja, der Zauberkünstler.« Garum verkniff das Gesicht, als würd es ihm Schmerzen bereiten an ihn zu denken. »Er hat Wasser gefunden, trinkbares Wasser, zumindest behauptet er das.«

»Wo?« Hinrich strich über die Karte. »Zeig mir die Stelle.« Er wusste nicht, ob er sich darüber freuen sollte. Wenn Lestral recht hatte, dann würde er nur weiter in die Abhängigkeit des Zauberkünstlers - wie Garum ihn nannte - geraten. Dieser Gedanke gefiel ihm ganz und gar nicht.

Garum beugte sich über die Karte und orientierte sich einen Augenblick. »Dort«, er deutete auf einen Punkt unweit der Festung.

»Da ist nichts«, widersprach Hinrich und musterte den Hauptmann. Es oblag ihm, den geistigen Zustand seiner Hauptleute im Auge zu behalten. Schwäche wurde nicht geduldet. Vielleicht war er mit Garum zu nachsichtig gewesen.

»Er sagt, dort entspringt eine unterirdische Quelle«, berichtete Garum. »Wenn Ihr mich fragt, diesem Zauberkünstler ist nicht zu trauen.«

»Er ist genauso wie wir am Überleben interessiert«, entgegnete Hinrich. »Außerdem kann er Wasser spüren, sagt er zumindest. Ihr werdet Morgen exakt dort graben, wo der Magier es befielt.«

»Jawohl«, nahm Garum den Befehl träge entgegen.

»Wo wir gerade bei Meister Lestral sind, hat er den Gefangenen zum Reden bekommen?«

»Ich weiß nicht«, gestand der Hauptmann und zog kaum merklich den Kopf ein.

»Du verstehst es nicht!«, zürnte Hinrich. »Du bist meine zusätzlichen Augen und Ohren. Wenn du nicht im Stande bist, mir alle relevanten Information zu beschaffen, bist du nichts wert. Noch so ein Versagen und ...« Er brauchte nicht weiterzusprechen.

Garum versuchte vergeblich, dem Blick des Kommandanten standzuhalten.

»Sag mir, hat die *Fracht* den Angriff unbeschadet überstanden?«, knurrte Hinrich.

Dem Hauptmann brach der Schweiß aus. »Die Fracht? Ja! Die *Fracht*, sie ist unversehrt, nur ...«

»Was?!«, donnerte Hinrich und hieb mit der Faust so fest auf den Tisch, dass die Flasche einen Tanz aufführte.

»Der Alchemist, er ist ...«

»Ja?!«

Garum straffte sich. »Tot, mein Kommandant.«

Hinrich blickte ihn aus kalten Augen an.

»Bei dem Angriff der Pferdewesen. Er ist nicht schnell genug in Sicherheit gekommen«, ließ sich Garum zu einer Erklärung hinreißen.

Hinrich nickt. Sie waren mit drei Alchemisten aufgebrochen, auf unterschiedlichen Schiffen. Zwei waren der Seeschlange zum Opfer gefallen und der Letzte ... Jetzt gab es nur noch eine Möglichkeit bei seinem Auftrag nicht gänzlich zu versagen.

»Der Alchemist war angewiesen worden, die Festung nicht zu verlassen. Wer trägt die Verantwortung dafür?«

Garum bracht der Schweiß aus. Er musste wissen, dass alles, was er nun sagte, falsch sein würde.

***

Wenigstens war Garum Manns genug gewesen, die Schuld auf sich zu nehmen. Nachdem Hinrich einem Soldaten aufgetragen hatte, die Sauerei in seinem

Quartier zu beseitigen, schritt er durch die Festung. Kurz inspizierte er die Fertigstellung des Haupthauses. Die Orks schleppten gerade, unter der Aufsicht der Henker, das Mobiliar herein. Hier verlief zumindest alles nach Zeitplan.

Hinrichs Schritte lenkten ihn zu den Zellen. Bisher gab es nur eine Einzige. Ein aus verdrehten Baumstämmen zusammengebundener Käfig. Sie hatten eines der Pferdewesen gefangen und Lestral wollte versuchen mit ihm zu kommunizieren. Hinrich wusste nicht, was sich der Magier davon erhoffte. Wie er es sah, gab es für diese Wesen nur das Schwert, als einzige Sprache die sie verstanden.

Bei ihrem Ansturm waren die Monstren in Massen auf die Schilde geprallt, als kannten sie keine Furcht. Sie sahen hunderte ihrer Art verenden und dennoch setzten sie ihre Angriffe fort. Nun waren sie besiegt, nichts brach durch die Linien des dunklen Reiches... fast nichts.

Die Sterne und der Mond leuchteten vom wolkenlosen Firmament. In der Festung brannten nur wenige Feuer. Sie reichten jedoch aus, um Hinrich die Szenerie überblicken zu lassen. Lestral stand wie eine Säule vor dem Käfig. Der verdammte Kobold hockte ihm auf der Schulter. Das eingepferchte Monster verhielt sich erstaunlich ruhig. Er hatte die Hände an die dicken Gitterstäbe gelegt und starrte den Magier an.

Hinrich trat neben Lestral. Bei seinem Anblick begann das Mischwesen zu brüllen und rüttelte wie wahnsinnig an dem Gitter. Da sie nicht nachgaben, stapfte er zurück. Sein Pferdeunterleib, machte es ihm nicht einfach. Gleich darauf sprang er ohne Rücksicht auf seine eigene Gesundheit gegen die Gitterstäbe. Benommen taumelte das Wesen zu Seite. Welch

Potential in dieser Kreatur schlummerte. Wenn es nur einen Weg geben würde, dieses zu nutzen.

Lestral strich sich nachdenklich den Kinnbart. »Kommandant«, grüßte er, ohne ihn eines Blickes zu würdigen.

»Hat es etwas gesagt?«, fragte er.

»Nein«, antwortete der Magier. »Seine Gedanken sind wirr, voller Zorn, Hass und natürlich Angst. Er kann uns so wenig nachvollziehen, wie wir ihn.«

Hinrich schnaubte verächtlich.

»Ich weiß, als Soldat habt Ihr andere Fragen. Es ist nur so, wenn Eure Unternehmung Erfolg haben soll, dann müssen wir den letzten Kontinent verstehen lernen.«

»Um etwas zu unterwerfen, muss man es nicht verstehen, nur brechen«, erwiderte Hinrich, seiner Doktrin getreu.

»Wie würdet Ihr Euch aus diesem Gefängnis befreien?«, erkundigte sich Lestral.

»Ich würde versuchen die Verschnürung zu lösen, die die Konstruktion zusammenhält«, entgegnete Hinrich irritiert, über die Frage.

»Ihr würdet nicht versuchen, die Stäbe einzurennen?«, fragte Lestral überrascht.

»Das ist lächerlich.«

»Seht Ihr, genauso verhält es sich mit dem letzten Kontinent.«

Das Mischwesen warf sich erneut gegen die Gitter.

»Ihr meint, mit bloßer Gewalt ist hier nichts zu gewinnen?«, vergewisserte sich Hinrich. Er kam sich dabei reichlich dumm vor. Ein Zustand, den er nur schwer ertrug.

Lestral nickte. Der verfluchte Kobold grinste hämisch. Der Magier schritt davon. Das Mischwesen begann zu brüllen und hämmerte gegen die dicken Stäbe aus jungen Bäumen.

»Wartet!«, rief Hinrich dem Magier hinterher.

Lestral blieb stehen und wandte sich um.

Der Kommandant schloss zu ihm auf. »Gehen wir ein Stück.« Er funkelte den Kobold, der ihn aufmerksam musterte, grimmig an. Offenbar hielt die Plage nach einem lohnenden Beutestück Ausschau.

»Ich muss Euch an Euren Kontrakt erinnern.«

»Glaubt mir, den vergesse ich nicht«, sprach Lestral ungerührt.

»Sehr gut, denn ich brauch Eure Hilfe. Wir haben unsere Alchemisten verloren und ich benötige jemanden, der in dieser ... *Kunst* bewandert ist«, eröffnete Hinrich.

»Ja.« Lestral legte die Stirn in Falten. »Und deshalb kommt Ihr zu mir.«

Die verdammte Arroganz der Magier! Er würde sie ihm schon noch austreiben. »Morgen Abend, so heißt es, steht der Mond günstig, um einen Sprung zu machen.«

»Einen *Sprung*?«, Lestral riss die Augen auf. Der Kobold reckte die Segelohren in die Luft.

»Ihr habt mich richtig verstanden.« Hinrich verbannte das Grinsen aus seinem Gesicht. Zum ersten Mal schien der sonst so abgeklärte Lestral die Fassung zu verlieren.

»Ihr wisst nicht, was Ihr da verlangt. Dabei kann ich Euch nicht helfen«, lehnte Lestral ab.

»Könnt Ihr nicht oder wollt Ihr nicht?«, fragte Hinrich.

Lestral schwieg und setzte seinen Weg fort.

»Ihr müsst mir helfen, oder wollt Ihr Euch gegen den Kontrakt stellen?«, grinste Hinrich hämisch.

»Das war niemals Gegenstand davon«, erwiderte Lestral.

»Wenn ich mich recht entsinne, habt Ihr eingewilligt, alles zu tun, damit diese Unternehmung von Erfolg gekrönt ist«, erinnerte Hinrich den Magier.

Lestral drehte sich um. »Was macht es für einen Unterschied?«

»Ich bin an Befehle gebunden, die eindeutiger nicht sein können«, erklärte Hinrich, er schloss zu dem Magier auf. »Anders als Ihr, muss ich sie ausführen, wenn ich jemals wieder heim ins Reich kommen will.«

»Die meisten Menschen wissen nichts von Ihrer Freiheit, weil sie nie darüber nachgedacht haben«, flüchtete sich Lestral in eine Floskel.

»Ihr habt noch immer nicht verstanden. Würde ich zurückkehren ohne meine Befehle zu erfüllen, wäre von allen Richtersprüchen, der schnelle Tod eine Gnade, auf die ich nicht zu hoffen brauche. Ein Schicksal das alle Teilen, die an dieser Unternehmung beteiligt sind.«

Lestral zog die Lider nach oben. »Wollt Ihr mir drohen?«

»Nein«, lachte Hinrich kalt. »Ihr werdet Euch schon irgendwie aus der Affäre ziehen. Das weiß jeder. Aber die Soldaten, meine Männer, sie wären alle des Todes. Deshalb sprechen, sie von sich auch als die Todgeweihte.«

»Eure Herrscher sind völlig ...«, hob der Kobold an.

»Es ist gut Chotra«, unterbrach Lestral ihn.

»Wenn Ihr also nicht den Tod von Hunderten verantworten wollt, dann helft Ihr uns, die erteilten Befehle zu erfüllen.«

Lestrals sah zu Boden.

»Was gibt es da noch zu überlegen, ich dachte, euch Magiern bedeutet das Leben der Menschen etwas?«, fuhr Hinrich ihn an.

»Es ist nicht so einfach«, erklärte Lestral.

»Ihr würdet hunderte von Leben opfern, nur um diesen simplen Hokuspokus nicht durchführen zu müssen?«, versetzte Hinrich.

»Wisst Ihr, dass auf diese Weise die Dämonen und ihre Widersacher in unsere Welt gedrungen sind?«, fragte Lestral.

»Das interessiert mich nicht«, tat Hinrich ab. »Es geht hier um das Leben meiner Männer, mein Leben!«

»Wenn ich den Riss in der Wirklichkeit öffne, dann können wir nicht mit Sicherheit sagen, was oder wer dort hindurch kommt«, mahnte Lestral.

»Der Beobachter, der hohen Herren«, widersprach Hinrich.

»Wer auch immer ... Wer es wagt, durch solch einen Riss zu schreiten, ist danach oft nicht mehr derselbe. Wir gehen davon aus, dass die Dämonen oder andere Kräfte, auf diese Weise, Gewalt über deren Persönlichkeit erringen.« Lestral wirkte nicht nur beunruhigt, sondern regelrecht verängstigt.

Wenn die Furcht einen solch mächtigen Mann vereinnahmte, dann griff sie wie ein Buschfeuer auf die Umstehenden über. Hinrich vermied es, sich zu schütteln. Stattdessen schluckte er das Unbehagen herunter. Er hatte keine Wahl. »Wir werden morgen Abend diesen *Riss* öffnen, ob Ihr uns helft oder nicht«, verkündete er. Seine Stimme drohte wegzubrechen.

»Es gibt auf diesem Kontinent nichts, das die Dämonen zurückschlagen kann. Es ist möglich, dass sie dieses Land an sich reißen. Wenn sie hier eine Basis errichten, dann sind sie aus Godwana nicht mehr zu vertreiben«, verschärfte der Magier seine Warnung.

»Das Risiko mag bestehen«, gestand Hinrich ihm zu. »Und es ist ungleich höher, wenn Ihr uns Eure Hilfe verweigert.« Hinrich musste dieses Risiko eingehen, es gab keine andere Möglichkeit. Und wer war er eigentlich? Ein Kommandant des dunklen Reiches! Furcht und Zweifel, das war etwas für Schwächlinge. Er würde seinen Befehlen gehorchen, er war Soldat.

»Morgen wenn der Mond aufzieht, werden wir den Riss öffnen«, verkündete er bestimmt. »Mit oder ohne Eure Hilfe.«

Lestral schlug die Augen nieder.

»Solltet Ihr daran denken, das Ritual zu sabotieren, wird euch die Faust des dunklen Reiches treffen«, drohte Hinrich. Er hätte gleich auf diese Weise Argumentieren sollen. Sie hatten die Aufzeichnungen, die beschrieben, wie das Ritual zu bewerkstelligen war. Von den Alchemisten wusste er, dass es im Grunde einfach war einen Sprung durchzuführen, wenn man alle Materialien dafür besaß. Und diese befanden sich in ihrem Besitz.

»Ich werde es tun«, gab der Magier klein bei. Er wusste um Hinrichs Entschlossenheit.

»Gut.« Hinrich verkniff sich ein triumphierendes Grinsen und ließ den Magier im Dunkeln zurück. Für einen Moment erfasste ihn Unbehagen, wenn er an morgen Abend dachte. Die hohen Herren des dunklen Reiches kümmerten sich nicht um etwaige Gefahren. Wenn es darum ging, ihre Macht zu erweitern war kein Risiko zu groß. Sie setzten nie ihr eigenes Leben aufs Spiel, sondern das ihrer Soldaten, die sie bereitwillig opferten. So weit weg der Heimat beschlichen Hinrich zum ersten Mal Zweifel daran, ob das seine Richtigkeit hatte. Sein Vater war ein Tyrann gewesen. Beim Eintritt in die Armee hatte er gedacht, diesem entronnen zu sein. Jetzt kam in ihm der Verdacht auf, dass er lediglich den einen Despoten gegen einen wesentlich mächtigeren eingetauscht hatte. Hinrich wunderte sich über seine Gedanken, so grillenhaft hatte er noch nie empfunden. Es war dieser verdammte letzte Kontinent, der alles in Zweifel zog, woran er jemals geglaubt hatte.

Auf dem Weg zu seiner Baracke bemerkte er, dass sein Gürtel leichter geworden war. Er griff nach dem Messer, es war verschwunden. »Dieser verfluchte Kobold!«

***

»Sie kamen von oben?«, fragte Hinrich.

»Ja, die Männer auf dem Wehrgang hatten keine Chance«, sprach Garum gequält.

Hinrich freute sich an dem Schmerz des Hauptmanns. Er selbst würde niemals Hand an einen seiner Männer legen. Bestrafungen führten die Soldaten des dunklen Reiches selbst an sich durch. Eine Weigerung kam einem Verrat an den Herrschenden gleich und bedeutete einen qualvollen Tod.

»Die Wehrgänge werden überdacht«, beschloss Hinrich. »Wir müssen die Wachen ohnehin vor der Sonne schützen.« Er blinzelte in das Himmelsgestirn, das ihm derart in die Augen stach, als wolle es ihn blenden. Widerwillig beendete Hinrich das ungleiche Kräftemessen und wandte den Blick ab. Zumindest konnte die Sonne niemandem von ihrem Triumph berichten.

»Des Weiteren geht uns bald das Wasser aus«, erinnerte Garum. Er wagte nicht, Hinrich anzublicken.

Es war seine Aufgabe ihn daran zu erinnern und er erfüllte seine Pflicht, selbst wenn sein Kommandant das bereits wusste.

»Was glaubst du, was wir hier machen?«, grollte Hinrich. Er blickte über die Grube, aus der die Orks die Erde schaufelte. Die Henker schritten dazwischen herum, trieben sie an und erteilten Befehle. Lestral hatte vorgeschlagen, die Grube großflächig anzulegen und sie abzustufen. So verhinderten sie, dass die Ränder einbrachen.

Die Orks schnauften und grunzten. Durch ihre Nasen waren Ringe gezogen, an denen die Henker sie führen konnte. Über ihre dunkelgrüne Haut trugen die meisten verschlissenes Leder, um die Handgelenke hatte man ihnen Eisenschellen gelegt, die dazu benutzt werden konnten sie anzuketten. Materialverschwendung, wie Hinrich fand. Die Orks aus der Sklavenzucht des dunklen Reiches besaßen keinen eigenen Willen. Sie taten, was man ihnen sagte, ohne den Befehl in Frage zu stellen. Eine gute Rasse um sie in die Sklaverei zu zwingen.

Hinrich hatte mehrfach gegen die Orks gekämpft und wusste, dass sie ohne ihre untersetzten Verwandten, den Goblins, kaum etwas zu Stande brachten. Wenn sich die Orks in ihrer Heimat auch für die Herrscher hielten, so wusste er es besser. In Wahrheit gaben ihnen die Goblins vor, was sie zu denken hatten. So betrachtet, waren die Orks in ihrer Heimat auch nicht mehr als Sklaven, nur ohne Ringe in den Nasen und eisernen Armmanschetten. Auch wenn die Goblins ihnen erfolgreich vermittelten, dass sie ihre eigenen Herren waren.

Das Klingen von Eisen auf Stein drang zu ihm hinüber. Gefolgt vom Knallen einer Peitsche.

»Aufhören, sage ich!«, brüllte einer der Henker. Der Ork grunzte ihn an und ließ die monströse Hacke sinken, die in seinen Händen winzig wirkte.

»Kommandant!«, rief der Henker, seine Stimme klang dumpf durch die Stoffmaske, die lediglich die Augen aussparte.

Hinrich stieg zu ihm in die Grube hinab. Er musste nicht fragen, was es gab, er sah es. Ein weißer glatt geschliffener Stein. Auch wenn der Ork mit aller Kraft auf die Steinplatte eingeschlagen hatte, so wies dieser keinen Schaden auf.

»Wie es aussieht, sind wir auf ein altes Bauwerk gestoßen«, überlegte Hinrich. Mit dem Stiefel schob er die Erde beiseite. »Der Stein ist eindeutig bearbeitet worden. Weiter machen«, befahl er.

Es dauerte nicht lange, da legten sie mehrere Quadratmeter dieser Steine frei, die alle fest verbaut waren. Darüber lag viel loses Geröll, aus demselben Material. Unter Aufbietung all ihrer Kräfte schafften die Orks das lose Gestein aus der Grube.

Das dabei hin und wieder ein Ork tot umfiel, beeindruckte Hinrich mittlerweile nicht mehr. Sie stießen bei den Grabungen unweigerlich auf Insektennester, deren Bewohner allesamt giftig und aggressiv zu sein schienen. Die Orks erschlugen sie, so schnell es ging. Aber hin und wieder gelang es ein paar der obskuren Käfer, sich in der Wade eines Sklaven zu verbeißen. Diese stürzten sogleich zu Boden, wie Marionetten, denen man die Fäden durchgeschnitten hatte.

Interessiert pulte Hinrich einen der Käfer aus dem Fleisch eines toten Orks. Er trug besonders dicke Handschuhe und fühlte sich daher sicher. Nachdenklich betrachte er das Insekt. Der Käfer hatte den Angriff nicht überlebt. Es besaß eine Greifzange und aus seinem Maul stieß ein langer Dorn, von dem helles Grün troff. Was für ein höllisches Gift musste diesen Tieren innewohnen, dass sie einen Ork mit einem Stich töteten? Wenn nur einer der Alchemisten am Leben wäre, so hätte er das Toxin nutzbar machen können.

»Mein Herr«, der Henker verbeugte sich tief vor ihm. Er war kahlköpfig mit sehnigen Muskeln, wie die meisten seiner Position trug er eine Lederschürze. Sein Amtszeichen, die Kapuze, hing über seinen Rücken hinab. »Wir haben einen Eingang gefunden.«

»Macht Fackeln bereit, ich komme.«

Der Henker eilte davon und rief den Orksklaven Befehle zu.

Hinrich schlenderte guter Dinge über die Grabungsstätte zu dem Ort, an dem sich Henker und Soldaten gleichermaßen versammelten. Sie diskutierten energisch darüber, wer als Erster dort hinabstieg. Der Eingang befand sich unter zwei Steinplatten, welche die Orks mit langen Stahlhaken beiseitegezogen hatten. Darunter waren im Sonnenlicht Stufen zu erkennen, die in Richtung Zentrum der Grabungsstätte führten. Dort hatten sie mittlerweile fünfzehn Quadratmeter der blanken Steine freigelegt. Das sprach dafür, dass der Bau in dem die Treppe hinabführte, noch intakt war.

»Mach deine Männer bereit«, wies er einen Hauptmann an. »Zwanzig sollten reichen.«

»Kommandant, da unten könnte alles Mögliche ...«

»Die Einwände von Toten interessieren mich nicht«, schmetterte Hinrich ihn ab. Ein Blick zu einem der Henker genügte. Dieser schlang seine Peitsche von hinten um den Hals des Hauptmanns und zog ohne erbarmen zu.

Der Todgeweihte versuchte verzweifelt die Schlinge, um seinen Hals zu lockern. Sein Kopf lief hochrot an, die Augen traten hervor. In wenigen Augenblicken erstarb sein Widerstand. Er sank in die Knie. Teilnahmslos verfolgte Hinrich den Todeskampf des Mannes. Der Henker hielt ihn so lange aufrecht bis er sicher sein konnte, dass sein Werk vollbracht war. Der Hauptmann stürzte tot zu Boden, während der Henker routiniert die Peitsche aufrollte.

Hinrich wandte sich einem der anderen Hauptleute zu, der sich durch das Emblem auf seiner Brust als Anführer einer Schwerkämpfereinheit auszeichnete. »Nimm zwanzig Männer und steig dort runter«, verlangte Hinrich.

Der Hauptmann verhielt sich wesentlich klüger. Die Hierarchie erlaubte ihm, den Befehl an einen seiner Unterführer weiterzugeben. So stiegen bald zwanzig Schwertkämpfer die Stufen hinab, angeführt von einem Unteroffizier. In der Linken führten sie Fackeln, in der Rechten das blankgezogene Schwert. Sie verschwanden in der Dunkelheit, wie im Schlund eines gefräßigen Raubtieres.

Es dauerte nur wenige Augenblicke, da drang das Klirren von Waffen herauf. Der Unteroffizier mahnte zu Disziplin. Der Befehl mündete in dem Geschrei von Soldaten, die Schmerzen litten und gleich darauf einen qualvollen Tod starben.

Die Schreie, die zu ihnen heraufdrangen, ließen Hinrich erschaudern. »In Stellung gehen!«, befahl er den Infanteristen. Sogleich wurde vor der Treppe ein Schildwall aufgebaut, hinter dem Hinrich in Deckung ging. Allein die Orks standen teilnahmslos in der Gegend herum. Die Schreie kümmerten sie nicht.

Der Lärm der Sterbenden verstummte schnell.

»Achtung!«, rief der Hauptmann.

Hinrich spürte es ebenfalls, ein Beben, das unregelmäßig durch den Boden lief. Aus dem Schacht brach eine schwarze Kreatur hervor, die mit seinen Klauen nach den Soldaten schlug. Einige der schweren Schilde brachen unter der Wucht des Aufpralls. Die Infanteristen wurden niedergerissen. Die Reihe dahinter stieß mit dem Schwert nach vorn. Mit den kurzen Klingen mussten sie nah heran, um das Monster zu treffen. Mit den Klauen drosch es auf die Soldaten ein und zermalmte einen nach dem anderen. Von den Rüstungen behindert, konnten sie nicht schnell genug ausweichen.

Bein Anblick der Kreatur erwachte in den Orks der Kampfrausch. Mit Hacken und Ketten gingen sie auf das Monster los. Dieses sah den Angriff von hinten nicht kommen. Die Orks schlugen der Bestie tiefe Wunden, aus denen grünes Blut troff. Wütend hieb es nach den Angreifern. Die Orks verfügten weder über Angst noch die Spur eines Selbsterhaltungstriebs. Sie wichen nicht aus oder hielten inne, um einen günstigen Moment für einen Angriff abzuwarten. So lagen sie, binnen kürzester Zeit, alle tot oder sterbend darnieder.

Während die Orks unfreiwillig für Ablenkung sorgten, trafen die Armbrustschützen ein. Bereits die erste Salve bliesen dem Ungetüm die Lebenslichter aus.

Hinrich besah sich skeptisch die gewaltige Bestie, die vermuten ließ, dass sich seine Eidechsenmutter mit einen Skorpion eingelassen hatte. »Was ist das nur für ein verdorbenes Land?«, fragte Hinrich leise, sodass ihn keiner hörte. »Ich will, dass ihr diesen Kadaver wegschafft!«, befahl er. »Schmeißt ihn mitsamt den toten Orks ins Meer. Ich will hier keine Aasfresser.«

Zu dieser Tätigkeit wurden weitere Orks herangezogen, die ihre Artgenossen schulterten und davontrugen. Der Riesenskorpioneidechse trieben sie Haken in den Leib, an denen schwere Ketten befestig waren. Unter dem Kommando eines Henkers schleppten sie das Ungetüm davon. Zurück blieben die blutbesudelten Treppenstufen, die unheilverheißend ins Dunkel führten.

»Ob da unten noch so eine Bestie lauert?«, überlegte der Hauptmann der Schwertkampfeinheit, die durch den Angriff stark reduziert worden war.

»Um dies herauszufinden gibt es nur eine Methode«, erwiderte Hinrich. »Ihr werdet hinabsteigen. Allein!«, fügte er auf den fragenden Blick hinzu.

Der Hauptmann schluckte schwer. Mehr ließ er sich von seiner Angst nicht anmerken. »Eine Fackel!«, verlangte er, seine Stimme klang höher als normal.

Vorsichtig stieg er die Stufen hinab.

»Ihr habt es gefunden.«

Hinrich zuckte zusammen. Der Magier war wie aus dem Nichts aufgetaucht.

»Wenn Ihr mir noch sagen könnten, was *es* ist«, grollte er.

»Das weiß ich selbst nicht so genau, ich habe einen Wasserstrom gespürt«, meinte Lestral, der gebannt beobachtete, wie der Hauptmann im Dunkeln verschwand. »Ich bin von einer künstlichen Anlage ausgegangen, da der Wasserverlauf absolut gerade ist. Wie in einem Aquädukt, nur eben unterirdisch.«

Hinrich schwieg. Er hielt es für besser, sich nicht auf ein Gespräch mit dem Magier einzulassen.

Nachdem eine Weile verstrichen war, stellte sich der Verdacht ein, dass sein *Köder* ebenfalls den Tod gefunden hatte. Hinrich machte gerade die nächste

Kompanie bereit, in den Schacht zu steigen, als von unten Schritte zu ihnen hinauf hallten. Der Hauptmann kam mit erloschener Fackel und blank gezogenem Schwert heraufgestiegen. Man sah ihm die Reife eines Menschen an, der sich seiner Angst gestellt und diese überwunden hatte.

»Kommandant!«, rief er von unten. »Hier gibt es keine Feinde. Aber es scheint ein Grab zu sein.«

»Hast du Wasser gefunden?«, erkundigte sich Hinrich.

»Es gibt einen Bachlauf, der in Stein eingefasst ist«, bestätigte er.

Hinrich warf Lestral einen grimmigen Blick zu. Er wusste nicht, was er von den Fähigkeiten dieses Mannes halten sollte. Mit seinen Kräften hätte er leicht das Kommando an sich reißen können. Die Soldaten würden sofort einem Mann folgen, der nicht nur die Macht besaß, die monströsesten Ungeheuer zu töten, sondern auch allerorts Wasser fand. Es bestand die Möglichkeit, dass die Soldaten sich gegen ihn auflehnen würden, wenn er den Rat des Magiers in den Wind schlug.

»Wir gehen rein«, beschloss Hinrich. Mit einer Handbewegung bedeutete er zehn Infanteristen, ihm zu folgen. Sie steckten die Fackeln an und schritten die Stufen hinab. Lestral gliederte sich nicht ein, sondern nahm das Privileg in Anspruch, neben dem Kommandanten herzuschreiten. Er berührte den Edelstein, der in die Spitze seines Stabes eingefasst war, und sogleich ging von diesem ein blauer Lichtschein aus.

»Ihr gebietet also auch über das Licht«, stellte Hinrich fest. Er musste laut sprechen, um das Getöse zu übertönen, das die Rüstungen der Soldaten verursachten.

»Nein«, lächelte Lestral. »Das ist nicht mehr als ein Taschenspielertrick«, eröffnete er. »Das Durnin speichert das Tageslicht und kann es bei Bedarf wieder abgeben. Man muss ihn dazu lediglich berühren. Wollt Ihr es versuchen?« Lestal löschte das Licht und hielt Hinrich den Stab entgegen.

Dieser zögerte. Es war schließlich nicht auszuschließen, dass der Magier ihn veralberte. Das konnte seine Autorität schädigen, um die er nach wie vor rang. Aber zu zögern bedeutete ebenfalls Schwäche. Energisch packte er den Edelstein. Der Stein glomm empört auf. Hinrich ließ ihn überrascht los. Seine Finger kribbelte, irgendetwas regte sich in ihm. Etwas, dass er noch nie gespürt hatte.

»Was Ihr fühlt, ist die Magie, die Jedem innewohnt«, erwiderte Lestral, auf Hinrichs fragenden Gesichtsausdruck. Der Kommandant hätte nicht nachgefragt, das wusste der Magier wohl. »Diese Kraft ist kein Privileg von wenigen. Vielmehr ist sie eine Gabe, die wir alle besitzen. Die meisten Menschen bilden diese jedoch niemals aus.«

»Aha«, tat Hinrich die Worte des Magiers ab.

Sie waren mittlerweile am Fuß der Treppe angekommen. Hier lagen bereits die ersten toten Soldaten. Das Monster hatte ihre Rücken zerrissen. Offenbar hatten sie versucht zu fliehen.

Erbärmliche Feiglinge, urteilte Hinrich über die toten Männer. Aber was hätte er in dieser Situation getan? Er wollte keinen weiteren Gedanken daran verschwenden. Sie hatten Schwäche gezeigt und diese wurde nicht toleriert, so einfach war das.

»Du da«, er deutete auf einen Soldaten. »Geh nach oben und schicke mir einen Henker mit zwanzig Orks. Sie sollen diesen *Dreck* fortschaffen.«

»Jawohl!«, nahm der Soldat den Befehl entgegen.

Lestral erleuchtete den Gang mit seinem Stab, dessen Licht den Fackelschein schluckte. »Das Wasser ist dort«, er deutete auf einen Torbogen.

»Zwei gehen nach links und zwei nach rechts, sichert den Gang!«, befahl Hinrich. Die Soldaten schritten davon.

Die Infanteristen der rechten Seite machten sogleich Meldung. »Der Gang ist eingestürzt!« Sie standen an einer Ecke.

Die Soldaten Linkerhand schritten vorsichtig um eine Biegung und verschwanden im Dunkel.

Hinrich trat mit dem Rest seiner Männer durch den Torbogen, der in einen Gang mündete. Dieser war etwa zwanzig Schritt lang. Auf der Hälfte hörten sie das Rauschen von Wasser. Es ergoss sich allem Anschein nach aus einer gewissen Höhe auf steinernen Grund. Der Gang wurde von einem Weiteren gekreuzt. In dessen Mitte verlief ein schmaler Bach, der einem leichten Gefälle folgte. Hinrich ließ zwei Männer den Ursprung der Quelle ergründen und zwei sollten nach dem Ende des Bachlaufs sehen. Es dauerte nicht lange, da erstatteten sie Bericht. Es gab einen Wasserspeier, aus dem der Bauchlauf entsprang und einen Ablauf, in dem er sich verlor.

»Ist dieses Wasser trinkbar?«, wandte sich Hinrich an den Magier.

»Ja«, bestätigte Lestral. Er hob die Hand über den kleinen Kanal. Sogleich wand sich eine Wassersäule zu ihm empor, die am oberen Ende einen Kelch ausbildete, den Lestral herunternahm, um davon zu trinken. Die Soldaten verfolgten gebannt das Schauspiel.

»Sehr erfrischend«, urteilte er. »Wollt Ihr?« Er reichte den Kelch an Hinrich weiter.

Widerwillig nahm ihn der Kommandant entgegen. Es fühlte sich seltsam an. Auch wenn das Wasser fest war wie Glas, so blieb es dennoch nass und kalt. Es schien nicht richtig, Wasser aus einem Wasserkelch zu trinken. Hinrich wurde dafür belohnt seine Skrupel zu überwinden. Dieses Wasser glich dem lieblichsten Wein, im Gegensatz zu der abgestandenen Brühe aus den Fässern, von der sie seit Tagen tranken. Während er den Inhalt des Pokals hinabstürzte, bemerkte er, wie das Gefäß in seiner Hand zusammenschrumpfte. Er setzte den Kelch ab und warf ihn gegen die Wand. Es platschte, als er daran zerbarst.

»Kommandant?«, meldete sich einer der Soldaten. Es war nicht üblich, dass jemand aus den untersten Rängen der Armee den Befehlshaber direkt ansprach.

Hinrich musterte ihn genau. Der Infanterist sollte wissen, dass ihm sein Gesicht im Gedächtnis bleiben würde.

»Sprecht«, forderte Lestral ihn auf.

Dafür fing er sich einen wütenden Blick von Hinrich ein. War dies ein weiterer Versuch seine Autorität zu untergraben?

»In diesem Raum ...«, der Soldat deutete auf einen weiterführenden Torbogen, hinter dem die Dunkelheit herrschte. »Das müsst Ihr sehen.«

»Was ich muss, entscheide ich«, wiegelte Hinrich den Infanteristen ab.

Lestral hingegen folgte der Aufforderung. Das Licht seines Stabes fiel über steinerne Altare und auf diesen lagen ... Leichen!

Hinrich folgte dem Magier. »Also doch ein Grab«, stellte er fest.

»Seht genau hin«, forderte Lestral den Kommandant auf.

Hinrich stand kurz davor, zu explodieren. Dass was er befürchtet hatte, geschah jetzt! Lestral untergrub seine Autorität! Es dauerte nicht mehr lange und die Männer wandten sich endgültig von ihm ab. Seine Hand verkrampfte sich auf dem Weg zum Schwertgriff. Das war nicht der richtige Moment, um den Magier loszuwerden. Außerdem benötigte er ihn, auch wenn es ihm schwerfiel sich das einzugestehen. Aber irgendwann würde er sich des Magiers entledigen. Der Gedanke bereitete ihm Genugtuung, auch wenn er wusste, dass es nur ein Wunschdenken war. Ohne den Magier konnten sie auf dem letzten Kontinent nicht bestehen.

Seufzend kam er der Aufforderung nach und inspizierte die aufgebahrten Toten.

Man hatte sie in voller Rüstung mitsamt ihren Waffen beigesetzt. Die Haut war ausgedörrt und eingefallen. Die Ohren liefen spitz zu. Im Licht des Stabes sah er mindestens dreißig Tote.

»Das sind Elfen«, stellte Hinrich fest. »Sie quasseln doch immer von ihrer großen Zeit, ein Massengrab passt nicht so recht zu ihren Vorstellungen«, überlegte er.

»Kommandant«, meldete sich der mutige Infanterist, der ihn bereits einmal angesprochen hatte. Er hatte so eben die Meldung von den anderen Soldaten entgegengenommen, die ihre Erkundung in den Gängen abgeschlossen hatten. Diese wagten nicht, den Befehlshaber anzusprechen.

»Rede!«, befahl Hinrich.

»Wir haben das Nest des Monsters gefunden. Es befindet sich in einem der äußeren Gänge und es hat dort Eier gelegt«, erklärte er.

»Zertretet sie!«

»Natürlich«, nahm er unterwürfig den Befehl an.

Hinrich genoss es, dass der Soldat sich wand wie ein Hund, der sich einem stärkeren Tier unterwarf. Es fehlte lediglich, dass er sich auf den Rücken legte und einpisste. »Noch etwas?«

»Ja«, würgte der Soldat hervor. »Hier gehen links und rechts zwei Kammern ab, dort sind ebenfalls Tote aufgebart, jeweils siebzehn. Der Gang in der Mitte ist verschüttet«, schloss er den Bericht.

Hinrich verscheuchte ihn mit einer Handbewegung. Der Soldat zog erleichtert von dannen. Hinrichs Aufmerksamkeit wurde ganz von einem Schwert in Beschlag genommen. Die reichverzierte Klinge und der juwelenbesetzte Knauf, kündeten von einer wertvollen Waffe. Er entwandt das Schwert aus den Fingern des Toten. Sie lösten sich überraschend leicht. Er zog die Klinge ein Stück aus dem Futteral. Selbst in dem matten Licht des Stabes sah Hinrich, wie meisterhaft diese Klinge geschmiedet war.

»Ich glaube nicht, dass es sich hier um ein Grab handelt«, gab Lestral seine Einschätzung zum Besten.

»So?«, Hinrich beachtete ihn kaum. Er war ganz gefangen vom Funkeln der Schneide. Sie war bis an die Parierstange geschärft, so üblich bei Elfenschwertern.

»Um eine anständige Mumifizierung vorzunehmen, benötigt man trockene Hitze. Da würde man keinen Bachlauf anlegen«, erklärte Lestral. »Außerdem sind diese Elfen für Mumien viel zu gut erhalten. Ihre Haut besitzt zwar kein Wasser mehr, aber sie ist nicht brüchig.«

»Von mir aus«, tat Hinrich diese Argumente ab.

»Des Weiteren steht auf den Altaren: Möge er Ruhe finden, bis die Zeit ihm gemahnt sich wieder zu erheben«, las Lestral vor.

Hinrich stockte. »Soll das heißen die stehen wieder auf? Mir steht nicht der Sinn danach, mich nach alledem mit untoten Elfen rumzuschlagen«, er wandte sich den Soldaten zu, die sich zischen den Altären umsahen. Sie hatten die Klingen blank gezogen, offenbar trauten sie dem Frieden ebenfalls nicht. »Schafft diese *Dinger* nach draußen und verbrennt sie!«

»Halt!«, fuhr ihm Lestral dazwischen.

Tatsächlich hielten die Soldaten inne, sie sahen unsicher zwischen den beiden Hin und Her.

»Bitte«, wechselte der Magier in die Rolle eines Bittstellers. »Gebt mir Zeit, diesen Ort zu untersuchen. Vielleicht verpassen wir eine große Gelegenheit, wenn wir übereilt handeln.«

Hinrich sah den Magier lange an. Er hatte es gewagt offen seine Befehle in Frage zu stellen. Das war Grund genug ihn sogleich töten zu lassen. *Der Sprung*, fiel es Hinrich siedend heiß an. Er musste dem Magier entgegenkommen. Männer wie Lestral waren unberechnbar, würde er sich über dessen Wunsch hinwegsetzen, so konnte es sein, dass diese die Hilfe verweigerte.

»Es werden Tag und Nacht Wachen aufgestellt. Wenn sich eines dieser Dinger erhebt, dann macht ihr kurzen Prozess«, lenkte Hinrich ein.

Die Soldaten nahmen den Befehl salutierend entgegen.

»Und wenn es hier zu Problemen kommt, dann mach ich Euch dafür verantwortlich. Das bedeutet, dass sich ein Henker mit Euch beschäftigen wird«, erklärte Hinrich an Lestral gewandt. Eine leere Drohung, das wussten sie beide.

Ein flirrendes Licht kam in die Grabkammer geglitten. Hinrich rechnete bereits mit dem Schlimmsten. Zum

Teil sollte er dabei Recht behalten. Auf der Schulter des Magiers materialisierte sich der vermaledeite Kobold. Aufgeregt flüsterte er Lestral ins Ohr.

Der Magier riss erschrocken die Augen auf.

»Was ist los?«, fragte Hinrich besorgt. Etwas, dass einen Magier ängstigte, war immer ein Grund zur Sorge.

Lestral sah auf. »Es gab einen Überfall.«

***

Das Fort sah aus, als sei eine Lawine darüber hinweg gerollt. Die Palisaden und Häuser waren zerschmettert und teilweise im Erdboden versunken. Die Soldaten und Orks lagen zerrissen in ihrem eigenen Blut. Der Boden war sumpfig, trocknete jedoch schnell in der Hitze.

Hinrich rieb sich die Schläfen. So fühlte sich also Verzweiflung an. Seit sie auf dem letzten Kontinent gelandet waren, hatten sie über ein Viertel ihrer verbliebenen Mannstärke verloren. Mit diesem Fort war der Versuch gescheitert, einen Vorposten im Landesinneren zu errichten.

Hundert Soldaten sicherten indes die Umgebung. Aber angesichts dieser Zerstörung konnten sie einem weiteren Angriff nicht standhalten. In Hinrich erwuchs die Gewissheit, dass seine Mission scheitern würde. Dieses Land konnte man nicht besiedeln, man musste es bezwingen. Aber ebenso hätte man versuchen können einen Drachen abzurichten.

Lestral war in die Hocke gegangen und untersuchte den Boden.

»Habt Ihr etwas gefunden?«, erkundigte sich Hinrich und kam zu dem Magier herüber.

»Eine Spur«, Lestral deutete auf den Boden. Dort zeichnete sich deutlich ein Fußabdruck ab, der nur drei

Zehen vorne besaß und eine Weitere, die sich am Mittelfuß befand.

»Was ist den das schon wieder für eine Kreatur?«, seufzte Hinrich.

»Ihr erkennt das nicht?« Lestral sah überrascht aus.

»Spannt mich nicht auf die Folter, Mann«, grollte Hinrich.

»Das waren die Nekaru.«

Hinrich überlief ein eisiger Schauer. »Hier?«, er konnte es nicht glauben, nein, er wollte es nicht glauben.

»Es ist eindeutig. Seht Euch doch nur um. Die wie im Treibsand versunken Soldaten und Bauwerke. Die zerrissenen Körper«, fasste Lestral zusammen. »Hier gibt es außerdem viel zu wenige Leichen. Die Nekaru verschleppen ihre überwältigten Gegner. Das alles passt zu ihrem Vorgehen und dieser Abdruck ist der letzte Beweis.«

Hinrich schluckte schwer. »Ich habe noch nie gegen sie gekämpft«, gab er zu.

»In der Regel überlebt man solch eine Schlacht auch nicht.« Lestral klopfte sich die Hände ab.

»Und Ihr? Habt Ihr schon eine Schlacht gegen sie geschlagen?«, wollte der Kommandant wissen.

»Ich stand ihnen sieben Mal gegenüber«, berichtete der Magier.

»Sieben Mal?!«, wiederholte Hinrich verblüfft. Die Magier galten als Weichlinge und Lappen, die um einen Kampf herumschlichen, wie der Hund um ein Wespennest.

»In vieren der Fälle hatte ich unverschämtes Glück, dass ich ihrem Angriff entkam. Zwei Mal bemerkten wir sie rechtzeitig und konnten einen geordneten Rückzug antreten.«

»Ihr seid davongelaufen«, verbesserte Hinrich abfällig.

»Nur ein Narr schlägt eine Schlacht, die er nicht gewinnen kann«, erwiderte Lestral gelassen. »Nur ein einziges Mal ist es uns gelungen, sie tatsächlich zurückzuschlagen. Aber auch dabei würde ich nicht von einem Sieg sprechen.«

»Dann seid Ihr wohl eine Art Experte für die Nekaru«, knurrte Hinrich. Erneut erwies sich der Magier als nützlich. Wenn Lestral mit seiner Einschätzung recht hatte, aber wann hatte er sich schon einmal geirrt? Hinrich ballte seine Fäuste und biss die Zähne zusammen. »Was können sie hier wollen?«

»Auch wenn wir uns mit den Nekaru seit Beginn unserer Zeitrechnung herumschlagen, ist über ihre Absichten nicht viel bekannt. Es ist verzeichnet, dass ihre Angriffe in den letzten fünfzig Jahren stark zugenommen haben.«

»Kann es sein, dass Ihr nur deshalb hier seit?«, traf Hinrich die Erkenntnis.

»Unter anderem«, gestand Lestral. »Ich hatte gehofft, ich würde hier einige Antworten finden.«

»Kommandant, wir haben die Umgebung abgesucht, es ist sicher«, meldete sich einer der Hauptleute.

»Das glaubst du«, erwiderte Chotra düster, der soeben auf Lestrals Schulter erschienen war.

Der Soldat sah ihn verunsichert an.

»Beachte den Wicht nicht«, sprach Hinrich. »Geht zum Hauptlager und holt fünfzig Orks. Sie sollen hier so viel Material bergen wie möglich.«

Der Hauptmann bemühte sich, stramm zu stehen. »Jawohl.«

»Hauptmann Jörg«, hielt Lestral ihn zurück. Er kannte tatsächlich den Namen dieses unbedeutenden Mannes.

»Ja, Magister?«, erwiderte er weniger förmlich.

»Gibt es hier in der Nähe einen Sumpf?«, wollte der Magier wissen.

»Etwa siebenhundert Meter östlich hinter dieser Hügelkette dort«, antwortete er.

Lestrals Miene verdüsterte sich. »Kommandant Hinrich, ich würde vorschlagen, auf den Hügeln mehrere Wachposten aufzustellen. Wenn die Nekaru von irgendwo her angreifen, dann mit Sicherheit von dort.«

»Die Nekaru?«, fragte Jörg entsetzt.

»Das behältst du für dich«, nahm ihn Hinrich in die Pflicht.

»Ja ... Jawohl Kommandant«, gelobte er.

Der Ruf der Nekaru war schlimmer, als die Bestien selbst. Er verbreitete auch dort Angst und Schrecken, wo man diese Kreaturen noch nie gesehen hatte.

»Und wo wollt Ihr hin?«, rief Hinrich Lestral hinterher, der so eben davon schritt.

»Wenn wir heute Abend den Sprung wagen wollen, dann muss ich noch einiges vorbereiten«, erwiderte der Magier.

Hinrich wurde abwechselnd heiß und kalt. Er wusste nicht, welchen der hohen Herren sie hier empfangen würden, aber dieser Ort war nicht sicher. Im Gegensatz zu den Bestien dieses verdorbenen Landes gingen die Nekaru methodisch vor. Wenn sie wollten, dann würden sie seine Armee überrennen. Er durfte keinen der hohen Herren wissentlich in Gefahr bringen. Würde er die Pforte aber nicht öffnen, dann würde er sich und alle seine Männer zum Tode verurteilen. Denn damit hätte er sich der Befehlsverweigerung schuldig gemacht. Die Angst vor dem Tod, war Hinrich fremd. Aber seit er sich auf diesem Kontinent befand, spürte er kaum etwas deutlicher, als den Wunsch zu leben. *Feigling*, schalt er sich selbst.

***

»Diese Kreidezeichnungen sind nicht Bestandteil des Rituals«, wandte Hinrich ein. Er hatte sich von dem Alchemisten den Vorgang genau erklären lassen.

»Sie verleihen dem Sprung zusätzliche Stabilität«, erklärte Lestral, der mit einem Kreidestück über das Holzpodest schritt und komplizierte Runen zeichnete. »Zieh den Winkel in Res noch etwas nach«, bat er Chotra der sich ebenfalls daran beteiligte. Der kleine Kerl war mit einem Kreideblock bewaffnet, der ihn um zwei Finger breit überragte.

Auf Lestrals Drängen hin fand das Ritual außerhalb des Forts statt. Der Platz wurde von dreihundert Soldaten geschützt, die mit Hellebarden, Speeren und Schwertern ausgerüstet waren. Sollte etwas dämonisches aus diesem Portal steigen, würden sie es zurückschlagen, bevor es in dieser Welt Fuß fassen konnte.

Lestral überprüfte die Halterungen für die Kristalle, die von den Orks tief in den Boden geschlagen worden waren. Wenn Hinrich das richtig verstand, wirkten bei dem Ritual auf diese Eisenpfähle starke Energien ein. Lestral hatte ihm erklärt, dass die Pfähle nicht nur im exakten Abstand stehen, sondern auch nach den Himmelsgestirnen ausgerichtet sein mussten. Der Magier hatte Stunden damit verbracht, einen geeigneten Ort zu finden, die Standpunkte der Pfähle festzulegen und die Kristalle darin auszurichten. Bei dem kleinsten Fehler, so Lestral, konnte der Sprung missglücken. Was fatale Folgen nach sich zog. Mittlerweile wusste Hinrich, warum sich der Magier bereit erklärt hatte, ihnen zu helfen. So einfach, wie es der Alchemist beschrieben hatte, war das Ritual nicht.

»Ist alles zu Eurer Zufriedenheit?«, erkundigte sich Hinrich bei dem Magier, der sich ungewöhnlich lange mit einem der Kristalle aufhielt.

»Das sieht nicht gut aus«, gestand dieser.

»Was meint Ihr?«, fragte Hinrich.

»Der Kristall ... es ist schwer zu beschreiben, er ist schlecht gezogen«, versuchte Lestral, begreiflich zu machen.

»Können wir ihn ersetzen?« Er verstand nicht, wovon der Magier sprach. Er wusste jedoch, dass alles was Lestral beunruhigte für ihn und seine Männer Übles bedeutete. Vor allem wenn es darum ging, das Raumzeitgefüge zu zerreißen.

»Ich habe den gesamten Lagerbestand Eurer Alchemisten überprüft. Es gibt keinen Ersatz«, berichtete Lestral. »Ich würde Euch eigentlich davon abraten, das Ritual durchzuführen, aber ich weiß um die Schwierigkeit Eurer Situation.«

Das hatte Hinrich noch gefehlt. Ein verdammter Magier, der ihm öffentlich sein Mitgefühl ausdrückte. Er knirschte mit den Zähnen.

Lestral warf einen Blick hinauf zum Mond, der schon früh am Himmel stand. Die Sonne schickte sich gerade erst an, ihm das Feld zu überlassen. »Es wird Zeit«, verkündete er. Lestral öffnete ein Kästchen und zog drei Flakons hervor. Er goss den Inhalt jeweils einer Flasche über einen Kristall, die im Dreieck aufgestellt waren. Darauf zog er sich von dem Podest zurück. Chotra sprang auf seine Schulter. Zunächst passierte nichts. Lestral schien derweil die Luftfeuchtigkeit zu prüfen, die zu Abend hin stark zunahm. Als könnte sie Einfluss auf das Ritual nehmen.

Hinrich wollte den Magier soeben zur Rede stellen, warum sich nichts tat, da begannen die Kristalle zu knistern und Funken zu schlagen.

»Eure Männer sollen sich bereit machen«, flüsterte Lestral.

»Meine Männer sind immer bereit«, erwiderte Hinrich.

Die glühenden Partikel stoben auseinander. Sie strebten von einem Kristall zum nächsten. Verwirbelungen traten auf. Es toste, wie in einem Sturm. Hinrich packte den Griff des Elfenschwertes, das er aus der Gruft entwendet hatte. Als könne er damit etwas gegen die Mächte ausrichten, die hier entfesselt wurden.

Ein Ruck lief durch die Soldaten, als die Wirklichkeit zerriss, wie ein Stück Pergament, durch dessen mitten die Flammen brachen. Der Spalt wurde größer. Hinrich erwartete eine Feuersbrunst, die ihnen entgegenschlug, das Gegenteil geschah. Ein Gleißendes Licht drang aus dem Riss hervor. So hell, als würde man direkt in die Sonne blicken.

Heraus trat eine Gestalt, in einer Rüstung, die aus Licht bestand. Wenngleich sie ein Mann sein musste, waren die Gesichtszüge weich und angenehm. Das wallende blonde Haar wehte in einem Wind, den Hinrich nicht spüren konnte. In der Hand trug das Wesen ein Schwert, das aus Glas gefertigt schien. Mit leuchtenden Augen sah sich der Ritter wohlwollend um, als hielte er Heerschau. Gefiederte Schwingen von beachtlicher Spannweite entfalteten sich auf seinem Rücken.

Rhythmisches Donner klang durch das Portal, es klang wie ein anrückendes Heer.

»Schlagt sie zurück!«, brüllte Lestral.

Hinrich wusste nicht, warum man ein Wesen von solch unvergleichlicher Schönheit angreifen sollte.

Der Engel kreischte markerschütternd. Dagegen erhob sich Lestrals kehliger Gesang. Die feuchte Luft zog sich zusammen. Dämonen aus Nebel materialisierten sich und griffen an. Der Engel hieb die Gestalten mit seinem Schwert in Zwei. Sie zerflossen, nur um sich sogleich wieder zusammenzufügen. Der Engel wurde von den Nebelwesen von hinten gepackt und in das Portal gerissen, kaum das er sich wehren konnte. Hinrich vermochten einen Blick in den Riss zu tun. Er sah eine gigantische Streitmacht. Die silbernen Rüstungen blitzen im Licht einer purpurnen Sonne. Sie verschwanden mit einen Knall, der ihm die Trommelfelle zerreißen wollte.

Der Kristall den Lestral zuvor bemängelt hatte, war gebrochen. Dennoch stand das Portal offen. Ritter in blutrotes Tuch gewandet, welches sie über die schwarzen Plattenrüstungen trugen, kamen hindurchgestolpert. Gefolgt von einer Frau in einem umständlichen Kleid. Die Farben Rot und Schwarz beherrschten den Stoff. Ihr hingegen gelang es, das Gleichgewicht zu halten. Sie schwebte fast durch das Portal, als hätte sie bereits häufiger einen Sprung unternommen.

Hinrich fiel sogleich auf die Knie. Hinter ihm schepperte es. Das Geräusch von gerüsteten Soldaten, die auf die Knie gingen, einigen schienen dabei ihre Waffen aus der Hand zu fallen.

»Hinrich«, hörte er die Stimmen von Herrin Sahinier.

»Meine Herrin«, erwiderte er unterwürfig.

Es knackte und zischte, als sich der Riss in der Wirklichkeit schloss.

»Du bist angekommen, keiner hätte damit gerechnet. Nur ich habe daran geglaubt, dass es dir gelingen würde«, auch wenn ihre Worte wohlwollend waren, so klangen sie wie ein Vorwurf. »Sieh dich nur an. Deine Truppen sind in einem erbärmlichen Zustand. Und Lestral, ihr kniet nicht. Die übliche Anmaßung der Magier.«

»Wir werden angegriffen!«, gellte ein Schrei über den Platz.

Dieser verdammte Kontinent, fluchte Hinrich in sich hinein.

VI.

»Viele Elfen glauben nicht daran, dass unser Volk sich erretten kann. Sie suchen einen Ausweg, einen ehrenvollen. Aber ich kann daran nichts Ehrhaftes finden. Es wäre feige, diesen Kampf aufzugeben und sich in die eigene Klinge zu stürzten.«

Aus den privaten Aufzeichnungen von Kranach

Norfra blickte um die Häuserecke. Um den Brunnen tummelten sich die Elfen. Die Nacht war dunkel aber angenehm mild. Das war jedoch sicher nicht der Grund, warum sich so viele Elfen außerhalb ihrer Häuser aufhielten. Norfra ahnte, warum sie hier waren. Sie hatten sich um den einzigen Brunnen versammelt, dessen Wasser noch trinkbar war. Dradnachs Männern war es nicht gelungen, ihn zu vergiften. Die Elfen waren nicht dumm. Sie mussten bemerkt haben, wie sich jene veränderten, die aus den anderen Quellen getrunken hatten. Norfra spürte ihre Angst nur zu deutlich und das Misstrauen, welches sich wie ein Spinnennetz über sie ausgebreitet hatte. Jeder der Elfen konnte mittlerweile zu Dradnachs Dienern gehören. Wenn sie diesen Brunnen verlören, so würde er über kurz oder lang die uneingeschränkte Herrschaft über den Klan erringen.

Für Norfra geriet dies zu einer schwierigen Angelegenheit. Er durfte sich nicht zu erkennen geben, aber er benötigte ebenfalls sauberes Wasser. Er selbst war alt genug, um eine lange Zeit, ohne Essen und Trinken auskommen zu können. Dies galt jedoch nicht für Darlach und schon gar nicht für Farangar.

Es blieb Norfra nichts anderes übrig, als auf eine Möglichkeit zu warten, bis er einen Wassereimer ergattern konnte, der gerade keine Beachtung fand. Dabei wurde seine nahezu unerschöpfliche Geduld auf eine harte Probe gestellt.

Die Elfen um den Brunnen herum wurden nicht weniger. In diesem Moment kamen noch zwei hinzu. Bewaffnet mit jeweils zwei Eimern. Die Neuankömmlinge ließen soeben ihren ersten Eimer hinab, da sah Norfra, wie einer der beiden ein Fläschchen aus dem Ärmel zog. Dies entging den Elfen, die hier Wache hielten völlig. Keiner von ihnen schien mit solch einer Hinterlist zu rechnen. Es ging nicht anders, Norfra musste seine Deckung aufgeben. Er stürmte auf den Brunnen zu. Erschrocken wandten sich die Elfen zu ihm um. Vergeblich versuchte er, ihnen zu bedeuten, dass sie sich umdrehen sollten. Er stieß die Elfen beiseite und sah einen Dolch aufblitzen. Er wich aus und riss den Elf mit dem Flakon zu Boden, bevor dieser ihn entkorkt hatte. Die Flasche sprang. Die giftigen Dämpfe zogen über die Versammelten hinweg. Norfra kam auf die Beine, er packte den Unterarm des Bewaffneten und drehte ihm den Dolch aus der Hand. Mit einem Schlag des Handballens gegen den Brustkorb stieß er den Angreifer zurück.

»Haltet ihn auf!«, der Ruf galt Norfra. Er wurde von drei Elfen ergriffen und zu Boden gerungen. Die Arme bekam er schmerzhaft auf den Rücken gedreht.

»Sieh doch«, einer der Elfen zeigte auf den zerschmetterten Flakon. »Er hat den Brunnen gerettet.«

Norfra stieß einen unartikulierten Laut aus und wies mit dem Kopf auf die beiden Elfen, die sich gerade davonschleichen wollten. Sie kamen nicht weit. Von der wütenden Meute erfasst, wurden sie zum Brunnen zurückgeschleift. Knebel waren sehr schnell hergestellt. Darauf machte sich jedoch Ratlosigkeit breit. Keiner wusste, was sie mit den beiden machen sollten.

Unterdessen half man Norfra auf die Beine.

»Ich schlage vor, wir töten sie«, meinte der Messerstecher, der sich die schmerzende Brust rieb und dabei vergebens nach seinem Dolch Ausschau hielt.

»Bist du verrückt geworden«, empörte sich ein anderer. »Das ist mein Bruder, auch wenn ihn Dradnach irgendwie mit seinem Gift kontrolliert.«

Ein wildes Durcheinander entstand.

Gerne hätte Norfra eingegriffen. Aber wie sollte er sich begreiflich machen? Die Elfen, sie mussten sich gegen Dradnach zur Wehr setzen. Dass dieser nicht offen gegen die letzten Widerstände in seinem Klan vorging, konnte nur bedeuten, dass die verbliebenen Elfen noch zu viele waren, um sie gewaltsam zu unterjochen. Vielleicht konnten sie den Kampf gegen ihn gewinnen.

Eines nach dem anderen. Jetzt galt es zunächst Darlach Wasser zu bringen.

»Wo willst du hin?«, fragte einer der Elfen, als sich Norfra mit dem Wassereimer davonstehlen wollte, in den der Dolch gefallen war. Er wandte sich zu den Elfen um. Mit umständlichen Gesten versuchte er, ihnen zu erklären, dass er wiederkommen würde. Natürlich führte das zu Missverständnissen.

»Was interessieren dich unsere Probleme«, rief ihm einer der Elfen hinterher. »Verschwinde doch einfach!«

Was sollte Norfra auch anderes tun?

***

Sie saßen in jenem Haus, in dem einst die Leichen der Krieger von Salwachs Trupp gelegen hatten.. Dradnach hatte sie in ihrer Gefangenschaft getötet, um einen Grund zu haben, Darlach als Obersten abzusetzen. Es roch immer noch nach Tod. Kein anderer Elf war bisher hier eingezogen. Das Haus wurde von allen Klanmitgliedern gemieden. Das perfekte Versteck.

»Sie wissen also mittlerweile, das Dradnach sie mittels eines Giftes unterwirft«, fasste Darlach Norfras Bericht zusammen, nachdem er seinen Durst gestillt hatte.

Wir sollten in den Norden fliehen und von dort Hilfe holen, überlegte Norfra. Dabei legte er seine Gedanken offen, damit Darlach sie lesen konnte.

»Das kann ich nicht. Solange hier noch ein Elf frei ist, kann ich sie nicht verlassen. Außerdem wird Dradnach einen Krieg beginnen, wenn ein anderer Klan versucht, ihn dazu zu zwingen, die Elfen freizugeben«, widersprach Darlach.

Norfra blickte zu Farangar hinüber. Der junge Schamane fing sogleich zu schreien an, sobald sie ihm den Knebel entfernten, um ihm zu trinken zu geben. Norfra vermochte auch nicht, in seinen Geist vorzudringen, um ihn zu beeinflussen, wie es ihm mit den Kriegern gelungen war. Irgendetwas war anders. Vielleicht war Dradnach dahinter gekommen, wie es Norfra geglückt war, seine Gefolgsleute zu manipulieren. Vermutlich hatte er einen Weg gefunden, sie gegen solche Angriffe abzuschirmen. Wie ihm dies gelang, wusste Norfra allerdings nicht.

Wenn du deinen Klan retten willst, dann müssen wir Dradnach aufhalten. Damit meine ich, dass wir ihn töten müssen. Das ist der einzige Weg, den ich kenne, offenbarte Norfra düster. *Mit Dradnach ist nicht zu verhandeln, er hat seinen Weg gewählt.*

»Wenn es sein muss.« Darlach ließ die Schultern hängen. Er sah erschöpft aus.

Lass mich es tun. Norfra legte den Dolch auf den Tisch. *Ich bin im Waffengang geübt. Zeitgleich musst du eine Revolution beginnen. Damit du es beenden kannst, wenn ich scheitere. Noch scheint es ihm an Kriegern zu mangeln, um die Macht gewaltsam an sich zu reißen.*

»Aber wie soll ich das tun? Mein Klan hat das Vertrauen in mich gänzlich verloren«, wandte Darlach ein. Er ließ sich auf einen Stuhl sinken, der rot vom Blut seiner Brüder war.

Geh morgen Nacht zum Brunnen. Die Elfen dort, werden dir zuhören. Sie wissen um das falsche Spiel, das Dradnach treibt, teilte Norfra ihm mit. *Wenn mein Vorhaben misslingt, dann müsst ihr seine Krieger überrumpeln oder fliehen. Ich denke, nach einen Angriff auf sein Leben wird er die Letzten, die sich ihm widersetzen, erbarmungslos niederschlagen.*

»Abgemacht«, stimmte Darlach zu. Es war ihm anzusehen, dass er kein gutes Gefühl dabei hatte. Norfra ging es ähnlich. Dieses Vorgehen, widersprach allem, woran er glaubte.

***

Die Wachen am Eingang des Turmes standen wie angewurzelt da. Im Dunkel der Nacht erschienen sie wie Säulen. Die Krieger zu überwältigen würde zu viel Lärm verursachen. Es blieb Norfra nichts anderes übrig, als zu versuchen sich an ihnen vorbeizuschleichen. In Gedanken war er bei Darlach, der aufgebrochen war, um die letzten freien Angehörigen seines Klans zum Widerstand zu einen. Norfra hoffte, dass er Erfolg haben würde, denn bei seinem Vorhaben glaubte er nicht an ein Gelingen. Dradnach war zu stark bewacht.

Es konnte bereits an den beiden Wachen am Turm scheitern.

Natürlich hatten Darlach und Norfra versucht über die Luftrunen einen Weg in den Turm zu suchen, doch es waren nur noch wenige aktiv. Es war nicht auszuschließen, dass Dradnach dahintergekommen war und ihnen eine Falle gestellt hatte.

Norfra war es gelungen, in den Schatten des Podests vor dem Tor zu schleichen. Von dort konnte er hinaufklettern, um hinter den Wachen hindurchschlüpfen. Wenn er es fertig brachte, sie vom Eingang fortzulocken.

Er nahm einen Stein vom Boden auf und warf ihn hinter ein Haus. Er traf im Dunkle der Nacht auf etwas Hartes. Der Klang wurde weit getragen und musste auch an die Ohren der Wächter dringen, doch sie rührten sich nicht, sie bewegten nicht einmal den Kopf. Er wiederholte den Vorgang einige Male, immer mit demselben Resultat. So kam er nicht voran. Es gab nur noch eines, was er tun konnte.

Norfra trat aus dem Schatten, schritt um das Podest herum und stieg die Treppen hinauf. Oben angekommen warf er den Wachen den Dolch vor die Füße. Jetzt hatte er ihre ungeteilte Aufmerksamkeit. Es blieb nur zu hoffen, das Dradnach ihnen nicht befohlen hatte, ihn sogleich zu töten. Norfra hob, sich ergebend, die Hände.

Die Wächter sahen sich verwirrt an. Ihre Gesichter konnte er unter den Helmen nicht erkennen.

»Nimm ihn fest«, verlangte die eine Wache von der anderen. »Dradnach wird sich freuen, ihn zu sehen.«

Der Krieger packte Norfra am Arm und drehte ihm diesen auf den Rücken. Er unternahm jedoch keine Anstalten den Gefangenen zu fesseln. Womit auch? Nur mit seinem Lendenschurz bekleidet wirkte Norfra recht harmlos im Gegensatz zu dem gerüsteten Elf. Die Wache rechnete nicht damit, dass sich der Schamane leicht aus dem Griff befreien konnte. Bevor ein Faranier in der Waffenkunst ausgebildet wurde, musste er erst einmal ohne Waffen im Duell bestehen. Norfra galt als ein Meister dieser Kampfkunst.

Der Wächter führte ihn über eine Treppe hinauf in einen der größeren Räume, die dem Portal des Turmes gegenüber lagen. Ein Feuer erhellte das Zimmer und warf sein flackerndes Licht auf unzählige Flaschen, die dort auf drei langen Tischen aufgestellt waren. Davor stand Dradnach, mit dem Rücken zur Tür. Der Obere trug nicht mehr als dünnen Stoff über seinem muskulösen Leib. Er fühlte sich also absolut sicher und glaubte seinen Klan so fest im Würgegriff, dass ihm ein Krieger als Wächter vollkommen ausreichte.

»Meister, ich habe einen Erfolg zu vermelden«, machte die Wache, die Norfra führte, auf sich aufmerksam.

Dradnach drehte sich langsam herum. Sein dunkles Gewand klebte nass am Unterbauch an seinem Körper, offenbar hatte eine der zahlreichen Wunden, den Verband durchgeblutet. Er grinste breit, als er Norfra erblickte.

»Ich habe nicht erwartet, dich so früh wiederzusehen«, er wandte sich seinen Kriegern zu. »Schließt die Tür, niemand soll ihn hören.« Dradnach trat näher an Norfra heran. »Es hat mich tatsächlich überrascht, als du Kontrolle über meine Krieger errungen hast. Dies gelingt dir nun nicht mehr, nicht wahr?«

Norfra sah ihn ausdruckslos an. Er hatte das Medaillon hinter einem Haus vergraben, damit es niemanden in die Hände fiel. Dieses Geheimnis sollte

Dradnach nicht erfahren. Selbst wenn es nicht mehr wirkte.

»Warum so still, hat dir jemand die Zunge herausgeschnitten?«, Dradnach brüllte vor lachen.

Seine Gefolgsmänner verharrten in Stille.

»Aber ich muss dir dankbar sein«, offenbarte Dradnach. »Ohne dich wäre ich nicht darauf gekommen, mein Blut genauer zu untersuchen.«

Er strich den grünen Lebenssaft von seiner Robe und wischte es über Norfras Brust. Es brannte wie das Bestienblut. Der Schamane verzog jedoch keine Miene.

Dradnach nahm enttäuscht seine Hand herunter. »Ich habe herausgefunden, dass ich meine Gefolgsleute kontrollieren kann, wenn sie mein Blut trinken. Allerdings etwas verdünnt, eine zu starke Konzentration frisst sie auf«, berichtete Dradnach.

Norfra fragte sich, warum der Obere das tat. Ihm fehlte der Wahnsinn, der gelegentlich von einem Herrscher besitz ergriff. Offenbar stand die Frage Norfra ins Gesicht geschrieben, denn Dradnach, ging tatsächlich darauf ein: »Ich brauche Krieger«, erklärte er. »Es gibt eine neue Bedrohung auf Krateno, die wir nur gemeinsam eindämmen können. Widerwärtige Kreaturen, die aus den Sümpfen steigen, die plötzlich in der Landschaft auftauchen. Meiner Erfahrung nach nehmen selbst die Tapfersten vor ihnen Reißaus. Es ist also nötig, absolut willenlose Krieger gegen sie ins Feld zu führen.«

Das konnte unmöglich der Grund sein. Selbst wenn dieser Feind wirklich existierte, wäre es besser die Elfenklans zu einen und gemeinsam gegen ihn in den Kampf zu ziehen. Krateno kannte entsetzliche Scheußlichkeiten. Deshalb waren die Elfen an solche Kreaturen gewöhnt, sie würden davor nicht zurückschrecken. Aus Dradnach sprach die Lust am Kampf, das war der eigentliche Grund. Er wollte Blut sehen, das der Elfen, aber warum?

»Du glaubst mir nicht«, las Dradnach in der Miene des Schamanen. »Das ist auch nicht wichtig, ich wollte dich nur wissen lassen, was dir bevorsteht.« Er nahm einen Flakon vom Tisch und kam damit auf Norfra zu. »Ich werde deinen Klan mit deiner Hilfe unterwerfen, sie werden sich in mein Heer eingliedern.«

Der Krieger hinter Norfra packte den Schamanen an den geflochtenen Haaren und riss dessen Kopf in den Nacken. Der andere Wächter zwang ihm den Mund auf.

Das Lächeln von Dradnach spiegelte sadistische Freude wieder. »Stell dir nur vor, ein echtes Heer, das unerschütterlich auf dem Schlachtfeld steht.«

Von draußen erklangen Rufe, gefolgt vom Klingen der Waffen.

Dradnach stockte.

Norfra warf sich nach hinten. Der Krieger, der ihn festhielt, donnerte gegen die Wand und ließ ihn unwillkürlich los. Der Schamane war zu nah, als dass der überrumpelte Elf sein Schwert ziehen konnte. Mit einem Aufwärtshaken des Handballens schlug ihm Norfra das Visier nach oben und traf gleichzeitig dessen Kinn. Der Kopf des gerüstete Elf prallte gegen die Wand. Benommen rutschte er daran hinab. Dem nächsten Gegner stieß Norfra das Schwert, welches dieser im Begriff war zu ziehen, zurück in die Scheide und hieb ihm die Handkante gegen den Kehlkopf. Der Krieger knickte würgend zusammen. Norfra riss das Schwert aus der Scheide, hieb ihm den Griff gegen die Schläfe und fuhr mit einer Wucht herum, die Dradnach nicht erwartet hatte. Stahl prallte auf Stahl, dem Oberen flog das Schwert aus der Hand. Es schlitterte funkenreißend über den Steinboden. Norfra setzte dem Oberen die Schwertspitze an die Kehle, bereit zuzustoßen.

»Halt, bitte«, flehte Dradnach, dem jegliche Überheblichkeit abhandengekommen war. »Ich bitte dich nicht und mein Leben, sondern um das meines Klans.«

Jetzt stockte Norfra tatsächlich. Meinte er das ernst, oder war es eine Finte? Norfra war zu aufgewühlt, um Dradnachs Emotionen klar lesen zu können.

»Ich habe Grund zu der Vermutung, dass alle Krieger meines Klans sterben, wenn du mich tötest. Sie sind mit meinem Geist verbunden. Sieh nur.«

Einem der am Boden liegenden Krieger stand tatsächlich, wie Dradnach, der Angstschweiß auf der Stirn und das, obwohl er bewusstlos war. Dies konnte aber ein Zufall sein.

»Wenn du mir nicht glaubst, ich befehle auch über deren Leben«, schob Dradnach nach. »Sieh«, ein Grinsen zeigte sich auf seinem Gesicht.

Der Atem des Elfenkriegers stockte abrupt. Aus Mund und Nase floss das Blut.

Nun kam Norfra endgültig ins Zweifeln, er konnte nicht das Leben von so vielen Elfen riskieren.

Die Tür flog auf.

Für den Bruchteil eines Lidschlags war Norfra abgelenkt. Doch dieser Moment genügte Dradnach, um das Schwert beiseite zu schlagen und auf den Schamanen zuzuspringen.

Norfra spürte einen dumpfen Schmerz in der Brust. Er wurde sich des Dolchs, den ihm Dradnach in den Leib gestoßen hatte, erst bewusst, als ihm dieser die Klinge aus dem Körper zog. Norfra hustete. Sein Mund füllte sich mit Blut. Aus seinen Gliedern wich die Kraft.

Er vermochte sich nicht dagegen zu wehren, das Dradnach ihn zu Boden zwang. In diesem Augenblick wurde Darlach hereingeschleift.

»Meister, es hat einen Aufstand gegeben. Angeführt von ihm«, der Krieger drückte den gefesselten Gelehrten auf die Knie.

Erschrocken wurde Darlach der Wunde in Norfras Brust gewahr. Nicht nur von dieser ergoss sich der Lebenssaft des Faraniers, sondern auch aus dessen Mund drang er in Strömen.

»Da bist du ja«, freute sich Dradnach. »Einen Moment bitte.« Er kam zu Norfra und packte ihn am Kinn. »Glaube nicht, dass dein Klan nun sicher ist, jetzt da du tot bist. Dein kleiner Schützling ist mir bereits ergeben, er wird die Aufgabe übernehmen, die dir zugedacht war.«

Dann ließ er Norfra los.

»Nun zu dir«, Dradnach wandte sich dem Gelehrten zu. »Es freut mich, dich endlich gefasst zu haben«, grinste er.

»Was immer du planst, es wird scheitern.« Darlach blickte ihn ungebrochen an.

»Du bist ein Narr. Es ist egal, ob es scheitert. Wir sind doch ohnehin schon alle tot, das habt ihr Gelehrten nur nie begriffen. Krateno lässt niemanden überleben. Was ich will, ist eine abschließende Schlacht. Mit der alles endet. Damit wir Elfen nicht als Weichlinge sterben. Aber du bist es nicht Wert daran teilzunehmen.«

Noch bevor Darlach etwas erwidern konnte, durchschnitt ihm Dradnach mit einem einzigen Streich den Kehlkopf. Das Blut sprudelte aus der klaffenden Wunde. Gurgelnd brach Darlach zusammen. Er war tot noch bevor sein Haupt den Boden berührte.

Die offenen Augen seines Freundes waren das Letzte, was Norfra sah, bevor er die seinen schloss. Marelija galt sein letzter Gedanke, bevor er den Frieden nahm, der so vielen im Tode verwehrt blieb.

VII.

*»Verliere niemals das Gefühl für deine Umgebung,
denn dann bist du wahrhaft blind.«*

Norfra, Schamane der Faranier

Marelija wischte Hadrunar den Schweiß von der Stirn. Er war mittlerweile der dreizehnte Elf, der in diesen eigentümlichen Schlaf gefallen war. Wenn man ihre Lider hob, dann leuchteten die Pupillen grün. Die Elfen schwitzten und warfen sich unruhig hin und her.

»Gibt es schon etwas Neues?«, erkundigte sich Aldrina, die soeben den Saal betreten hatte.

»Nein, Daschmir versucht, in Büchern Antworten zu finden«, erklärte Marelija. »Er hat auch einige Experimente gemacht. Immer führt es zum Selben. Das Wasser aus Conaras Quelle löscht das Gift komplett aus allen Substanzen. Selbst verdorbene Kreaturen, die es zu sich nehmen, werden geheilt. Allerdings haben wir dies erst gestern ausprobiert. Es kann sein, dass dem Tier dasselbe zustößt. Aber im Moment scheint es geheilt zu sein.«

Aldrina sah über die erkrankten Elfen hinweg. Ihr Blick hatte etwas teilnahmsloses, obwohl es ihre Brüder und Schwestern waren. Marelija meinte kaum eine Regung in ihr zu spüren. Vielleicht hatte sie schon lange mit ihrem Volk abgeschlossen.

Unterdessen wurde ein weiterer Elf hereingetragen, er wies die gleichen Symptome auf.

»Was sagt Radonar, dazu?«, wollte Marelija wissen.

»Seit dieser Vorfälle hat er sich nicht mehr sehen lassen. Die Elfen haben Angst, wenn ihr Auserwählter nicht mehr zu ihnen spricht«, teilte ihr Aldrina tonlos mit.

»Ich werde mit ihm sprechen«, versprach Marelija. Da sie hier ohnehin nichts tun konnte, machte sie sich auf den Weg.

An der Tür warf sie noch einen letzten Blick in die Halle. Aldrina stand immer noch neben Hadrunars Lager. Sie nahm das feuchte Tuch in die Hand und ließ es sogleich wieder sinken. Sie wirkte völlig leer, als sei sie nicht mehr als eine Hülle, in welcher mit der letzten Hoffnung auf Rettung auch der Lebenswille erstorben war.

***

»Nein, verschwinde!«, drang es durch die Tür, noch bevor Marelija auf sich aufmerksam machen konnte. Sie hielt inne und lauschte. Die Worte konnten nicht ihr gegolten haben.

»Ich habe dir nichts mehr zu sagen, du bist nicht mehr, als ein böser Schatten, der mich verfolgt!«, brüllte Radonar. Es folgte Stille, in die das Wimmern des Elfen hineinwuchs. »Bitte ... geh doch ...«

Marelija entschied sich, genau das nicht zu tun. Sie klopfte an und trat sogleich ein. Radonar hatte diese kleine Kammer recht wohnlich gestaltet, sodass man sich darin wohl fühlen konnte. Mittlerweile wurde die gesamte Einrichtung von Büchern dominiert. Die meisten lagen aufgeschlagen und wild übereinander.

»Marelija!«, rief Radonar erschrocken aus. Er wandte sich zum Fenster, wobei er zu verbergen versuchte, dass er sich die Augen trocknete.

»Radonar, was hast du?«, fragte die junge Faranierin. Die Gefühlslage des Elfen vor ihr war ein offenes Buch für sie. Auch wenn sie dieses nicht bis ins Letzte interpretieren konnte. Neben der üblichen Zerrissenheit, die sie immer in Radonar spürte, fand sie Angst und auch Hass vor. Gefühle die nach außen gerichtet waren, sodass sie sich dort - neben Radonar - zu manifestieren suchten.

»Nichts«, tat der Auserwählte ab und schlug seine Zähne aufeinander.

Marelija verfolgte weiterhin seine Gefühle, sie waren so stark, dass sie Form annahmen. Sie bildeten eine Gestalt, die wie in der Morgendämmerung im Nebel stand. Norfra hatte Marelija gesagt, das könne passieren wenn sie ihre Fähigkeiten, in die Gefühle anderer Elfen zu schauen, weiterentwickelte. Deshalb war sie nicht überrascht, den Schemen zu erblicken.

»Radonar, wer ist das?«, sie deutete auf den Geist, der aus den Emotionen des Elfen geboren worden war.

»Du ... Du kannst ihn sehen?«, fragte er verblüfft.

Marelija nickte.

»Dann ist er wirklich hier!« Radonar wagte nicht, sich zu ihm umzublicken.

»Nur für uns beide«, schränkte Marelija ein. »Er ist das Ziel all deiner Wut und deines Hasses und gleichzeitig der Ursprung deiner Angst.« Zumindest las sie diese Emotionen in der Erscheinung. »Wenn du ihn loswerden willst, dann musst du dich deiner Angst stellen, sie ist dein größter Feind.«

Radonar funkelte sie böse an. Die freiliegenden Knochen seines Kiefers verliehen seinem Antlitz immer den diabolischen Zug eines hämischen Grinsens. »Sag mir du nicht, was ich zu tun habe. Du weißt gar nicht, warum ich ...«, er brach ab. Offenbar erkannte er erst jetzt, wen er vor sich hatte.

»Radonar, ich fühle deinen Schmerz«, versicherte Marelija und kam auf ihn zu. »Aber das ist nicht allein dein Problem. Wir alle haben Verluste erlitten, auch wenn die einen größer als andere scheinen. Du hast nur Angst, Angst dich deinem Schmerz zu stellen. Aber eben das musst du tun. Solange wie es nötig ist, um diese Wunde zu heilen.«

Radonar blickte sie durchdringend.

Marelija versuchte ein aufbauendes Lächeln. »Du musst das nicht alleine bewältigen.«

Seine Augen glitzerten, die unteren Lider füllten sich mit Tränen. »Ich kann es nicht.« Seine Stimme zitterte.

Du glaubtest, du hast mich besiegt! Nein, Andro! Ich bin immer noch da und du wirst mich niemals los!

Marelija fuhr erschrocken zusammen. Für einen Moment flammte in der Nebelgestalt das Antlitz eines entstellten Elfen auf, der gehässig lachte. Norfra hatte nichts davon gesagt, dass diese Erscheinungen auch sprechen konnten.

»Er stellt mir überall hin nach und will mich scheitern sehen«, klagte Radonar. »Und jetzt da wir die Vergessenen verlieren ...«

»Sieh ihn dir an Radonar. Er existiert nur in deinem Kopf. Ein Schatten, nicht mehr, du weißt es. Dahinter verbirgt sich die Schuld, die du auf dich geladen hast. Er ist nicht echt«, versuchte Marelija, ihn zu bestärken. »Du hast ihn schon einmal bezwungen, du kannst es wieder. Er wird schwächer werden, mit jedem Kampf, den du gewinnst.«

»Ich -«

Die Tür wurde aufgerissen. Ladrunur platzte herein. »Auserwählter, sie sterben!«

***

»Möge Conara über dich wachen.« Marelija schloss dem Elfen die Lider, die weit offen stand. Kalter Schweiß stand auf seiner Haut. Er war der Erste, der in diesen Schlaf gefallen war.

Radonar wagte sich nicht an den Toten heran. Zumindest war er mitgekommen und offenbar riss ihn das aus seinem Trübsinn, denn der unheimliche Schatten war verschwunden.

Ladrunur sah den Auserwählten erwartungsvoll an. Er erhoffte sich Worte des Trostes.

Es war Radonar anzusehen, wir er innerlich mit sich rang. Für einen Moment meinte Marelija, den dunklen Schatten hinter ihm aufflackern zu sehen.

Er straffte sich und trat zum Haupt des Toten. Widerstrebend legte er ihm die Hand auf die feuchte Stirn. »Und möge Galarus dich erneut in den ewigen Kreislauf einflechten«, fügte er Marelijas Worten hinzu.

Galarus!, fiel es Marelija wie Schuppen von den Augen. War ihr Volk nicht eine Schöpfung dieser beiden Götter?

***

»Das stimmt nicht so wirklich«, urteilte Daschmir über ihre These. Er saß in der Bibliothek und versuchte die Antwort, auf ihre missliche Lage in einem der Texte zu finden. Dabei ging er mit bedacht vor. Er widmete sich immer nur einem einzelnen Buch. Nicht wie Radonar, der Etliche auf einmal zu lesen schien. Mit dem Auserwählten teilte er etwas anderes: die Hoffnungslosigkeit.

»Conara hat uns geschaffen, daran gibt es keinen Zweifel. Die anderen Götter übten danach lediglich einen gewissen Einfluss auf uns aus. Aber der ist nicht lebensnotwendig gewesen«, argumentierte Daschmir.

Marelija mochte diesen Elfen nicht, er besaß die üble Angewohnheit alles zerreden zu müssen. Eine Eingenschaft, die ihn zu einem guten Diplomaten machte, weil er jeden um Sinn und Verstand plappern konnte. Aber er war dabei so überzeugt von sich, dass er kaum eine andere Meinung zuließ.

»Marelija hat recht.« Radonars Stimme war unverkennbar, was daran lag, dass er ohne Lippen sprechen musste und er deshalb klang, als versuche eine Schlange, mit ihren Zischlauten zu kommunizieren.

Der Auserwählte schob sich an Marelija vorbei in die Bibliothek und setzte sich auf einen Stuhl neben Daschmir. Der Abscheu stand dem Diplomat offen ins Gesicht geschrieben.

Radonar ging nicht darauf ein. »Conara schuf uns Elfen, aber ohne Galarus fehlt uns jedes Mitgefühl. Ohne seinen Einfluss könnten wir keine Liebe empfinden«, sprach er wissend.

»Sie ist dennoch nicht essentiell«, beharrte Daschmir.

»Das sagst du, viele würden es anders sehen. Jedenfalls hat uns die Abkehr von der Nibahe erst in diese missliche Lage gebracht«, wusste Radonar. »Ich habe dir die Bücher doch gegeben.«

»Na gut«, gab Daschmir klein bei. »Dann führe deine Argumente aus«, erlaubte er.

Marelija tadelte sich innerlich dafür, dass sie Genugtuung dabei empfand, als Radonar den eingebildeten Elfen in die Schranken gewiesen hatte.

»Marelija, bitte«, überließ ihr der Auserwählte das Feld.

»Ich glaube, dass wir mit dem Wasser aus Conaras Quelle -«

»Der Urquelle«, verbesserte Daschmir.

»Die Urquelle«, gestand ihm Marelija zu, » hat die Vergessenen vielleicht auf einen Entwicklungszustand zurückgeführt, an dem wir kaum lebensfähig waren. Wenn ich richtig liege, hat Galarus diesen Mangel erkannt und ihn ausgeglichen.«

»Eine interessante Theorie«, beurteilte Daschmir. »Aber womit willst du sie belegen?«

»Darauf kommt es doch nicht an, wir müssen es in Erwägung ziehen. Vielleicht sind unsere Legenden umgeschrieben worden, sodass Conara nicht als Stümper erscheint«, schlug sich Radonar auf Marelijas Seite. »Außerdem müssen wir unsere Geschichtsschreibung mit Skepsis betrachten. Vergiss nicht die Konflikte, die es unter den großen Elfenfamilien gegeben hat. Dazu gehört auch, Fakten so zu verdrehen, dass sie einem in den Kram passen. Von unserem heutigen Standpunkt aus, und dem begrenzten Wissen, das wir besitzen, ist vieles nicht mehr nachvollziehbar. Es ist besser uns an den Gedanken zu Gewöhnen, dass wir mit der Forschung ganz am Anfang stehen. Das meiste was wir zu wissen glauben, ist nicht mehr als eine Vermutung. Deshalb müssen wir Marelijas Ansatz überprüfen.«

Daschmir schlug die Augen nieder. Es missfiel ihm, wenn die Schriften in Zweifel gezogen wurden, das wusste jeder. Er klammerte sich an die alten Texte wie ein Ertrinkender an ein Stück Holz. »Aber was nutzt dieser Gedanke?«

»Das heilende Wasser ist Galarus zugeordnet«, erklärte Marelija. »Wenn wir es den Vergessenen beschaffen, dann werden sie vielleicht ...«, sie suchte nach den richtigen Worten, »wieder vervollständigt.«

»Dann müssen wir das Wasser holen«, lenkte Daschmir ein. »Aber die Reise wird beschwerlich und wir wissen nicht genau, wie es um Darlachs Klan bestellt ist«, rührte er an einem wunden Punkt. »Auf der Reise dringen wir unweigerlich in dessen Gebiet ein. Und da wäre auch noch der Sumpf, aus dem heraus die Vergessenen angegriffen wurden. Vielleicht wäre es besser, auf Enowirs Rückkehr zu warten, dessen Blut hat dieselbe Wirkung«, argumentierte Daschmir ein triumphierendes Lächeln huschte über sein Gesicht. »Aber halt, Enowirs Blut befindet sich ja bereits in dem Wasser, das wir benutzt haben, um die Vergiftung zu heilen.« Seine Stimme hatte einen gehässigen Klang angenommen.

Marelija ballte ihre rechte Hand zur Faust. Dieser Schwätzer würde den Untergang seines ganzen Volkes in Kauf nehmen, nur um recht zu behalten. »Das Blut ist durch die Urquelle verändert. Wir brauchen das heilende Wasser in reiner Form«, hielt sie an ihrer Überlegung fest. »Oder Enowirs Blut.«

»Er ist längst überfällig. Auf Krateno heißt dies, dass er wohl nicht mehr zurückkommt«, dieses Argument anzuführen schien Daschmir ebenso wenig auszumachen.

Marelija trafen die Worte wie ein Schlag ins Gesicht.

»Es gibt eine Quelle hier in der Stadt«, eröffnete Radonar.

Marelija klappte fassungslos der Mund auf.

»Aber sie ist versiegt«, fügte er hinzu.

Daschmir schloss sorgsam das Buch, über dem er gebrütet hatte. »Wir sollten sie uns ansehen. Die Urquelle war auch nicht mehr aktiv.«

Marelija spürte, dass er nur einlenkte, um sie widerlegt zu wissen.

»Glaube mir, ich habe alles versucht, um sie zum Fließen zu bringen«, beteuerte Radonar. Er flüsterte etwas, als wolle er einen unliebsamen Gedanken verscheuchen.

Marelija wusste es besser.

»Vielleicht finden wir eine Möglichkeit«, klammerte sich die Faranierin an diese Hoffnung.

»Wenn du wirklich recht hast, Marelija, dann müssen wir alles tun, um so eine Quelle zu erschließen. Selbst wenn es bedeutet, wir müssten sie neu graben.« Daschmirs Worte schmeckten nach Häme.

***

Ladrunur gab das Licht seiner Fackel an Marelijas weiter. In mühsamer Geistesübung hatte sie ihren Groll, Daschmir gegenüber abgeschwächt. Dass sie ihn gänzlich besiegt hatte, konnte sie nicht behaupten.

»Das ist ...«, Daschmir suchte nach den passenden Worten, beim Anblick der Tempelpforte.

»Eine Ruhestätte«, half Radonar. »Nein, es ist kein Grab«, fügte er sogleich hinzu.

»Davon bin ich auch nicht ausgegangen. Ich wusste, dass unsere Vorfahren einen Weg gefunden haben sich zur Ruhe zu legen, wenn ihr langes Leben sie ermüdet hatte«, versicherte Daschmir.

Den beiden zuzuhören empfand Marelija als überaus anstrengend. Auf dem Weg hierher hatten sie bereits jeden Aspekt ihres Schöpfungsmythos diskutiert und wetteiferten mit ihrem Wissen. Das einzig Positive, was Marelija dem abzugewinnen vermochte, war, dass

Radonar offenbar den Schatten vergaß, der ihn aus seiner Vergangenheit heimsuchte.

Radonar legte seine Hand auf ein Symbol an der Wand neben dem Steintor. Es donnerte und der Boden zitterte, als sich das Portal langsam öffnete.

Der Gang dahinter erinnerte Marelija an den Tempel Conaras.

Daschmir und Radonar hatten keinen Blick für die Schönheit der Steinmetzarbeiten, die zu beiden Seiten an den Wänden prangten. Sie führten ihren Diskurs unablässig weiter, als sie in den Gang hinein schritten.

Marelija und Ladrunur warfen sich vielsagende Blicke zu und folgten ihnen.

Als sich der Gang vor ihnen öffnete, verstummte Radonar schlagartig. Daschmir brach ebenfalls ab, als das Licht seiner Fackel den Raum erhellte. Dort befanden sich etliche Steinpodeste, die man nur als Altare oder Liegen interpretieren konnte.

Auf einem dieser Altäre lag ein Elf, er schien vertrocknet, wie eine Mumie. War das einer der Elfen, die sich noch vor dem großen Ereignis hier zur Ruhe gelegt hatten? Diese Ruhenden hatte Radonar einst benutzt, um Rache an seinem Volk zu nehmen und damit Teile ihrer Vergangenheit unwiederbringbar ausgelöscht. Ihr Herz machte einen Sprung. Was würde es wohl bedeuten, einen Elfen zu erwecken, der noch aus einer Zeit vor dem großen Ereignis stammte. Ihre Begeisterung wurde in jenem Moment gebrochen, als sie die Rüstung betrachtete. Die Schmiedekunst war, gegen die ihrer Ahnen, primitiv zu nennen. Das Rüstzeug glich jenem von Ladrunur. Mit Stolz trugen die Vergessenen ihre selbstgeschmiedete Ausrüstung, sodass sie diese nur selten ablegten.

»Ist das ...«, Ladrunur schien, als könne er es nicht fassen. »Ist das Albra?«

»Du kennst ihn?«, fragte Marelija überrascht.

»Ich glaube schon«, erwiderte Ladrunur unsicher.

Es war sicher nicht leicht, die völlig ausgedörrten Gesichtszüge zuzuordnen. Selbst Marelija fiel es schwer, zu sagen, ob sie es mit einem Elf oder einer Elfe zu tun hatte.

Ladrunur hielt die Fackel so nah an den Ruhenden heran, wie er es konnte, ohne Gefahr zu laufen, dessen Haare in Brand zu stecken. »Er ist es, ganz sicher. Das ist Albra«, identifizierte er ihn. »Ich habe geglaubt, Krateno hat ihn geholt. Er war derjenige, der in dir, Radonar, den Auserwählten erkannt hat.«

»Ich glaube nicht, dass er Krateno zum Opfer gefallen ist«, urteilte Daschmir. Sein Blick wanderte zu dem entstellten Elfen. »Vielleicht hat er seinen Irrtum erkannt und du hast ihn ruhiggestellt.«

»Was?«, Radonar sah ihn mit großen Augen an.

»Du musst endlich zugeben, dass du weder der Auserwählte, noch der Prophet Conaras bist«, verlangte Daschmir.

»Du ziehst meine Ehre in Zweifel?«, knirschte Radonar.

»Ich glaube, dass du keine hast und dass du uns nach wie vor hintergehst. Das ist doch der Beweis«, er deutete auf Albra. »Du hast dir diese Position nur erschlichen, um dich unersetzbar zu machen. Er hat dein falsches Spiel erkannt und musste beiseitegeschafft werden«, platzte es aus Daschmir heraus. Er war voller Hass auf Radonar, da dieser seinen Klan vernichtet hatte. Diesen Zorn vermochte er nicht länger zu bändigen. Wie hatte Marelija das nur übersehen können. Die Emotionen eines jeden Elf waren für sie weithin spürbar, aber sie war zu sehr auf Radonar konzentriert gewesen.

»Hört auf, diese Diskussion führt zu nichts!«, ging sie dazwischen.

»Du hast recht«, stimmte Daschmir zu. »Es ist Zeit deiner widerwärtigen Existenz ein Ende zu bereiten«, er riss das Schwert aus der Scheide. So energisch, dass es verkantete und stecken blieb. Er musst es erst zwei fingerbreit zurückschieben, um es gänzlich ziehen zu können.

Radonar stellte sich beim Blankziehen der Waffe wesentlich geschickter an. Auch wenn die Linke nicht seine Kampfhand war.

»Wäre ich so ehrlos, wie du glaubst, wärst du bereits tot«, erklärte Radonar.

»Hört auf, ihr entweiht diese Ruhestätte!« Ladrunur sprang zwischen die beiden. Sein Einwand blieb ungehört. Radonar stieß ihn mit dem Stumpf seines rechten Arms beiseite. Die Schwerter prallten aufeinander. Das Klirren wurde von den Steinwänden verstärkt. Daschmir hieb unkontrolliert und mit aller Kraft nach seinem Widersacher. Wenn er je das Kämpfen gelernt hatte, so hatte er jede Lektion vergessen.

Radonar hingegen konnte seinen Zorn wesentlich besser lenken. Er täuschte die Ausfälle lediglich an und parierte ohne Probleme jeden Hieb.

Daschmir bemerkte nicht, dass er hoffnungslos unterlegen war. Marelija sah dies dagegen deutlich. Auch Ladrunur musste das erkennen.

»Ich führe ... dich deiner ... gerechten ... Strafe ... zu!«, rief Daschmir, um Atem ringend.

»Die Welt ist nicht gerecht!«, erwiderte Radonar. Mit einem gezielten Schwertstreich schlug er Daschmirs

Waffe beiseite und rammte ihm den Stumpf seines Armes ins Gesicht. Daschmir taumelte und stieß dabei gegen eine der Steinliegen.

Radonar trat ihm das Schwert aus der Hand und drückte ihm die Parierstange seiner Waffe gegen den Kehlkopf. Ein Ruck oder eine unbedachte Bewegung von Daschmir würde genügen, um ihm die Schlagader aufzuschneiden.

Ja tu es, zeig uns deine wahre Natur!

In dem Moment wurde der unheimliche Schatten, der Radonar begleitete, für Marelija sichtbar. Der niederträchtige Teil seines Wesens, der sich von ihm abgespalten hatte. Er legte seine Finger um Radonars Handgelenk, als wolle er dessen Arm führen. Das Schwertblatt schob sich auf Daschmirs Hals zu.

»Gerechtigkeit ist eine Lüge. Nicht mehr als der Wunsch von Kleingeistern nach Vergeltung«, zischte Radonar.

»Was redest du noch, tu es«, presste Daschmir hervor. »Dann bist du deine letzten Probleme los.«

Marelija wusste nicht, was sie tun sollte. Jeder Versuch, Daschmir zu Hilfe zu kommen, würde dessen Tod bedeuten.

Der Schwächling will es, freute sich Radonars manifestierte Finsternis.

»Aber Reue gibt es«, fuhr der gezeichnete Elf fort. »Sie quält mich jeden Tag. Glaub mir, alles was ich in den letzten Monden unternommen habe, war der klägliche Versuch eines Missetäters wieder gut zu machen, was er verbrochen hat. Alles in dem Bewusstsein, dass es nie genug sein wird.«

Über die Klinge rollte ein Blutstropfen aus Daschmirs Hals.

»Du kannst mich verurteilen, das Recht steht dir zu, auch wenn es schmerzt«, Radonar setzte das Schwert ab und zog sich von Daschmir zurück. »Ich werde es ertragen.« Der üble Schatten hatte sich verflüchtigt.

Der Gelehrte befühlte seinen Hals. Er sah überrascht aus. Irritiert blickte er seinen Widersacher an.

Marelija atmete erleichtert auf. »Kommt jetzt. Wir müssen die Quelle aufsuchen und sehen was wir tun können«, versuchte sie die Gedanken der beiden auf das zu lenken, worauf es ankam.

»Du hast recht«, stimmte Daschmir zu. Er hob die Klinge auf und wurde sich erst jetzt der schmerzenden Finger gewahr. Radonars Tritt hatte ihm Zeige- und Mittelfinger gebrochen.

»Ich werde dir die Finger später richten«, versprach Marelija.

Zu Antwort schlug ihr eine Welle unkontrollierter Wut entgegen. Sie spürte es und dennoch sah sie es nicht kommen. Daschmir stach unvermittelt zu. Das dunkle Blut ergoss sich aus der Wunde, als er die Klinge zurückzog. Es erschien unwirklich, wie in einem Traum. Radonar presste sich die Hand auf die tiefe Stichwunde in seinem Bauch. Er stolperte gegen die Liege, auf der Albra lag.

Ladrunur reagierte. Er führte das Schwert gegen Daschmir, noch bevor Marelija ihn zurückhalten konnte. Daschmir schrie, als ihn der Hieb entwaffnete und dabei zwei Finger der rechten Hand abschlug.

Ladrunur schickte Daschmir mit einem Hieb seines Schwertknaufs zu Boden. Der Gelehrte wehrte sich vergeblich gegen die Ohnmacht. Er sank bewusstlos zusammen.

»Er war mein erster Freund, seit über hundert Jahren.« Radonar hielt sich an der Liege fest, den Blick auf Albra gerichtet. »Ich war so voller Hass, dass ich es kaum sehen konnte. Aber niemals hätte ich ihm etwas angetan ...«, er klang, als wolle er sich vor sich selbst rechtfertigen.

»Es ist gut, Radonar.« Marelija trat ihrem Freund zu Seite und stützte ihn. Der Lebenssaft sprudelte ihm aus Bauch und unterem Rücken. Mit all ihrer Heilkunst würde sie ihm nicht helfen können. »Ich glaube dir«, beteuerte Marelija. Sie sah Ladrunur hilfesuchend an.

Der Krieger trat heran, um Radonar ebenfalls zu stützen. »Legen wir ihn auf eine Liege«, schlug er vor.

Gemeinsam gelang es ihnen, den Auserwählten auf eine der Ruhestätten zu betten.

»Er hat aus der ersten Quelle getrunken, und ist ...«, Radonars Kräfte schwanden, »in den Schlaf gefallen. Ich habe ihm nichts angetan«, flüsterte er, den Blick auf Albra gerichtet.

»Das ist es«, überkam es Marelija.

Ladrunur sah sie fragend an.

»Mit der Quelle können wir Radonar schlafenlegen, vielleicht stoppen wir so die Blutung«, führte sie aus.

»Die Quelle ... der eine gibt es, der andere nimmt es ... den Schlaf, die Insignien an der Wand ...«, raunte Radonar.

Einer Ahnung folgend stürzte Marelija in den mittleren Gang, der Albras Ruhestätte am nächsten lag. Das Licht ihrer Fackel fiel auf zwei Wasserspeier, in Form von Gesichtern. Darüber stand der Satz: Der eine gibt es, der andere nimmt es. Sie fand die Symbole an der Wand und legte ihre Hand auf das Linke. Ein Grollen lief durch die Mauer. Aus den Augen des ersten Kopfes sprudelte das Wasser. Sie fing es mit bloßen Händen auf.

Bei ihrem Weg zurück spürte sie, wie das Nass in ihren Händen brannte. Es fühlte sich an, wie das vergiftete Wasser von Krateno. Ohne weiter darauf zu achten, schöpfte sie es Radonar in den Mund. Dieser schluckte ergeben.

»Marelija«, sein Blick lief durch sie hindurch. »Danke, dass du immer an mich geglaubt hast ... Auch dann, als nicht mehr von mir zu sehen war, als ein Monster ...«

Er schloss die Augenlider. Seine Atmung wurde flach.

»Radonar!« Die junge Faranierin musste sich beherrschen, um nicht heftig an ihm zu rütteln.

Da erlosch sein Atem endgültig. Von der Liege tropfte das Blut.

»Marelija sieh doch!«, rief Ladrunur überrascht. Die verbliebene Haut um Radonars Augen fiel in sich zusammen und dorrte aus, als sei ihr jegliche Flüssigkeit entzogen.

Die Faranierin zog die Verschnürung an dem Hemd des Auserwählten auf. Auch dort hatte sich das Fleisch eng an die Rippen gelegt und wirkte dabei so trocken, wie bei einer Mumie.

»Hat es noch gewirkt?«, fragte Ladrunur hoffnungsvoll.

»Ich bin nicht sicher«, gestand Marelija. »Aber ich weiß jetzt, wie die Vergessenen Zeit gewinnen können.«

»Du willst sie hier hereinbringen und ihnen dieses Wasser einflößen?«, riet Ladrunur, Unglauben stand in seiner Miene zu lesen.

Marelija nickte. Sie blickte zu Daschmir hinab. Kurz spielte sie mit dem Gedanken, ihn ebenfalls schlafen zu legen, um ihn auf diese Weise unschädlich zu machen. Aber sie benötigte ihn. Er verfügte über Wissen, das Marelija nicht so schnell erschließen konnte. Vielleicht wusste er, wo eine weitere heilende Quelle lag.

Allerdings stiegen in ihr Zweifel auf, ob Daschmir ihnen helfen würde. Der Schmerz über den Verlust seines Klans hatte sich auf eine schreckliche Art offenbart. Es wäre möglich, dass ihm nicht daran gelegen war, die Elfen zu retten.

Marelijas Augen füllten sich mit Tränen. Sie drängten wie Sturzbäche hervor. Das Herz gefror ihr zu Eis. Ihr war unbegreiflich, wie ihr geschah.

»Ich weiß, es ist viel, was du ertragen musstest, aber solange es noch einen Funken Hoffnung gibt ...«, hob Ladrunur zu tröstenden Worten an.

»Das ist es nicht«, unterbrach Marelija ihn. Auf einmal wusste sie, woher der Schmerz rührte, den sie empfand. »Es ist Norfra ... er ist tot.«

VIII.

»Neu sind sie, widerlich ... um- um- umbringen müssen wir sie ...
Sie tragen die Schuld ... nicht wir.«

Grulp von den Tiefgeborenen,
König des Stollens, zweiter von Links

Matsch ausspuckend wühlte sich Enowir aus dem Boden. Zunächst glaubte er, in die Unterwelt eingetreten zu sein. Denn um ihn herum herrschte die Zerstörung. Die Erde war aufgerissen, die Bäume entwurzelt. Das Gras zerwühlt.

Keine Sorge, du lebst, Stumpfohr, teilte Nemira ihm mit.

Für einen Augenblick bedauerte Enowir diesen Umstand. Er wollte endlich wieder mit seiner Liebsten vereint sein. Das sie in seinem Geist wohnte, war nicht dasselbe. Er sehnte sich nach Nähe, die lediglich Körperlichkeit herstellen konnte.

Noch nicht, die Zeit ist noch nicht gekommen. Sie brauchen dich, Nemira klang ebenfalls betrübt, offenbar teilte sie seine Sehnsucht.

»Ladrach!«, riss es Enowir aus den trüben Gedanken.

Die Windelfen hatten ihre Stellungen bei ihrer Flucht abgebrochen. Es gab keine Toten, auch von ihrer Befestigungsanlage war wenig zu sehen. Es gab ein paar eingesunkene Hölzer, die vielleicht einmal zu einer Hauswand gehört hatten. Nur ein paar Schritte davon entfernt fand er Reste der Palisaden, die tief im Boden steckten.

»Waffen! Ich brauche meine Waffe.«

Enowir suchte das gesamte Feld ab. Die Spuren, die er fand, kündeten von einem Kampf. Die Angreifer identifizierte er als jene, die bereits die Vergessenen angegriffen hatten. Aber die Windelfen hatten - wie es schien - keine Toten zu beklagen. Dabei waren sie mit ihren Lederrüstungen bei weiten nicht so gut gepanzert, wie die Vergessenen. Irgendetwas musste sich den Angreifern entgegengestellt haben. Die Elfen hätten bei so einem Angriff sicher keine Zeit gehabt, den Großteil ihrer Festung abzubauen. Dunkel erinnerte sich Enowir an das eigenartige Gefühl vor seiner Ohnmacht. So etwas hatte er noch nie erlebt. Die Windelfen mussten über Kräfte verfügen, die er nicht kannte. Wahrscheinlich gingen sie von dem rätselhaften König aus. Anders konnte Enowir sich nicht erklären, dass solch eine Gestalt über ein Volk herrschte.

In der Erde blitzte etwas in der Sonne. Ein Schwertknauf ragte aus dem Boden. Vorsichtig zog Enowir die Waffe aus dem Erdreich. Enttäuscht stellte er fest, dass die Klinge nicht nur stumpf, sonder auch zwei Handbreit über dem Heft abgebrochen war. Enowir nahm sie dennoch an sich, für den Moment fand er nichts Besseres. Seufzend schob er sie in seinen Gürtel.

In einer Mulde, die nach der Spur eines Lindwurms aussah, bewegt sich etwas. Mit der auf Krateno gebotenen Achtsamkeit schlich Enowir darauf zu. Da lag er: Ladrach. In seiner rechten Flanke taten sich in unregelmäßigen Abständen blutenden Wunden auf. Etwas Großes, musste ihn gebissen und ausgespuckt haben. Widererwartend lebte er.

»Ladrach!«, Enowir kniete sich zu ihm hinab und rüttelte an dessen Schulter. Sein Freund schlug tatsächlich die Augen auf. Mit glasigem Blick sah er zu ihm auf.

Von der Verletzung ging ein übler Gestank aus, der Enowir in der Nase biss.

»Kannst du laufen?« Enowir griff ihm unter den rechten Arm und zog ihn auf die Beine. Er hatte nicht damit gerechnet, dass sich Ladrach aufrecht halten konnte. Bereits bei seinem ersten Schritt sackte Ladrach zusammen, sodass er mit seinem ganzen Gewicht an Enowir hing.

»Das hat keinen Sinn«, keuchte er. »Lass mich zurück.«

»Das kommt nicht in Frage«, widersprach Enowir. Kurzerhand legte er sich Ladrach über die Schulter. Der Körper seines Freundes stauchte sein Rückgrat zusammen. Er wusste, dass er auf diese Weise nicht weit kommen würde. Zumindest nicht, so lang er keine Waffe trug, die ihm half, die Kraft der Nibahe zu kanalisieren. Aber seinen Freund sterbend zurückzulassen, kam nicht in Frage.

***

Das stinkende Blut aus Ladrachs Wunde rann über Enowirs Schulter. Die Sonne brannte auf seinen Kopf. Mit dem zerbrochenen Schwert wehrte er sich gegen die Bestien von Krateno.

Mittlerweile waren sie an zwei Quellen und einem Fluss vorbeigekommen, sie alle trugen das Gift in sich. Der Fluss allerdings machte Enowir klar, dass er sich auf dem richtigen Weg befand. Vor langer Zeit hatte er eine Karte gesehen, die aus Wasserspiel und Lichteinfall bestand. Sie hatte ihm den ganzen Kontinent Krateno gezeigt, auch jede heilende Quelle. Diese galt es zu finden, um Ladrachs Leben zu retten. Von ihrem Standpunkt aus musste sie im Westen des Kontinents liegen. Wenn Enowir sich nicht irrte, befanden sie sich näher an der Quelle, als an der Stadt der Vergessenen.

Enowirs Körper brannte innerlich. Kein Tropfen Wasser schien mehr in seinem Leib zu stecken. Unentwegt griff der Schwindel nach ihm und versuchte das Licht des Bewusstseins gänzlich auszulöschen. So wurden Steine, Wurzeln und Unebenheit des Bodens zu einer echten Gefahr. Bei jedem Schritt drohten sie ihn zu Fall zu bringen. Enowir musste sich eingestehen, dass es unmöglich war, den Weg fortzusetzen.

Im Schatten eines Baumes fanden sie Zuflucht vor der Sonne. Enowir versuchte, seinen Freund möglichst sanft abzulegen. Seine steifgewordenen Glieder ließen das nicht zu. Ladrach stürzte zu Boden. Er keuchte unter Schmerzen auf.

»Es tut mir leid«, entschuldigte sich Enowir und ließ sich neben ihn sinken.

»Schon gut.« Ladrach kam mit seiner Stimme kaum gegen das laue Lüftchen an, das sie umwehte. »Ich habe deine Unbeugsamkeit immer bewundert«, sprach er. »Aber bitte, du musst mich zurücklassen, sonst werden wir beide sterben. Und wir wissen, dass dein Leben wichtiger ist.«

»Was ist mein Leben noch wert, wenn ich das eines Freundes nicht retten kann«, erwiderte Enowir. Er reckte seine Glieder. Nur langsam kehrten seine Kräfte zurück.

»Wie sagt Radonar, alles hat seinen Preis«, flüsterte Ladrach. »Der Preis deines Lebens ist das meine. Es hat sich nichts verändert.«

Enowir spürte den alten Trotz gegen diese Philosophie in sich. Er schwieg.

»Bitte... für unser Volk. Du kannst ihnen einen Weg zeigen, der sie miteinander verbindet, der sie eint«, Ladrach versagte die Stimme.

»Eines Tages werden wir sterben, aber nicht heute und nicht hier«, beschloss Enowir. Er erhob sich, wehrte Ladrachs schwachen Widerstand ab und warf sich den entkräfteten Freund über die Schulter.

Die Sonne neigte sich mittlerweile zum Horizont.

Enowir schwanden die Kräfte bei seinem Marsch viel schneller als zuvor. Er benötigte etwas zu trinken.

Ladrachs Atem ging lang und schwer.

»Nemira, gib mir Kraft«, keuchte Enowir.

Ladrach hat recht, hörte er seine Liebste sagen.

»Nein«, erwiderte Enowir gepresst. »Ich werde nicht noch einmal das Leben eines Freundes aufgeben.«

Bitte Enowir, ich will nicht, dass du so stirbst.

»Nein!«, schrie er und stemmte sich mit aller Kraft gegen den Boden, der immer näher kam. In ihm loderte ein Feuer auf, das ihm neue Kraft schenkte. Oder verzehrte es nur die letzten Reserven?

Enowir begann zu rennen. Er spürte seine Füße nicht mehr. Eine Anhöhe stoppte seinen schnellen Lauf. Die leichte Steigung fühlte sich so an, als müsse er eine Felswand erklimmen. Das er oben angekommen war, bemerkte er nur daran, dass ihm eine salzige Brise entgegen wehte.

Er blinzelte gegen die versinkende Sonne an. Vor ihm erstreckte sich das Blau des Ozeans. Zwischen der Felsküste und ihm bewegten sich viele Gestalten. Sie hatten eine Kette zu einem Erdloch gebildet und reichten von dort Eimer von Hand zu Hand. Den Inhalt kippten sie in einen großen, runden Behälter, der auf einem Wagen stand.

»Wasser!« Tatsächlich, es schwappte über den Rand der Eimer.

Enowir legte Ladrach so vorsichtig, wie es seine steifen Glieder zuließen, ins Gras. Er musste ihn alleine zurücklassen. Die Bestien waren im Lager der Windelfen nicht über ihn hergefallen, vermutlich weil sein Blut vergiftet war. Enowir hoffte, dass seinem Freund deshalb keine Gefahr drohte.

Gebückt schlich er sich von Strauch zu Fels, zu Baum. Er fühlte neue Kraft in sich, geweckt von der Hoffnung auf reines Wasser.

Die Kreaturen, die hier zu Werke gingen, waren größer als Enowir, mit einer dunkelgrünen Haut, Hauern und eingedrückter Nase. Ihre Haare waren achtlos zurückgeschnitten. Sie trugen nicht mehr als Fetzen am Leib. Ihre Arme waren mindestens viermal so dick, wie die eines Elf. In ihren Mienen vermochte Enowir nicht das Geringste zu lesen, weder Feindseligkeit noch Offenheit.

Enowir achte darauf, nicht gesehen zu werden. Allerdings war er zu geschwächt, um die gesamte Umgebung zu erspüren. Es kam, wie es kommen musste. Wie aus dem Nichts tauchte eine dieser Kreaturen direkt neben ihm auf. Etwas riet Enowir, nicht zum Schwert zu greifen.

Das Wesen prüfte ihn mit schwarzen Augen und schritten um ihn herum. Wie um einen Stein, der den direkten Weg versperrte.

Enowir atmete erleichtert aus. Die Wesen sahen ihn offenbar nicht als Bedrohung an. Vielleicht sollte er auf sein Versteckspiel verzichten und sich zeigen. Um den Wagen mit dem Wasserbehälter tummelten sich etliche dieser eigentümlichen Kreaturen. Es wäre ihm niemals geglückt, unbemerkt einen Wassereimer zu stehlen.

Enowir entschied, es auf einen Versuch ankommen zu lassen. Vorsichtig erhob er sich. Die Gestalten würdigten ihn kaum eines Blickes. Wenngleich Enowir diese Kreaturen noch nie gesehen hatte, wurde er das Gefühl nicht los, dass sie seine Erscheinung kannten und ihm deshalb keine Beachtung schenkten. Was würden sie tun, wenn er sich einen der Wassereimer nahm?

Die Kreaturen im Augen behaltend, kniete sich Enowir zu einen Eimer hinab, der - bis zum Rand befüllt - neben einen Baum stand. Vielleicht hatte ihn eine der Kreaturen dort abgestellt, als sie eine Pause eingelegt hatte. Niemand beachtete ihn, als er sich das Wasser ins Gesicht schöpfte und ausgiebig davon trank. Sogleich spürte Enowir seine Kräfte zurückkehren. So als hätten diese, wie ein Keim in trockenem Boden, auf einen Regenguss gewartet. Keines der Wesen nahm von ihm Notiz, als er den Eimer aufhob und zu Ladrach zurückkehrte. Dennoch achtete er darauf, ihnen die Sicht zu versperren, in dem er Haken um Bäume und Sträucher schlug. Sie sollten seinen Weg nicht verfolgen können.

Bei Ladrach angekommen ging er in die Knie. Enowir wusch ihm das Gesicht. Sein Freund erwachte von der Erfrischung. Vorsichtig schöpfte er ihm das Wasser in den Mund. Nachdem Ladrach sich leicht verschluckt hatte und dadurch wacher geworden war, trank er gierig. Seine Lebensgeister kehrten zurück, wenn sie auch von der Vergiftung eingedämmt wurden. Notdürftig reinigte Enowir die Wunden seines Freundes. Unterdessen ging er seine Möglichkeiten durch.

Diese grünen Gestalten hantierten mit Wasser. Vielleicht lag die Quelle, die er suchte, in dem Loch. Aber was würde geschehen, wenn er versuchte, mit ihnen zu reden. Sie wirkten nicht besonders verständig. Er vermochte die Grünhäute nicht einzuordnen, aber es beschlich ihn ein Gefühl, dass sie nicht von Krateno waren.

Nahe der Küste begann es zu blitzen und zu donnern. Nicht am Himmel, sondern auf dem Boden. Irgendetwas tat sich dort. Das konnte nur mit diesen seltsamen Kreaturen zusammenhängen.

»Was haben wir denn hier?«

Offenbar war Enowir immer noch geschwächt und damit seine Sinne getrübt. Er hatte nicht bemerkt, dass sich jemand an ihn herangeschlichen hatte.

»Steh auf«, grunzte die Gestalt. Es klang, als würde ein Qualtra versuchen zu sprechen. Dennoch verstand Enowir die Worte, auch wenn er seine Ohren dadurch beleidigt sah. Langsam kam er der Aufforderung nach und blickte in ein schreckliches Gesicht. Es war zerfurcht, als sei es ein Acker, den man wüst mit einer Hacke aufgerissen hatte. Um die trockenen Lippen lag ein dunkler Schatten, den Enowir erst sehr spät als Haare identifizierte. Die Augen waren trüb und wässrig. Außerdem stank diese abstoßende Kreatur nach altem Schweiß. Seine Zähne hingen schief und gelb im Mund. Er trug ein Hemd aus weiten Metallringen, darüber war ein schwarzroter Stofffetzen gelegt. Der Helm kündete von einer Schmiedekunst, die man nicht als solche bezeichnen konnte. Enowir war fassungslos. Die Erscheinung wirkte wie ein entstelltes Zerrbild eines Elfen.

»Wie kommen zwei dreckige Elfen, hier auf diesen Kontinent?«, fragte die Abscheulichkeit.

»Vielleicht als blinde Passagiere«, meldete sich eine weitere Kreatur, die sich kaum von der ersten unterschied. Sie hatte sich von der anderen Seite an die beiden herangeschlichen.

Enowir verstand zwar die Sprache, doch nicht was sie meinten. Wie sollte er hierher gekommen sein? Die Frage lautete, was diese Kreaturen hier trieben?

»Du kommst mit«, befahl das bizarre Wesen.

»Was ist mit Ladrach?«, fragte Enowir.

»Dein Freundchen hats bereits hinter sich.« Er legte seine Hand an einen Schwertgriff. Offenbar versuchte er, bedrohlich auszusehen.

»Er lebt, er benötigt einen Heiler.« Etwas riet Enowir davon ab, den wahren Grund zu nennen, warum er hier war.

»Er ist gebissen, das heilt nicht mehr«, deutete die Kreatur Ladrachs Wunden. »Dratus, tu ihm den Gefallen und erlöse ihn.«

Der andere Gerüstete grinste, zog sein Schwert und hob es über Ladrach.

Enowir warf sich gegen ihn. Die Kreatur stolperte und stürzte schwer. Er riss das Schwertheft aus dem Gürtel und wehrte damit die andere Klinge ab, die gegen ihn geführt wurde. Die abgebrochene Schneide gereichte Enowir zum Nachteil. Allerdings bewegte sich die Kreatur in ihrem Rüstzeug so schwerfällig, dass ihm Zeit genug geblieben wäre, drei Angriffe dieser Art abzuwehren.

»Wir werden angegriffen!«, rief die Kreatur, gegen die Enowir kämpfte. Auf dem Platz um das Loch im Boden erstarben die routinierten Abläufe. Enowir sah, wie die Grünhäute zu Spitzhacken und Holzprügeln griffen und in seine Richtung marschierten. Dabei wurden sie immer schneller. Die grüne Woge bewegte sich wie eine unaufhaltsame Welle auf ihn zu. Sie brüllten voller Vorfreude auf einen Kampf.

Enowir nahm der Gestalt in Eisen das Schwert ab, noch bevor sich diese wehren konnte. Er schlug ihm den eigenen Schwertknauf gegen das Kinn, sodass er hintenüber stürzte.

Es blieb Enowir keine Wahl. Er musste standhalten, wenn er Ladrach retten wollte.

»Ne! Ka! Ru!«, gellte es über die Anhöhe.

Enowir erschauderte.

Hörner erschollen, tief und dröhnend. Zwischen den Grünhäuten wühlten sich bizarre Wesen aus dem Boden. Die Erde perlte wie Wasser von ihrer sandfarbenen Haut. Mit langen Stangenwaffen, durch deren beiden Enden rostiges Metall geschlagen war, drangen sie auf ihre Gegner ein. Sie nutzten diese Kampfstäbe jedoch nur zur Ablenkung. Ihre Gebisse, waren ihre eigentlichen Waffen. Sie sprangen die Grünhäute von hinten an, verbissen sich in deren Nacken oder Schultern und rissen ihnen große Fleischbrocken aus den Leibern. Ihre Gier nach Blut und Fleisch war so gewaltig, dass sie, ungeachtet der Gegner, über die Gefallenen herfielen und sie auffraßen. Ihre Fresslust kostete etlichen von ihnen das Leben. Die Grünhäute schlugen mit solcher Kraft auf sie ein, dass von ihren Körpern nur blutige Klumpen übrig blieben. Kampflärm, wie ihn Enowir noch nie gehört hatte, umgab ihn wie ein Sturm. Schreie, die von Wut und Schmerz kündeten, vermischten sich mit den Kriegsschreien der sandfarbenen Bestien.

Enowir wehrte einen der Angreifer ab, indem er auf den Stab der Stangenwaffe eindrosch. Das morsche Holz barst. Als hätte das Ungeheuer damit gerechnet, hieb es mit beiden Enden nach Enowir. Dem ersten Schlag wich er aus. Dem Zweiten begegnete er mit dem Schwert.

Das Monster brüllte ihn an. Speichel spritzte Enowir entgegen, er brannte auf seiner Haut. Mit einem horizontalen Schwung hieb er den nächsten Angriff beiseite. Er trat nach vorn, nahe genug, für das Kurzschwert und stieß die scharfe Spitze durch das rechte Auge des Monsters. Tot sackte es zusammen.

In dem Moment als er die Klinge befreite, wurde Enowir von hinten gepackt. Er spürte den giftigen Atem im Nacken. Das Schwert war kurz genug, um es an seinem Körper vorbeizustoßen. Er setzte hoch an. Ein unwirklicher Sterbelaut erklang, als das Monster von seinem Rücken glitt.

***

»Bringt Herrin Sahinier in die Festung!«, brüllte Hinrich. »Schützen auf die Wehrgänge, Infanterie formieren!«

Befehle wurde gebrüllt, ein scheinbar heilloses Chaos entstand. Nur er als Befehlshaber erkannte darin ein Muster von Hauptmännern die Anweisungen gaben und Truppen, die sich sammelten.

»Wo wollt Ihr hin?«, rief er dem Magier nach, der über den Ritualplatz schritt.

»An die Front«, erwiderte Lestral. Seine Augen glommen blau. Chotra zerfloss und umgab den Magier wie ein Wirbelwind. Die Luft wurde so nass, dass Hinrich das Atmen schwerfiel.

»Sie greifen die Quelle an!«, Lestrals Stimme hatte sich verändert. Sie klang wie das Grollen eines Aufkommenden Gewitters.

***

Enowir hieb und schlug auf alles ein. Blut und abgehackte Körperteile flogen nur so um ihn herum. Das erste Schwert war bereits gebrochen. Die neue Klinge hatte er aus den toten Händen des Kriegers genommen, der zuvor Ladrach umbringen wollte. Dieser hatte dem Angriff nur kurz standgehalten. Aber auch Enowir spürte, wie seine Kräfte schwanden.

Lange würde er sich und vor allem seine Position um Ladrach nicht halten können. Da ging ein Rauschen durch die Luft, wie der Anflug von zehn Harpyien. Der Himmel verdunkelte sich. Eine Unmenge Pfeile schossen auf den Kampfplatz zu. Enowir warf sich auf einen der toten Grünhäute und rollte den Leichnam über sich und Ladrach. In dem Moment schlugen die Pfeile ein. Wie Regen prasselten sie auf den Kampfplatz nieder. Um Enowir herum fuhr Galwar, der Gott des Todes, seine Ernte ein. Die Schreie der Sterbenden setzten sich über die einschlagenden Pfeile hinweg.

Das Blut, aus einer klaffenden Wunde am Hals der Grünhaut, lief Enowir übers Gesicht. Er wagte jedoch nicht, seine Position zu verändern. Wie er erwartet hatte, schlug eine zweite Pfeilsalve in das ersterbende Schlachtgetümmel ein.

Daraufhin ertönte das Donnern eines Gleichschritts, unter dem der Boden zitterte. Wer immer da aufmarschierte, sie würden achtlos über die Gefallenen hinwegsteigen, deshalb spielte Enowir mit dem Gedanken sich totzustellen.

»Ne! Ka! Ru!«, erscholl der Schlachtruf der dämonischen Wesen. In den Gleichschritt mischten sich unregelmäßige Schritte. Poltern und Kreischen erklang.

Enowir konnte nicht anders. Er schob sich unter der Grünhaut hervor und sah sich einem Heer gegenüber, wie er es nur aus Legenden kannte. Da standen sie in

Schwarz und Rot gewandet, einen Schildwall aufgebaut, der undurchdringlich schien. Auf der anderen Seite rollten die Bestien aus dem Sumpf an. Ihre Reihen waren ohne jegliche Formation. Zwischen ihnen brachen Schlitten hervor, von Krokodilen gezogen. Auf ihnen fuhren zwei bis drei der Monstren, und schwangen ihre Waffen. Ohne Rücksicht auf ihr Leib und Leben griffen sie den Schildwall an. Manche der Zugechsen wurden daran gestoppt und niedergestochen. Andere verbissen sich in den Schilden. Nicht wenige der Reptilien tauchten unter den Schilden hindurch, rissen die Träger nieder und richteten heilloses Chaos in der Phalanx an.

Die Reihen der Gerüsteten öffneten sich und die Grünhäute stürmten auf das Schachtfeld. Mit Keulen und Hacken bewaffnet rannten sie brüllend auf die Feinde zu. Hinter ihnen traten Rüstungsträger mit Stoffmasken aus der Schlachtreihe. Mit ihren Peitschen verdeutlichten sie auch den Nachzüglern, in welche Richtung es ging.

Es rauschte. Von der Seite der Sumpfbestien flogen mehrere große Geschosse durch die Luft, die einen dunklen Streifen am Himmel hinterließen. Zu Enowirs Überraschung brannten sie nicht. Die Wurfgeschosse klatschten wie gigantisches Schlammkugeln in die Reihen der Gerüsteten. Brechreizerregende Dämpfe stiegen auf. Die Krieger schlugen sich die Hände vor Mund und Nase und rannten davon, um dem Gestank zu entkommen. Jene die direkt getroffen wurden, schrien, als verbrannten sie bei lebendigem Leib.

Zum ersten Mal sah Enowir das Ausmaß einer Schlacht. Sie war an Grausamkeit kaum zu übertreffen. Er selbst stand zwischen den Fronten, fand jedoch keine Beachtung. Die wenigen Bestien, die an den grünen Horden vorbeigelangten und ihn angriffen, schlug er beiläufig nieder. Die gerüsteten Krieger beachteten ihn ebenso wenig. Vielleicht hielten sie ihn für einen der ihren.

Irgendetwas begann an Enowirs Innerem zu reißen, als wolle es sich seiner Lebenskraft bemächtigen. Es erging aber nicht nur ihm so. Eine Reihe von Schildträgern knickten ein und brachen unbewegt zusammen. Darauf knisterte es und der Boden tat sich, einem Sumpf gleich, unter den Grünhäuten auf. Im Kampfrausch bemerkten sie zu spät, dass die Erde sie nicht mehr trug. Sie strampelten wild und versuchten zu entkommen. Es half nichts, sie versanken nur noch tiefer.

Magie, kommentierte Nemira.

Die Grünhäute dachten jedoch nicht daran sich, angesichts ihrer im Erdboden ertrinkenden Brüder, zurückzuziehen. Ihr Kampfrausch kam erst im Tode zum Erliegen.

Erneut tat sich der Boden auf. Enowir spürte, wie er einsank. Der Gedanke an Flucht wich der Sorge, um das Leben seines Freundes. »Ladrach!«, er durfte ihn nicht zurücklassen. Es schoss ihm wie ein Blitz in den Kopf. Ein kurzer Schmerz, der sogleich wieder verflogen war. Zeitgleich erlangte der Boden seine Festigkeit zurück.

Die Luftfeuchtigkeit rauschte wie der Wind um Enowir herum und ballte sich hinter ihm zusammen. Wie eine Kuppel legte sie sich über das Heer der gerüsteten Kämpfer. Die Schlammgeschosse schlugen darauf ein und glitten daran herunter, teilweise vermischten sie sich mit dem Wasser.

»Vorrücken!«, wurde ein Befehl gebrüllt.

Die Schilde schoben sich im Gleichschritt nach vorne, gleich einer Wand aus Holz und Stahl.

Von dem Anblick provoziert stürmten die sandfarbenen Monstren dagegen an.

»Abwehr!«, der Befehle wurde von Mann zu Mann über die Schlachtreihen getragen. Zwischen den Schilden und darüber hinweg schob sich allerhand scharfes Eisen. Den Monstren gelang es nicht, bis zum Schildwall vorzudringen. Sie blieben in der Nebelkuppel hängen.

Enowir musste sich unterdessen seiner Haut erwehren. Die meisten Kreaturen stürmten an ihm vorbei. Die Wenige, die in ihm eine Bedrohung sahen, bezwang er mit gezielten Schlägen und Stichen. Sein Schwertarm erlahmte jedoch zusehends.

Ein Grollen lief durch den Boden. Enowir erschauderte. Auf Krateno konnte das nichts Gutes bedeuten. Tatsächlich erhob sich hinter den Angreifern ein Ungetüm, das größer als ein Taurus war und nur aus Muskeln zu bestehen schien. Es besaß vier Arme, mit denen es sich abwechseln aufstützte, während es auf die gerüsteten Kämpfer zu stapfte. Sein Kopf bestand aus einem Maul, das mehrere Zahnreihen besaß.

Enowir stockte der Atem, als der Schild aus verdichtetem Nebel sich über ihn hinweg schob, sogleich war seine Kleidung durchnässt bis auf die Haut. Die Angreifer indes prallten gegen die Nebelwand. Wenngleich sie nicht undurchdringlich war, so kostet es viel Kraft, sich durch sie hindurch zu wühlen. Das machte es den Kämpfern leicht, den Bestien den Garaus zu machen.

Durch den Wasserschild verzerrt sah Enowir die monströse Kreatur, die auf sie zu kam. Das Monstrum würde dieser nicht halten können. Enowir beobachtete, wie das Wasser unter dem ständigen Eindringen der Kreaturen instabil wurde.

Enowir sieh doch!, meldete sich Nemira.

Er fuhr herum. In den Reihen der Krieger stand ein Hüne von Kämpfer. Er brüllte einen Befehl nach dem anderen und in seiner Hand hielt er eine Nibahewaffe. Ein Schwert von vollendeter Schmiedekunst.

Der Schildwall schloss sich um Enowir, als die Krieger vorrückten, offenkundig sahen sie ihn nicht als Bedrohung an.

***

»Verdammte Axt«, keuchte Hinrich, als er des Monstrums gewahr wurde. »Die Ballisten, bringt sie in Stellung!«

Er wusste, dass es zu spät sein würde. Es dauerte zu lange, bis die schweren Geschütze schussbereit und ausgerichtet waren. Lestral war am Ende seiner Kräfte. Dieser würde das Monstrum nicht aufhalten können.

»Euer Schwert, gebt es mir«, verlangte eine fast schon liebliche Stimme. Die Worte besaßen solch eine Vielzahl an Schnörkel, dass er sie kaum verstand.

Verwirrt wandte sich Hinrich zu einer hochgewachsenen Gestalt herum. Sie war in schwarzes Leder gekleidet, das stark mitgenommen war. Durch seine nassen schwarzen Haare stachen spitze Ohren. Was hatte ein Elf hier verloren? »Verschwinde!« Er stieß ihn beiseite.

»Das Monster, ich kann es aufhalten, aber ich brauche die Waffe!«, beharrte der Elfe.

Diese arroganten ...

Da brach der Wasserschild. Jetzt wurde Hinrich sich dem ganzen Ausmaß des Monstrums bewusst. Mühsam kämpfte er seinen Überlebeninstinkt nieder, der ihn drängte, die Waffe wegzuwerfen und das Weite zu suchen.

»He!«, brüllte er, als er bemerkte, dass ihm der Elfe das Schwert entrissen hatte. Der Anderling warf ihm ein hämisches Lächeln zu, seine Augen erstrahlten im silbernen Glanz.

»Haltet ihn!«, rief Hinrich. Die wenigen Soldaten, die seinen Befehl über das Grollen der Bestie hinweg vernahmen, fuhren zu dem Elf herum.

Dieser wehrte ihre halbherzigen Versuche, ihn abzufangen, spielend ab. Der Elf sprang auf die Schulter eines Infanteristen und lief über die dichtgedrängten Soldaten hinweg, wobei er deren Schulterplatten und Helme als Tritt benutzte. Er war so schnell, dass die Infanteristen kaum bemerkten, was ihnen gerade zugestoßen war.

Der Elf fuhr in die Reihen der Nekaru, wie eine Klinge durch den Wanst eines Schweines. Er hieb die Waffen seiner Kontrahenten entzwei, spaltete Kehlen und Köpfe. Sein Ansturm geriet erst vor dem Monstrum ins Stocken. Sogleich wurde es auf ihn aufmerksam und hieb mit den monströsen Armen nach ihm. Der Elf wich aus, als hätte das Monster seine Schläge lange zuvor angekündigt. Nachdem der Elf dem vierten Arm ausgewichen war, sprang er darauf empor. Irgendwie fand er auf den Muskelbergen halt. Das Monstrum schlug nach ihm, als würde er eine Fliege abwehren wollen. Der Elf rutschte ab, stürzte und rammte das Schwert in einen der Arme. Das Untier brüllte und wollte ihn abschütteln. Der Elf nutzte den Schwung und wurde hoch in die Luft geschleudert. Das Monstrum verfolgte den Flug. Mit unsicherem Stand landete der Elf auf der äußeren Zahnreihe des Ungetüms, die weit hervorstand. So als habe er den Arm der Bestie gesehen, sprang er in dem Moment ab, als das Monster versuchte, ihn zu packen. Es brüllte schmerzerfüllt, als es sich die Pranke an den eigenen Zähnen aufriss. Der Elf indes, landete in dessen Genick. Das Schwert verstärkte den letzten Rest des Tageslichts, sodass es weithinsichtbar blitzte, als der Elf es im Rückgrat des Monstrums versenkte. Die Bestie schrie, die Hinterläufe brachen ihm ein, so wie die unteren Arme. Der Elf sprang von dem Rücken des Monstrums ab. Er wirkte überrascht, dass diese Bestie noch lebte. Brüllend schleppte es sich mit den oberen Armen auf die Soldaten zu. Es kam nur schwerlich voran, da es seinen erschlafften Leib hinter sich herziehen musste.

»Kommandant, die Ballisten sind bereit«, teilte ihm ein Hauptmann mit.

»Gebt dem verdammten Monster den Rest!«, erwiderte Hinrich.

Es kam ihm wie eine Ewigkeit vor, bis er das vertraute Rauschen der schweren Geschosse vernahm. Eines ging daneben, zwei Weitere fanden ihr Ziel. Sie rissen große Wunden in den Leib des Monstrums. Es ließ ein letztes Brüllen vernehmen und sank daraufhin tot zusammen.

Der Niedergang der Bestie hatte eine demoralisierende Wirkung auf die Nekaru. Ihre Schlachtreihe - wenn man ihre Formation so nennen konnte - brach und sie ergriffen die Flucht. Einmal aufgekommen griff die Panik auf die anderen Nekaru über. Einige ließen es sich jedoch nicht nehmen, noch einmal ein Schlammkatapult abzufeuern. Das Geschoss schlug weitab des Heeres ein.

Die Armee verharrte in Stille. Zu tief saß der Schrecken, den sie erlebt hatten, zu hoch waren die Verluste, als dass sie in Siegesrufe ausgebrochen wären.

Der Elf kam über das Schlachtfeld auf Hinrich zugeschritten. Keiner stellte sich ihm in den Weg. Er reichte Hinrich die blutbesudelte Waffe mit dem Heft voran.

»Eines Tages werde ich wissen müssen, wo Ihr dieses Schwert gefunden habt«, erklärte dieser auf seine elfisch-verschnörkelte Art.

IX.

*»Zwei Dinge sollte man niemals unterschätzen,
einen Sturm und die Grausamkeit, des dunklen Reiches.«*

Alter Seemannsspruch

»Die Räumlichkeiten sind ... zweckmäßig«, beurteilte Sahinier die pompöse Einrichtung ihres Hauses, mitten in der Festung.

Hinrich knirschte mit den Zähnen. Er hatte sich oberflächlich gereinigt, da er der Herrin nicht mit Schlamm und Blut bespritzt unter die Augen treten wollte. Sein Sieg über die Nekaru hatte die Herrin mit einer Handbewegung abgetan. Stattdessen schien sie sich mehr für die Ausstattung ihres Wohnhauses zu interessieren.

Herrin Sahinier ließ den Blick durch das Besprechungszimmer schweifen. Dabei blieben ihre dunklen Augen auf dem Bildnis an der Wand hinter dem Schreibtisch hängen. Es zeigte das Antlitz eines Mannes, den Hinrich nicht kannte. Er trug die Farben des dunklen Reiches. Er ging davon aus, dass es einer ihrer Vorfahren sein musste.

Ohne ihren Blick abzuwenden befahl Herrin Sahinier: »Sprecht«, wie selbstverständlich ging sie davon aus, dass Hinrich wusste, was genau sie wissen wollte. Sie zeigte auf einen Kelch. Aus dem Schatten stürzte ein Diener herbei, um ihr Wein aus einer Karaffe zu kredenzen.

»Der letzte Kontinent erweist sich als unwillig, von uns vereinnahmt zu werden«, Hinrich wunderte sich über die Wahl seiner Worte. Er hatte wohl zu viel Zeit in der Gesellschaft des Magiers verbracht.

Die Herrin wandte sich um und zog fragend eine Augenbraue hoch.

»Die Legenden sind alle wahr. Hier gibt es nichts als blutrünstige und vor allem gewaltige Bestien, die uns nach dem Leben trachten«, führte Hinrich aus.

Sie nippte an ihrem Wein und zog kaum merklich die Stirn kraus. Vermutlich hinderte sie lediglich die Etikette daran, das Getränk auszuspucken.

»Es gibt kaum sauberes Wasser. Wenn man aus den vergifteten Gewässern trinkt, vollzieht der Körper schreckliche Verwandlungen«, berichtete Hinrich.

»Muss ich mir deine Rechtfertigungen die ganze Nacht anhören, Kommandant?«, erkundigte sie sich. Ihre Worte schnitten wie Messer.

»Nein Herrin«, beteuerte er und schlug die Augen nieder.

»Gut, ich will von Erfolgen hören«, erinnerte sie. »Was habt Ihr bereits erreicht?«

»Wir haben es geschafft Fuß zu fassen«, brach Hinrich sein Tun herunter. Er musste sich zusammennehmen, um nicht laut mit den Zähnen zu knirschen. »Es ist uns eben erst gelungen, einen Angriff der Nekaru abzuwehren«, brachte Hinrich erneut zur Sprache.

Sie sah von ihrem Weinpokal zu ihm auf. »Es gibt einige Feldherren, die sich für Euren Sieg interessieren werden. Ich dagegen nicht. Also wiederholt euch nicht ständig. Es ist selbstverständlich, dass ein Soldat den Sieg für sein Land erringt. Habt Ihr sonst noch etwas vorzuweisen?«

»Außerdem haben wir eine Grabkammer gefunden.«

»Eine Grabkammer?« Sie sah ihn ausdruckslos an.

»Der Magier untersucht sie, aber mehr kann ich nicht bieten«, erklärte Hinrich.

»Lestral«, sie zog erneut die Stirn kraus, als habe sie abermals an dem Wein genippt. »Geht er Euch sehr auf die Nerven?«

»Ich ...« Hinrich wusste nicht, was er sagen sollte. Das klang nach einer Fangfrage. »Er ist nützlich.«

»Wusstet ihr, dass Lestral das Amt des Erzmagiers abgelehnt hat?«, plauderte sie. »Allein um für diesen Posten vorgeschlagen zu werden, benötigt man unglaubliches Wissen, nicht nur um die Magie.«

»Er hat tatsächlich abgelehnt?«, Hinrich konnte es nicht fassen. Im dunklen Reich war es das einzige Bestreben eines jeden, so hoch aufzusteigen, wie es nur möglich war. Dabei ging man falls nötig über Leichen. Das höchste Amt auszuschlagen, wenn es einem angetragen wurde, war schwach.

Sie nickte nachdenklich.

»Dann strebt er vielleicht die Position des obersten Averliers an«, überlegte Hinrich. Diese besaßen in der Regel mehr Einfluss in der Welt. Sie fingen und richteten Magier, die gegen die Grundsätze der hohen Schule der Magie verstießen.

»Sicher nicht«, widersprach sie bestimmt. »Ich glaube, er strebt nach einer größeren Macht, die sich nicht in der Schule finden lässt und auch sonst nirgends in dieser Welt. Nur hier, deshalb hat er an der Reise teilgenommen. Es könnte sein, dass er Euch benutzt, um an sein Ziel zu gelangen. Vielleicht stagniert deshalb Euer Fortschritt.«

Nachdem was Hinrich auf diesem Kontinent erlebt hatte, konnte er das nicht bestätigen. Aber Lestral hatte vehement darauf bestanden, die Grabkammer zu untersuchen. Und der Elf ... er hätte jedem das Schwert abnehmen können. Doch er schien jenes zu benötigen, welches Hinrich dem Toten abgenommen hatte. Womöglich steckte in dieser Waffe irgendeine Magie. Noch nie hatte er jemanden, weder Mensch noch Elf, so kämpfen sehen. Hinrich strich mit den Fingern über den Schwertknauf, er spürte nichts.

»Wie dem auch sei, ich will, das Lestral beobachtet wird, Tag und Nacht«, befahl Sahinier. »Außerdem wird es Zeit, dass eine Expedition in die Mitte des Kontinents aufbricht. Wenn wir hinter das Geheimnis der Macht der Elfen kommen wollen, ist ihre einstige Hauptstadt, der beste Ort dafür.«

»Herrin, ich glauben nicht, dass von der Stadt viel übrig ist. Außerdem können wir uns kaum an der Küste behaupten, wir sollten ...«

Sahinier schnitt ihm jäh das Wort ab. »Das war keine Bitte, sondern ein Befehl! Hinrich!« Sie blickte ihn aus kalten Augen an. »Verschwindet jetzt«, sie wies in Richtung Tür.

»Herrin«, presste Hinrich hervor. Es fiel ihm schwer, Demut zu zeigen. Er deutete eine Verbeugung an und verließ das Arbeitszimmer. Die Tür fiel etwas zu fest ins Schloss. Aber was sollte Hinrich befürchten. Die Expedition glich einem Todesurteil.

Dennoch galten die Befehle. Er musste sich auf seine Aufgabe konzentrieren. Vielleicht fand er einen Weg, seine eigene Haut und eventuell das Leben ein paar seiner Soldaten zu retten. Im dunklen Reich gab es nur Erfolg oder Tod, dazwischen lag nichts. Auf diesem verfluchten Kontinent würde er zumindest ein schnelles Ende finden. Einmal mehr stellte er sich die Frage, ob es für ihn nicht ein anderes Leben geben könnte.

***

Stumpfohren, witzelte Nemira. *Da bist du ja in bester Gesellschaft.*

Enowir war nicht nach Scherzen zumute. Wenngleich er ebenfalls an Nemiras viel genutzte Stichelei denken musste, als er zum ersten Mal der Ohrenform dieser Wesen gewahr wurde. Alles in allem erschienen sie rau und primitiv. Aber dieses Stumpfohr war anders als die anderen. Ihn umgab eine Aura von Macht, auch wenn er sie unter dem Mantel der Demut zu verbergen suchte. Sein Kopf war kahl, dafür besaß er weiße Haare am Kinn. Er trug eine weite Robe, so wie die Gelehrten von Darlachs Klan. Nur das diese in einem mitternachtsblau gehalten war. Die Augen des Stumpfohrs leuchteten wie Saphire. Lestral schien völlig versunken in seine Tätigkeit. Er reinigte sorgsam Ladrachs Wunden, wobei er die verschiedensten Flüssigkeiten verwendete. Faules Gewebe schnitt er heraus, um dem gesunden Fleisch die Möglichkeit zur Heilung zu geben. Assistiert wurde ihm von einem leuchtenden, blauen Wesen, mit übertrieben langen Ohren und frechem Gesicht. Zwar versuchte die kleine Gestalt ernst dreinzublicken, dennoch erkannte Enowir in ihm den Schelm, der er war.

»Ihr lebt hier«, stellte Lestral fest, nachdem er die Wunden mit sauberen Tüchern abgedeckt hatte. Seine Art zu Sprechen war angenehmer, als die der anderen Stumpfohren. Es klang nicht so sehr wie das Grunzen eines Schweines. Dazu kam, dass er bei Weitem nicht so erbärmlich stank. »Dann habt Ihr bereits viel durchgemacht. Er wird es überstehen.« Der Magier sah auf und blickte Enowir in die Augen. Es fühlte sich unangenehm an, als dränge der Mann in die tiefen von Enowirs Seele vor.

»Ich dachte, es sei in Vergessenheit geraten und doch ...«

Enowir brach den Augenkontakt ab. Damit erlosch das eigentümliche Empfinden.

»Habt Ihr schon einmal den Begriff Nibahe gehört?«, fragte Lestral.

Der Kobold sah überrascht auf.

Enowir haderte mit sich, ob er antworten sollte. Es fühlte sich so an, als könne er Gefahr laufen, sein Volk zu verraten.

»Das Geschenk von Galarus an die Kinder Conaras«, half Lestral weiter. »Etwas in Euren Augen erinnert mich daran ...«

»Ich ...«, Enowir war noch nie besonders schlagfertig. Fast wünscht er sich, Nemira würde das Sprechen übernehmen, doch sie schwieg. »Ich habe davon gehört.«

»Es heißt, die Elfen waren ohne Galarus Einfluss nicht lebensfähig. Conara wusste sich nicht zu helfen und nur deshalb mischte sich Galarus ein. Sein Bruder hätte niemals um Hilfe gebeten.«

Das war Enowir neu. Er kannte die Legenden von Nemira und Marelija, allerdings waren deren Versionen voller Widersprüche. So als hätten die Gelehrten der alten Tage, ihre Schöpfung auf unterschiedliche Art interpretiert und sie in ihrem Sinne niedergeschrieben.

»Woher rührt Euer Interesse?«, versuchte Enowir das Thema zu wechseln.

»Wir, von der hohen Schule der Magie, bemühen uns zu verstehen. Wir wollen wissen, wie diese Welt funktioniert. Dazu gehört das Studium von alten Texten und Legenden, aber auch das Ergründen von Kräften, die tief in uns Verborgen liegen«, erklärte Lestral. Er wusch sich die Hände in einer Schale und setzte sich daraufhin an den Tisch, an dem Enowir saß.

Du kannst ihm nicht vertrauen, sieh ihn dir an! Oder besser noch, fühle es, warnte Nemira.

Er blickte zu Ladrach hinüber, dessen Fieber gesunken schien. Er schlief den ruhigen Schlaf der Genesung. Enowir konnte nicht umhin, dankbar dafür zu sein, denn er hätte nicht sagen können, wie sich heilendes Wasser auf seinen Freund ausgewirkt hätte. Er wusste, dass es beim Einsatz gegen Vergiftungen fatale Folgen haben konnte. Ebenso schreckte er vor dem Einsatz seines Blutes in Verbindung mit einer Nibahewaffe zurück. Dieses besaß die gleiche Wirkung und barg dieselbe Gefahr.

»Was wisst Ihr über Nibahe?«, fragte Enowir vorsichtig.

»Zunächst gründet sich die Kraft der Nibahe in der Fähigkeit mit den anderen Lebewesen zu Fühlen«, sprach Lestral. »Das ist sozusagen die Grundlage, die in uns allen angelegt ist. Ohne Mitgefühl, den Sinn einen anderen Menschen oder Elfen emotional zu verstehen, sind wir nicht lebensfähig.«

Der Ansatz war für Enowir gänzlich neu. Vielleicht verstand dieses Stumpfohr, das sich selbst Magier nannte, mehr von Nibahe, als er es tat. Für Enowir war diese Kraft nach wie vor ein Rätsel.

Der Kobold sprang auf einen Schrank und ließ die Füße herunterbaumeln. Verträumt lauschte er der Melodie der Stimme des Magiers.

»Sich dieser Kraft hinzugeben, bedeutet eine tiefe Verbundenheit einzugehen, von der die Legenden behaupten, sie reiche weit über den Tod hinaus. Zugegeben, hier versagt unsere praktische Erfahrung. Ich kenne keinen, dem es geglückt wäre, solch eine

Verbindung herzustellen«, berichtete Lestral. »Aber ich denke, dass wir zu methodisch vorgehen. Diese Kraft kann man sicher nicht herstellen, wie beispielsweise ein Wagenrad.«

Nemira schwieg, als höre sie gebannt zu. Auch Enowir erkannte, dass der Magier genau das beschrieb, was ihnen zugestoßen war.

»Man sagt, über diesen Kanal bekäme man Zugang zu der Essenz des Lebens. Verständige wüssten in sie einzugreifen und diese nach ihrem -«, Lestral unterbrach sich.

Hatte er sich verraten, ging es ihm darum, die in der Nibahe verborgene Macht zu ergründen und für sich zu nutzen? Enowir hatte gesehen, zu welchen Zaubern dieser Mann in der Lage war. Er wusste, dass Macht niemals befriedigt, man musste immer mehr erringen. Die Fähigkeiten dieses Mannes überstiegen Enowirs Vorstellung bei Weitem. Vermutlich gierte Lestral, wie alle Anderen, nach größerer Macht.

»Wie kommt man zu dieser *Nibahe*?«, erkundigte sich Enowir. Diese Frage war für ihn nie abschließend geklärt worden.

Lestral seufzte. »Das ist ebenfalls nicht gesichert. Es heißt die Verbindung zwischen zwei Menschen oder Elfen muss so unfassbar stark sein, dass nichts dazwischen gelangen kann. Manche Texte sprechen davon, dass es genügt jemanden zu Begegnen, der diese Kraft in sich trägt, um sie in sich wachzurufen. Ich habe jedoch noch keinen getroffen, dem das Eine oder das Andere geschehen ist. Selbst unter Elfen ist die Nibahe nicht viel mehr als ein Mythos.«

Enowir schlug die Augen auf, mit einem Mal war er hell wach. »Ihr wollt sagen, in Eurer Welt gibt es Elfen?«

»Ja«, stimmte Lestral zu. »Allerdings sind sie bestimmt nicht das, was Ihr Euch unter ihnen vorstellt.«

Enowir schwieg. Er wünschte sich kaum etwas sehnlicher, als Elfen zu begegnen, die wie in den alten Tagen lebten. Aber die Miene des Magiers sprach Bände. »Sie haben alles vergessen.«

»Ja«, bestätigte Lestral. »Das Meiste jedenfalls. Sie leben in kleinen Siedlungen in Wäldern, um die Menschenstädte herum. Sie sind Bauern und Händler. Manche nennen sie auch Gauner und Verbrecher. Nichts lässt auf ihre einzige Größe schließen.«

Enowirs Hoffnungsschimmer, ob der Aussicht, anderen seines Volkes zu begegnen, die nicht auf Krateno lebten und sich an die alten Tage erinnerten, erlosch schlagartig. Doch das war er gewöhnt. Auf Krateno klammerte man sich nicht an das Gefühl der Hoffnung. Es war nicht mehr, als eine vorbeiziehende Wolke am Himmel.

»Es gibt in der hohen Schule der Magie die Lehrmeinung, dass es für die Nibahe magische Artefakte gäbe«, wechselte Lestral das Thema. »Die Tränen Galarus. In diese sollen jene, die einst der Nibahe mächtig gewesen waren, etwas von der Kraft gebündelt haben. Eine Art Anstoßgeber, um die eingeschlafene Fähigkeit wach zu rufen, damit diese genutzt werden kann. Denn es heißt, die Nibahe sei unter Elfen verloren gegangen, weit vor der Zeit, als Godwana von der Faust der Götter, getroffen wurde.«

Das deckte sich mit einem Bericht von Radonar.

»Diese Träne, wie sieht sie aus?«, fragte Enowir interessiert.

»Es soll ein weißer Stein sein, der aus sich selbst heraus glüht«, überlegte Lestral.

Enowir hatte so etwas schon einmal gesehen. Damals, als er noch mit Nemira zusammen auf Reisen war, um seinem Klan alte Artefakte aus ihrer Vorzeit zu beschaffen.

***

»Lauf Stumpfohr!«, rief Nemira. Enowir sah sie über die Felsen springen. Hinter ihr erhob sich eine gepanzerte Kreatur. Dessen mit Stacheln bewehrten Beine schlugen sich in den Felsen, um den massigen Leib darüber zu ziehen. Sein Schwanz peitschte auf Nemira hernieder. Einer Ahnung folgend sprang sie beiseite. Der Felsboden zitterte unter ihren Füßen, das Gestein zerbarst zu Staub. Niemals hätte Enowir in dieser Situation den Bogen von der Schulter genommen und zu einem Schuss angelegt. Nemira hingegen tat es und traf eines der Augen, das sie von einem Fühler herunter anstierte. Das Monster brüllte vor Schmerzen, als der Augapfel explodierte. In Rage schlug es wild um sich, dabei verschwand Nemira in einer Wolke aus Steinstaub. Enowir wollte seine Begleiterin bereits abschreiben. Er empfand Anklänge von Schuld, weil er sich erleichtert fühlte. Die Verantwortung für Nemiras Tod trug sie selbst. Sie hätte sich nicht gegen den angestammten Platz in ihrem Klan wehren sollen.

In dem Moment sprang sie aus der Staubwolke. »Du sollst laufen!«, schrie sie.

Enowir trat die Flucht an. Er folgte dem Gebirgspass, so schnell er konnte. Hinter sich hörte er das Grollen des Monstrums, das ihnen auf den Fersen war.

Eine steile Klippe beendete ihren Spurt. Weit unten lag ein See. Ein Sprung wäre jedoch zu riskant. Der Wasserspiegel befand sich mindestens hundert Schritt unterhalb von ihnen. Der Gebirgssee schien außerdem nicht sonderlich tief.

Das Monster brüllte.

Enowir fuhr herum. Die Bestie saß einer Spinne gleich über dem schmalen Pass. Sein klauenbesetzter Schwanz peitschte nach ihm. Unfähig auszuweichen, sah Enowir diesen auf sich nieder gehen.

»Runter!«, rief Nemira. Sie packte ihren Gefährten und riss ihn in den Abgrund. Es donnerte, als der Stachel der Bestie einschlug. Dies war das Letzte, was Enowir hörte, bevor sein Rücken die harte Wasseroberfläche durchbrach.

Prustend tauchte er auf. Er spürte den Boden unter seinen Stiefeln, mit erhobenem Kinn konnte er stehen. Das Wasser schmeckte metallisch und färbte sich Rot. Schnell überprüfte Enowir seinen Körper. Er empfand jedoch keinerlei Schmerz, der diesen Blutverlust rechtfertigte.

»Nemira!«

Leblos trieb sie an ihm vorbei. Ihr Lederharnisch war über dem Rücken zerrissen, in der Haut darunter klaffte ein langer Schnitt, der vom Hals bis zur Hüfte reichte.

»Bei Conara!«

Enowir kämpfte sich zu ihr und hob ihren Kopf aus dem Wasser. Husten kam sie zu sich. Sie blickte ihn aus ihren grässlichen, grünen Augen an. »Geht es dir gut?«, fragte sie mit brechender Stimme.

»Alles in Ordnung«, versicherte Enowir.

Sie lächelte matt, bevor sie das Bewusstsein verlor.

»Nein!«, er rüttelte an ihren Schultern. Nemiras Augenlider flatterten, aber sie kam nicht vollends zu sich.

Enowir sah sich nach einer Möglichkeit um, den Gebirgssee zu verlassen. Die Felswände fielen so steil ab, dass er sie gemeinsam mit Nemira nicht hätte ersteigen können. Zumindest war von dem Monstrum nichts mehr zu sehen. Es blieb zu Hoffen, dass er seine Beute abgeschrieben hatte. Rechts von ihm, am Rand des Sees, konnte Enowir in einer Felsspalte einen Schatten ausmachen, der von einer Höhle kündete. Enowir kämpfte sich durch die Wassermassen auf den Spalt zu. Immer darauf bedacht, Nemiras Kopf an der Luft zu halten. Tatsächlich befand sich dort eine Grotte. Auf Krateno war es eine schlechte Idee in einer Höhle Schutz zu suchen. Denn meistens wurden diese von Kreaturen bewohnt, denen man nicht einmal am helllichten Tag begegnen wollte.

Enowir entstieg umständlich dem See, ohne Nemira loszulassen. Darauf holte er seine Gefährtin ans Ufer. Das Wasser lief aus seiner Kleidung und schwappte aus den Stiefeln. Seine ganze Aufmerksamkeit galt jedoch Nemira. Er drehte sie auf die Seite, wobei er sicherstellte, dass sie in einer Position lag, in der sie Atmen konnte. Prüfend besah er sich die Wunde. Sie blutete aus vielen kleinen Gefäßen, außerdem stank sie nicht. Ein gutes Zeichen. Mit seiner Jacke aus Echsenleder deckte er sie ab, damit keine Fliegen oder anderes Geschmeiß sich an ihrem Fleisch labten. Nemira sah blass aus, ihr Atem ging ruhig.

Enowir fiel auf, dass er seine Gefährtin auf eine andere Weise betrachte. Sie hatte ihm das Leben gerettet, ohne dabei auch nur einen Moment an sich zu denken. Kaum einer ... ach was, keiner seiner bisherigen Gefährten hätte das für ihn getan. Und das obwohl er sie bei jeder Gelegenheit hatte spüren lassen, wie sehr er sie für ihre Entscheidung verachtete, sich den Konventionen ihres Klans zu verweigern.

»Ich werde in der Höhle nach etwas suchen, womit ich deine Wunde behandeln kann«, erklärte Enowir der Bewusstlosen.

Er zog seine Waffen und schritt in die Felsengrotte. Der Reisende hoffte außerdem, einen Gebirgspfad zu finden, auf dem sie diesen Ort verlassen konnten.

Außer Flechten und Moos fand Enowir bei der ersten Erkundung nichts, wofür er dankbar war. Zumindest, weil er auf kein Monster traf, das von Nemiras Blut angelockt wurde. Er verdankte ihr sein Leben, jetzt schuldete er ihr mindestens das Gleiche. Und noch mehr, nämlich eine aufrichtige Entschuldigung, für all die Bösartigkeiten, die er ihr gegenüber geäußert hatte.

Die Flechten eigneten sich dazu, die Wunde abzudecken. Mit einem feuchten Fetzen seines Leinenhemdes flößte er Nemira Wasser ein.

So verbrachte er fast vier Tage. Er wechselte die Wundauflagen und versuchte ihr so viel wie möglich zu trinken zu geben. Nebenbei erforschte er die Höhle, die aus einem komplexen Tunnelsystem bestand. Dabei kreisten seine Gedanken unentwegt um Nemira. Wenn sie nicht bald zu sich kam. Dann würde sie seiner Bemühungen zum Trotz vertrocknen. Stets erinnerte er sich daran, wie selbstlos sie sein Leben gerettet hatte. Und das, obwohl er sie auf ihrer Unternehmung wie eine Aussätzige behandelte. Was war eigentlich das Problem? Sie hatte sich entschieden den Lebensweg eines Reisenden zu beschreiten. Damit brach sie mit dem Überlebenskonzept ihres Klans. Es schien wie in Stein gemeißelt zu sein, dass die Frauen im Lager blieben und Kinder gebaren. Das hatte sicherlich einmal einen Zweck erfüllt, aber mittlerweile waren die Elfen ihres Klans so viele, dass man sie kaum noch ernähren konnte. Ihr Oberer, Gwenrar, hatte den Reisenden aufgetragen, einen Ort zu suchen, der sich für eine zusätzliche Festung eignete. Aber warum sollte man nicht einigen Frauen erlauben Jäger oder Reisende zu werden. Für Enowirs Verständnis gab es zu Wenige, die diesen Aufgaben nachkamen. Er wunderte sich über seine eigenen Überlegungen. Noch vor zehn Jahren, nein, noch vor fünf Tagen hätte er darüber gelacht.

Als Enowir zu Nemira zurückkam, lag neben ihr ein offenes Fläschen und Schaum quoll ihr aus dem Mund. Was hatte das zu bedeuten, wo kam die Phiole her?

»Nemira«, er rüttelte an ihr. »Was ist mit dir?«

Hatte sie sich vergiftet?

Sie öffnete nur kurz die Augen. Ihre Iris stach grüner als sonst hervor. Enowir bekam sie nicht wach, so sehr er sie auch schüttelte. Vorsichtig ließ er sie zurück auf den Höhlenboden sinken. »Nemira, was hast du nur getan?« Seine Frage sollte lange unbeantwortet bleiben.

Ab diesem Moment schluckte Nemira die Flüssigkeit nicht mehr, die ihr Enowir in dem Mund träufelte. Sie atmete nur schwach. Enowir würde nicht von ihrer Seite weichen, bis es vorbei war.

Weil er sonst nichts tun konnte, erfrischte er ihre Arme mit klarem Wasser und erwischte sich dabei, wie er zärtlich ihre Stirn abwusch. Enowir wollte nicht, dass sie starb, nun nicht mehr. Aber vielleicht war die Wunde zu tief, der Blutverlust zu groß, die Behandlung zu schlecht. Enowir hatte getan, was er vermochte, auch wenn es nicht viel war.

Nach zwei Tagen schleppte sich Enowir doch wieder in die Höhle, auf der Suche nach essbaren Pflanzen und einem Ausgang. Er schritt die Wege ab, die er bereits kannte und suchte nach Verzweigungen, die er bisher noch nicht erschlossen hatte. Seine Gedanken verweilten bei Nemira. Für gewöhnlich fürchtete man den Tod des Gefährten, weil man in der Wildnis alleine nicht überleben konnte. Aber Nemira fehlte ihm um ihretwillen. Ihre fröhliche Art, ihr Witz und die Fähigkeit, jeder Situation etwas Gutes abzugewinnen. Wenn Enowir ehrlich zu sich selber war, so handelte es sich bei Nemira um den besten Begleiter, den er jemals an die Seite gestellt bekommen hatte. Das wurde ihm bei jedem Schritt durch die Finsternis klarer. Diese einfache Tatsache war ihm bisher entgangen, weil sich die Wurzeln der Konventionen seines Klans zu tief in seinen Verstand gegraben hatten.

War da Licht?

Prüfend nahm Enowir die Fackel hinter den Rücken, um den Gang vor ihm abzudunkeln. Tatsächlich, aus einer Spalte, an der er häufig vorbeigegangen war, fiel ein matter Lichtschein, den er zuvor nie bemerkt hatte. Mit der Fackel fuhr er in den Felsspalt. Es gab einige Monstren, die in dunklen Höhlen Licht nutzten, um ihre Beute zu fangen. Wenn man diesen mit Feuer begegnete, neigten sie dazu, sich durch lautes Kreischen zu verraten. Es blieb still und der Lichtschein unverändert. Die Fackel voran schob sich Enowir in die Felsspalte. Er staunte nicht schlecht, als er sich in einem von Elfen geschaffenem Gewölbe wiederfand. Der Gang war rechtwinklig in den Stein geschlagen worden, wie es nur seine Ahnen vermochten. Wandbilder zeigten szenisch, wie das Elfenvolk erschaffen worden war. Zumindest glaubte Enowir das. Sein Klan legte keinen Wert darauf, etwas von den alten Legenden zu wissen, im Gegenteil.

Das Licht schien seinen Ursprung am Ende des Tunnels zu haben. Die Abzweigungen des Ganges waren eingestürzt. So musste sich Enowir kaum Sorgen machen, dass ihm etwas in den Rücken fiel, wenn er sich weiter auf den Schein zubewegte.

Er betrat einen runden Saal. Der Klang seiner Schritte wurde durch die Wölbung des Raumes verstärkt. Es klang, als würden zwanzig Elfen aufmarschieren. In der Mitte befand sich ein Podest. Darauf stand eine komplizierte Konstruktion aus Metall, darin war ein einziger Edelstein eingehängt, der die Form eines Tropfens besaß. Von ihm ging der helle Schein aus. Das Licht empfand Enowir als ungewöhnlich angenehm. Eine Wärme ging davon aus, die tief in seine Seele drang.

»Damit ihr die Gnade Galarus nicht vergesst!«, ertönte eine Stimme, die von den Wänden verstärkt wurde.

Enowir fuhr herum und erblickte ein grünes Augenpaar, das ihn aus der Dunkelheit belauerte.

»Nemira?«

Seine Gefährtin trat aus dem Schatten.

»Du lebst«, Enowir fiel es schwer, seine Überraschung zu verbergen.

»Tut mir leid, dich zu enttäuschen, aber ja«, erwiderte sie bissig.

»So war das nicht gemeint, ich ...«

»Ich weiß wie das gemeint war, Stumpfohr«, ihre ernste Miene wandelte sich zu einem frechen Grinsen. »Ich freue mich auch, dich lebend wieder zu sehen.« Im Vorbeigehen berührte sie ihn sanft an der Schulter. »Was hast du da gefunden?«, fragte sie, den Blick auf den Edelstein gerichtet.

»Sag du es mir«, bat Enowir.

Die beiden Gefährten traten vor das Juwel. Unbekümmert nahm Nemira den Stein heraus, er leuchtete in ihrer Hand. »Er ist ganz warm, fühl mal«, forderte sie ihn auf und hielt ihm das leuchtende Artefakt entgegen.

Als er ihn berührte, trafen sich ihre Blicke. Der Edelstein zerfloss in ihren Händen. Eine wohlige Wärme entstand in seiner Brust. Ein fremdartiges Gefühl, welches ihm dennoch seltsam vertraut erschien. Ein Empfinden von Frieden und Verbundenheit. Nemira sah ihn fragend an. Ob sie dasselbe spürte?

Es klang, als würden die Wände selbst sprechen. »Nemira! Enowir! Ihr seit erwählt wiederzufinden, was verloren gegangen ist!«

***

»Also ist es so, wie ich vermutet habe«, lächelte Lestral. »Ihr habt bereits Kontakt damit gehabt.«

Enowir erschrak. Es hatte sich so echt angefühlt. Als habe er es noch einmal erlebt. Das blaue Licht in den Augen des Magiers erlosch. Er schien in Enowirs Geist eingedrungen zu sein, um dort die Antworten zu finden, die ihm verweigert wurden.

Wenn Lestral so einfach in Enowirs Verstand eindringen konnte, wieso stellte er überhaupt Fragen? Am liebsten hätte Enowir sich dem Einflussbereich dieses Mannes entzogen, dagegen sprach der Verwundete Ladrach. Es wäre unmöglich gewesen, ihn zu transportieren.

»Es tut mir leid«, entschuldigte sich Lestral. »Ich wollte nicht zu forsch vorgehen, aber es ist von größter Wichtigkeit.«

»Warum ist das so wichtig für Euch?«, wollte Enowir wissen.

»Macht sollte nicht in falsche Hände fallen«, erklärte Lestral.

»Und wer entscheidet, wer die richtigen Hände hat?«, stellte Enowir eine Frage, die ihm Nemira vorgab.

Lestral lächelte. »Ein gutes Argument, ich kann nicht erwarten, dass Ihr mir blind vertraut. Das muss man sich verdienen. Aber glaubt mir, dass es in diesem Lager Menschen gibt, denen der Zugang zu dieser Kraft besser verborgen bleibt. Als Magier haben wir kaum weltliche Interessen. Macht und andere zu unterwerfen oder Kriege zu gewinnen interessiert uns nicht. Das gilt aber nicht für jene Menschen, die mit mir hier sind.«

Es hätte keiner Nemira bedurft, die Enowir zum Misstrauen ermahnte. Jeder der beteuerte, Macht interessiere ihn nicht, gierte in Wirklichkeit danach. Welchen anderen Ansporn sollte er sonst haben?

Enowir musste herausfinden, ob sie die Quelle der Heilung bereits gefunden hatten, aber Lestral wollte er danach nicht fragen. Er musste zu dem Tempel zurück, um den die Schlacht gegen die Nekaru stattgefunden hatte.

Die Tür flog auf. Herein trat die massige Gestalt des Kommandanten, der sich für Enowirs Empfinden kaum von den Grünhäuten unterschied. Er würdigte dem Elfen keines Blickes, sondern wandte sich dem Magier zu.

»Geht es Herrin Sahinier gut?«, erkundigte sich Lestral, bevor der Kommandant etwas sagen konnte.

»Was?«, fragte er verwirrt.

»Kennt Ihr sie von früher, hat sich ihr Wesen verändert?«, wollte Lestral wissen.

»Nein, sie ist unverändert«, erwiderte der Hüne. Seine Mimik sprach Bände, darin stand deutlich zu lesen: »Sie ist immer noch das gleiche Monster, wie eh und je.«

Enowir wunderte sich, wie leicht er in den Gesichtszügen der Stumpfohren lesen konnte. Was die

Mienen der Elfen lediglich andeuteten, führten ihre Gesichter zu Gänze aus. Warum sie bei solch einer Mimik überhaupt miteinander sprachen, war ihm ein Rätsel.

»Es ist möglich, dass sich nach einem Sprung etwas Dämonisches in ihr Wesen einschleicht, das sie verändert«, beharrte Lestral. »Ihr müsst sie im Auge behalten. Es kann sein, dass es sich erst sehr spät offenbart.«

Das klang in der Tat besorgniserregend, auch wenn der Elf nicht verstand, über was die beiden sprachen.

Hinrich nickte abwesend.

Den Kobold auf dem Regal, kümmerte das Gespräch nicht. Er hatte sich indes nach vorne gelehnt und musterte den Kommandanten mit großen, erwartungsvollen Augen, als sei dieser sein liebster Spielkamerad. Die Zuneigung beruhte vermutlich nicht auf Gegenseitigkeit.

»Was verschafft mir die Ehre Eures Besuchs, Kommandant Hinrich?«, wechselte Lestral das Thema.

Dieser benötigte einen Augenblick, um sich daran zu erinnern. »Ja richtig! Die Herrin wünscht eine Expedition zur Hauptstadt der Elfen. Wir sollen spätestens übermorgen aufbrechen«, er schien das für einen fatalen Fehler zu halten. Damit war er nicht allein.

Lestral seufzte, seine Miene war nicht so leicht zu deuten. »Ich nehme an, Ihr habt sie über die Risiken aufgeklärt.«

»Ich habe es versucht«, verriet die Miene des Hünen. Verbal äußerte er sich nicht dazu. Hinrich schritt zu dem Verbandmaterial und griff sich eine Flasche, deren Inhalt Lestral zur Wundreinigung benutzt hatte und nahm einen tiefen Schluck daraus. »Taktisch sind wir nicht in der Position eine Expedition zu unternehmen, nicht jetzt da uns die Nekaru entdeckt haben. Außerdem versucht uns, hier alles umzubringen«, fasste er ihre Lage zusammen.

Enowir konnte dem Kommandanten ansehen, dass dieser aus einem bestimmten Grund hergekommen war. Es ging ihm nicht darum, sein Leid zu klagen. Er kam, um bei dem Magier Rat zu suchen. Vielleicht war ihm dies selbst nicht klar, auch wenn alle anderen Anwesenden - der Kobold inbegriffen - es wusste.

Lestral sah zu dem verwundeten Elfen hinüber. »Enowir und Ladrach leben schon lange hier, wenn Ihr eine Expedition wagen wollt, dann solltet Ihr sie um Hilfe bitten.«

Hinrich sah ihn skeptisch an.

»Sie wissen wie keine anderen, um die Gefahren dieses Landes«, bekräftigte Lestral sein Argument.

»Warum sollten wir ihnen trauen, es sind Elfen?«, fragte Hinrich geringschätzig.

»Warum sollten wir Euch helfen wollen?«, hielt Nemira dagegen.

»Wenn wir es so herum betrachten, haben wir euer räudiges Leben gerettet«, versetzte Hinrich.

»Wenn ich Einspruch erheben darf. Die feindlichen Linien sind nur gebrochen, weil Enowir die Sumpfbestie zur Strecke gebracht hat«, schlug sich Lestral überraschend auf die Elfenseite. War dies ein Versuch ihr Vertrauen zu erringen?

»Zugegeben«, zum ersten Mal wandte sich Hinrich an Enowir. »Wie ging das, du brauchtest mein Schwert dafür?«

»Das ist wohl kaum dein Schwert«, erwiderte Nemira. Enowir hatte es aufgegeben, ihr den Mund verbieten zu wollen. Auch wenn sie den seinen benutzte, um ihre

Anschuldigung zu formulieren. »Du hast es unserem Volk entwendet.«

»Diese Diskussionen bin ich leid«, schmetterte der Kommandant ab. »Wenn du dich in Geheimnisse hüllen willst, dann ist mir das recht. Sag mir lieber, was in eurer Hauptstadt zu finden ist«, verlangte er mit Nachdruck.

»Verwilderte Reste unserer Kultur«, hielt Enowir die Antwort vage. Er wusste es selbst nicht. Sein erster Gefährte hatte ihm berichtet, dass es dort nichts mehr zu holen gab. Jeder Elf seines Klans wusste, wo die einstige Hauptstadt lag, sie galt jedoch als verbotenes Terrain. Es hieß, dass es zu gefährlich war, sich ihr zu nähern. Ein einziges Mal war er diesem Ort nahe gekommen, damals mit Nemira. Als sie Galarus Träne gefunden hatten.

Hinrich atmete schwer aus. »Das wird der Herrin nicht genügen, sie wird verlangen, dass wir uns selbst ein Bild machen.«

»Wenn du es wirklich riskieren willst dort hinzureisen, dann mit einer kleinen Gruppe. Wenn ihr zu viele seid, werden die Bestien von Krateno schnell auf euch aufmerksam«, warnte Enowir. Es gab einen Grund, warum die Reisenden seines Klans nur zu zweit unterwegs gewesen waren, wenn sie nach Artefakte und Jagdgründen gesucht hatten.

»Auch das wird die Herrin nicht akzeptieren«, meinte Hinrich. Man sah ihm an, dass er weder ein noch aus wusste. Fast war Enowir versucht, Mitleid für ihn zu empfinden. Zumindest in so weit, wie man mit einem Schwein in einer Falle Mitgefühl empfand, kurz bevor man es von seinem Leid erlöste.

»Zeig mir den Ort, an dem du das Schwert gefunden hast und übergib es an mich, dann werde ich euch führen«, hörte sich Enowir sagen.

Nemira, was redest du!, empörte er sich. *Wir müssen zu Marelija zurück. Ich habe schon lange nichts mehr von ihr gehört.*

Das liegt daran, dass sie den Kontakt zu Nibahe nicht halten konnte, sie ist noch nicht reif dafür. Aber diese Stumpfohren könnten uns helfen Darlach, Norfra und unseren Klan zu befreien. Sie wissen, wie man kämpft und Lestral gebietet über eine Macht, unter der Dradnach einknicken muss, taktierte sie.

Es sind Krieger, sie werden niemals aufgeben, zweifelte Enowir.

Ich konnte diese Kaste nie leiden, ohne sie ist Darlach besser dran, erwiderte sie.

Nemira!, schalt Enowir sie.

Was denn?

Es krachte. Enowir wurde aus seinem Zwiegespräch gerissen. Hinrich hatte das Schwert samt Futteral auf den Tisch geknallt. »Dann nimm es, Lestral wird dir das Grab zeigen.«

Er wandte sich zur Tür. »Aber wenn wir nicht lebend zurückkommen, wird deine kleine Freundin sterben!«, er deutete auf Ladrach. Offenbar glaubte er, es handele sich bei ihm um eine Elfe. Vermutlich hätte Enowir Frauen der Stumpfohren auch nicht von den Männern zu unterscheiden gewusst.

Enowir fasste den Griff des Schwertes und spürte, wie die Kraft der Nibahe zu ihm zurückkehrte. Ein erhebendes Gefühl. Hätte ihm diese Macht nicht zusätzlich Achtung vor dem Leben vermittelt, so hätte ihn der Größenwahn ergriffen. Enowir spürte, wie ihn Lestral beobachtete.

»Verdammt! Mein Schlüssel?«, wetterte Hinrich. Aufgebracht sah er zu dem Regal empor. Der Kobold war verschwunden.

***

Hinrich hatte nach langem Geplänkel seinen Schlüssel zurückerhalten. Der Kommandant hatte noch nie einen Elfen so lachen gehört. Dieser verfluchte Kontinent. Wütend ob der Demütigung schritt Hinrich durch die Festung. Er hoffte, einen Soldaten zu finden, der seine Pflicht nicht ernst nahm, um ihn herunterputzen zu können. Aber scheinbar hatten sie alle nach dem Angriff der Nekaru verstanden, wie wichtig es war ihre Pflicht zu tun. Keiner tanzte aus der Reihe oder war unachtsam.

Auf dem Weg zu seiner Baracke schritt er an dem Haus der Herrin vorbei. Die Fensterläden waren geschlossen, dennoch drang ein Gespräch nach draußen.

»Hast du an dieser Unternehmung teilgenommen, um mich herauszufordern?«

»Nein, Herrin«, erhielt sie zur Antwort. »Hinrich hat mir nichts von Eurem kommen mitgeteilt. Ich selbst wäre niemals davon ausgegangen, dass einer der hohen Herren hier auftauchen würde, schon gar nicht habe ich mit Euch gerechnet. Und das einige Alchemisten die Kühnheit aufbringen würden, einen Sprung durchzuführen, wäre mir im Leben nicht eingefallen.«

Hinrich hielt inne. Das war die Stimmen des Magiers. Erdreistete sich dieser tatsächlich, hinter seinem Rücken mit Herrin Sahinier zu sprechen?

»Ich glaube Hinrich wusste selbst nicht, wer durch den Riss steigen würde, woher sollte ich es dann wissen?«, Lestral klang aufrichtig. Aber so wirkte er immer. Hinrich war noch nie solch einem vollkommenen Lügner begegnet. In ihm manifestierte sich erneut der Wunsch, den Magier loszuwerden.

»Und doch sind wir beide nun hier«, sprach Sahinier. War das Sehnsucht? Die Herrin hatte ihren harten Umgangston abgelegt.

»Du solltest die nächste Möglichkeit nutzen, hier zu verschwinden. Der Mond steht in fünf Tagen günstig, sodass ich dich zurückschicken kann, ohne dass auf der anderen Seite jemand einen Riss öffnen muss. Von der Schule werden sie dich zu deiner Familie zurückbringen.«

Dieser verfluchte Magier kannte also einen Weg, von hier zu entkommen.

»Ich bin nicht mehr das kleine Mädchen, das du beschützen musst«, erwiderte Sahinier.

»Das warst du nie, aber du hast dich schon immer in gefährliche Situationen begeben, aus denen du dich nicht selbst befreien konntest«, sagte Lestral. »Es gibt Bücher, die man besser nicht öffnen sollte, wenn der Geist dafür nicht stabil genug ist.«

»Willst du wieder diese alte Geschichte aufwärmen?«, fragte sie bitter. »Ich bin doch wohl gedemütigt genug.«

»Der Erzmagier hätte dich nicht der Schule verwiesen, wenn du ihn nicht angelogen hättest.«

»Es war naiv zu glauben, er würde mich nicht durchschauen«, stimmte Sahinier zu. »Aber du hättest Partei für mich ergreifen können!«

Lestral schwieg.

»Oder war deine Liebe etwa auch nur eine Lüge?«

Hinrich klappte der Kinnladen herunter. Lestral musste viermal so alt sein, wie Herrin Sahinier, auch wenn man es ihm nicht ansah.

»Nein, solcherlei Lügen gehören nicht zu meinem Repertoire«, beteuerte Lestral. »Aber ich bin es nicht, der hier etwas verbirgt. Dieses Amulett, ist das neu?«

»Es schützt mich davor, dass du in meinen Geist eindringst«, knurrte Sahinier.

»Es tut mir leid. Ich hatte gehofft, dass ich dir nach über fünfzig Jahren, leichter gegenübertreten könnte. Aber es ist noch schwerer als damals, verzeih, ich werde dich nicht mehr belästigen«, verabschiedete sich Lestral.

Fünfzig Jahre? War denn hier jeder vor dem Alter gefeit?

Sahinier schwieg zum Abschied.

»Eines noch«, erinnerte sich Lestral. »Hinrich leistet hier die bestmögliche Arbeit, aber Ihr solltet von ihm nicht das Unmögliche verlangen, zu unser aller Schutz.«

Hinrich spürte den Zorn in sich aufwallen. Was bildete sich dieser Mann ein, Partei für ihn zu ergreifen? Er stellte ihn vor der Herrin bloß. Lestral hätte ihm ein Messer in den Rücken rammen können, das wäre gnädiger gewesen.

»Das unterscheidet uns«, erklärte Sahinier. »Du glaubst, allein durch ihre Existenz besäßen Menschen einen Wert. Wir wissen, dass es die Taten sind, an denen wir gemessen werden.«

»Wir Magier denken darüber anders, wie Ihr wisst. Die Absicht ist entscheidender. Ist diese von Wohlwollen und Respekt durchwirkt, dann ...«

»Schweig!«, brauste die Herrin auf. »Ich habe lange genug in den Fängen von euch Magiern verbracht, ich kenne eure wohl vorgetragenen Vorsätze. Und dennoch seid ihr genau so erbärmlich wie jene, auf die ihr hinabseht! Verschwinde, bevor ich mich vergesse!«

»Herrin Sahinier.« Hinrich konnte vor seinem inneren Auge sehen, wie der Magier sich verbeugte. Mit einem überheblichen Lächeln auf den Lippen.

In Hinrich tobte der Hass auf den Magier. Von allen Emotion war es diese, die ihm am Vertrautesten war.

Deshalb fiel es ihm leicht, sich zu beherrschen und zu warten. Da wurde die Tür des Blockhauses geöffnet und der vermaledeite Magier trat heraus. Hinrich hielt sich zurück bis der Magier das Haus hinter sich gelassen hatte.

Abseits von allen Wächtern, schritt er dem Magier in den Weg.

»Kommandant ...«, grüßte Lestral, zu mehr kam er nicht. Hinrichs Faust traf ihn mitten ins Gesicht. Solch ein Hieb hätte die Meisten sofort zu Boden geschickt. Der Magier hielt sich jedoch auf den Beinen und taumelte lediglich. Hinrich setzte ihm nach und packte ihn an der Robe. Bevor Lestral eine seiner Zauberformeln zustande brachte, schlug Hinrich ihm in die Magengrube. Mehr als ein lautes Keuchen kam dem Magier nicht über die Lippen.

»Was fällt Euch ein, Gnade für mich zu erbitten?«, zürnte Hinrich.

Der Magier wollte antworten. Eine Faust brachte ihn zum Schweigen, seine Lippen platzten auf.

»Ihr könnt tatsächlich bluten«, freute sich Hinrich. Er hielt den Magier mit der Linken fest und schlug mit der Rechten auf dessen Brustkorb ein. »Wenn ich gewusst hätte, wie zerbrechlich ihr seid, wäre ich Euch bereits früher -«

Mit einem Mal wurde ihm die Luft abgeschnürt. Das war kein Zauber, jemand hatte ihm eine Schlinge um den Hals gelegt und zog sie zu, nicht fest aber ausreichend. Hinrich musste den Magier loslassen. Er fasste nach hinten, um dem Angreifer das Seil zu entreißen. Aus den Augenwinkeln erblickte er ein blaues Leuchten. Der verdammte Kobold! Das Biest abzuschütteln war leichter als erwartet. Er befreite gerade seinen Hals aus der Schlinge, als vor ihm im

Dunkeln zwei blaue Augen aufglommen. Lestral flüsterte eine seiner Formeln. Hinrich sprang nach vorne, um zu verhindern, dass der Magier sie zur Gänze aussprachen. Es fühlte sich an, als wäre er in ein feuchtes Spinnennetz geraten. Es legte sich so eng um seinen Körper, dass er sich nicht mehr zu bewegen vermochte. Sein Kiefer wurde nach oben gepresst, um ihm am Sprechen zu hindern. Hinrich spürte in sich das Ziehen, dass immer dann auftrat, wenn der Magier einen größeren Zauber vorbereitete. Er blickt auf und sah in die flammenden Augen von Lestral.

»Ich sehe mehr in Euch, als einen Knecht des dunklen Reiches. Auch wenn Ihr noch nicht dazu im Stande seid, die Zeit wird kommen, da werdet Ihr es erkennen«, versprach er. »Das hier werdet ihr vergessen.«

Hinrich spürte, wie ihm Lestral einen kalten Gegenstand gegen die Stirn presste. Gleich darauf fiel er ins Dunkel.

***

Endlich war Enowir mit Ladrach alleine. Er zog die Nibahewaffe aus der Scheide und trat an das Krankenbett. Mit der Linken befühlte er Ladrachs Stirn, er hatte leichtes Fieber. Ein Zeichen dafür, dass sein Körper gegen die Vergiftung kämpfte.

Erinnere dich daran was passiert ist, als du versucht hast, Radonar mit deinem Blut zu heilen, verlangte Nemira.

Er ist nicht von einer Bestie von Krateno gebissen worden, sonst würde er ganz andere Symptome zeigen, argumentierte Enowir. *Ich kann ihn nicht hier lassen. Wenn die Expedition beginnt, dann ist dieser Ort den Angriffen der Nekaru schutzlos ausgeliefert. Du hast gesehen, dass die Stumpfohren ihnen nicht gewachsen sind. Nicht ohne Lestral. Er wird es sich nicht nehmen lassen die Expedition zu begleiten.*

Nemira schwieg.

Enowir deckte sorgsam die Bisswunde auf, hielt seinen Arm darüber und schnitt sich in die Haut. Sein Blut färbte sich an der Klinge silbern. Er streifte es von dem Stahl und strich es Ladrach in die Wunde. Sein Freund keuchte auf, es zischte.

Enowir befürchtete bereits das Schlimmste, da schlug Ladrach die Augen auf. Er benötigte einen Moment, um sich zu orientieren.

Erstaunlich, kommentierte Nemira.

»Ladrach, wir haben nicht viel Zeit.« In knappen Sätzen erklärte Enowir was vorgefallen war und wo sie sich befanden.

Ladrach schwirrte offensichtlich der Kopf davon.

»Wenn wir zur Expedition aufbrechen, will ich, dass du hier verschwindest, dann ist es hier nicht mehr sicher. Geh zurück zu Marelija und berichte ihr was hier vorgefallen ist«, bat Enowir seinen Freund.

»Und was machst du, du willst sie doch nicht allen Ernstes zu unserer Hauptstadt führen?«, fragte Ladrach, nachdem er sich gesammelt hatte. »Dort lauert Galwar persönlich.«

Offenbar kannte sein Klan dieselben Geschichten über diesen Ort. »Ich weiß es nicht«, gestand Enowir. »Vorrangig möchte ich sie dazu bringen, mir zu helfen, meinen Klan zu befreien.«

»Enowir, das ist ein wahnsinniger Plan«, sprach Ladrach anerkennend. Für Waghalsigkeit war sein Freund immer zu haben.

Enowir behielt für sich, dass es Nemiras Idee gewesen war.

»Na gut, ich werde tun, was du verlangst. Aber wenn mein Klan unter Dradnach leidet, dann versprich mir, dass du dein Möglichstes tust, ihn ebenfalls zu befreien«, verlangte Ladrach.

»Versprochen«, willigte Enowir ein. »Flüchte übermorgen zum Einbruch der Nacht. Es ist leicht, aus der Festung zu entkommen. Hinter diesem Haus ist eine Leiter, die zum Wehrgang hinauf führt, daneben befindet sich ein Waffenlager. Im Dunkeln werden sie dich kaum bemerken, wenn du über die Palisade springst.«

»Und bis dahin stelle ich mich schlafend«, komplettierte Ladrach den Plan.

»Ja«, stimmte Enowir zu. Mit einigem Schaudern dachte er an Lestral. Dieser würde ihre Finte schnell durchschauen. Wenn der Magier nicht sogar damit rechnete, dass er seinen Freund heilen würde. Er konnte nur hoffen, dass Lestrals Worte aufrichtig waren. Zumindest als er beteuert hatte, dass er nicht wollte, dass die Kraft der Nibahe in die falschen Hände fiel.

***

Mit einer Fackel vertrieb Enowir das Dunkel aus der Ruhekammer. Hier lagen sie, die Elfen, die sich zum Schlaf über die Jahrhunderte gebettet hatten. Zeugen aus der Zeit vor dem großen Ereignis. Sie lagen schief und mit verdrehten Gliedern auf den steinernen Liegen. Keiner trug eine Waffe. Enowir fasste den Schwertgriff. Hinrich war wohl nicht der Einzige, der die ruhenden Elfen beraubt hatte. Zorn flammte in seinem Herzen auf.

»Guten Morgen. Ihr seid schon vorgegangen«, stellt Lestral fest. Sein Stab erhellte den Raum.

»Man hat -«, Enowir stockte.

Die Nase des Mannes war gebrochen, die Augen blutunterlaufen, die Lippen aufgeplatzt.

»Was ist mit Euch geschehen?«, erkundigte er sich.

»Nichts«, Lestral brach den Blickkontakt ab. »Ich bin gestolpert.« Das war gelogen. Anscheinend handelte es sich bei dem Magier, zu Enowirs Überraschung, um einen schlechten Lügner. Vielleicht gehörte dies aber auch zu seinem Spiel.

Lestral hob den Stab, um die Kammer weithin auszuleuchten. Seine blauen Augen blieben auf den ruhenden Elfen hängen, er stockte und die Farbe wich aus seinem Gesicht. Er wusste wohl nichts davon, dass die Elfen bestohlen worden waren. Entschuldigend sah er Enowir an. »Es tut mir leid, ich werde dafür sorgen, dass sie ihre Waffen zurückerhalten«, versprach er.

Was sollte Enowir mehr erwarten. Er konnte nachvollziehen, dass man solch vortreffliche Waffen nicht einfach liegen ließ. Besonders, wenn man ihre Besitzer für tot hielt. Die Stumpfohren verhielten sich den Elfen sehr abfällig gegenüber. Sie glaubten an ihre Überlegenheit, so wie die Elfen sich den Zentifaren überlegen fühlten.

Die Glut seines Zorns kühlte etwas ab. So lange die ruhenden Elfen unverletzt waren, vermochte er darüber hinweg zu sehen.

Enowir schritt in den Mittelgang der Ruhekammer. Dort lag sie, die heilende Quelle. Die Decke wurde mit Baumstämmen und dicken Balken abgestützt, sie war wie weite Teile der Ruhestätte eingestürzt. Aber nur hier hatte man damit begonnen, die Trümmer beiseitezuschaffen. Allerdings waren die Arbeiten nicht sonderlich vorangeschritten. Wenn diese Ruhestätte dieselben Ausmaße besaß wie die anderen, so waren noch zwanzig Schritt des Gangs verschüttet. Es blieb die Frage, ob die Quelle den Einsturz des Gemäuers überstanden hatte.

Lestral trat neben ihn. »Gebt Euch keine Mühe, ich weiß es. In den Schriften ist von diesen Kammern oft die Rede. Dort befindet sich eine Quelle mit magischem Wasser, welches Eure Schwestern und Brüder zu erwecken vermag. Ich nehme an, sie liegen hier seit der Zeit, bevor die Faust der Götter diese Welt traf.«

»So ist es«, gestand Enowir. »Woher wisst Ihr so viel über mein Volk?«

»Vor langer Zeit fanden ein paar Mönchen auf einer kleinen Insel einen Palast, der von der Faust der Götter verschont geblieben ist. Dort hatte einst ein Gelehrter der Elfen gelebt, der es sich zu Aufgabe gemacht hatte, Wissen über diese Welt zu sammeln. Viele seiner Schriften haben die Zeit überdauert. Wir Magier lernten sie zu lesen. So erfuhren wir einiges über Euer Volk, deren Lebensgewohnheiten, aber auch über ihre Macht«, berichtete Lestral ohne Umschweife. »Wir glauben, dass die Menschen noch nicht bereit sind, sie für sich zu nutzen. Sie sind nicht weise genug, um solche Kräfte klug einzusetzen. Deshalb bin ich auf diese Expedition mitgekommen«, er schlug ins Flüstern um. »Um zu verhindern, dass altes Wissen und magische Artefakte in die falschen Hände fallen, oder noch schlimmeres passiert.«

»Und Ihr glaubt, die Hände der Magier seien die Richtigen?«, platzte Nemira heraus.

Lestral wirkte wenig betroffen. »Wir sind natürlich auch nur Menschen und haben in der Vergangenheit viele Fehler gemacht. Dank unserer Torheiten ist diese Welt zu einem Kampfschauplatz zweier Mächte aus fremden Welten geworden. Wir gestehen unsere

Verfehlungen ein und haben aus ihnen gelernt. Jetzt ist unser Bestreben, diese zu bereinigen. Aber es ist auch unsere Pflicht die Menschen vor ihrer eigenen Überheblichkeit zu bewahren.«

»Das ist ebenfalls sehr überheblich«, versetzte Nemira.

Lestral gluckste ob dieser Anschuldigung. Daraufhin verzog er sein Gesicht und hielt sich die Brust. Bei dem *Sturz* hatte er sich wohl auch einige Rippen geprellt oder gar gebrochen. »Auch das will ich nicht abstreiten. Es ist schwer, zu beweisen, dass unser Standpunkt der bessere ist. Zumal man weiß, dass jeder von sich glaubt, moralisch richtig zu handeln. Was wahr ist, ist eine der Fragen, die mich seit Jahrzehnte umtreibt. Wir wissen nur, dass viele sich ihrer Verantwortung nicht bewusst sind. Unsere Aufgabe besteht darin, den Menschen so gut es geht zu helfen, ihren Weg zu finden.«

»Da steckt ihr!«

»Kommandant Hinrich«, grüßte Lestral mit einer angedeuteten Verbeugung.

»Wer hat Euch denn so zugerichtet?«, erkundigte sich Hinrich, beim Anblick des Magiers.

»Er ist *gestürzt.*« Nemira ließ es sich nicht nehmen, zu antworten und Enowirs Stimme dabei ironisch einzufärben.

»Sieht so aus, als wäret ihr in eine Faust gestürzt, mehrfach«, Hinrich grinste. »Ich hätte nicht gedacht, dass Magier zu handfesten Auseinandersetzungen neigen. Ich bin fast etwas beeindruckt.«

Enowir fielen die aufgeplatzten Fingerknöchel an Hinrichs rechter Hand auf. Wenn es darum ging Fährten zu lesen, machte ihm kaum einer etwas vor. Hinrich und Lestral hatten sich offenbar einen Faustkampf geliefert. Aber der Kommandant schien sich daran nicht mehr zu erinnern. Das konnte nur bedeuten, dass Lestral irgendwie gewonnen haben musste. Auch wenn er wie der Verlierer aussah.

»Ich wollte Euch nur sagen, dass Herrin Sahinier persönlich darauf besteht, dass Ihr, Meister Lestral, an der Expedition teilnehmt und sie keinen Widerspruch duldet«, erklärte Hinrich.

»Im Lager ist es gefährlich. Wenn die Nekaru angreifen, wird sie Schutz brauchen!« Lestrals Widerspruch fiel etwas zu energisch aus.

»Das ist ihre Entscheidung, ich führe Befehle aus«, entgegnete Hinrich. »Außerdem ist die Armee schlagkräftig genug, diesen Angriff abzuwehren.«

»Natürlich«, ergab sich Lestral. Enowir vermochte ihm anzusehen, dass er nicht daran glaubte. Diese Einschätzung teilte er mit dem Magier. Ohne dessen Zauberkunst und Enowirs Kampfarm wären sie bei dem Angriff untergegangen. Es blieb zu hoffen, dass die Verluste der Nekaru so groß waren, um sich keinen weiteren Angriff zu erlauben. Und sie intelligent genug waren, diesen Umstand zu bemerken.

»Morgen, bei Sonnenaufgang setzen wir uns in Bewegung«, sprach Hinrich und ließ die beiden alleine zurück.

»Und in Eurer Hauptstadt gibt es wirklich nichts zu holen?«, vergewisserte sich Lestral.

»Nein«, bestätigte Enowir, auch wenn er dies nur von seinem früheren Gefährten wusste. Er hatte diese Information nie infrage gestellt.

»Aber ganz genau wisst Ihr es nicht«, erkannte der Magier.

Er soll endlich aus unserem Kopf verschwinden, beschwerte sich Nemira.

Ist er denn wirklich dort?, fragte Enowir.

Nein, erwiderte sie. *Zumindest spüre ich ihn hier nicht.*

»Sicher bin ich nicht«, gestand Enowir. »Ich war nie dort und mir wurde abgeraten, jemals dort hinzugehen.«

»Interessant. In der Schule gab es einen Raum, der seit Generationen verschlossen war, es war unter Strafe verboten, ihn zu öffnen. Ganze Arbeitsgruppen hatten es sich zur Aufgabe gemacht, anhand von alten Aufzeichnungen herauszufinden, was sich hinter der Tür verbarg. Das Verbot wurde über die Jahrhunderte weitergegeben, aber nicht, warum diese Anweisung bestand. Es hätte alle möglichen Gründe haben können. Angefangen von einem Tor zu Hölle, bis hin zu einer alten Geheimschrift mit mächtigen Formeln. Einer meiner Schüler, ein Rebell auf ganzer Linie, entschloss sich, ein für alle Mal das Geheimnis zu lüften und brach die Tür auf.«

»Was hat er gefunden?«, fragte Enowir, dessen Neugier erwacht war.

Lestral lächelte amüsiert. »Mehrere alte Besen und einen Putzeimer.«

Enowir sah ihn irritiert an. Nemira hingegen lachte schallend.

»All die Jahre haben wir geglaubt dieses Verbot gäbe es aus einem triftigen Grund. Wie sich herausstellte, wollten wohl anscheinend einige Magier nicht, dass die Schüler die Besenkammer betraten«, schmunzelte Lestral.

»Was wollt Ihr damit sagen?«, erkundigte sich Enowir.

»Nichts, es ist einfach nur eine lustige Geschichte«, er wurde wieder ernst. »Ich verspreche, dass so lange wir unterwegs sind, keiner diesen Raum betritt.«

»Wollt Ihr einen magischen Schutzzauber darüber legen?«, fragte Enowir.

»Dazu fehlen mir die Mittel, aber Manchesmal genügt es, ein Verbot auszusprechen«, sein rechter Mundwinkel zuckte.

X.

»Wir wissen weder, woher sie kommen, oder was sie wollen. Nur eines können wir mit Sicherheit sagen, sie bringen den Tod.«

Abschließende Worte, eines Berichts über die Nekaru

Es gibt noch eine Quelle im Osten von Krateno, die näher ist. Aber wir können nicht sicher sein, dass du Zugang dazu bekommst. Deshalb ist es ratsam, eine Quelle aufzusuchen, die wir bereits kennen«, dies waren Daschmirs Worte gewesen.

Nun befanden sie sich auf dem Weg zu der heilenden Quelle, die einst von Enowir und Nemira erschlossen worden war, um Darlach Klan zu retten. Marelija hatte ein mulmiges Gefühl dabei, die Stadtmauern hinter sich zu lassen. Kratenos endlose Weite beängstigte sie. Viel zu lange war sie keiner großen Bestien mehr begegnet. Das Leben in der Stadt, war vergleichsweise angenehm.

Sie hatte lange damit gehadert, ob sie aufbrechen oder auf Enowir warten sollten. Selbst wenn sie es sich nur schwerlich eingestand, so hatte Daschmir durchaus recht. Enowir war überfällig, was alles bedeuten konnte. Den Vergessenen hingegen blieb nicht genug Zeit, um auf einen Retter zu hoffen. Natürlich hätten sie alle Elfen schlafen legen können, aber dann wären nur Daschmir und Marelija zurückgeblieben. Zu zweit vermochten sie nicht zu verhindern, dass die Stadt gänzlich von den Bestien Kratenos überrannt wurde. Es blieb ihr also keine Wahl. Falls Enowir doch zurückkehrte, so konnte ihm Daschmir erklären, was zu tun war, um die Vergessenen zu retten. Marelija war unwohl bei dem Gedanken, Daschmir zurückgelassen zu haben. Sie hatte zwar die Vergessenen angewiesen auf ihn zu Achten, aber was würde er tun, wenn er alleine zurückblieb? Er hatte ihr zugegebenermaßen glaubhaft versichert, dass ihm am Überleben des Elfenvolkes gelegen war, aber Standpunkte konnten sich ändern.

Hoffentlich trifft Enowir rechtzeitig ein, erlaubte sich Marelija, zu bangen. Dass ihr Freund tot war, wollte sie nicht glauben.

»Mach dir keine Sorgen«, Ladrunur ritt neben ihr. »Es wird uns gelingen, das heilende Wasser zurück in die Stadt zu bringen. Wir werden die Anderen retten.«

Seine Rüstung blitzte in der Sonne, so wie das Rüstzeug der vierzig anderen Reiter. Ihre Pferde waren mit Trinkschläuchen beladen. Sie hofften, dass wenige Tropfen genügten, um die innere Balance, wie Daschmir es nannte, wieder herzustellen.

In ihrem Tross befanden sich zu viele Elfen, um lange von den Monstern unentdeckt zu bleiben. Aber es galt die Elfenseelen zu retten. Zu zweit hätten sie niemals genug Wasser heranschaffen können. Aber das war nicht ihre größte Sorge, die Reise betreffend. Ihre Gedanken galten dem Sumpf, aus dem die Vergessenen bei ihrem letzten Aufmarsch angegriffen worden waren.

Sie hatten zwar einen Bogen darum geschlagen, aber Marelija vermochte nicht zu sagen, ob das weit genug war, um der drohenden Gefahr zu entgehen. Würden sie von den Sumpfbestien unentdeckt bleiben, dann war da noch der Umstand, dass sie sich auf das Land von Darlachs Klan begeben mussten. Norfra war dort zu Tode gekommen. Über die Umstände konnte Marelija nur spekulieren. Aber auf jeden Fall bestand eine Gefahr, die es zu berücksichtigen galt.

»Vergiss niemals, was um dich herum geschieht«, rezitierte Marelija.

»Was?«, fragte Ladrunur.

»Die erste Überlebensregel für Krateno, die mir mein Onkel mitgegeben hat«, erklärte sie. Die Faranierin nahm den Kampfstab von der Schulter und ließ die Stahlklinge hinabfahren. Fauchend verendete die Schlange, deren Leib sie durchstoßen hatte.

»Sehr sinnvoll«, stimmte Ladrunur zu. »Mir hat man eingebläut, ich solle Kreise um mich herum ziehen. Der Erste besitzt einen Radius von einem Schritt, dort stehe ich. Diese Zone muss sicher sein, damit ich mich gegen Gefahren auf der Zweiten verteidigen kann.«

»Und wie weit ist der zweite Radius?«

»Drei Schritte, der nächste besitzt zehn und der letzte Fünfhundert, weiter kann man kaum sehen.«

»Demnach sollte uns das Wäldchen dort nicht kümmern?«, erkundigte sich Marelija und deutete weit voraus.

»Zumindest nicht, bis wir auf fünfhundert Schritt herangekommen sind«, bestätigte Ladrunur.

»Vielleicht fügst du dem System noch einen Ring hinzu, mit tausend Schritt«, schlug Marelija vor. »Dort liegt das Nest einer Riesenspinne. Wenn wir auf fünfhundert Schritt herangekommen sind, befinden wir uns in ihrem Jagdrevier.«

»Was macht dich das Glauben?«, fragte Ladrunur.

»Siehst du die Fäden?« Marelija wies ihm die Richtung.

»Du meinst das Glitzern?«

Sie nickte.

»Ich dachte, das kommt von dem Gestein, aber jetzt, wo du es sagst«, stimmte Ladrunur zu. Er gab der Gruppe ein Zeichen, sich von dem Steinfeld fernzuhalten.

»Ihr Faranier lebt auf diese Weise zwischen den Bestien, oder?«, wollte Ladrunur wissen.

»Ja. Man muss nur aufpassen, dass man nicht in die Jagdgründe einer Bestie gelangt, für die man interessant ist, sodass die nächst größeren Bestien ...«, sie brach ab.

»Was hast du?«

»Da, hinter der Anhöhe, ich spüre etwas.«

Ladrunur sah sie skeptisch an.

»Aufregung, wie vor der Jagd, oder vor einem Kampf. Da hinten sind Elfen«, teilte ihm Marelija mit.

»Das ist die erste gute Nachricht seit langem«, freute sich der Krieger. Er wollte Ihrer Gruppe bescheid geben, doch Marelija hielt ihn zurück.

»Das sind keine Freunde«, prophezeite sie. »Diese Elfen werden uns angreifen.«

In diesem Moment bewegte sich eine Gestalt die Anhöhe hinauf. Sie blies in ein Horn. Donnernd hallte der Klang über die Ebene. Sogleich erhoben sich weitere Streiter. Sie trugen Rüstungen, die in dem Sonnenlicht seltsam trüb blieben.

»Wir müssen fliehen, mit der Spinne im Rücken können wir nicht kämpfen«, riet Marelija.

Ladrunur gab die dazugehörigen Befehle.

Marelija stieß die Hacken in die Flanken des Pferdes. Das Tier bäumte sich erschrocken auf und setzte zu einem wilden Galopp an.

Die Hufe ihrer Pferde donnerten über die Ebene. Der Wind griff Marelija in die geflochtenen Haare und zog daran. Hinter ihnen erhob sich eine Staubwolke, die weithin von ihrer Flucht kündete.

Marelija brauchte sich nicht umzudrehen, um zu wissen, dass sie verfolgt wurden. Aber eine weitere Wahrnehmung drängte sich ihr auf, von kampfbereiten Elfen, die ihnen in den Weg traten. Die Angreifer waren zu Fuß und standen in einer Reihe, sodass sie diese einfach hätten niederreiten können. Dagegen sprachen die langen Pfähle in ihren Händen, die sie den Reitern entgegenstreckten.

»Ladrunur, sieh!«

»Halt!«, brüllte der Befehlshaber den Elfen hinter sich zu. Es gelang tatsächlich, den Galopp abzubremsen.

Links hauste die Spinne; rechts erhob sich eine steile Felswand; vor ihnen die Elfen mit den Pfählen und hinter ihnen schlossen ihre Verfolger die Falle zur Gänze. Die Elfen kamen auf seltsamen Echsen angeritten, die kaum einen Schritt hoch waren, und sich überraschend schnell bewegten.

Die Rüstungen bestanden aus Leder, wie die Faranierin nun sah. Sie waren aufwändig gearbeitet und den Artefakten nachempfunden, die sie von ihren Ahnen kannten. Ein Versuch, Zeugnis von ihrer einstigen Größe abzulegen.

»Was wollt ihr von uns?«, rief Ladrunur.

»Das ist nichts Persönliches«, rief einer der Angreifer, der mit einem Pfahl ausgerüstet war. »Es geht um unser Überleben.«

»Dies Schicksal teilen wir alle, und wenn wir uns verbünden ...«, Marelija wurde unterbrochen, nicht von Worten, sondern von einer Gefühlsregung, der mit Leder gerüsteten Elfen. In ihr erwuchs die schreckliche Gewissheit, dass die fremden Elfen sie töten würden. Aber nicht auf eine gnädige Weise, sie hatten etwas wesentlich Grausameres mit ihnen vor.

»Ladrunur, wenn wir das überleben wollen, müssen wir kämpfen«, flüsterte sie.

»Bist du sicher«, zischte er.

»Vertrau mir, die werden uns umbringen«, bestätigte Marelija.

»Zurück!«, rief Ladrunur. Die Elfen gehorchten und zogen zeitgleich die Schwerter blank.

Die Angreifer hatten damit nicht gerechnet.

Beim Wenden der Pferde verlor ihre Truppe wertvolle Zeit. Marelija spürte, wie sie jemand von hinten anzugreifen versuchte. Sie stieß ihm den Kampfstab entgegen und traf den ungeschützten Hals. Das Blut sprudelte aus der zerschnittenen Kehle, während der Elf sterbend zu Boden sank.

Die Pferde setzten zum Galopp an. Die Entfernung zu den Echsenreitern war jedoch nicht weit genug, als dass sie ihre volle Geschwindigkeit aufbauen konnten.

Marelija lenkte ihr Pferd auf eine Lücke zwischen den Angreifern zu und schoss hindurch. Im Vorbeireiten legte sie den Kampfstab an und holte mit dem stumpfen Ende einen der Angreifer aus dem Sattel. Der Lederhelm schützte ihn wenig gegen den Aufprall, tot stürzte er von der Echse.

Mit Marelija gelang es lediglich fünf der Vergessenen, die Reihen zu durchbrechen, die andere wurden in Kämpfe verwickelt oder aus den Sätteln gerissen.

Marelija und ihre Begleiter waren nicht bereit, ihre Brüder dem Tod zu überlassen. Ohne Kommando setzten sie zurück und brachen die Schlachtreihe endgültig auf.

Das Pferd unter Marelija geriet bedrohlich ins Straucheln, sie sprang ab und ihr Ross brach zusammen. Sie sah sich umringt von Gegnern. Mit dem Kampfstab konnte sie diese auf Abstand halten. Ihre Gegner benötigten einen Moment, um sich zu einigen, wer die Faranierin zuerst angriff. Diesen Augenblick nutze Marelija, um vorzustoßen, sie rammte die Klinge einem der Krieger in den Hals. Sie fing zwei Schwerter ab und warf den Dritten zurück, in dem sie ihm das stumpfe

Ende des Stabs gegen die Brust stieß. Freude schlug ihr von den Widersachern entgegen. Marelija fuhr herum und sah gerade noch einen der Holzpfähle auf sich zukommen. Er traf die Faranierin am ungeschützten Kopf.

***

Marelija wurde von einem reißenden Geräusch geweckt. Ihre Arme fühlten sich steif und unbeweglich an. Die Handgelenke lagen zusammengeschnürt auf ihrem Rücken. Sie zog vergeblich daran, vermutlich hatte jemand einen Felsbrocken auf das Seil gerollt, welches ihre Hände zusammenhielt. Neben ihr waren weitere Krieger der Vergessenen gefesselt, ein paar von ihnen schienen von der Sonne dahingerafft worden zu sein. Andere - so wie Marelija - hatten Glück, über ihnen lag der Schatten mehrerer Bäume.

Die Faranierin erschrak, als sie in die grün glimmenden Augen einer Bestie blickte. Der Körper der Kreatur glich dem eines Elfen, wenn sie auch kleiner war. Füße und Hände des Wesens unterschieden sich kaum und waren mit scharfen Klauen bewehrt. Es hockte auf den Schultern eines der Toten und leckte sich dessen Gehirnmasse von den grauen Fingern. Dabei blickte es Marelija durchdringend an. Ihr lief ein Schauer über den Rücken. Die Hadrir waren Aasfresser, völlig harmlos für die Lebenden. Dennoch war ihr Anblick grauenerregend. Dazu kam, dass dieses Exemplar der Fluch von Krateno ereilt hatte. Das konnte dessen Aggressivität erheblich steigern. Besser war es, den Blick von dem Untier abzuwenden, damit es nicht in Wut geriet.

Unweit von ihrer Position befand sich ein Sumpf, er dampfte weithinsichtbar und glich dabei einer infizierten Wunde. Selbst in der Sonne erschienen die toten Bäume, unter denen sich das Moor ausgebreitet hatte, schwarz. Ein undurchdringliches Dickicht in einem Morast. Marelija erschauderte. Sie fühlte sich beobachtet und diese Empfindung stammt nicht von der Gegenwart des Aasfressers.

Aus dem Dunst des Moorlandes traten bizarre Gestalten. Aus der Entfernung mochte man sie für ausgezehrte Elfen halten, mit sandfarbener Haut. Wie die Faranier trugen sie nur einen Lendenschurz und waren mit Stabwaffen ausgerüstet. Erst als sie näher kamen, erkannte Marelija, dass es sich bei deren Bekleidung, um kein echtes Leder handelte. Es war frisch abgezogene Haut, die noch blutete. Die Köpfe der Wesen besaßen Kämme aus Stacheln, dafür fehlten ihnen die Ohren. Ihre breiten Mäuler, waren mit spitzen und weit auseinanderliegenden Zähnen bewehrt. Sie unterhielten sich mit schmatzenden und zischenden Lauten. Die Gruppe schwoll bis auf dreißig dieser Kreaturen an. Fünf davon zogen Schlitten hinter sich her.

Sie verscheuchten den Hadrir, der erbost aufkreischte, sich dann aber doch der Übermacht beugte. Die bizarren Wesen musterten ihren Fang. Marelija verstand nicht was sie sagten, aber sie schienen nicht sonderlich zufrieden zu sein. Vergeblich versuchte sie, von ihnen eindeutige Gefühle wahrzunehmen. Aber das gestaltete sich schwierig, da sie auf eine ganz andere Weise zu empfinden schienen.

Eines der Wesen beugte sich zu ihr hinab, mit den drei Fingern einer Hand griff es in ihre Wange und zog daran. Dabei hauchte es Marelija ins Gesicht. Der Atem stank nach jahrhundertealter Verwesung. Am liebsten hätte sie sich abgewandt, aber ein Gefühl riet ihr dazu, es nicht zu tun, sondern dem stechenden Blick der gelben Augen standzuhalten. Das Wesen zog eine rostige Klinge hervor, die entfernt an ein Messer erinnerte und schnitt sie los. Unsanft zog es Marelija auf die Beine und stieß sie vor sich her.

Unterdessen wurden die toten Vergessenen auf die Schlitten geladen. Die wenigen Lebenden, trieben sie wie eine Herde vor sich her. Es ging Schnurstraks in Richtung Sumpf. Unter den Überlebenden befand sich auch Ladrunur. Die Faranierin tat so, als würde sie stolpern, um näher an ihren Freund heranzukommen. Er hatte wohl dasselbe im Sinn, ihre Schultern prallten gegeneinander, als sie aufeinander zu stolperten.

»Das sind dieselben Wesen, die uns damals angegriffen haben«, flüsterte Ladrunur.

Marelija vermochte sich vage, an den Bericht des sterbenden Vergessenen erinnern. Er war von einem der Monstren gebissen worden. Sie hatten ihm bei lebendigem Leib einen großen Brocken Fleisch aus dem Oberschenkel gerissen.

Ladrunur wurde in den Rücken gestoßen. Mit weiten Schritten gelang es ihm, einen Sturz zu vermeiden. Eines der Wesen trat zwischen die beiden. Offenbar wollten sie nicht, dass ihre Gefangenen miteinander sprachen.

Die modrige Luft lastete schwer auf Marelijas Lungen, als sie den Sumpf betrat. Der Boden saugte an ihren nackten Füßen, so als wolle er sie nicht mehr loslassen. Die kahlen Äste der toten Bäume reckte sich ihr verzweifelt entgegen, als flehten sie um Erlösung.

Ihr Marsch führte tief in den Sumpf hinein. An Flucht dachte Marelija nicht, das wäre ihr sofortiger Tod gewesen. Eine vage Hoffnung blieb, denn würden diese Wesen ihre Gefangenen nicht lebendig benötigen, hätten sie die Elfen sogleich umgebracht.

Zwischen den Flechten, die von den Ästen hingen, mischten sich Symbole, die aus zusammengebundenen Stöckchen bestanden. Jedes dieser Totems - wie Marelija sie nennen würde - verfügte über eine ihm innewohnende Macht. Sie spürte deutlich, wie diese Kraft an ihrem Leben zerrte. Die Faranierin empfand den Schmerz, der Tier und Pflanzenwelt, unter dem Einfluss des Zaubers, der über allem lag. Dies war kein Ort, der auf natürlichem Wege zustande gekommen war.

Eine niegekannte Qualität von Verwesungsgeruch stieg Marelija in die Nase. Dieser ging von einer Zeltplane aus, die zwischen zwei Bäumen aufgespannt war. Auch dabei handelte es sich um Tierhaut, an der modrige Fleischreste hingen. In der Öffnung des Zeltes erspähte Marelija zwei dieser Wesen. Sie saßen dort mit untergeschlagenen Beinen und blickten in den Sumpf wie Wachposten, die ihre Aufgabe nicht besonders ernst nahmen. Sie sahen nur beiläufig auf, als die Gefangenen an ihnen vorbeigeführt wurden. Beim Anblick der Elfen rann ihnen Geifer aus den Mäulern. Marelija beschlich ein ungutes Gefühl. Waren sie nur deshalb noch am Leben, um lebendig gefressen zu werden?

Alsbald wurde Marelija einer ganzen Ansammlung dieser Zelte gewahr. Sie war versucht, es Dorf zu nennen. Hier tummelten sich viele der Wesen. Einige stellten aus morschem Holz und rostigen Metallstücken Waffen her, die so aussahen, als würden sie schon beim ersten Schlag brechen. Andere zogen einer sich windenden und kreischenden Kreatur die Haut ab. Um eines der Zelte hatten sich etliche der Wesen versammelt, sie starrten gespannt hinein. Wenn sie auch seltsam fremd klangen, so erkannte Marelija die Schreie dennoch. Eine Entbindung! Als die Rufe verstummten, öffnete sich die Masse der Kreaturen. Aus dem Spalier trat ein scheinbar männliches Exemplar. Er stützte sich auf einen Stock, um sein verkrüppeltes Bein auszugleichen. Um seine Schultern lag ein triefender Hautfetzen. Auf seinem Kopf waren drei Stachelkämme angeordnet. Seine Hals zierte ein Lederband, an dem verwesende Finger hingen. Er schleifte ein Neugeborenes an dessen Unterschenkel hinter sich hier. Vor der Meute hob er es hoch, sodass jeder das Kind sehen konnte. Dabei fiel Marelija auf, wie seltsam verwachsen der rechte Arm des Wesens war. Das Neugeborene war auf ähnliche Weise deformiert. Wütende Schreie erhoben sich aus der Menge der Wesen, offenbar sprachen sie dem Kind das Recht zu leben ab. Achtlos warf er das Neugeborene in ein blubberndes Loch nahe der Siedlung. Es schlug schmatzend auf und versank schreiend.

Wie gebannt verfolgte Marelija die Szene. Erst als ihr jemand unsanft gegen die Schulter stieß, setzte sie den Marsch fort.

Dies musste die Dorfmitte sein, denn hier liefen alle Wege zusammen. Sie trafen sich bei einem Loch, das weit in den Erdboden reichte. Um dessen Rand waren Zweige geflochten, sie stellten eigentümliche Zeichen dar, deren Bedeutung - wenn sie eine besaßen - Marelija nicht kannte. Rundherum schlichen drei der verkrüppelten Kreaturen und sangen in ihrer Sprache ein bedrückendes Lied. Aus der Grube drang ein Seufzen, dass sich wie ein Grundton unter die Melodie legte.

Marelija wurde an einen Pfahl nahe des Loches gebunden. Neben ihr - am selben Pfosten - fand Ladrunur seinen Platz.

»Was geschieht hier?«, warf er eine berechtigte Frage auf.

Marelija verstand es ebenso wenig. In ihr reifte der Wunsch, es niemals herauszufinden. All das erschien so fremd und abartig, dass sie dazu geneigt war, an der Wirklichkeit dieser Bilder zu zweifeln.

Einige der Sumpfkreaturen wandten sich dem Schlitten zu, auf dem sie die toten Vergessenen aufgeladen hatten. Im Mittelpunkt der Handlung stand ein Wesen, dass eine heruntergerissene Tierhaut als Umhang trug. Er sah sich jeden der Elfen genau an. Legte ihnen die Hand auf die Stirn und betastete deren Hälse. Offenbar suchte er nach Lebenszeichen. Scheinbar fand er hier und da welche. Manche der Leiber räumten sie achtlos zur Seite, andere wurden geschultert und zur Grube getragen. Dort wurden die halbtoten Elfen auf das Geflecht gelegt. Eines in einen Hautlappen gewickeltes Wesen, schnitt ihnen, mit einem rostigen Messer, Hand und Fußgelenke auf. Der Lebenssaft lief über den übersättigten Boden und in die Grube. Darin röhrte es, als würde dort ein Lindwurm hausen, der sich an dem Blut labte.

Die Sterbenden am Rand der Grube verloren mehr und mehr an Substanz. Ihre Leiber sanken ein, als würden sich deren Knochen auflösen, die Haut verwelkte.

Marelija konnte den Anblick nicht ertragen. Das waren ihre Weggefährten ihre Brüder und Schwestern, auch wenn sie vielleicht schon halbtot waren, durfte man sie nicht auf diese Weise schänden.

»Marelija?«, flüsterte Ladrunur.

Sie neigte den Kopf zu ihrem Freund.
»Komm näher«, verlangte er.
Sie versuchte, zu ihm hinüber zu rutschen. Die Rinde des Pfahls, an dem sie standen, war so morsch, dass sie unter ihren Bemühungen nachgab, so erhielt sie etwas Spielraum.
»Ich muss dir was geben«, flüsterte er.
Tatsächlich gelang es Marelija, ihre zusammengeschnürten Arme zu ihm hinüberzubewegen. Der Gegenstand war hart, mit sehr scharfen Kanten, ein Feuerstein. Schnell zog sie sich von Ladrunur zurück, damit sie keinen Verdacht erregte. In dem Moment fasste einer Kuttenträger sie ins Auge. Er humpelte auf sie zu. Seine rechte Schulter lag tiefer, der dazugehörige Arm war verkümmert und hing leblos herab. Sein Gesicht war im Gegensatz zu seinen Artgenossen auf der rechten Hälfte deformiert. Er packte Marelija mit der Linken am Kinn und drehte ihren Kopf hin und her. Er sah ihr von den unterschiedlichsten Winkeln in die Augen.
Marelija empfand nur Abscheu. Ihr gelang es nicht, sich in diese Kreaturen einzufühlen, was sie noch fremdartiger wirken ließ. Das Wesen schien ihre Erscheinung als ebenso exotisch zu empfinden. Es rubbelte über ihre Wange, als wolle es versuchen die dunkle Hautfarbe abzureiben. Überrascht oder erschrocken - Marelija vermochte die Mimik nicht zu deuten - zog es sich zurück, wobei es Marelija weiterhin fixierte.
Sie erinnerte sich an den Stein in ihren Händen. So unauffällig wie möglich versuchte sie, die scharfe Kante an ihren Fesseln anzusetzen. Ein Unterfangen, das durch ihre tauben Finger erschwert wurde. Sie nahm

sich fest vor, hier nicht zu sterben. Diese Wesen sollten sie nicht bekommen.

Der Stein entglitt ihren Fingern und fiel zu Boden.

XI.

»Was es bedeutet, Soldat zu sein? Fragt jene Barden,
die unsere Taten besingen.
Wir kämpfen, wir bluten, wir sterben.«

Unbekannter Soldat

Nachdem Hinrich den Kompass von dem Kobold zurückerobert hatte, war es nun der Elf, der die Augen nicht von dem Messinstrument lassen konnte. Gebannt verfolgte er die Richtung der Nadel.

»Was ist das für eine seltsame Magie?«, fragte er verblüfft.

»Keine Magie, Magneten. Sie zeigen mir, dass wir schon geraume Zeit in die falsche Richtung laufen«, knurrte der Kommandant. »Ihr führt uns an der Nase herum.«

Enowir schüttelte irritierte den Kopf. »Wenn ich Eure Nase fassen würde, dann hättet Ihr das wohl gemerkt.«

Der Kobold auf Lestrals Schulter brüllte los vor lachen.

»Das ist nur eine Redewendung«, half der Magier.

»Ja«, stimmte Hinrich zu. »Eine Redewendung dafür, dass wir von Euch in die Irre geführt werden.«

Der Elf blickte zur Seite, vielleicht dachte er daran, das Schwert zu ziehen. Dann blieb nur zu hoffen, dass Lestral ihm Herr werden konnte. Im Nachhinein musste sich Hinrich eingestehen, dass es keine gute Idee war, den Elfen mit einer derart mächtigen Waffe auszustatten. Es war der schnellste Weg gewesen dessen Dienste zu erkaufen, aber der Schnellste, war nicht immer der Beste.

»Blickt über das Land«, verlangte der Elf.

»Nicht mehr als Wiesen, Wälder und Sträucher«, schnaubte Hinrich. »Was soll das?«

»Die Pflanzen sprechen«, meinte der Elf ernst.

Hinrich grinsten hämisch.

»Sie künden von der Verdorbenheit des Wassers. Würde ich euch in die Richtung führen, in die der Magnet weist, würden wir alle in der Sonne vergehen. Das Wasser dort ist verdorben«, erklärte Enowir.

»Das hättet Ihr auch gleich sagen können, anstatt so umständlich daher zu plappern«, grollte Hinrich. Der Elf ging ihm fast noch mehr auf den Geist, als dieser Kobold. Im Grunde störte es ihn, sein Leben in den Händen eines Spitzohrs zu wissen, das allen Grund hatte ihn zu hintergehen. Es blieb zu hoffen, dass der andere Elf ihm genug bedeutete, damit er sich fügte. Selbst er musste verstehen, dass es sich bei dem verwundeten Elfen um eine Geisel handelte.

Die Soldaten marschieren an ihnen vorbei. Der Elf hatte ihnen den Gleichschritt verboten. Einige Infanteristen hatten ihre Rüstung abgelegt und bürdeten die Last den Orks auf. So war das Rüstzeug zwar schwerer zu transportieren, dafür kochte man nicht in dem Eisen. Sie hatten bereits fünfzig Soldaten auf der Strecke gelassen. Manch waren in der Hitze einfach umgekippt. Andere starben an Bissen von seltsamen Kreaturen

Zweihundert Infanteristen und fünfzig Orks. Mehr hatte ihnen Sahinier nicht zugestanden. Sie war nicht dumm, sie wusste, dass sie viele Männer benötigte, um sich zu schützen.

Mittlerweile waren sie fünf Tage unterwegs. Was Hinrichs Vertrauen in den Elfen ein wenig bestärkte, war der Umstand, dass sie bisher kaum einer großen Bestie begegnet waren. Er verstand sich anscheinen sehr gut darin, um deren Jagdgebiete einen Bogen zu machen.

Mit wachen Augen blickte der Elf über die bizarre Landschaft. »Wenn ich mich recht erinnere, dann befindet sich hinter dieser Felsformation eine Quelle«, überlegte er.

»Hauptmann«, wandte sich Hinrich an Garum. »Wir werden ...«

»Nein«, unterbrach Enowir. »Ich muss erst das Gelände prüfen. Quellen sind oft schwer umkämpft.«

»Von Monstern?«, erkundigte sich Hinrich.

»Das und anderen Elfen«, stimmte Enowir zu.

»Es gibt also noch mehr von euch«, stellte Hinrich fest. Das bisschen Vertrauen in den Elfen erstarb sogleich.

»Ich habe nicht vor, euch in eine Falle laufen zu lassen«, beteuerte Enowir.

Hinrich fluchte innerlich. Dieser verdammte Elf konnte noch besser in seinen Gedanken herumblättern, als der Magier. »Ihr werdet nicht alleine gehen«, knurrte er.

»Dann kommt«, forderte Enowir ihn auf.

»Ihr als Befehlshaber solltet Euch nicht von Eurer Einheit entfernen«, erinnerte Garum. Er hatte sich gut von der Tortur erholt und sein Hass auf Hinrich brannte in gleißendem Licht. So musste ein Unteranführer sein.

Scheiß auf die Direktive! Diesen Gedanken sprach Hinrich nicht aus, wenngleich er wusste, dass Enowir und Lestral ihn erahnen würden. »Du hast das

Kommando.« Sollte Garum doch einmal spüren, wie es sich anfühlte mit dem Hals in der Schlinge der Verantwortung zu stecken.

Dieser sah ihn entsetzt an. Das Soldatenleben war hart, aber einfach in diesem Sinne, dass man lediglich Anweisungen ausführte. Es konnte sehr schnelle unheimlich kompliziert werden, sobald man das oberste Kommando übernehmen musste.

Im Vorbeigehen flüsterte er Lestral zu. »Und Ihr passt auf, dass Garum keinen Unfug anstellt. Tötet ihn von mir aus, wenn es sein muss.«

Lestral schmunzelte, wenngleich er wissen musste, dass dies kein Scherz war.

Es kostete Hinrich viel Mühe, mit dem Elfen Schritt zu halten. Einer Bergziege gleich sprang er über Stock und Stein. Wenn er hätte entkommen wollen, so hätte ihn Hinrich kaum aufhalten können. Zumindest nicht, bis er die Armbrust schussbereit gemacht hatte, die ihm über die Schulter hing.

Beiläufig stach Enowir hier und da in den Boden. Nur einmal sah Hinrich tatsächlich ein seltsames schlangenartiges Tier, das mit hunderten von Füßen ausgestattet war. Sein Leib war zerschnitten und heraus quollen Därme und grünes Blut, dessen Dämpfe in der Nase bissen. Was war das nur für ein Land, in dem es solche Kreaturen gab?

Weiter oben kauerte sich Enowir zwischen zwei Felsen. Hinrich kam sich wie ein Tölpel vor, als er versuchte, möglichst lautlos zu dem Elfen aufzuschließen. Natürlich trat er dabei etliche Steine los, die geräuschvoll den Hang hinunter kullerten.

Enowir blickte ihn ausdruckslos an, so wie alle Elfen verriet er seinen Gedanken nicht durch die Mimik.

Vielleicht wollte er damit andeuten, dass Hinrich doch bitte leise sein sollte. Auf einmal fühlte er sich wie ein Kind, das mit seinem Vater zum Jagen ging. Es sollte angeblich Väter geben, die sowas taten. Die nicht das Geld der Familie beim Glücksspiel verloren und nur nach Hause kamen, um Frau und Kinder zu schlagen und darauf besoffen einzuschlafen.

Enowir deutete stumm über die Anhöhe. Hinrich schob sich zwischen ein Felsenpaar, um zu sehen, was der Elf ihm zeigen wollte. Er wich erschrocken zurück. Die Felswand fiel überraschend steil ab. Was aber in der Tiefe zu sehen war, brachte ihn so sehr auf, dass er am liebsten vor Wut laut gebrüllt hätte. In seinem Leben hatte Hinrich Zurückhaltung gelernt. Nicht nur wegen seines Vaters, dem er lange körperlich unterlegen war, sondern auch in der Kampfausbildung.

Da unten tummelten sich Elfen, in einem Lager, dass so aussah, als befände es sich dort schon eine Ewigkeit. Die Holzpalisaden und Häuser, wirkten von Sonne, Wind und Niederschlag recht mitgenommen. In mitten dieser Festung, die an die Felswand anschloss, befand sich tatsächlich ein Wasserloch. Zumindest damit hatte der Elf nicht gelogen. Hinrich nahm die Armbrust von der Schulter, zog den Schnellspanner zurück und legte einen Bolzen ein. Die Waffe auf Enowir angelegt, stieg er den Hang zwei Schritte hinab.

»Du wusstest, dass sie hier sind, und glaubst sie würden dich retten«, knurrte Hinrich. Sein Herz hämmerte auf den Amboss des Zorns. »Aber nicht mit mir.«

Ohne ein Wort stürzte Enowir auf ihn zu. Hinrich wich zurück, verlor den Halt und der Bolzen sprang von der Sehnen. Widererwartend schlitterte Hinrich nicht den steilen Felshang hinunter. Der Elf hielt ihn am

Handgelenk fest, um seinen Sturz zu verhindern. Mit der anderen Hand hatte er eine Schlange gepackt, die wütend, zischend ihr Gift versprühte, unter dem sogar Steine schmolzen. Enowirs zerfledderte Jacke war über der Schulter zerrissen. Darunter tat sich ein tiefer Schnitt auf, der von einem Streifschuss des Armbrustbolzens herrührte.

»Ihr müsst besser aufpassen, das ist Krateno«, erklärte der Elf, weder seine Stimme noch sein Gesicht verrieten eine Gefühlsregung.

***

»Sie sind keine meiner Verbündeten. Sie haben mich das letzte Mal gefangen und wollten das mein Bruder und ich uns gegenseitig abschlachten«, berichtete Enowir.

»Wer hat gewonnen?«, wollte Hinrich grinsend wissen.

»Jene, die Ihr Nekaru nennt.«

Hinrich erschauderte.

»Sie haben das Lager überrannt. Zumindest habe ich das angenommen, bis ich sie dort unten wieder sah. Wir sollten weiter -«

»Moment, keiner überlebt einen Angriff der Nekaru«, fiel Hinrich ihm ins Wort. »Wie haben sie das geschafft?«

»Ich war bewusstlos, ich weiß es nicht.«

»Bewusstlos, hm! Wie praktisch«, höhnte Hinrich.

»An diesem Zustand war nichts *praktisch*«, widersprach Enowir.

»So kommen wir nicht weiter«, brachte sich Lestral ein.

»Ich diskutiere gern mit diesem Langohr«, grinste Hinrich. Er hatte noch immer nicht verwunden, dass ihm Enowir in dem Moment das Leben gerettet hatte, als er versuchte den Elf zu töten.

»Das meine ich nicht. Unser Wasser geht zur Neige, wenn wir noch einen Tag oder länger weiterziehen, werdet ihr viele Eurer Männer verlieren«, stellte Lestral klar. Der Kobold auf dessen Schulter nickte gewichtig.

»Könnt Ihr nicht die Bestände auffüllen?«, fragte der Elf.

»Dazu ist die Luft zu trocken. Die einzige Flüssigkeit, die ich dazu benutzen könnte, ist der Schweiß der Soldaten«, erklärte Lestral sachlich.

Hinrich schüttelte sich unwillkürlich. »Wenn das wirklich Feinde von dir sind, dann stört es dich doch nicht, wenn wir sie niedermachen«, er sah den Elf durchdringend an. Aber er hätte auch einen Stein mustern können. Dessen Gefühle wären für ihn ebenso verborgen geblieben.

»Das könnt Ihr nicht«, erwiderte Enowir.

»Also steckst du doch mit ihnen unter einer Decke«, triumphierte Hinrich.

»Wie kann ich hier stehen und gleichzeitig mit ihnen im Bett liegen?«, fragte Enowir verwirrt.

»Das ist eine Redewendung«, half Lestral. »Hinrich meint, dass Ihr insgeheim mit ihnen verbündet seid.«

»Oh. Das bin ich nicht«, beteuerte Enowir.

»Warum sollten wir sie dann nicht angreifen?«, grollte Hinrich.

»Weil sie zu mächtig sind«, erklärte der Elf.

»Was meint Ihr damit?«, fragte Lestral interessiert.

»Ihr Anführer, der sich selbst König der Elfen nennt, verfügt über Kräfte, die angetan sind die Lebensenergie zum Erliegen zu bringen«, berichtete Enowir. Seine Miene verfinsterte sich.

»Kann mir einer sagen, was das nun wieder bedeutet?«, fragte Hinrich aufgebracht. Er war kurz davor aus der Haut zu fahren. Aber unbeherrschte Wut zu zeigen, würde ihn nur schwach erscheinen lassen.

Lestral blickte zu Boden, als würde er in den Windungen seines Verstandes die Antwort suchen.

»Ihr Anführer beherrscht irgendeine Form der Magie«, versuchte sich Enowir an einer Erklärung. Zum ersten Mal meinte Hinrich, Ratlosigkeit im Gesicht des Elfen zu erblicken.

»Ihr könnt andere Zauber bannen, das habt Ihr beim Angriff der Nekaru bewiesen«, sprach Hinrich. »Ihr werdet die Zauber brechen, wenn uns welche entgegen geworfen werden. Um den Rest kümmere ich mich mit meinen Männern. Jetzt ist es Zeit, die Stärke des dunklen Reiches unter Beweis zu stellen.«

***

Das Einschlagen der Pfeile in den Schildwall, klang wie das Prasseln von Hagelkörnern. Elfen galten als exzellente Schützen, ungezielt zu schießen, passte nicht zu ihnen. Noch dazu mussten sie wissen, dass es für sie kein Durchkommen gab. Zumindest so lange kein Soldat die Formation öffnete.

Das Donnern auf die Schilde verstummte.

»Ich bin Kommandant des dunkeln Reiches, und ich verlange, dass ihr euch ergebt. Dann wird es keine Toten geben!«, rief Hinrich.

»Legt die Waffen nieder, wir sind euch überlegen. Vielleicht schonen wir dann euer Leben!«, vernahm er die verhasste Stimme eines Elfen. »Unser König, wird euch vernichten.«

»Soll er es versuchen!«, freute sich Hinrich. »Zeigen wir ihnen einmal was Kampfstrategie ist«, flüsterte er dem Elfen zu, der neben ihm stand. »Schießt!«, brüllte er einen Befehl, der von den Hauptleuten aufgegriffen und als Hornsignal über das Elfenlager hinweggetragen wurde.

Die Armbrustschützen hatten sich auf die Felsformation hinaufgeschlichen, von ihrer Position besaßen sie freies Schussfeld in die Festung. Hinrich hörte das Zischen von etlichen Bolzen, gefolgt von den Schreien sterbender und schwer verletzter Elfen, Musik in seinen Ohren.

»Das ist unsere letzte Warnung, wir werden euer Lager erstürmen, wenn ihr euch nicht ergebt!«, rief Hinrich zu den Elfen hinüber. Er grinste zufrieden.

»Das war ein schwerer Fehler!«, rief eine andere Stimme hinter den Palisaden. Sie klang bei weiten nicht so lieblich wie die der Elfen. Der Dialekt war Hinrich seltsam vertraut.

Auf einmal sank die erste Reihe der Soldaten ein. Sie keuchten, als würden sie ersticken. Die Schwächung des Schildwalls nutzten die Elfenschützen. In Kopf und Hälse getroffen stürzten die Infanteristen nieder.

»Formation schließen!«, befahl Hinrich. Doch die Schildträger wussten selbst, was sie zu tun hatten. Die schweren Schilde klappten herunter und zogen sich zusammen, somit schufen sie erneut eine undurchdringliche Phalanx.

»Schießt!«, brüllte Hinrich.

Das Horn ertönte, die Armbrustbolzen sirrten und abermals erklang das Lied der Sterbenden.

Durch einen schmalen Spalt zwischen den Schilden sah Hinrich, wie die Elfen den Beschuss von oben erwiderten. Die meisten Armbrustschützen vermochten, sich hinter die Felsen zurückziehen, dennoch gelangen den Elfen einige tödliche Treffer.

»Gebt den Beschuss frei!«

Es wurde dreimal ins Horn gestoßen.

»Vorrücken, bring den Rammbock in Position!« Hinrich bekam plötzlich das Gefühl nicht genug Luft zu bekommen. Vergeblich rang er um Atem. Die Hände begannen zu zittern, er spürte eine unstillbare Hitze in den Kopf steigen, so als würde ihn jemand würgen. In seinen Ohren begann es zu pfeifen. Er spürte, wie seine Beine einbrachen. Ein grelles Licht flammte auf.

Dann war es vorbei. Als sei nichts gewesen atmete er wieder. Den Infanteristen vor ihm schien es ähnlich ergangen zu sein. Sie blickten sich verängstigt um und wussten nicht, was soeben geschehen war. Hinrich ahnte es lediglich. Das musste die Magie sein, von der Enowir gesprochen hatte. Offenkundig vermochte Lestral diese zu bannen.

»Schilde hoch!«, das Kommando kam keinen Moment zu früh. Die Pfeilsalve schlug in das dicke Holz ein. Einige Infanteristen waren nicht schnell genug. Tot fielen sie aus der Phalanx, die sogleich über ihnen geschlossen wurde.

»Rammbock in Stellung bringen!«

Das Belagerungsgerät löste sich aus der Formation. Es handelte sich dabei um einen gefällten Baum, der sich mit Seilen umwickelt tragen ließ. Von Schildträgern geschützt, gelangte die Besatzung mitsamt dem Rammbock bis an die Wehranlage.

Der Schildwall zog sich zusammen, sodass Hinrich nichts mehr sehen konnten. Was er hörte, war das Einschlagen des schweren Stammes auf den Holzpalisaden. Die Soldaten verstanden ihr Handwerk. Von oben beschossen war es den Elfen nicht vergönnt, dem Angriff die nötige Aufmerksamkeit zu schenken. Sie würden ihrer Vernichtung nicht entkommen.

»Vorrücken!«, rief Hinrich. Die Schildkrötenformation setzte sich in Bewegung.

Hinrich erhaschte einen Blick auf die Palisaden, in dem Moment als der Rambock erneut einschlug. Über eine Breite von vier Metern brach die Holzwand in sich zusammen. Offenbar diente die Wallanlage lediglich dem Schutz vor Beschuss. Die Befestigungsanlagen waren nicht einmal eingegraben, so wie es im dunklen Reich bei solch einer Holzfeste üblich war. Die Soldaten am Rambock blickten überrascht auf ihr Werk. Sie hatten nicht mit einem solchen durchschlagenden Erfolg gerechnet.

»Zum Angriff!«, brüllte Hinrich.

Es wurde viermal schnell ins Horn gestoßen. Die Orks stürmten aus ihren Reihen und durch die Lücken in der Palisade. Überraschend wenige wurden von Pfeilen niedergeworfen. Die Elfen versuchten, innerhalb ihrer Festung eine Schlachtreihe zu formieren. Der Ansturm traf sie wie ein Hammerschlag. Die Verteidiger wurden einfach überrannt.

»Macht sie nieder!«, rief Hinrich. Die Soldaten gaben ihre Formation auf und stürmten ins Schlachtgetümmel.

***

Ein offenes Gefecht endete meist im Chaos. Es hieß Mann gegen Mann, Leben gegen Leben. So lange, bis eine Seite unterlag. Die Elfen hatten dem Angriff nichts entgegenzusetzen. Die Orks waren ihnen weit überlegen. Einmal im Kampfrausch vermochte sie kaum etwas aufzuhalten. Allein den Henkern gelang es, sie unter Kontrolle zu halten. Aber auch nur, weil die Orks darauf konditioniert waren auf die maskierten Männer mit Unterwerfung zu reagieren. Es bedurfte lediglich ein paar gezielte Peitschenschläge, um ihnen Einhalt zu gebieten.

Besiegt knieten die wenigen Überlebenden in ihrem Fort.

»Hier gibt es Frauen und Kinder, sie befinden sich dort in dem Gebäude«, teilte Garum dem Kommandanten mit. Hinrich nickte. Er blickte wie gebannt auf die Gefangenen. Sie trugen Rüstungen aus Leder, die offenkundig Stahlharnischen nachempfunden waren. Wenngleich die Handwerkskunst ihres Gleichen suchte, sahen die Elfen lächerlich aus.

Hinrich trat einem der Gefangenen gegen den Oberschenkel. Dieser weigerte sich beharrlich, ihn anzusehen.

»Dein König, ist er tot?«, fragte er.

»Ich habe ihn nicht unter den Toten gefunden«, berichtete Enowir, der in diesem Moment hinzutrat. »Er hat Bluthaare, daran ist er leicht zu erkennen.«

Hinrich wollte gar nicht wissen, was der Elf nun wieder meinte. Lestral lief über den Platz, seine Augen glommen genauso, wie der Edelstein in seinem Stab.

»Was ist denn mit Euch los?«, erkundigte sich Hinrich gut gelaunt über den Sieg.

Lestral blickte sich suchend um. Der Kobold war nirgends zu sehen. Entweder heckte dieses Biest gerade etwas aus, oder der Magier nutzte dessen verstärkende Kraft.

»Ich banne immer noch die Magie meines Widersachers«, erklärte Lestral. »Er hält sich dort auf.« Der Magier deutete auf die Miniatur eines Palastes. Wenn es etwas Lächerlicheres gab, als die Lederrüstungen, dann dieses Gebäude.

Hinrich brannte vor Neugier darauf, diesen König der Elfen zu sehen. Das Tor in den Holzpalast hatte zwei Flügel und war dabei genauso groß, wie eine einfache Tür. Hinrich bedeutete zehn Kriegern, ihm zu folgen. Außerdem schlossen sich ihm Lestral und Enowir an. Hinter dem Tor lag ein Raum, der eine Miniatur eines Thronsaals darstellte. Er war dem Herrschaftsitz des dunklen Reiches nachempfunden. Hinrich stutzte als er dies erkannte. Mit einem Mal war ihm klar, dass dieser König der Elfen, seinem Titel in keiner Weise gerecht wurde.

Im hinteren Teil des Thronsaals drängten sich sieben Elfinnen zusammen. Sie waren nur leicht bekleidet und wirkten seltsam menschlich, bei dem Versuch ihre Brüste und Scham zu verbergen.

Auf einem Holzstuhl saß er, der König der Elfen. Seine Haare waren rotblond und so gekämmt, dass man die zerfetzten Ohrmuscheln sehen konnte. Hinrich kannte sich mit Wunden aus und diese rührten nicht vom Angriff einer Bestie, vielmehr hatte dort jemand ein Messer angesetzt. So ungeschickt, als habe er es selbst getan.

»Meine Verehrung, König der Elfen«, spottete Hinrich, die Verbeugung schenkte er sich.

Der selbsternannte König sah auf. Seine Augen glitzerten wie frisches Blut in der Sonne. Der Glanz brach und der König der Elfen atmete erleichtert auf. Zurück blieben bernsteinfarbene Augäpfel ohne Iris. Sein Blick war daher nicht zu verfolgen.

»Lestral«, lächelte er kalt. »Ich hätte es wissen müssen.«

Der Magier trat vor. »Hephyros.«

»Es scheint wohl, als könnte ich dir nicht entkommen, alter Freund«, meinte der König. »Was hast du jetzt vor?

Wirst du mich töten, oder bist du endlich bereit, deine Fähigkeiten auf die nächste Ebene zu heben und mein Schüler zu werden.«

Hinrich überraschte es kaum, dass die beiden sich kannten. Auch wenn dies ein seltsamer Ort für ein Wiedersehen war. Aber wie er feststellte, hatte es sich Lestral in seiner Vergangenheit mit jedem verscherzt.

»Du hast es immer noch nicht verstanden«, erwiderte Lestral.

»Nein, du verstehst nicht, du ... ihr schränkt eure Macht ein!«, brauste Hephyros auf.

»Genug jetzt«, ging Hinrich dazwischen. »Bringt ihn um!«, verlangte er von seinen Soldaten. Mit sadistischer Freude und blanken Schwertern schritten sie auf den selbsternannten König zu. In dessen Augen begann glühendes Rot zu wabern. Hinrich spürte jenes innerliche Reißen, welches ihm mittlerweile schon viel zu vertraut war. »Magie! Lestral!«

Die Infanteristen schrien auf. Sie ließen ihre Waffen fallen und brachen vor Schmerzen krümmend zusammen. Sie hielten sich die Hände an den Kopf gepresst. Blut brach aus ihren Ohren, Nasen und Augen.

Lestral schritt zwischen die Soldaten und Hephyros. Er fuhr mit dem Stab durch die Luft, als würde er Fäden durchtrennen, die sich vom König bis zu den Infanteristen spannten. »Das genügt jetzt.« Seine Augen erstrahlten in blauem Licht. Die Soldaten sanken erlöst in eine tiefe Ohnmacht.

Das Glühen in den unwirklichen Augen des falschen Königs verlosch.

»Du hast dazugelernt und doch bist du schwach!« Hephyros hob den Arm. Lestral wurde von den Beinen gerissen.

Hinrich spürte eine Woge des Schmerzes über sich hinwegrollen, die drohte sein Leben hinfort zu spülen. Durch einen Schleier der Pein sah er jemanden an sich vorbeispringen. Es folgte ein dumpfer Schlag. Da erlosch der Schmerz, es blieb lediglich die Erinnerung daran. Hinrich kämpfte sich auf die Beine.

Der König der Elfen hing bewusstlos im Holzthron, auf dessen Stirn tat sich eine Platzwunde auf. Enowir stand über ihm, das Schwert erhoben. Bereit zuzustoßen, falls der Magier zu sich kam.

Die Elfinnen im hinteren Teil des Thronsaals kauerten sich zusammen, sie sahen so mitgenommen aus, wie Hinrich sich fühlte, offenbar hatten sie dasselbe gespürte.

»Kommandant!«, kam Garum mit zehn Mann hereingedrängt. Allmählich wurde es eng.

»Wir haben die Situation im Griff«, erklärte Hinrich und zog Lestral auf die Beine. »Enowir, töte ihn!«, befahl er.

Der vermaledeite Elf senkte das Schwert. Sein Blick verhieß, dass er von Hinrich keine Befehle entgegennahm.

»Er muss der Schule übergeben werden«, meldete sich Lestral zu Wort.

»Ich werde keine Gefangenen machen, die uns auf unserer Reise belasten«, tat Hinrich die Bitte ab. »Außerdem, wie sollte es gelingen ihn an seinen Zaubereien zu hindern? Wie oft kann man ihn bewusstlos schlagen, bevor sein Schädel bricht?«

»Ich habe da eine andere Möglichkeit«, bot Lestral an. Er klopfte seine Robe ab, als würde er in verborgenen Taschen etwas suchen. Chotra spazierte hinter den Thron hervor, er hielt die Hände hinter seinem Rücken verschränkt. »Du hast es«, erkannte der Magier.

»Komm, zur Tat.« Er wandte sich dem Elfen zu. »Enowir, helft mir bitte ihn hinzulegen.«

Gemeinsam beförderten Enowir und Lestral den König auf den Boden. Mit seinem Dolch schnitt Lestral das Gewand über dem Rückgrat des Mannes auf.

Jetzt wurde Hinrich neugierig. Er trat heran und beobachtete wie Lestral von Chotra ein glitzerndes Geflecht entgegennahm, dass er der Länge nach über die Wirbelsäule von Hephyros ausbreitete. An den Rändern waren Saphire eingesetzt. Dieses Netz musste mehr Wert sein, als eine ganze Kompanie. Vermutlich bestand das Geflecht aus Platin, oder einem anderen Edelmetall.

»Was ist das?«, fragte Enowir.

»Eine magische Fessel«, erklärte Lestral. Er berührte den obersten Edelstein mit seinem Stab, der Saphir glomm auf. Das wiederholte er mit jedem der Edelsteine, die in das Geflecht eingearbeitet waren. Sie begannen sich zu drehen. Das Netz zog sich zusammen. Sogleich roch es nach verbranntem Fleisch.

»Was geschieht jetzt?« Im Elf schien die Neugier erwacht zu sein.

»Die Edelsteine graben sich bis an seine Wirbelsäule heran. Wenn er versucht, Magie zu wirken, werden sie aufgeladen und verursachen höllische Schmerzen. Das macht es unmöglich, sich weiter auf den Zauber zu konzentrieren. Die Averlier nutzen es, um Abtrünnige zurück zur Schule zu bringen.«

»Kann man das Netz entfernen?«, erkundigte sich Hinrich interessiert.

»Dazu benötigt man einen Magier, der Übung darin hat. Sonst kann es passieren, dass die Wirbelsäule verbrennt. Kein schöner Tod. Das sollte wohl genügen, um ihn unschädlich zu machen«, urteilte Lestral.

»Warum soll er zurückgebracht, werden? Wenn er ein Abtrünniger ist, dann schlagt ihm den Kopf ab!« Hinrich hatte kein Verständnis für Gnade.

»Es ist eines unserer Gesetzte, dass jeder einzelne Fall vor dem Rat verhandelt wird«, erklärte Lestral.

»Das ist aber keine normale Situation, er wird Ballast auf unserer Reise sein«, beharrte Hinrich.

»Ich nehme seine Versorgung auf mich«, versicherte Lestral.

»Wenn ich ihn auch nur bemerkte, dann übergebe ich ihn an die Orks und lasse ihn vierteilen«, hielt Hinrich dagegen.

»Einverstanden«, erwiderte Lestral, als hätte er ein Mitspracherecht.

***

»Es ist der Elf, er dreht durch!«, rief Garum außer sich.

Hinrich sah es selbst, als er aus dem bizarren Thronsaal ins Freie trat. Enowir stand auf der Mitte des Platzes, neben den gefangenen Elfen. Zwei der Henker lagen am Boden, ob bewusstlos oder tot war nicht zu sagen. Ein Soldat kroch entwaffnet davon. Um Enowir bauten sich die Armbrustschützen auf, die im Kreis auf ihn anlegten. Würden sie jetzt schießen, dann träfen sie sich gegenseitig. Das wusste auch Enowir. Der Elf lächelte verschlagen.

»Keiner rührt die Gefangenen an!«, rief er.

Darum ging es also. Aber Hinrich konnte es nicht verstehen. Wenn diese Elfen Enowir wirklich angetan hatten, was er behauptete, dann verdienten sie den Tod und nichts anderes.

»Was soll das jetzt wieder?«, brüllte Hinrich über den Platz.

Die Armbrustschützen nahmen ihre Waffen herunter.

»Ihr werdet meinen Brüdern und Schwestern kein Leid antun!«, wiederholte der Elf.

»Du hast hier nicht das Kommando! Wer es wagt, meine Befehle infrage zu stellen, der stirbt!« Endlich konnte er den Elf nach dem Gesetz des dunklen Reiches loswerden. In seinem Innersten meldeten sich leise Zweifel. *Ist das wirklich klug?*, schienen sie zu fragen. Ohne Enowir würden sie auf diesem Kontinent zu Grunde gehen. Er war kein gewöhnlicher Elf. Ihn in seinen Reihen zu wissen, verschaffte Hinrich einen großen Vorteil.

»Dann werdet Ihr mich töten müssen«, sprach Enowir. »Aber seid gewiss, ich werde Euch mitnehmen!« Mit dem Schwert wies er auf den Kommandanten.

Diese Dreistigkeit konnte Hinrich nicht auf sich beruhen lassen. Niemand durfte seine Autorität untergraben, nicht auf diese Weise.

Hinrich gab den Armbrustschützen links von ihm das Zeichen zu schießen. Die Armbrustbolzen flogen Enowir entgegen. Einem wich er aus, der Nächste prallte an seinem Schwert ab und der Dritte ... es ertönte ein metallisches Klirren. Hinrich wurde zurückgestoßen, fassungslos blickte er auf den Bolzen, der in seiner linken Schulter zwischen den Rüstungsplatten steckte. Der Schmerz verriet ihm, dass dieses Geschoss das Kettenhemd durchschlagen hatte.

Eine weitere Armbrust ließ peitschend den Bolzen von der Sehne. Einer Ahnung folgend warf sich Hinrich zur Seite, der Bolzen prallte an seinem Schulterpanzer ab.

»Aufhören!«

Alle wandten sich Hinrich zu.

»Schlagt ihn!«, rief der Kommandant. Sogleich zogen sich vor ihm die Soldaten zusammen. Das Klirren von Waffen erklang, gefolgt von den Schreien der Infanteristen. Plötzlich war da Enowir, er lief über Köpfe und Schultern der Männer hinweg, auf Hinrich zu.

Hinrich risse sein Schwert aus der Scheide. Der Schildarm war nicht mehr zu gebrauchen, aber den benötigte er nicht, um den Elfen zu vierteilen.

Enowir machte sich nicht die Mühe Hinrichs ersten Hieb abzufangen. Er wich ihm so schnell aus, dass der Kommandant den Elf für einen Lidschlag aus den Augen verlor. Schmerz explodierte in seiner rechten Hand, ihm entglitt die Waffe. Er spürte den kalten Stahl am Hals, noch bevor er Enowir erblickte, der rechts neben ihm stand. Seine Pupillen glänzten silbern. Enowir trat näher an ihn heran, ohne das Schwert herunter zu nehmen.

»Ich bitte Euch, Kommandant«, sprach der Elf, er war nicht einmal außer Atem gekommen. »Es sind nur noch wenige meines Volkes übrig und wir brauchen jeden Einzelnen, um unsere Existenz zu erhalten.«

Es klang tatsächlich wie ein unterwürfiges Flehen, wenn man von dem Schwert absah.

Es gibt kein Scheitern, nur den Tod in Ausübung der Pflicht, so lautete eine der Devisen des dunklen Reiches. Hinrich hatte sich viel zu lange nach dem Zauberer und dem Elfen gerichtet. Diese Schmach war kaum zu ertragen und nicht vor seinen Herrschern zu rechtfertigen. Sollten sie sich jemand anderen suchen, der an seiner statt diesen Wahnsinn anführt. Er wählte den Tod. Selbst wenn dieser qualvoll sein sollte, der Schmerz würde irgendwann enden. Besser als ein Leben in Schande zu führen.

»Schießt!«, brüllte Hinrich zu den Armbrustschützen hinüber. Unzählige Bolzen schossen auf Enowirs Rücken zu. Natürlich wusste Hinrich, dass der Elf ausweichen würde. Schicksalsergeben schloss er die Lider und wartete auf die Stahlspitzen, die seinem jämmerlichen Dasein ein Ende setzen würden.

Stille. Endlich Frieden und Ruhe.

Der Schmerz in seiner rechten Schulter wies untrüglich daraufhin, dass Hinrich noch lebte. Enttäuscht schlug er die Augen auf. Die Bolzen steckten in einer Wasserwand. Einige von ihnen hatte der Zauber gerade noch am Gefieder eingefangen.

»So leicht lasse ich Euch nicht entkommen«, flüsterte Lestral. »Im Gegensatz zu den Alternativen besitzt Ihr einen gewissen Sinn für Diplomatie.« Er hob die Stimme: »Das reicht jetzt!«, rief er die Soldaten zur Ordnung. »Wir dürfen nicht vergessen, wer der eigentliche Feind ist. Es sind weder Elfen noch Menschen, es ist dieses Land, nur gemeinsam können wir es bezwingen.«

Die Soldaten ließen ihre Schwerter sinken. Sie wirkten in sich genauso zerrissen, wie Hinrich sich fühlte. Dieses Land ... Es war unmöglich, mit ihren alten Werten darin zu bestehen. Sie waren Soldaten, dazu ausgebildet im Kampf zu sterben, für das Reich und eine höhere Sache. Aber was war diese Sache wirklich wert? Was war diese Sache überhaupt? Ehre? Ruhm? Was nutzte dies, im Tode? Vielleicht hofften sie darauf, nach ihrem Tod als Legenden Unsterblichkeit zu erringen. Aber ihre Existenz war so unbedeutend, dass ihre Fußspuren im Sand der Zeit bereits verweht waren, während sie sterbend auf dem Schlachtfeld lagen.

Hinrich brach unter der Last dieser Erkenntnis zusammen.

XII.

»Bisher ist es lediglich gelungen, die Nekaru zurückzuschlagen,
Von einem Sieg über sie kann man nicht sprechen.«

Lestral, Magister der hohen Schule der Magie

Hinrich schwieg seither. Er wurde von seinen Männern nur einmal nach Befehlen gefragt und weil er nicht antwortete, wurde er des Kommandos enthoben. An seine Stelle trat Hauptmann Garum, ein kleiner schmächtiger Mann mit bösen Augen, lauter Stimme und kaltem Herz. Enowir wusste ihn nicht einzuschätzen, Nemira dagegen war sich sicher, dass sie ihn nicht mochte.

»Einen Tag Rast! Morgen geht es mit der aufgehenden Sonne weiter«, so lautete sein Befehl, dem dankbar folgegeleistet wurde. Über das, was Geschehen war, sprach keiner ein Wort. Garum hatte beschlossen, die gefangenen Elfen an dem Wasserloch zurückzulassen. Sie durften bleiben oder verschwinden. Sollten sie bei der Rückkehr der Armee noch hier sein, mussten sie ihnen freien Zugang zum Wasser gewähren.

»Entschuldigt, Herr Elf.«

Enowir blickte auf. Vor ihm stand einer der Armbrustschützen. Sein Kopf hatte kurze Haare und Gestrüpp um den Mund. Seine Rüstung bestand aus einem leichten Kettenhemd, der Überwurf war zerrissen.

»Stimmt es, was man sagt, diese Elfen wollten, dass Ihr einen Freund umbringt?«

»Nicht jene Elfen, ihr Anführer«, widersprach Enowir.

»Macht das einen Unterschied?«, fragte der Krieger erstaunt.

»Für mich ja«, antwortete Enowir. »Aber wieso fragt Ihr?«

»Es geht um die Gefangenen dieser Elfen. Wir wissen nicht genau, was wir mit ihnen tun sollen«, gestand er.

Enowir wunderte sich darüber, warum der Schütze damit ausgerechnet zu ihm kam. »Ich werde sie mir ansehen.«

»Ich führe Euch hin«, bot der Schütze an. Er sah sich um, als fühle er sich beobachtet. In der kleinen Festung der Windelfen hatten kaum alle Soldaten Platz. In diesem Gedränge war es nicht möglich neugierigen Blicken zu entgehen. Aber darauf schien es dem Armbrustschützen nicht anzukommen. Verbarg er sich etwa vor ihrem neuen Anführer?

Die Stimmung im Lager vermochte Enowir nicht einzuordnen, etwas schien mit den Stumpfohren nicht zu stimmen. Sie waren bisher sehr zielstrebig gewesen, doch seit Hinrich unter Tränen zusammengebrochen war, schienen sie voller Zweifel zu sein. Als dächten sie über den Sinn und Zweck ihres Lebens nach. Zumindest schloss Enowir dies aus der Unsicherheit, mit der ihm die Soldaten begegneten. Eigentlich hatte er mit Feindseligkeit gerechnet. Da er aber niemanden getötet und nur Hinrich verletzt hatte, sahen die Männer wohl keinen Grund ihn zu hassen. Im Gegenteil, sie schienen ein weiteres Mal von seiner Kampfkunst beeindruckt zu sein.

Er folgte dem Schützen in eine Holzbaracke. Darin war nicht sonderlich viel Platz, zumal sich zwei Schritt nach der Tür ein dickes Holzgitter über die ganze Breite der Hütte erstreckte. Enowir stutzte beim Anblick dieser Elfen. Ihre Haut war braun bis schwarz und an einigen Stellen von Knochensplittern durchstoßen. Die Haare trugen sie aufwändig nach hinten geflochten. Um Ihre Blöße zu bedecken, besaßen sie nicht viel mehr, als einfache Lendenschürze. Faranier! Enowir musste augenblicklich an Marelija denken.

Es waren sieben an der Zahl. Sie saßen am Boden und stierten teilnahmslos vor sich hin. Erst als sie Enowir bemerkten, sahen sie auf. Ihre Blicke hefteten sich an seine Ohren. Einer von ihnen stand auf, in gebückter Haltung schlurfte er bis an die Gitterstäbe. Er gab einen seltsamen Grunzlaut von sich und streckte die Hand nach Enowir aus.

Er kannte die Faranier als hochintelligente Elfen, die mit der Natur im Einklang lebten. Diese Krieger passten nicht dazu.

»Sie verhalten sich merkwürdig«, sprach der Soldat aus, was Enowir nur dachte.

»Ja«, bestätigte er diese Beobachtung.

Erinnere dich, die Faranier haben sich aufgespalten, tadelte Nemira ihn.

Ein Teil dieses Elfenklans versuchte, zu alter Größe aufzusteigen. Die andere Hälfte wollte so leben, wie Krateno es ihnen vorgab. Das bedeutete, sie warfen all ihre Sitten über Bord und hausten wie die Bestien. Das mussten welche von den Wilden sein.

»Wenn Euer Anführer es zulässt, dann lasst sie frei. Sie haben ihre eigene Art zu leben gewählt. Selbst wenn ich es nicht verstehe.« Er warf den dunklen Elfen einen letzten Blick zu.

Du Stumpfohr, schallt ihn Nemira. *Die Faranier sind viel zu nördlich auf Krateno. Dass dir alles entgeht.*

Der Schütze rannte in Enowir hinein, da dieser abrupt stehenblieb. »Was habt Ihr?«, fragte er.

»Nichts«, erwiderte der Elf abwesend. »Ich muss zu Hephyros.« Er setzte seinen Weg fort.

Es muss einen Grund dafür geben, dass sie ihre Heimat verlassen haben, dachte Enowir.

Eigentlich können es nur die Nekaru sein, schlug Nemira vor. *Oder Dradnachs Klan.*

Du meinst Darlachs Klan, verbesserte Enowir. Er schritt hinüber zum Holzpalast, wobei er sich zwischen den stinkenden Soltaten hindurchquetschen musste.

Du bist schon immer ein Träumer gewesen, Enowir, meinte Nemira.

Du klingst selbst manchmal wie eine Träumerin, dachte er zur Antwort. Die kleine Palasttür war nicht verschlossen. Ohne die Wachen zu beachten, trat er ein. Im Thronsaal hatte sich Lestral mit dem Gefangenen einquartiert. Bei ihnen befand sich auch Hinrich. Er saß in einer Ecke und stierte zu Boden. Seinen linken Arm trug er in einer Schlinge.

Der Magier spielte ein Spiel mit dem Kobold, welches darin bestand, seltsame leuchtende Zeichen in die Luft zu schreiben.

»Die Faranier, wo habt Ihr sie gefangen?«, fragte Enowir an den selbsternannten König der Elfen. Er saß auf seinem Thron und blickte gelangweilt auf. Offenbar wollte er seine Rolle als König nicht ablegen. Das seine Arme an den Stuhl gefesselt waren, schien ihn nicht zu kümmern.

»Wer?«, fragte Hephyros, er blickte den Bittsteller herablassend an.

»Die Gefangenen, wo habt Ihr sie aufgegriffen?«, wiederholte Enowir die Frage. Im Inneren spürte er, wie Nemira wütend wurde.

»Lass mich überlegen«, er hob die Augenbrauen und wiegte den Kopf.

Lestral und der Kobold sahen zu ihnen hinüber.

»Etwa eine halbe Tagesreise von hier«, erbarmte er sich letztendlich zur Antwort. »Primitive Kreaturen, für mein Königreich nicht zu gebrauchen.«

»Das kann ich mir denken«, knirschte Enowir. Er spürte, wie Nemira die Kontrolle seiner Zunge übernahm. »Zu was brauchst du sie, sie sind nur Ballast. Du würdest sie nicht mitschleppen, wenn sie dir nicht nutzen würden?«

Lestral trat zu ihnen. »Worum geht es?«, fragte er neugierig.

»Er hält einige Faranier gefangen«, berichtete Enowir. Nemira ließ es sich nicht nehmen, ihn darauf hinzuweisen, das Lestral die Bedeutung des Begriffes »Faranier« nicht kennen konnte.

Widererwartend erkundigte sich der sonst so wissbegierige Mann nicht danach, sondern wandte sich sogleich an den Gefangenen.

»Meister Hephyros, ich bitte Euch, sagt, was Ihr wisst. Ich nutze nicht gerne die Methoden der Averlier, aber ich verspreche, Ihr werdet reden«, drohte Lestral.

Hephyros sah den Magier zornfunkelnd an. Seine Augen flammten rot auf. Noch bevor Enowir das Schwert ganz aus der Scheide gezogen hatte, schrie der Gefangene unter Schmerzen. Er wand sich, wobei er so heftig an den Fesseln zerrte, dass ihm die Haut an den Handgelenken aufriss.

»Die magische Fessel schickt die Kraft des Zaubers direkt an den Urheber zurück«, erklärte Lestral ungerührt. »Je stärker der Zauber ist, den er anwendet, umso heftiger der Schmerz.«

Es roch nach verbranntem Fleisch, als Hephyros in den Thron sank. Seine Lider flatterten.

»Sprecht endlich, oder wollt Ihr mich foltern, indem Ihr Euch selbst Leiden zufügt?«, forderte ihn der Magier auf.

»Dein Mitgefühl, war schon immer beklagenswert«, keuchte Hephyros.

»Ich erinnere mich an die Lektion eines Magisters zu diesem Thema. Sie war sehr bewegend und hat mich seitdem nicht mehr losgelassen. Seht Euch an, das Streben nach Macht hat Euch zerstört«, urteilte Lestral.

»Wieso gebt Ihr Euch dann mit mir ab und bringt mich nicht einfach um?«, knurrte Hephyros.

»Was bedeutet Mitgefühl, wenn man es in der ersten schwierigen Situation aufgibt?«, zitierte Lestral. »Eure Worte, alter Freund.«

Enowir hatte verstanden, dass sich die beiden kannten. Aber das es sich bei den beiden um Lehrer und Schüler handelte, damit hätte er nicht gerechnet.

»Ja. Er war mein Magister. Er hat mich einst in der Magie unterwiesen und darin, wie man über das Wasser gebieten kann«, erklärte Lestral auf Enowirs fragenden Blick. »Bis er sich der Blutmagie zugewandt hat. Sie ist vom Wasser nicht weit entfernt, allerdings ist es eine entsetzliche Magie, weil es dabei vornehmlich darum geht, anderen Schmerzen zu zufügen.«

»Wer den Schmerz beherrscht, beherrscht alles, was lebt.« Hephyros zeichnete ein erbärmliches Bild eines Stumpfohrs. Er hing eingesunken in den Stuhl den Kopf nach hinten überstreckt. Ihm schien die Kraft zu fehlen sich aufzurichten.

»Also, was wolltest du mit den Faraniern?«, fragte Lestral.

»Es sind die Nekaru«, flüsterte Hephyros. »Sie sind bei Weitem nicht so primitiv, wie wir glauben.«

»Das ist anerkannte Lehrmeinung, sie könnten nicht solche Magie wirken, wenn sie schwachsinnig wären«, erwiderte Lestral.

»Dann wisst Ihr auch, dass sie viele Ihrer Opfer gar nicht töten?«, fragte Hephyros, er grinste matt. »Sie bringen sie in die Sümpfe, um ... Ich weiß es nicht. Sie brauchen sie für irgendein Ritual. Ich habe hier auf Krateno gegen sie gekämpft. Dank meiner Macht ...!«, rief er geschwächt. »Dank meiner Macht, konnte ich sie zurückdrängen, aber sie hätten mich und meinen Hofstaat verfolgt. Deshalb traf ich ein Abkommen mit ihnen.«

Lestral blickte ihn ungläubig an. »Wie? Ihre Sprache ist nicht zu übersetzen.«

»Sie sind der Altzunge mächtig«, erklärte Hephyros.

»Die Sprache der Magie? Das ist nicht möglich!«, zweifelte Lestral.

»Glaub es oder nicht, es ist so«, beteuerte der Gefangene. »Ich konnte es selbst nicht fassen, doch ihre Schamanen beherrschen sie. Ich stand einem von ihnen gegenüber, wir trafen ein Abkommen. Ich überstelle jeden Mond fünf Gefangene an sie und dafür lassen sie meine Untertanen unbehelligt.«

»Dafür hast du sie gebraucht. Als Vorrat wenn es wieder einmal soweit ist«, stellte Nemira fest.

»Verurteile mich dafür«, er sah zu Enowir auf.

»Warum kommen sie so weit in den Norden? Die Faranier halten sich vornehmlich im Süden auf«, fragte Enowir.

»Wieso fragst du mich, frag sie das!« Er grinste hämisch.

»Es gibt nur einen Grund, warum man seine Heimat verlässt. Etwas hat sich dort verändert«, half Lestral.

Und Enowir beschlich eine finstere Ahnung, was das sein konnte.

***

»Jetzt könnt Ihr es mir auch sagen«, meinte Hinrich. Er schritt neben Enowir her, der weiterhin die Richtung ihrer Expedition vorgab. »Wir gehen schon lange nicht mehr zur Hauptstadt, sondern ganz woanders hin. Wasser ist nur eine Ausrede.«

Enowir schwieg, er wusste nicht, was er dem ehemaligen Kommandanten antworten sollte. Er hatte dessen Gesellschaft gesucht, um etwas Ruhe zu finden. Denn die Soldaten löcherten ihn mit Fragen über Krateno und nach seiner Kampfkunst. Hinrich wurde unterdessen von allen gemieden, nur selten warf man ihm verschämte Blicke zu. Keiner wagte sich in seine Nähe, ganz so, als sei er hoch ansteckend. Hinrich hielt sich stets abseits des Trosses auf, wobei er ein wenig vorauslief. So als würde er sich als Köder für die Bestien von Krateno zur Verfügung stellen. Ein Wagnis, doch Hinrich schien sich den Tod zu wünschen.

»Ihr habt recht«, gab Enowir zu. »Ich muss in diesem Teil von Krateno etwas überprüfen.«

»Und ich schätze, da kommt das Heer des dunklen Reiches gerade recht«, höhnte Hinrich. »Ich meine, warum solltet Ihr Euch auch alleine auf den Weg machen, wenn die Soldaten an Eurer statt sterben können.«

»So ist das nicht«, wies Enowir die anklagenden Worte zurück. Aber der ehemalige Kommandant sprach lediglich aus, was Enowir im Innersten fühlte. Es war nicht richtig, was er tat. Er versuchte, sich damit heraus zu reden, dass die Krieger ihr Schicksal selbst gewählt hatten und schließlich war es in einem Bereich Kratenos, in dem er sich auskannte, wesentlich ungefährlicher. Nemira hatte über diesen Gedankengang herzlich gelacht. Enowirs Hoffnung bestand darin, dass er Dradnach davon überzeugen konnte, Darlach und seinen alten Klan freizulassen, wenn dieser sich in Gefangenschaft befand. Die Soldaten verstanden sich darauf, zu kämpfen. Dies sollte ein Argument sein, das sogar bei Dradnach Gewicht hatte.

Enowir wurde von Rufen, die wild durcheinandergingen, aus den Gedanken gerissen. Weithin sichtbar erhob sich vor ihnen der weiße Turm. Der Wald, der ihn einst wie einen Kranz umgeben hatte, war in weiten Teilen abgebrannt. Enowir erblickte einen zertrümmerten Steintitan. Die brandgerodete Fläche war übersäht mit Leichen. Nicht nur Elfen von Dradnachs Klan, sondern auch Faranier lagen dort in ihrem Blute. Dominiert wurde das Schlachtfeld jedoch von toten Nekaru. Der Kampfplatz war noch jung. Es gab keine Leichenfresser zu sehen und in der Luft lag der metallische Geruch von frischem Blut.

Unweit des Kampfgebietes befand sich eine der Brutstätten der Nekaru. Ein dampfender Sumpf, aus dem ein schauerliches Klagen ertönten. Eine einzige Gestalt wankte aus dem Dunst zwischen den abgestorbenen Bäumen. Sie ließ den Sumpf fünf Schritte hinter sich und sackte in die Knie. Im Nebeldunst wurde der Schlachtruf der Nekaru laut.

Enowir riss die Klinge aus dem Futteral und rannte los. Die empörten Rufe hinter sich, nahm er kaum wahr. Er würde sie nicht sterben lassen.

»Marelija, halte durch!«

XIII.

*»Kontrollierter Hass kann eine mächtige Waffe sein.
Auch wenn sie einen von innen her auffrisst, das ist es wert.«*

Auszug aus Andros Notizen zu seinen Racheplänen

Vergiss alles, was du weißt, betrachte nur die Situation, interpretiere nicht. So lernst du die Sprache einer jeden Bestie«, das hatte Norfra immer gesagt. Marelija hatte es versucht. Sie wollte sich in die Kreaturen einfühlen, um sie zu verstehen, um mit ihnen zu kommunizieren, damit sie sich erklären konnte. Sie hatte sich redlich darum bemüht, bis zu jenem Zeitpunkt, da diese Bestien angefangen hatten, ihre Brüder und Schwestern dem Schlund zu opfern.

Beim ersten Mal vermochte Marelija sich nicht abzuwenden. Sie musste mit ansehen, wie der Vergessene zu dem Loch geschleift wurde. Schon als er auf dem Geflecht lag, das den Schlund umfing, wusste er sich kaum noch zu bewegen. Die mit Häuten behangenen Bestien stimmten einen schauerlichen Gesang an. Niemals hatte Marelija solche Schreie vernommen. Unfähig sich zu rühren wurde der Elf aufgezehrt, wobei er entsetzliche Schmerzen litt. Die Bestien tanzten dabei um das Loch und bewegten sich im Takt ihres Liedes. Untermalt wurde es von dem Gebrüll des Elfen, der um sein Leben bettelte. Diese Prozedur währte so lange, bis der Vergessene nur noch nach der Gnade eines schnellen Todes schrie. Es kam Marelija wie Tage vor, bis die Schreie endlich verstummten und der Elf verging. Von ihm blieb nicht mehr, als der Hautsack übrig. Dieser wurde in Streifen geschnitten und von einigen der Kreaturen als Lendenschurz angelegt.

Bald darauf folgte ihm ein weiterer von Marelijas Begleitern. Die Faranierin wusste nicht, wie sie das ertragen sollte. Sie riss an den Fesseln, versuchte sich zu befreien, um ihrem Bruder zu Hilfe zu kommen. Bis sie selbst, in dessen Schreie nach Erlösung einstimmte. Sie flehte darum, den Vergessenen zu töten. Es half nichts. Seine Qualen währten schier endlos, bis er von Galwar, dem Gott des Todes, errettet wurde.

Zwischen den Ritualen wurden die Gefangenen ernährt, indem man ihnen Brackwasser in den Mund zwang. Natürlich weigerten sich die Elfen, zu trinken. Darauf bekamen sie den Kiefer aufgespreizt und die Brühe in den Mund gegossen. Wenn es um das Essen ging, offenbarten die Monster eine weitere Bestialität. Sie führten den Gefangenen Schlangen durch die Nase ein, die sich von dort die Speiseröhre hinab wanden, um im Magen der Elfen zu verenden und verdaut zu werden.

Irgendwann ergaben sich die Gefangenen dieser Tortur, da sie wussten, dass es kein Entkommen gab.

An späteren Tagen wurde das Ritual fortgesetzt. Marelija ertrug die Schreie ihrer sterbenden Begleiter unter bittren Tränen. Sie wagte nicht, aufzusehen und deren Todeskämpfe zu verfolgen.

Marelija wollte den Schrecken nur vergessen.

Des Nachts entzündeten die Bestien Fackeln und huldigten dem Schlund.

Des Tags vollzogen sie erneut das Ritual. Marelija konnte kaum noch einen klaren Gedanken fassen.

So setzte sich das Martyrium Tag für Tag fort. Bis die Faranierin ihren eigenen Namen hörte.

»Marelija halte durch!«

Sie sah auf, es war Ladrunur, den die Bestien holten. Er blickte sie verzweifelt an. »Überlebe«, schien sein Blick zu sagen.

Sie zwang sich, zuzusehen, wie ihr Freund starb. Allein auf diese Weise vermochte sie ihm beizustehen. Ihr Blickkontakt hielt, bis Ladrunurs Lebenslichter endgültig erloschen.

Der Körper ihres toten Freundes, der nicht mehr als ein Hautlappen war, verschwamm vor Marelijas Augen. Sie wusste, was die Bestien mit ihm tun würden. Jahre hatte sie sich gegen die Schrecklichkeiten Kratenos behauptet, nur um jetzt ihre Grenzen aufgezeigt zu bekommen. Die Nächste in der Reihe war sie, die letzte Überlebende. Zumindest endete damit das Leiden, selbst wenn sie sich davor fürchtete, so wie ihre Brüder, am Rand des Schlundes zu vergehen.

Nein!

Marelija riss an ihren Fesseln, dass der morsche Pfahl knarrte. So würde sie nicht sterben!

»Ne! Ka! Ru!«

Marelija öffnete die Augen, auf dem Platz um den Schlund waren gerade die Fackeln angesteckt worden. Gegen die Bestien wirkten die flackernden Flammen wie ein Ort der Ruhe. Die Ungeheuer liefen aufgeregt durch das Lager und ergriffen die Waffen. Aus dem blubbernden Sumpf erhoben sich allerhand Scheußlichkeiten, die mit ihnen in die Schlacht zogen. Zurück blieben lediglich Marelija und einer der mit Haut behangenen Bestien, welche die Huldigung des Loches fortsetzte.

Marelija zog und riss an ihren Fesseln. Die Bestie sah kurz zu ihr und bleckte die Zähne, nur um gleich darauf mit dem Ritual fortzufahren.

Marelija dachte nicht daran, aufzugeben. Knirschend brach der Pfahl auf Hüfthöhe. Sie stürzte nach vorn. Ihre Beine waren steif und immer noch an den Pflock gebunden. Zumindest kehrte das Gefühl in ihre totgeglaubten Finger zurück. Es schmerzte, als seien sie in Brand geraten.

Im Dreck liegend versuchte sie, sich von der Schlinge zu befreien. Sie erblickte nur die Füße der Bestie, die auf sie zu kam und ihre seltsamen Laute absonderte. Marelijas sah auf, ein rostiger Dolch lag in den Händen des Monsters. Sie warf sich zu Seite, in ihrem rechten Fuß knackte es. Ein scharfer Schmerz schoss ein. Aber sie spürte ihre Beine wieder. Strampelnd versuchte sie, die Beinschlingen abzuschütteln. Das Monster kam näher. Marelija warf sich gegen die Krücke, welche die Kreatur benutzte, um das verkrüppelte rechte Bein zu unterstützen. Es schrie auf und stürzte in den Matsch. Marelija zog Beine und Oberkörper an. Es gelang ihr, auf die Knie zu kommen. Mit den Händen befreite sie ihre Füße von den Stricken. In der Hocke stieg sie durch die Handfesseln, sodass ihre Arme nicht länger hinter ihrem Rücken zusammengehalten wurden. Sie wich aus, als die kriechende Kreatur mit dem Dolch nach ihr stieß. Zum ersten Mal wusste Marelija die Emotion dieser Bestie zu deuten. In dessen Augen lag Bosheit und Hass auf alles, was anders war, als sie selbst.

Um ihr Gleichgewicht ringend erhob sich Marelija. Ihre Glieder benötigten Zeit, um sich daran zu erinnern, wozu sie gebraucht wurden.

Das Wesen begann zu schreien.

Marelijas Ausbruch durfte nicht bemerkt werden. Kurzerhand schlang sie der Bestie das Seil um den Hals, welches ihre Handgelenke zusammenhielt und zog zu.

Das Untier verstummte schlagartig. Vergeblich versuchte es, den Strick zu lockern und riss sich dabei die Haut auf. Marelija stemmte sich mit den Füßen in den Boden, wobei sie die Schlinge nach oben zog. Das Wesen zappelte kläglich. Die Versuche sich zu befreien erstarben urplötzlich. Die Kreatur erschlaffte.

Marelija sank über dem toten Monster zusammen. Sie hatte überlebt. Bilder von ihren sterbenden Brüdern und Schwestern flammten vor ihrem inneren Auge auf. *Diese abartigen Kreaturen!* Hass, sie spürte es zum ersten Mal. Dieses Gefühl das Radonar geprägt und ihn veranlasst hatte, sein eigenes Volk zu vernichten. Wie Gift schoss es durch ihre Adern.

Marelija achte auf deine Emotionen!, meinte sie, Norfra zu hören.

Vorsichtig löste sie die Fesseln, die mittlerweile mit ihrer Haut verwachsen waren. Blut brach unter ihnen hervor. Auch wenn die Wunden brannten, so fühlten sich Marelijas Hände so leicht wie nie an.

Sie blickte zum Schlund hinüber. Dort lagen immer noch die Hautreste ihres Freundes Ladrunur. So wollte und konnte sie ihn nicht zurücklassen. Marelija nahm eine der Fackeln und schritt auf den Schlund zu. Widererwartend vermochte sie nicht bis auf dessen Grund zu sehen. Der Abgrund erstreckte sich in undurchdringliche Schwärze. Eine Finsternis, die lebendig schien und nach jenen rief, die sich ihr näherten.

Das Grauen überkam Marelija. Sie wäre zurückgewichen, doch der flammende Hass auf die Kreaturen ließ sie standhalten. Jegliche Angst verbrannte darin. Marelija spürte, wie viel Macht im Hass lag. Sie stieß die Fackel in das Geflecht um den Schlund. Die Flammen griffen rasch auf die trockenen

Äste über. Sie leckten an den Überresten des toten Elfen, als wollten sie von dessen Haut kosten, um zu sehen, ob er zu einer Mahlzeit taugte. Sie befanden ihn für angemessen und verleibten sich Ladrunur ein.

»Ich hoffe, du findest Frieden«, sprach Marelija. Die Worte aus ihrem Mund klangen fern und fremd. Eine Erschütterung lief durch den gesamten Sumpf. Ein wütendes Grollen drang aus dem Schlund. Das Feuer hatte mittlerweile von dem ganzen Kreis Besitz ergriffen, es schlug Auswüchse hoch in die Luft. Das Grollen schwoll an, mit einem Mal bewegte sich der Boden. Marelija verlor das Gleichgewicht und fiel in den Matsch. Sie sah mit an, wie sich das Loch schloss, gleich einem gigantischen Mund, dessen Lippen verschwanden, als sie sich aufeinanderlegten.

Die Faranierin spürte, wie sie ein frischer Wind umwehte, der die drückende Schwüle dieses Ortes fortblies. In der Ferne hörte sie den Lärm einer Schlacht. Wenn diese Monster kämpften, dann gegen die Elfen von Krateno.

Sie folgte den Kampfgeräuschen durch den Sumpf. Der Boden war fester geworden. Auf ihm lag nur noch eine dünne Schlammschicht wie nach einem heftigen Regenguss.

Die Elfe kam dem Kampflärm immer näher, wobei dieser in seiner Gewalt abnahm. Dafür erhoben sich hinter ihr die grässlichen Rufe ihrer Peiniger. Marelija spürte den Hass auf diese Wesen, der in ihr brannte. Sie musste den Wunsch niederringen, stehen zu bleiben und zu kämpfen. Am liebsten hätte sie jede dieser Kreaturen mit den bloßen Händen erwürgt. Ein Lichtstrahl der Vernunft durchbrach den Nebel des Hasses. Wenn auch der Wunsch nach Rache nicht erstarb, so musste sie überleben.

Ihre Glieder schmerzten, umso schneller sie lief. Aber sie würde hier nicht sterben. Sie mobilisierte all ihre Kräfte, sie rannte und rannte. Wie lange und wie weit vermochte sie nicht zu sagen.

Marelija sprang über das tote Gehölz und tauchte unter tiefhängenden Ästen ab. Da war sie, die Sonne, sie versank hinter dem Horizont und ließ einen blutigen Streifen zurück. Marelija stolperte aus dem Sumpf. Sie spürte, wie ihre Kräfte schwanden. Ihre Beine wurden schwerer, die Muskeln waren erschlafft, ihre Ausdauer eingeschränkt. Sie stürzte. Hinter ihr brüllten die Monstren, in dieser widernatürlichen Sprache.

Ein gleißendes Licht flammte auf. Die letzten Sonnenstrahlen fingen sich im Stahl einer Schwertklinge. Das gleißende Licht blendete Marelija. Sie sah nicht mehr als einen Schatten, der über sie hinweg sprang und sich den Sumpfbestien entgegenwarf.

Wie im Traum verfolgte Marelija den Kampf.

Das Schwert zerschlug Waffen und zerschnitt Kehlen. Einige schwer verletzt, andere tot, wurden die Bestien nacheinander niedergestreckt. Wie Wellen gegen einen Felsen brandeten die Bestien gegen den Krieger an.

Entkräftet ließ Marelija den Kopf zu Boden sinken, ihre Lider klappten zu. Ihr Leben lag nicht mehr in ihren Händen.

Der Kampflärm verstummte. Sie spürte, wie sich ihr jemand nähert und sie behutsam in die Arme nahm und aus dem Schlamm hob.

»Du bist jetzt in Sicherheit.« Sie kannte diese Stimme, aus ferner Vergangenheit.

»Enowir?«, flüsterte sie.

»Ja. Mach dir keine Sorgen, die Feinde sind besiegt«, versicherte er.

Das Meer begann um sie herum zu rauschen. Oder blubberte der Sumpf? Es dauerte, bis Marelija verstand, dass es Stimmen waren, die wild durcheinandergingen. Es mussten hunderte sein, aber die Worte waren für Elfen zu grobschlächtig. Außerdem stanken die Sprecher, nicht nur aus ihren Mündern.

»Das war beeindruckend.«

»Wieso haben sie ihre Magie nicht eingesetzt, habt Ihr sie gebannt?«

»Ich habe nicht einmal ein Aufwallen davon gespürt.«

»Nachtlager bereitmachen!«

»Wir werden später ...«

***

Die Sterne glitzerten wie Perlen am Himmel, die jemand über ihr Lager gehängt hatte. Marelija blickte zu ihnen hinauf. Als sie noch jünger war, hatte sie öfter den Versuch unternommen sie zu zählen. Aber irgendwann war die Nacht vorbei gewesen oder sie eingeschlafen. Die Sterne kündeten von einer Beständigkeit, wie sie auf Krateno sonst nirgends zu finden war. Ständig wurde ihr Heimatlager verlegt, weil Bestien ihre Jagdgründe veränderten. Das schlimmste war, das Galwar, der Gott des Todes, ohne unterlass sein Spiel mit ihnen trieb. Unentwegt griff er in ihren Stamm, um sich einen der ihren zu holen. Von den Göttern war er der Ehrlichste, aber auch der Grausamste. In Lügen bettete es sich sanft zur Ruh. Die Wahrheit indes, war verstörend und beängstigend.

Marelija hatte nicht das Gefühl, von Enowir belogen zu werden. Gerade weil seine Erlebnisse so absurd klangen. Stumpfohren, die versuchten Krateno zu besetzen. Sie hätte es kaum geglaubt, wenn diese

Menschen nicht ständig um ihr Lager herumgeschlichen wären. Sie sahen seltsam verwandt mit den Elfen aus und unterschieden sich doch maßgeblich.

Mühsam hatte Marelija von den Ereignissen berichtet, zumindest bis sie in die Hände der Windelfen gefallen war. Die Erinnerungen lagen so weit zurück, als entsprängen sie einem früheren Leben.

Der Kommandant hatte Enowir zur Wache abgestellt, er wirkte recht besorgt ob ihres Lagerplatzes. Allerdings fehlte Marelija die Kraft, sich darüber Gedanken zu machen. Sie hatte so viel Neues erfahren, dass ihr der Kopf schwirrte. Neben den Nekaru gab es nicht nur noch eine weitere Spezies, sondern gleich zwei. Im Gefolge der Stumpfohren befanden sich sogenannte *Orks*. Die Menschen und Grünhäute kamen von einem Land, das wesentlich ungefährlicher war, als Krateno. All diese Neuigkeiten musste Marelija zunächst in ihrer Gänze erfassen.

»Es tut mir leid, ich hoffe ich störe nicht.« Ein hagerer Mann in weiter Stoffrobe trat an sie heran. Er hatte keine Haare auf dem Kopf, dafür trug er welche am Kinn. Haare im Gesicht sahen seltsam aus und doch trug sie jeder der Stumpfohren. Im Gegensatz zu den anderen Menschen bemühte sich jener darum, eine saubere Zunge zu sprechen, auch wenn es ihm nicht gänzlich gelang. Seine blauen Augen erinnerten Marelija an ihren Onkel, wenngleich sie eine andere Färbung besaßen. In Norfras Blick war ein tiefes Verständnis für die Welt zu lesen, begleiteten von Demut vor dem Leben. Zum ersten Mal seit langem konnte Marelija wieder die Emotionen der Personen um sie herum lesen. Die Gefühlslage der Menschen glich jedoch einem Orkan. Hunger, Angst, Zweifel, Hoffnung, all dies vermischte sich zu einem Wust, der kaum zu entwirren war. Dieses Stumpfohr unterschied sich jedoch von seinen Brüdern, seine Gefühle waren eindeutig und klar. Ihn trieb allein die Neugier.

»Du hast Fragen«, wusste Marelija.

»So ist es«, gestand er. »Ich bin Lestral«, stellte er sich vor.

»Marelija«, erwiderte sie und bedeutete ihm, Platz zu nehmen. Er fand einen Stein, der seinen Ansprüchen genügte. Der Robe zum Trotz wirkte er so, als habe er reichlich Übung darin, auf dem Boden zu sitzen. Dieses Stumpfohr faszinierte sie.

»Du hast etwas vollbracht, dass noch keinem geglückt ist. Du bist aus einem der Nekaru-Sümpfe entkommen«, erklärte ihr der Mann.

»Und du willst wissen, wie mir das gelungen ist«, stellte sie fest.

Er nickte.

»Conara hat schützend die Hand über mich gehalten«, erklärte sie. Auch wenn sie nicht daran glaubte, denn sonst hätte er auch Ladrunur und die anderen beschützt. Nein, ihr Schöpfergott würde solche abstoßenden Kreaturen wie die Nekaru nicht zulassen.

Lestral blickte ernst drein. »Du bist davon nicht wirklich überzeugt.«

Marelijas Augen wurden groß, sie sah den Menschen durchdringend an. Konnte er etwa auch so leicht in ihrer Miene lesen, wie seine Gefühlslage für sie offen stand?

»Nein«, antwortete sie.

»Ich kannte einst einen Elfen, dem ging es genauso.« Lestral lächelte wohlwollend. »Ich traf ihn auf einer meiner Reisen, als er versuchte, mit einem kleinen Segler den Ozean zu überqueren. Er wollte nicht glauben, dass die Kultur der Elfen für immer gestorben sein sollte.

Halb verdurstet, zogen wir ihn aus dem Meer. Das ist jetzt sechzig Jahre her.«

Marelija setzte sich auf. Es tat gut, der wohlklingenden Stimme Lestral zu lauschen. Wenn sie auch nicht an die Elfen heranreichte, so besaß sie ihren eigenen Reiz.

»Wie war sein Name?«, eine Ahnung trieb sie zu dieser Frage.

»Norfra, er kam von hier, er war aus deinem Klan«, berichtete Lestral.

Marelijas Augen füllten sich mit Tränen.

»Du kennst ihn«, stellte er fest.

Sie wischte sich über die Augen, doch es half nichts. Sie kam nicht gegen den Schmerz an, der ihr das Wasser aus den Augen trieb. »Er war mein Onkel.«

Lestrals Augen glitzerten ebenfalls. Er schluckte schwer. »Ich habe gespürt, dass er gestorben ist, ich wollte es nur nicht wahrhaben. Sein Tod war ein gewaltvoller. Damals als sich unsere Wege trennten, war es seine einzige Bitte. Ich sollte ihm einen friedlichen Tod wünschen. Er spürte, dass ihn ein grausames Schicksal ereilen würde. Dennoch wollte er zurückkehren und seinem Klan zu alter Größe verhelfen.«

»Das hat er«, schluchzte Marelija. »Es ist ihm zu verdanken, dass wir die alte Sprache wieder sprechen und die Texte studieren.«

Gemeinsam schwiegen die beiden eine ganze Weile. Sie kämpften nicht mehr gegen die Tränen. Im Lager war es andächtig still.

Die Nacht war weit fortgeschritten, als Marelija das Schweigen brach. »Wie war er?«

»Ein guter und treuer Freund. Er hat mich bei den Studien schnell eingeholt und übertrumpft. Sein Interesse galt jedoch weniger der Magie, sondern dem

Schamanismus, ein weitaus sichereres Feld. Wenngleich sehr kompliziert, ist es für die meisten schnell anwendbar. Ich glaube, das war seine Intention. Er wollte etwas lernen, dass seinem Volk half. Außerdem hatte er die Neigung, mich in den Wahnsinn zu treiben.« Lestral lächelte. »Besonders dann, wenn er mir meine Schwächen aufzeigte und mir mit Witz und Verstand weiterhalf.«

So kannte Marelija ihren Onkel, auch wenn sie diese Eigenschaft erst in seiner Abwesenheit zu schätzen gelernt hatte.

»In den Sümpfen der Nekaru gibt es einen Schlund. Ein Loch, das in undurchdringliche Finsternis führt«, berichtete Marelija.

Lestral horchte auf.

»Es schloss sich, als ich ein Geflecht verbrannt habe, dass diese ... die Nekaru um die Ränder gelegt haben.« Sie brachte es nicht übers Herz, von den schauerlichen Ritualen zu berichten. Ladrunur erschien ihr im Geiste, wie er dort lag und unter Schmerzen schrie. Seinen flehenden Blick würde sie nie vergessen.

»Die Nekaru benutzen eine Kombination aus Schamanismus und Magie. Wir haben uns immer gefragt, aus welcher Ebene sie ihre Kraft ziehen«, überlegte Lestral. »Was du beschreibst, klingt sehr nach einem modifizierten Blutritual. Wurden dort Opfer gebracht?«

Marelija musste nichts sagen, Lestral wusste ihre Miene zu deuten.

»Damit hilfst du uns sehr«, bedankte Lestral sich. »Die Nekaru sind eine Plage, die sich über ganz Godwana ausbreiten.«

»Woher kommen sie?«, fragte Marelija.

»Das wissen wir nicht, aber wir besitzen Aufzeichnungen darüber, dass es sie schon so lange gibt, wie uns Menschen«, berichtete Lestral.

»Du verdammtes Mistvieh!«, schrie jemand. Die Rufe durchbrach die Stille. Ein blauer Schemen huschte vorbei, gefolgt von dem Stumpfohr, das sich Kommandant nannte.

Die Krieger brüllten vor Lachen.

***

»Versteht ihr das?«, fragte Hinrich in die Runde. Er stocherte in dem Lagerfeuer herum, um Luft an die Glut zu bringen. Er saß mit einigen Soldaten zusammen. Neugierige Männer, die sich nach seinem Zusammenbruch erkundigt hatten.

»Die Fragen, die du aufwirfst, haben sich wohl viele von uns bereits gestellt, aber nie gewagt auszusprechen«, überlegte einer der Soldaten.

»Das sind Fragen, die man besser nicht stellt. Wo soll das hinführen, einmal in der Armee, immer in der Armee?«, sprach ein anderer.

»So heißt es«, stimmte Hinrich zu. »Auf mich wartete der Tod, ich bin vermutlich nur noch am Leben, weil Garum auf meine Erfahrung zurückgreifen will. Wenn wir ungestört sind, dann löchert er mich mit Fragen darüber, ob sein Vorgehen richtig sei und wie er euch besser befehligen kann. Er hat keine Kenntnis davon, wie man ein Heer anführt oder eine solche Expedition leitet.«

Die Soldaten an seinem Feuer sahen sich vielsagend an. Etwas schien sich in ihnen verschoben zu haben.

In diesem Moment kam Kommandant Garum vorbeigestürmt. »Haltet diesen Wicht auf!«, plärrte er.

Die Infanteristen sahen sich an.

Hinrich erinnerte sich, wie er unter dem Kobold gelitten hatte, der unentwegt seine Autorität untergrub. Er konnte nicht an sich halten und begann zu lachen. Erst verstockt, da ihm solch eine Gefühlsregung fremd geworden war. Doch dann löste sich der Knoten und er stimmte ein Gelächter an, wie noch nie in seinem Leben. Für einen Augenblick fiel alle Schwere von ihm ab. Den Soldaten schien es ähnlich zu ergehen. Ihr Lachen klang fremd und ungewohnt, bis auch sie ihre inneren Fesseln endgültig zerrissen. Einige kugelten sich von der eigenen Freude überwältigt am Boden. Andere wischten sich die Tränen ab.

Wie ein Lauffeuer breitete sich das Gelächter unter den Soldaten aus.

***

Marelija wusste nicht, ob sie Enowir danken oder wütend auf ihn sein sollte. Er hatte ihr die ganze Nacht nichts davon mitgeteilt und jetzt als sie es sah, wusste sie es nicht einzuordnen. Es schien wie ein böser Traum, aus dem sie nicht aufwachen konnte.

Der Anblick des Schlachtfeldes war grauenerregend. Doch erst die Stille ließ sie erschaudern. Die Stumpfohren wagten nicht einmal, zu flüstern. Da lagen sie, die Elfen aus Darlachs Klan, die Faranier und unter den Toten, die Leichen der Nekaru. Die Leiber waren allesamt zerhackt und zerrissen, bis zu Unkenntlichkeit entstellt. Der Boden war mit Blut durchtränkt. Zum ersten Mal wünschte sich Marelija Schuhe. Überall tummelten sich Leichenfresser, die sich über das Mahl freuten, welches Galwar ihn bereitet hatte.

In Marelija erwachte erneut der Hass auf die Nekaru. Sie würde diese Kreaturen jagen und vernichten, mit allen Mitteln, die ihr zur Verfügung standen.

Vor ihnen erhob sich der Turm, der einst wie ein Monument der Hoffnung in den Himmel geragt hatte. Nun glich er einem Denkmal für die Gefallenen.

»Wer hat hier gewonnen?«, fragte der Anführer der Stumpfohren. Er lief direkt hinter Marelija, seine Stimme durchbrach die Stille.

»Im Krieg gibt es keine Gewinner«, sprach Lestral bitter.

Der Kommandant ging nicht darauf ein. »Gewinner würden ihre Toten begraben oder zumindest die Waffen holen, doch beides liegt hier herum, sowohl die Elfen, als auch die Nekaru.«

Lestral schloss zu Marelija auf. »Ich vermute, dadurch, dass du den Schlund geschlossen hast, wurde den Nekaru die Grundlage ihrer Magie entzogen. Nur deshalb sind sie in dieser Schlacht zu Grunde gegangen.«

Marelija nickte, auch wenn sie nicht völlig verstand. Zu sehr nahm sie der Anblick dieses Elends gefangen. Die Faranier ... es waren so viele. Sie sträubte sich mit aller Macht dagegen, doch auf Dauer würde sie sich der Erkenntnis nicht verweigern können, dass hier ihr gesamter Stamm lag. Alle ihre Brüder und Schwestern. Sie wagte nicht, zu genau hinzusehen, aus Angst sie könnte jemanden erkennen, den sie einst geliebt hatte.

Als sich die Stille erneut über die Gruppe gelegt hatte, wurde sie von dumpfen Schlägen durchbrochen, irgendwer drosch mit aller Kraft auf etwas ein.

Marelija folgte dem Geräusch, sie war froh darüber, dass sich Enowir zu ihr gesellte. Gemeinsam fanden sie den Ursprung der eigentümlichen Laute.

In einer Mulde stand ein Krieger der Elfen. Die Echsenplattenrüstung war zerschlagen, seinen Körper zierten verkrustete Wunden. Mit dem Schwert hieb er auf einen Nekaru ein, der vor ihm lag. Zumindest vermutete Marelija, dass es sich dabei um eines der Monstren handelte, denn der Leib war bis zur Unkenntlichkeit zerhackt. Von ihm war nicht mehr als eine blutige Masse geblieben.

»Es ist gut!«, rief Marelija zu dem Elfen hinab. Dieser reagierte nicht und fuhr ungerührt fort.

»Er kann uns nicht hören, schau dir seine Ohren an«, bemerkte Enowir.

Aus seinen Gehörgängen wanden sich Rinnsale von getrocknetem Blut.

»Armer Kerl«, meinte Hinrich, der neben Enowir trat. »Ich habe so etwas schon einmal gesehen. Das passiert, wenn der Geist am Krieg zerbricht.«

»Das ist es nicht«, widersprach Lestral. »Er steht unter einem Zauber.«

»Könnt Ihr ihn bannen?«, fragte Enowir.

Marelija sah den Magier erwartungsvoll an.

»Nein, der Zauber liegt auf seinem Blut und ich bin nicht fähig dazu. Ich wüsste nur einen, der das vielleicht ...«, er brach ab.

»Was habt Ihr, sprecht«, verlangte Enowir.

»Ich sage das nicht gern, aber wenn jemand dazu fähig ist, dann ist es Hephyros«, gab Lestral zu.

Dabei handelte es sich um den Gefangenen, der gefesselt und geknebelt auf einem der Wägen lag. Auf Krateno gab es auf einmal so viel Neues, das es Marelija schwerfiel, alles zu behalten und richtig einzuordnen.

»Was ist denn los, droht uns Gefahr?«, fragte der Kommandant, der soeben zu ihnen trat. Er erblickte den Elfen, der die Grenzen seiner Erschöpfung mittlerweile weit überschritten hatte. »Gehen wir weiter, der ist nicht zu retten.«

Marelija spürte Zorn in sich aufsteigen.

»Ich werde ihn hier nicht zurücklassen«, verkündete Enowir.

»Vergiss nicht, wo du stehst Elf«, knurrte der Kommandant. »Wir haben ein Abkommen und ich denke, dass du uns sowieso schon viel zu lange hinters Licht führst. Wenn ich herausbekommen, dass dem wirklich so ist, dann wirst du die Konsequenzen spüren.«

Enowir warf einen kurzen Blick zu Hinrich, hüllte sich jedoch in Schweigen.

»Vergebt mir Kommandant Garum, aber ich muss Euch daran erinnern, dass mir mein Kontrakt einige Freiheiten einräumt. Und es ist meine Pflicht als Magier hier zu helfen«, machte Lestral seinen Standpunkt klar. »Allerdings benötigte ich die Hilfe von Enowir und Marelija, um mich besser mit dem Elf verständigen zu können.«

»Wir ziehen weiter«, erklärte Garum.

»Als Todgeweihter möchte ich nur kurz einhacken, dass ich mich lieber hier einbringe, als den Todesmarsch fortzusetzen. Ich denke, dass viele der Soldaten, sich der Schuld bewusst sind, die wir gegenüber Enowir haben.« Hinrich blickte in die offenen Gesichter der Krieger, die ihrer Neugier stattgegeben und sich um die Gruppe versammelt hatten. »Es ist an der Zeit diese zu vergelten.«

Die Soldaten nickten einhellig.

»Ich lasse euch vor ein Kriegsgericht stellen, allesamt, wenn ihr euch meinen Befehlen widersetzt!«, brüllte der Kommandant.

»Und wer soll uns hier richten? Als wir damals ausgeschickt wurden, den letzten Kontinent zu erschließen war das Urteil bereits über uns gesprochen.« Hinrich schrie nicht, er sprach jedoch so laut, dass ihn die meisten Soldaten hören mussten. »Vielleicht gibt es den ein oder anderen, der genug hat, von den sinnlosen Kämpfen. Der Lust verspürt, mit seinem Leben etwas von Bedeutung zu vollbringen.«

Garum lachte abfällig. »Was soll das sein?«

»Darüber habe ich bis vor kurzem noch nicht nachgedacht«, konterte Hinrich. »Aber eines weiß ich mittlerweile: Ich werde mein Leben nicht für ein Reich geben, dass uns in sinnlose Auseinandersetzungen schickt, nur damit die Macht von Wenigen gestärkt wird.«

»Lächerlich.« Garum grinste hämisch. »Außer dem Dienst am dunklen Reich gibt es nichts, wofür wir unser Leben einsetzen können. Ich habe jetzt genug diskutiert. Schafft ihn weg! Das Nächste was ich von Hinrich sehen will, ist sein abgeschlagener Kopf!«

Tatsächlich setzten sich einige Soldaten und ein Maskierter in Bewegung, um diesem Befehl Folge zu leisten. Ihnen gelang es jedoch nicht, zu Hinrich durchzudringen. Die Infanteristen, die sich ihnen in den Weg stellten, gaben deutlich zu verstehen, dass sie nicht an ihnen vorbeikommen würden. Angesichts der Übermacht gaben sie ihre Bemühungen schnell auf, den Befehl auszuführen zu wollen.

Es klirrte, als der Elf in der Grube sein Schwert fallen ließ. Er sank entkräftet zusammen. Noch im Fallen versuchte er, nach dem zerhackten Nekaru zu schlagen, und sei es nur mit der Faust.

Enowir stieg zu ihm hinab und zog ihn aus der Mulde.

Unterdessen schleppten zwei maskierte Krieger, einen hageren Mann an. Dieser hatte blonde Haare, die einen Stich ins Rote besaßen, als habe er sie in Blut getränkt. Ihn mochte Marelija nicht Stumpfohr nennen, denn seine Ohrmuscheln waren abgeschnitten. Wer das getan hatte, bewies mit dieser Arbeit kein besonderes Geschick. Von ihm ging ein seltsames Sammelsurium an Emotionen aus. Hass, Abscheu, Langeweile, alles unterlegt mit einer Arroganz, die einen bitteren Geschmack besaß.

»Eine hübsche Ansprache, die Ihr da gehalten habt.« Seine Worte schnitten wie Messer, dazu passte das hämische Grinsen in seinem Gesicht.

»Hephyros, jetzt habt Ihr die Möglichkeit, etwas guten Willen zu zeigen«, sprach ihn Lestral an.

Er spuckte aus. »Ihr wisste genau, was ich von Mitgefühl halte.«

»Dann tut es nicht für mich, oder die Elfen, sondern für Euch. Wenn Ihr vor den Rat gestellt werdet, dann werde ich Eure Kooperation erwähnen, vielleicht wirkt es sich strafmildernd aus«, meinte Lestral.

»Pah!«, spie Hephyros ihm entgegen. »Ihr glaubt, es sei eine Gnade für immer eingesperrt zu sein? Der Tod ist dagegen eine Strafe, die wesentlich milder ist.«

»Dann habt Ihr in mir den ersten Fürsprecher, für solch ein Urteil«, Lestral fielen die Worte sichtbar schwer. Marelija spürte deutlich die Verbindung, die er zu dem Gefangenen hatte. Diese schien jedoch nur einseitig zu bestehen.

»Dieser Elf steht unter einem Zauber, der in seinem Blute liegt. Um ihm zu helfen, muss es gereinigt werden«, erklärte Lestral.

»Ich spüre es.« Hephyros musterte den Bewusstlosen. »Das ist ein interessanter Zauber«, er klang bewundernd.

»Ähnlich wie das Erbblut der Zwerge. Rein aus wissenschaftlicher Neugier, und um dir zu beweisen, auf welche Macht du verzichtest, werde ich euch helfen. Da besteht nur ein Problem.« Er wies mit seinem Kinn über die Schulter. »Die Fessel.«

»Ich werde sie dir abnehmen«, sagte Lestral.

»Bist du jetzt doch unter die Averlier gegangen?«, höhnte er. »Du weißt, dass ich sterbe, wenn du dabei einen Fehler machst.«

»Dann hättest du zumindest deinen Willen«, argumentierte Lestral.

»Meinen Tod hätte ich mir allerdings schmerzlos vorgestellt«, überlegte Hephyros. »Was solls, alles geht einmal vorbei. Wir sterben alle. Selbst wenn wir dabei leiden ist die Zeit und damit die Qual begrenzt.«

Die Worte hörten sich für Marelija wie ein Zitat an, eines dass ihr nicht gefiel.

Lestral trat hinter Hephyros.

Marelija wusste nicht, ob sie sehen wollte, was er dort tat. Hephyros schrie auf. Er klang dabei wie die sterbenden Elfen am Schlund. All die schrecklichen Bilder flammten vor Marelijas innerem Auge auf. Unwillkürlich steckte sie sich die Finger in die Ohren. Dem Geruch nach verbranntem Fleisch konnte sie sich jedoch nicht entziehen.

Hephyros sank in den Griff der Männer, die ihn festhielten. Von seinem Rücken stieg Rauch auf. Fast wäre Marelija entgangen, dass der Blutmagier alle zum Narren hielt, er war nicht geschwächt ganz im Gegenteil. Eine unheilvolle Kraft rollte über Marelija hinweg. »Vorsicht!«, rief sie.

Die Soldaten stoben erschrocken zurück. Enowir ergriff sein Schwert. Da stellte sich dieser Kraft eine zweite entgegen, sie fühlte sich frisch und klar an, wie reines Wasser.

»Lestral!«, brüllte Hephyros.

»Wir hatten eine Abmachung«, erinnerte ihn der Magier, seine Iris leuchtete blau, wie der Edelstein in seinem Stab.

»Na gut.« Die unheilvolle Kraft erstarb. Die sanfte Energie schwächte sich ab, sodass Marelija sie kaum noch spürte. Hephyros richtete sich zu vollen Größe auf. Er drehte einem der Maskierten den Rücken zu.

»Wenn ich darum bitten dürfte, mir die Fesseln abzunehmen«, seine Worte troffen vor Hohn.

Der Maskierte sah Lestral fragend an. Der Magier nickte.

Hephyros rieb sich ausgiebig die Handgelenke, als er sich dem bewusstlosen Elfen zuwandte. »So jetzt werden wir sehen, was wir hier haben«, er hob seine Hände über den Elfenkrieger. Einige der Wunden brachen auf und das Blut begann erneut zu fließen.

Erschrocken sah Marelija zu Lestral hinüber. Dieser schien äußerst wachsam, aber er erhob keine Einwände. Die Energie, die von Hephyros ausging, fühlte sich entsetzlich an, als träge sie alle Verderbnis von Godwana in sich.

Aus dem Blutfluss spalteten sich zwei Linien ab. Die eine besaß ein sattes Rot, die andere wies das verdorbene Grün auf, dass Marelija von den Bestien auf Krateno kannte.

»Verdammt, was ist das?«, rief Hinrich entsetzt aus.

»Das ist Gift«, erklärte Marelija.

Das rote Blut drängte allen Schmutz und das Gift aus sich heraus, bevor es in den Körper zurückfloss. Es musste ein anstrengender Prozess sein, den Hephyros schwitzte stark. Außerdem spürte Marelija die Energie, die von ihm ausging, flackernd, wie ein Feuer im Wind.

Die Prozedur zog sich, immer mehr von dem Gift floss auf den Boden.

Mit einem Mal war es vorbei. Hephyros taumelte. Hinrich stütze ihn widerwillig.

Marelija konnte den Blick nicht von der Giftpfütze lassen. So wurde sie als erste Zeuge davon, wie sich daraus ein Gesicht formte. Wie ein Schwimmer nach Luft ringend stieß es aus dem Gift. Das verdorbene Blut bildete Schultern und Arme. Entsetzen machte sich breit.

»Hephyros! Lass das!«, befahl Lestral.

»Das bin ich nicht«, erwiderte er. »Ich kann darüber keine Kontrolle erringen.«

Marelija spürte, dass er die Wahrheit sagte.

Enowir zog das Schwert, als sich die Kreatur aus Blut in seine Richtung wandte. Sie formte Beine und Füße. Sobald der Blutdämon laufen konnte, ging er auf Enowir los. Der Elf tauchte unter den Krallen aus Blut ab und schlug zu. Sein Schwert schnitt wie durch Wasser, als es den Körper durchschlug. Das Wesen nahm keinen erkennbaren Schaden.

»Einen Trinkschlauch!«, rief Lestral. »Hinrich werft ihn auf die Kreatur«, verlangte er, als ihm der große Beutel gereicht wurde.

Hinrich tat wie ihm geheißen und der Lederbeutel versank in dem Blutmonster, das weiter nach Enowir hieb, der ihm lediglich auszuweichen vermochte.

Der Trinkbeutel riss deutlich hörbar. Das Wasser mischte sich mit dem verdorbenen Lebenssaft. Mit dem reinen Nass verdünnt zerfloss das Blutmonster. Unfähig sich zusammenzuhalten kippte es zur Seite und spritzte über den Boden.

»Was war das?«, fragte Hinrich.

»Ich nehme an, das Gift hat mit der Magie von Hephyros reagiert. Eine Manifestation des bösen Willens«, schlussfolgerte Lestral.

»Vielleicht sollten wir ihm wieder die magische Fessel anlegen«, erinnerte Hinrich.

Hephyros grinste hämisch. »Na los, sag ihnen, dass das nicht geht.«

»Er hat leider recht, zumindest wenn wir ihn nicht umbringen wollen«, stimmte Lestral zu.

»Und das sagt Ihr erst jetzt?«, brauste Hinrich auf.

»Seht doch«, unterbrach Enowir.

Der Elf schlug die Augen auf. Etwas verwirrt sah er sich um. Sein Blick blieb auf dem einzigen Vertrauten hängen, dass er fand. »Enowir.«

Der Angesprochene kniete sich zu ihm hinunter. »Was ist geschehen?«, fragte er.

»Er kann dich nicht hören«, teilte ihm Hephyros, schadenfroh mit. »Sein Gehör ist zerstört. Außerdem hat er innere Blutungen, die unheilbar sind.«

»Er sagt die Wahrheit«, bestätigte Marelija auf den fragenden Blick Enowirs.

»Enowir, es ist schrecklich«, sprach der Elf. »Es ist Dradnach, er vergiftet uns mit seinem Blut und zwingt uns damit seinen Willen auf. Man kann sich nicht gegen seine Befehle wehren, alles was er sagt, müssen wir ausführen. Er hat die Faranier unterworfen, darauf hat er uns alle gegen die Wildlinge aus dem Sumpf geschickt. Du musst ihn aufhalten. Bitte rette die Unseren ...«

»Das werde ich«, versprach Enowir dem Sterbenden. Dies war mittlerweile das zweite Versprechen, sein Volk zu retten, dass er abgab.

Mit offenen Augen sank der Kopf des Kriegers zu Boden, den gebrochenen Blick auf jenen Elfen gerichtet, von dem er sich Rettung erhoffte.

Enowir erhob sich und schritt in Richtung Turm.

»Das schaffst du nicht alleine«, rief ihm Marelija zu.

»Wie stellt Ihr Euch das eigentlich vor?«, fragte Hinrich. »Wollte Ihr einfach in seine Festung spazieren und ihn erschlagen?«

Enowir nickte.

»Die Überlebenden werden sich dir in den Weg stellen, du wirst sie töten müssen«, Marelijas Argument brachte ihn tatsächlich dazu, anzuhalten.

»Außerdem, wird es nicht genügen ihn zu erschlagen«, feixte Hephyros. Die Faust von Hinrich traf ihn völlig unvorbereitet. Die Nase des Blutmagiers brach knirschend.

»Spar dir dein verdammtes Grinsen und sag, was du zu sagen hast!«, fuhr ihn das Stumpfohr an.

Hephyros spuckte Blut. »Ich kann ihn vielleicht kontrollieren und dazu zwingen, seine Sklaven in einen Ruhezustand zu versetzen, damit ich sie reinigen kann«, bot er an.

»Und was willst du dafür?«, fragte Hinrich.

»Wenn ich das vollbracht habe, lasst ihr mich gehen. Welche Möglichkeit habe ich denn hier auf Krateno zu überleben?«

»Wenn du es tatsächlich vollbringst, dann bin ich dazu bereit«, stimmte Lestral zu. Marelija spürte, dass er log. Hephyros durchschaute den Magier ebenfalls, aber er war genauso unaufrichtig.

»Enowir, die Vergessenen, sie benötigen das heilende Wasser, wir können nicht länger warten«, erinnerte Marelija. »Dradnach hat keinen Feind, dem er sein Heer entgegenschicken kann. So schwer es ist, aber sie sind für den Moment sicher.« Diese Wahl zu treffen fiel Marelija überraschend leicht. Es sollte doch nichts Schwereres zu entscheiden geben. Seit ihrer Gefangenschaft bei den Nekaru hatte sich noch mehr in ihr verändert, als ihr bewusst war. Sie schauderte bei dem Gedanken, dass irgendwo in ihr ein Monster stecken könnte, beseelt von Hass.

Enowir überlegte lange. Dann sah er den ehemaligen Kommandanten an. »Hinrich.«

Der blickte auf, als habe man ihn bei einem unanständigen Gedankenspiel erwischt.

»Steht das Angebot Eurer Hilfe noch immer?«

»Das kann ich nicht selbst entscheiden«, er wandte sich zu den umstehenden Soldaten. Sie alle teilten den Wunsch, endlich etwas großes und nützliches zu vollbringen, das spürte Marelija deutlich. Selbst Hinrich schien es zu bemerken. »Aber ich denke, dem sollte nichts im Wege stehen.«

»Gut, dann nehmt Eure Männer und geht mit Marelija. Sie wird euch den Weg zu einer Quelle weisen. Es ist wichtig, dass dieses Wasser in den Norden des Landes gebracht wird. Das Überleben unseres Volkes hängt davon ab.«

Auch wenn Hinrich nicht verstand, nickte er einwilligend.

»Wir treffen uns, auf eurem Rückweg wieder«, erklärte Enowir.

»Gut, zeig uns den Weg«, forderte Hinrich Marelija auf.

Lestral trat zu Enowir. »Wenn Ihr das durchführen wollt, dann muss ich mit Euch kommen, damit ich Hephyros im Zaum halten kann, falls dies nötig ist.«

Der Blutmagier schlenderte zu den beiden hinüber.

»Verlieren wir keine Zeit«, trieb Enowir zur Eile.

Einer dunklen Ahnung folgend lief Marelija zu Enowir und drückte ihn fest an sich. Etwas überrumpelt schloss er die Arme um sie. Ihr fiel es unendlich schwer, ihren Freund erneut gehen zu lassen. Sie beschlich das Gefühl, dass sie ihn nicht wiedersehen würde. Die Elfe spürte, wie er ihre Stirn küsste.

»Wir treffen uns in ein paar Tagen wieder«, versprach er.

»Wie kannst du da sicher sein?«, fragte Marelija mit belegter Stimme.

XIV.

*»Wir können davon ausgehen, dass der letzte Kontinent noch viele
Geheimnisse birgt, die wir erschließen müssen,
um unser Wissen zu komplettieren.«*

Anerkannte Lehrmeinung der hohen Schule der Magie

Selbst als Enowir, Lestral und der Blutmagier bereits nicht mehr zu sehen waren, wandte sich Marelija unentwegt um. Sie bemerkte kaum, wie sie eine Giftameise zertrat. Das Gift des Insekts drang nicht durch ihre verhornte Fußsohle. Die kleinen Gefahren von Krateno wehrte sie mittlerweile ab, ohne darüber nachzudenken.

»Liebt ihr euch?«, erkundigte sich Hinrich.

Marelija sah ihn überrascht an.

»Es tut mir leid, ich wollte nur verstehen«, entschuldigte er sich. Er war eindeutig verlegen, vermutlich wollte er einen Versuch unternehmen, sie aufzubauen. Auch wenn er nicht wusste, wie er das anstellen sollte.

»In gewisser Weise«, gab Marelija eine vorsichtige Antwort. »Er ist mein bester Freund, aber sein Herz gehört einer anderen, es ist kompliziert.«

»Das ist es wohl immer«, überlegte Hinrich. »Ich habe nie verstanden, was daran so kompliziert sein soll. Wenn sich zwei Menschen ... ich meine Elfen mögen, wieso sollten sie nicht zusammensein?«

»Enowir empfindet nicht auf diese Weise für mich«, lächelte Marelija. Es fühlte sich eigenartig an, mit einem so großen und breiten Kerl über ihre Gefühle zu sprechen. Seine harten Gesichtszüge ließen auf einen ebensolchen Charakter schließen. Der Fluch von Krateno hatte wohl auch bei ihm Spuren hinterlassen. Wenngleich auf eine gegenteilige Art. Der Panzer, der sein Innerstes vor jeglichen Emotionen abschirmte, war zerbrochen.

»Enowirs Blicke sagen da etwas anderes«, meinte Hinrich.

Marelija sah ihn skeptisch an. »Das kann nicht sein, die Gefühle von anderen ... ich kann sie sehr deutlich spüren«, widersprach sie. »Wie gesagt, er liebt eine andere.«

Hinrich trottete eine Weile neben ihr her.

»Die Elfen, die um unsere Städte leben, führen sehr offene Beziehungen. Sie sagen, dass ihre Liebe groß genug für mehrere sei«, er lächelte und schüttelte sich sogleich. Offenbar war er es nicht gewohnt, dass sein Gesicht diese Muskeln beanspruchte. »Ich habe es immer für das hohle Geschwätz von Baumknutschern gehalten.«

»Baumknutscher?«, wiederholte Marelija irritiert.

»Die Elfen leben recht naturverbunden, so sehr, dass es fast lächerlich ist. Deshalb werden sie bei uns so genannt«, berichtete Hinrich. Ein Hauch Rot stieg in seine Wangen, auch das schien ihn zu irritieren.

»Du bist so neugierig, weil du die Liebe nicht verstehst«, stellte Marelija fest.

»So ist es wohl«, gestand er. »Wenn wir in die Armee eintreten, dann werden wir mit dem Schwert verheiratet. Da ist kein Platz für Frauen.«

»Es gibt keine Kriegerinnen bei euch?«, fragte Marelija erstaunt.

»Es gibt Frauen, die kämpfen können, aber nicht in der Armee«, bestätigte er. »Als Soldat dürfen wir keine Frauen haben, unsere Treue gilt allein dem Reich.«

»Seltsam«, kommentierte Marelija. »Warum tritt man dann in die Armee ein?«

»Nun, das machen wir nicht freiwillig«, erklärte Hinrich. »Ich bin der dritte Sohn eines Bauern. Wir hatten nicht genug zu essen. Auch das Geld war ständig knapp«, seine Miene verhärtete sich. »Also hat mein Vater mich mit neun Jahren der Armee übergeben.«

»Das klingt schrecklich«, überlegte Marelija.

»Nicht wirklich, die Armee ist meine neue Familie geworden, dort habe ich eine Weile echte Freunde gehabt.«

»Und jetzt, da du die Befehle deines Herrn nicht mehr befolgst?«

»Wartet der Tod eines Verräters auf mich. Deserteure werden hingerichtet.« Für solch eine Aussicht wirkte er seltsam gefasst.

»Dann kannst du nicht mehr zurück«, stellte Marelija betroffen fest.

»Zumindest nicht in das dunkle Reich«, stimmte Hinrich zu. »Das helle Reich ist aber bekannt dafür Deserteuren Zuflucht zu gewähren.«

»Und wenn du hierbleiben würdest. Wir Elfen brauchen starke Arme, wenn wir unser Reich wieder aufbauen wollen. Vielleicht gelingt es uns, etwas Neues zu schaffen. Ein Reich, in dem unsere Völker friedlich miteinander leben können«, schlug Marelija vor. »Ich muss das natürlich noch mit unseren Oberen klären.« Die es im Moment nicht gab. »Aber ich wüsste nicht, was dagegen spricht.«

»Das klingt gut.« Hinrich begann heftig zu blinzeln.

»Alles in Ordnung?«, fragte Marelija.

»Ich habe nur etwas ins Auge bekommen«, tat er mit belegter Stimme ab.

Marelija lächelte. Sie erlaubte sich einen Moment der Hoffnung, auch wenn es auf Krateno eine Narretei war, davon auszugehen, dass alles gut werden würde. Doch wenn sie daran nicht mehr glaubte, für was sollte sie noch kämpfen?

***

Die nächsten Tage ihrer Reise brachte Marelija den Soldaten bei, auf was es zu achten galt, wenn man auf Krateno überleben wollte. Sie lehrte ihnen, Fährten zu lesen, und zeigte ihnen, woran man Nester und die Reviere von Bestien erkannte. Die meisten der Krieger erwiesen sich als gelehrig. Auch wenn Marelija vieles einige hundert Male erklären musste. So hatte sich vermutlich einst Norfra gefühlt. Die letzten Tage dachte sie häufig an ihren Onkel.

Dann war es endlich so weit. Sie fanden das Wasserloch. Es war leicht auszumachen, denn rundherum gediehen die schönsten Pflanzen. Ihnen fehlte gänzlich die Härte der Gewächse auf Krateno. Die Blätter und Gräser besaßen keine scharfen Zacken. Die Bäume waren nicht in sich verdreht, auch das Grün der Pflanzen wirkte freundlicher.

Marelija verschlug es die Sprache, als sie dieser Schönheit gewahr wurde. Sie selbst war noch nie hier gewesen. Sie wusste lediglich von Enowir, wo sich die Quelle befand.

»Das ist bemerkenswert«, beurteilte Hinrich den Pflanzenwuchs. »So blühen nur die Pflanzen im hellen Reich.«

Auch die anderen Soldaten schienen beeindruckt von der Pracht.

Marelija beugte sich hinab zum Wasserloch. Es kribbelte, als sie ihre Hand hineintauchte und sich einen Schluck in den Mund schöpfte. Sie spürte, wie sie zu neuen Kräften kam. Die Quelle ließ sie die beschwerliche Wanderung vergessen.

»Trink«, forderte sie Hinrich auf.

Er kniete sich umständlich zum Wasserloch hinunter und nahm einen Schluck, das Wasser lief über seinen Bart. Hinrich öffnete überrascht die Augen. »Was ist das?«

»Eines der Wunder unseres Landes.«

Er löste den Arm aus der Schlinge und bewegte ihn zögerlich. »Das ist beeindruckend.«

XV.

Wir können auf Krateno nur überleben,
wenn wir zu allem entschlossen sind, zu allem!«

Gwenrar

Enowir blickte ihr lange nach. Bis der Zug der Soldaten nur noch schemenhaft zu erkennen war.
»Hast du genug geträumt?«, fragte Hephyros gehässig.
Enowir stieg nicht darauf ein, er hatte genug erlebt, um sich nicht von dem Blutmagier provozieren zu lassen.
»Gehen wir.«
Der Wald um die Zuflucht von Darlachs Klan war abgebrannt. Der Blick auf die Türme, die ihre Vorfahren einst in großen Abständen um die Festung errichtet hatten, war frei. Auch wenn sie abgelegen lagen, so gehörten sie doch zu dem Turm, der bis in den Himmel aufragte.
»Ich dachte, wir kämpfen uns den Weg frei. Es juckt mich in den Fingern, meine Magie zu nutzen«, grinste Hephyros.
»Versuch es gar nicht erst«, sprach Lestral, der hinter dem Gefangenen herlief. Seinen Stab in beiden Händen, als würde er ihn zur Not dazu benutzen, den Blutmagier damit zu erstechen.
Enowir fand den Turm über den er und Nemira einst in die Festung gelangt waren. Dessen Geheimgang hatten sie auch bei der Flucht vor Dradnach genutzt. Er hoffte, dass der Weg immer noch offen stand.

»Hübsche Tierchen«, kommentierte Hephyros die Steinechsen, die in die Turmwände eingelassen waren. Sie waren, wie die Wände, vom Ruß geschwärzt.

Oben auf dem Turm angekommen wartete der blaue Kobold bereits auf sie. Er blickte sie vorwurfsvoll an.

»Wo wart ihr?«, verhieß seine Miene.

Hephyros hielt sich schnaufend am Steingeländer fest und wischte sich theatralisch den Schweiß von der Stirn.

»Als ein König bin ich das Treppensteigen nicht gewohnt.«

»Du spürst es auch, Chotra«, erkannte Lestral. »Dann öffne den Gang.«

Der Kobold tapste zu einer Säule und berührte einen der untersten Steine. Dabei glomm seine Hand auf. Sofort lief das vertraute Rumpeln durch den Turm. Der Boden tat sich auf.

»Wenn wir auf Widerstand treffen, dann kann ich Euch nicht helfen«, teilte ihm Lestral mit. »Ich muss meine ganze Kraft aufwenden, um ihn im Zaum zu halten.«

»Wenn wir auf Widerstand treffen, solltest du mich loslassen«, meinte Hephyros. »Ich bin wesentlich effektiver, als ein Soldat mit einem Schwert.«

»Du tust, was ich dir sage«, erwiderte Lestral.

Um die Worte seines Herren zu untermauern, blickte Chotra ihn grimmig an. Angesichts dieser Drohgebärde grinste der Blutmagier hämisch.

»Kommt jetzt«, trieb Enowir sie an.

Zu viert sprangen sie auf die Plattform, die sich entschlossen absenkte.

»Eindrucksvoll«, plauderte Hephyros. »Fast so imposant, wie die Aufzüge in der Schule.«

Über ihnen schloss sich die Steinluke. Der leuchtende Edelstein im Stab des Magiers tauchte die Wände in ein blaues Licht. Unter dem Grollen des Aufzugs sanken die vier in die Tiefe.

Enowir zog sein Schwert, auch wenn es in der Enge kaum Platz dafür gab, doch er konnte nicht wissen, was ihn dort unten erwarten würde.

»Pass doch auf, oder willst du mir damit ein Auge ausstechen?«, beschwerte sich Hephyros.

»Ruhe jetzt«, zischte Enowir.

»Jawohl mein Meister«, er deutete eine Verbeugung an. »Glaubt er ernsthaft, er könne mir etwas befehlen. Au!«

Lestral hatte ihm gegen den Hinterkopf geschlagen.

»Geht man so mit seinem Lehrer um?«

»Das wart Ihr einmal.«

Rumpelnd setzte die Platte auf. Sorgsamerweise warf Enowir einen Blick zu dem kleinen Steintitan, der die Kurbel für den Aufzug drehte. Das Licht seiner Augen, kam nicht gegen das des Stabes an. Dieses reichte weit in den Gang, der zur Festung führte hinein.

Hier befand sich niemand. Enowir fühlte sich in seiner Ahnung bestärkt, dass Dradnach den Tunnel verschlossen hatte. Vorerst schien der Weg jedoch frei und sie kamen ohne Probleme voran. Wenn man davon absah, dass sich Hephyros gerade jetzt entschied, seine Stimme auf deren Gesangsqualitäten zu überprüfen. Er schwieg erst, als Chotra ihn ein Stück Stoff in den Mund stopfte und dort festhielt.

»Der Tunnel wirkt eingestürzt, aber man kann unter den Trümmern hindurchschlüpfen«, erklärte Enowir.

Hephyros sprach etwas gegen den Stofffetzen im Mund an, es klang nicht nach den üblichen Beleidigungen, deshalb signalisierte Lestral dem Kobold, den Knebel zu lösen.

»Dahinter stehen Elfen«, flüsterte Hephyros, seine Zunge kämpfte gegen die Fussel. »Ich kann sie beherrschen und sie sich gegenseitig Abstechen lassen«, bot er an.

»Du wirst ihren Angriffsbefehl widerrufen und ihren Geist besänftigen«, widersprach Lestral.

»Wie langweilig, aber gut«, lenkte er ein. Seine Augen flammten rot auf, als Lestral seinen Zauberbann fallen ließ. »Es ist geschehen verkündete Hephyros. »Du kannst meine Kraft wieder bannen«, seufzte er.

Tatsächlich wurden Geräusche laut, die durch den Spalt im unteren Teil des eingebrochenen Tunnels drangen. Es klang so, als würden einige Elfen ihre Schwerter und andere Waffen ablegen.

»Ich gehe zuerst«, erklärte Enowir. Er sank auf die Knie und zwängte sich durch das Loch. Das Schwert schob er samt Scheide vor sich her. Auf halbem Weg sah er ein flackerndes Licht auf der anderen Seite.

Enowir kroch aus dem Spalt. Da standen sie, fünf Wächter, davon drei Faranier. Ihre Bewaffnung hatten sie links in den Gang gelegt. Sie wirkten völlig willenlos. Ihre Augen waren starr gradeausgerichtet. An den Wänden brannten in weiten Abständen Fackeln.

Aus der Öffnung drang lautes Fluchen. Offenbar quetschte sich Hephyros als Nächstes hindurch. Nach Halt suchend kam zuerst seine rechte Hand zum Vorschein. »Wärst du wohl so freundlich?«, bat er auf seine Weise um Hilfe.

Widerwillig ergriff Enowir das Handgelenk des Blutmagiers und zog ihn aus dem Spalt. Umständlich kam Hephyros auf die Beine. Er grinste breit, seine Augen flammten auf.

Mit dem Schwertknauf versetzte Enowir dem Magier einen krachenden Kinnhaken, der Ihn gegen den Schutt warf. Benommen sank er daran herunter. Doch es war zu spät. Enowir wurden von hinten ergriffen. Zwei Faranier hielten ihn fest. Die drei anderen Krieger hoben die Schwerter auf und stießen zu. Der Schmerz war zu ertragen. Sie hatten Enowir lediglich an der Seite gestreift. Es war ihm gerade noch gelungen die Elfen, die ihn hielten, zur Seite zu ziehen.

Abermals schossen die Klingen auf ihn zu. Enowir schritt rückwärts an der Wand empor, um dem Angriff zu entkommen. Erneut fuhren die Schwertblätter knapp an ihm vorbei. Er setzte seinen Lauf an der Wand fort und drehte sich aus dem Griff heraus. Er überschlug sich und trat dabei einem der Faranier gegen den Kopf. Dieser wurde zu Boden geworfen. Die dunklen Elfen versuchten ihre Kampfstäbe gegen ihn zu führen, verhakten sich jedoch in dem engen Gang. Enowir schlug ein Schwert beiseite. Er kam nicht schnell genug herum, um dem nächsten Schwerthieb auszuweichen.

»Genug!« Wasser spritzte durch den Gang. Es traf Enowir und seine Widersacher, diese wurden von der Wucht zu Boden gerissen, während er von dem Zauber nichts spürte.

»Es tut mir leid«, entschuldigte sich Lestral. »Er ist mir entglitten, als er durch das Loch gekrochen ist.«

»So lang Ihr ihn jetzt wieder fest im Griff habt«, entgegnete Enowir. Er begann langsam daran zu zweifeln, ob es eine gute Idee war, Hephyros hierher zu bringen. Der Blutmagier war unberechenbar und ganz sicher würde er sich nicht kampflos seinem Schicksal ergeben.

»Setzten wir den Weg fort?«, fragte Lestral. Offenbar bemerkte er, dass Enowir das Gelingen ihrer Unternehmung infrage zustellen begann.

Der Elf nickte zögerlich.

»Ab jetzt wirst du deinen Mund halten«, ermahnte Enowir den Blutmagier.

Hephyros rieb sich das Kinn. Blut lief ihm über die Lippen. »Schon gut«, nuschelte er. Vermutlich hatte er sich auf die Zunge gebissen.

Der Gang führte sie eine Treppe hinauf, an dessen Ende Licht zu sehen war. Die Geheimtür musste offen stehen.

Das Klingen von Waffen, drang zu ihnen herein. Es wurde gekämpft.

Lestral warf Enowir einen mahnenden Blick zu. Mit gezogenem Schwert schritt er voraus. Der Gang mündete in den unteren Teil des Turmes. Dort standen vier kleine Steintitanen, um eine Winde, die den großen Aufzug in Bewegung setzte. Das Licht in ihren Augen war erloschen. Die Wände rundherum waren aufgebrochen, so als hätte man dort etwas gesucht und nicht gefunden. Überall lagen die herausgebrochenen Steinquader herum. Dazwischen kämpften die Elfen gegeneinander. Soweit Enowir es überblickte zwei Faranier gegen zwei Krieger in Echsenschuppenpanzern.

Dradnach! Er ließ die Elfen kämpfen, aber warum? Enowir schlich sich näher heran, darum bemüht sich so weit es ging, im Schatten des Ganges aufzuhalten. Rund um die Grube standen Elfen, in vollem Rüstzeug, sie verfolgten teilnahmslos den Waffengang.

Da war er, Dradnach! Der breitschultrige Elf, mit eingeschnittenen Ohren, saß in der Hand eines Steintitanen, der am Rand der Aufzuggrube kauerte. Von dort hatte er einen guten Blick nach unten, auf den Kampf. Dradnach sah gelangweilt aus, wie jemand, der sich an dem Gefecht sattgesehen hatte. Anstatt daran teilzuhaben unterhielt er sich. In Enowir wechselte sich Hass mit Übelkeit ab.

Neben Dradnach ragten zwei Speere auf. Darauf steckte jeweils ein Kopf. Enowir erkannte sie sofort, es wollte ihm das Herz zerspringen. Das waren Darlach und Norfra. Scheinbar sprach Dradnach aus unerfindlichen Gründen mit den Toten.

»Freunde von dir?«, fragte Hephyros spöttisch.

Enowirs Faust ballte sich um seinen Schwertgriff. Er hob die Klinge.

»Schon gut, ich bin still«, beteuerte der Blutmagier.

»Du wirst sie jetzt befreien, sonst habe ich für dich keine Verwendung mehr«, drohte Enowir.

»Das ist ein langer Prozess. Es wird mir nicht gelingen, das Blut von so vielen gleichzeitig zu reinigen«, gab Hephyros zu.

»Es genügt sie zu kontrollieren und aus dem Einflussbereich ihres Anführers zu bringen. Wenn sie ihn nicht mehr hören, dann können sie auch keine Befehle von ihm entgegennehmen«, meinte Lestral.

»Ich könnte auch Kontrolle über ihren Anführer erringen, dann kann ich sie durch ihn befehligen«, bot Hephyros an.

»Tu es«, verlangte Enowir. Er glaubte nicht daran, dass es gelingen würde. Aber sie hatten nichts zu verlieren und alles zu gewinnen.

Die Augen des Blutmagiers verrieten, dass er begonnen hatte seine unheimliche Magie zu wirken. »Wo bist du?«, flüsterte er. »Ah, jetzt habe ich dich.« Er grinste siegessicher. Gleich darauf entgleisten ihm die Gesichtszüge. »Ich ... Er ...«

Dradnach sprang auf. »Wer wagt es?!« Er sah in den Tunnel, in dem sich Enowir mit seinen Begleitern aufhielt. »Kommt raus, sonst lasse ich den Gang stürmen!«

»Bringt die Elfen hier heraus, ich werde ihn ablenken«, zischte Enowir. Mit gezogenem Schwert trat er aus dem Schacht.

Der Kampf in der Grube endete abrupt.

»Enowir«, freute sich Dradnach. »Es ist schön, dich nochmal zu sehen. Ein letztes Mal. Du bist gekommen deinen Klan zu holen.«

»So ist es!«

Dradnach lachte freudlos. »Es ist nicht mehr sehr viel von ihnen übrig, dreißig, vielleicht vierzig Elfen. Die anderen starben dort, wo ein Elf sterben muss, auf dem Schlachtfeld. Ich hatte gehofft in den Sumpfbestien, einen würdigen Gegner zu finden. Wir haben wiederholt gegen sie gekämpft, doch auf einmal waren sie besiegt.«

Enowir vermutete, dass Dradnachs Bedürfnis sich mitzuteilen aus der Einsamkeit entsprang. Nur deshalb hatte er mit den Köpfen seiner Feinde Zwiesprache gehalten.

»Du bist ein Mörder an deinem Volk«, rief Enowir zu ihm hinauf.

»Nein, ich habe ihnen ihre Würde, die ihnen von den Göttern verwehrt wurde, zurückgegeben!«, rief Dradnach.

»Indem du dich selbst zu einem Gott aufgeschwungen hast?«

»Ich bin ein Krieger, wir reden nicht, wir handeln. Darlachs lächerliches Bemühen, unseren Klan zusammenzuhalten. Nein, das ist nichts für mich. Es gibt nur einen richtigen Weg, den des Kampfes und des Todes für unser Volk!«

»Dann komm zu mir herunter und ich werde dir das Ende bereiten, das du dir so sehr wünscht«, bot Enowir an.

Dradnach flüsterte etwas in einer Sprache, die Enowir nicht verstand. Darauf senkte der Steintitan die Hand mit ihm herab, die andere Pranke hielt der Gigant fest gegen die Wand des Turms gedrückt. Dabei lösten sich einige Steinquader aus der Decke und schlugen Krater in den Boden.

Mit Schrecken erkannte Enowir, dass der Turm instabil geworden war.

Dradnach sprang aus der Hand, die der Titan sogleich zurückzog und diese ebenfalls dazu verwendete, den Turm abzustützen. Er zog sein Schwert, eine wohlgeformte Klinge aus alten Tagen. Und dennoch wusste Enowir, dass ihm Dradnach nichts entgegenzusetzen hatte. Er würde es schnell zu Ende bringen. Dradnach kam bis auf drei Schritte heran. Enowir fuhr nach vorne und schlug zu. Stahl prallte auf Stahl. Überrascht blickte Enowir Dradnach an. Dem Krieger war es geglückt den Schlag abzufangen.

»Du bist schnell«, lobte er. »Aber ich auch.« Mit heftigen Hieben, die schnell und stark zugleich ausfielen, wurde Enowir zurückgedrängt. Einem Schwertstreich entkam er im letzten Moment mit einem Sprung nach hinten. Er stolperte über eines der Trümmer und stürzte.

Dradnach trat zu ihm heran. »Es ist vorbei. Schade, aber du bist eben kein Krieger, nur ein Aufschneider!« Er schlug zu.

Die Kraft der Nibahe schoss Enowir in den Arm. Kreischend prallten die Klingen aufeinander. Dradnachs Waffe brach. Erstaunt musterte er das zerbrochene Schwert.

Enowir rollte sich zur Seite und sprang auf. Ein flüchtiger Blick nach oben verriet ihm, dass sich die Elfen daran gemacht hatten, den Turm zu verlassen. Hephyros Magie wirkte.

Dradnach bemerkte es ebenfalls. »Was geschieht hier?«

»Es ist aus, gib auf und lass unsere Brüder gehen«, rief Enowir ihm zu.

»Kommt zurück!«, rief Dradnach, doch die Elfen folgten ihm nicht. »Ihr seid von meinem Blut, ihr müsst meinen Befehlen Folge leisten!« Er tobte. Es half nichts, die Elfen wandten sich von ihm ab.

»Dann sterben wir eben alle gemeinsam! Zuletzt kann ein Krieger nur eines tun: Galwar mit einem Lächeln begrüßen.« Dradnach fuhr herum und sah zu dem Steintitan hinauf, der an der Turmwand kauerte. Erneut formulierte der Krieger Worte in der eigentümlichen Sprache. Der Steintitan regte sich. Er nahm die Hände von der Decke und richtete sich zu voller Größe auf. Dabei riss er weite Teile der darüberliegenden Stockwerke ein. Mit seinen Fäusten begann er, auf die Wände einzuschlagen. Die herunterbrechenden Trümmer zerbarsten am Boden. Enowir fuhr herum. Lestral trat in diesem Moment aus dem Tunnel. Seine Lippen bewegten sich, aber Enowir konnte über das Dröhnen nicht verstehen, was er rief. Der Steintitan hielt inne.

Es war zu spät, der Turm brach ein. Wenngleich sich der Steintitan in das Loch stemmte, dass er geschlagen hatte, half es nichts. Überall taten sich Risse auf und gigantische Quader lösten sich aus den oberen Stockwerken.

Enowir! Lauf!, schrie Nemira in seinem Kopf. Und er rannte. Das letzte was er von dem Turm sah, war Dradnach, um den herum die Trümmer einschlugen.

Hephyros und Lestral hatten ebenfalls die Flucht ergriffen. Enowir holte sie schnell ein.

»Geh voran!«, rief Lestral außer Atem. »Die Engstelle!«

Enowir verstand. Es half nichts, wenn sie alle gleichzeitig dort ankamen. Also setzte er die Flucht fort. Um zu bedauern, dass er die fünf Elfen, die bewusstlos im Gang lagen, nicht retten konnte, blieb ihm keine Zeit. Er zwängte sich durch das Loch. Auf der anderen Seite hielt er an. Alsbald reckte sich ihm eine Hand entgegen. Er zog Lestral heraus. Es gab einen heftigen Schlag auf das Tunnelgewölbe. Sand rieselte von der Decke. Die einst perfekten Deckenfugen spreizten sich auf.

»Lauf!«, schrie er Lestral zu. Der Magier setzte sich in Bewegung.

Enowir ergriff die Hand, die sich hilfesuchend aus dem Loch hervortastete. Er zog daran. Donner grollte. Hephyros kreischte. »Ich stecke fest!« In seinem Gesicht stand Todesangst.

Vergeblich zog Enowir an dessen Arm.

»Mach schon, streng dich mehr an!«

»Es geht nicht!«, rief Enowir. Er spürte, wie jemand an seinem Hosenbein zog. Der Kobold war zurückgekommen um ihn zu holen.

»Du wirst mich nicht zurücklassen!«, schrie Hephyros.

Sogleich spürte Enowir, wie das Blut in seinen Adern stockte und nach oben in den Kopf schoss. Grelles Licht flammte auf, gefolgt von einem Schmerz, der ihm die Sinne betäubte.

Auf einmal war es vor bei. Der Tunnel senkte sich herab und verdrehte sich mehr und mehr. Von dieser Bewegung wurde Hephyros zerquetscht. Er schrie seine Pein heraus.

Enowir wusste, dass er nichts mehr für ihn tun konnte und ergriff die Flucht. Keinen Augenblick zu früh, denn in diesem Moment begann die Tunneldecke einzustürzen. In der Dunkelheit fühlte er eine Staubwoge über sich hinwegrollen. Ein zweites Grollen erklang vor ihm. Eine Woge aus Erde kam ihm entgegen und riss ihn von den Beinen.

***

Erde von sich spuckend kam Enowir zu sich. Seine Kleidung war klatschnass und klebte voller Schlamm an seinem Körper.

»Seid Ihr in Ordnung?«, fragt eine vertraute Stimme.

Enowir sah auf. Er blickte in die gütigen Augen von Lestral.

»Ich bin nicht verletzt«, erwiderte er und erhob sich, um sogleich wieder zusammenzubrechen. Lestral griff ihm unter die Arme, damit er sanft zu Boden glitt. Es war nicht die fehlende Kraft oder eine Verletzung, die Enowir niederdrückte. Es war der Schmerz in seinem Herzen, der in dem Moment aufkam, als er sah, was geschehen war. Der Turm, das letzte Wahrzeichen der einstigen Größe der Elfen, war vollständig in sich zusammengestürzt. Die Trümmer hatten die gesamte Festung unter sich begraben. Die Bücher, all das Wissen und ... und die Elfen. Damit war sie endgültig erloschen, die letzte Hoffnung, sein Volk zu neuer Größe zu verhelfen.

»Dich trifft daran keine Schuld«, versuchte Lestral, ihn aufzubauen.

»Das ist nicht die Frage«, erwiderte Enowir.

»Was ist sie dann?«

»Ob ich etwas hätte anders machen können«, haderte Enowir.

»Was sollte das sein?«

»In der Vergangenheit hätte ich Dradnach bereits töten können«, erinnerte sich der Elf. »Welches Leid wäre meinem Volk erspart geblieben.«

»Wir neigen dazu, in unserer Rückschau Möglichkeiten zu sehen, die wir nie gehabt haben«, entgegnete Lestral. »Bevor du mit dir ins Gericht gehst, solltest du darüber nachdenken.«

»Ihr klingt wie ein Freund, den ich einst ...«, Enowir brach ab. Es schmerzte zu sehr, an Norfra oder einen anderen seiner Brüder zu denken. Er sah zum Turm hinüber, bis der letzte Staub vom Winde verweht war. Die Sonne hatte währenddessen einen weiten Bogen über Krateno gezogen.

»Genug der Trübsal«, weckte ihn Lestral aus seinem Schwelgen. »Es gibt eine Zeit, um zu trauern, doch sie ist begrenzt, sonst wird es zur Gewohnheit, sich selbst zu bemitleiden.«

Enowir sah trübe zu ihm auf.

»Bei all der Pein, die wir erleben, dürfen wir nicht jene vergessen, die unsere Hilfe brauchen.« Der Magier reichte Enowir das Schwert.

»Ihr habt recht!« Enowir griff zu und spürte, wie sich das Licht der Nibahe in ihm neu entzündete. Ein letztes Mal sah er zu dem Trümmerfeld zurück. Bewegte sich dort nicht etwas?

Eine Staubwolke türmte sich auf. Irgendetwas erhob sich aus dem Schutt. Die gigantische Hand eines

Steintitanen, die sogleich erschlafft zurückfiel. Aus dem aufgewirbelten Staub kletterte eine Gestalt.

Schon war Enowir auf dem Weg, gefolgt von Lestral und dessen Kobold.

Enowir sah, wie ein Elf über die Trümmer rutschte, stürzte und liegenblieb. Ihn beschlich eine üble Ahnung, dieser folgend zog er sein Schwert aus der Scheide.

Da fand er ihn, Dradnach! Er lag inmitten von zerborstenem Holz und anderem Schutt. Sein rechter Arm war abgerissen, seinen Körper zierten etliche Wunden, aus denen das grüne Blut herausquoll. Enowir tippte ihm mit der Schwertspitze auf die Schulter. Dradnach schlug die Augen auf.

»Du lebst«, stellte er kraftlos fest. »Du und dein neuer Freund«, er grinste, das Blut färbte seine Zähne.

»Du hast jetzt Gelegenheit deinen Frieden mit den Göttern zu machen«, bot Enowir an, er holte mit dem Schwert aus.

»Du willst es nicht verstehen, nicht wahr?«

»Ich glaube nicht daran, dass unser Volk untergehen muss«, sprach Enowir.

»Natürlich nicht, du bist ein Narr. Ich wollte unserem Volk zumindest die Möglichkeit geben, in Ehren von Godwana zu scheiden.«

»Wenn du nicht mehr zu sagen hast«, Enowir zielte auf den Hals des Elfen.

»Warte«, hielt ihn Lestral zurück.

Er senkte die Waffe. »Was wollt Ihr noch von ihm.«

»Wie hast du das gemeint, ›die Möglichkeit geben‹?«, wollte Lestral wissen.

»Um unserer Ehre willen habe ich ihn gerufen, unseren Feind aus dem Sumpf«, meinte Dradnach, er kam schwerfällig auf die Knie. Seine Wunden waren so schwerwiegend, dass er nicht überleben würde, dies musste ihm klar sein. »Jetzt gewähre mir die letzte Gnade. Erweise mir das, was du Mitgefühl nennst.« Er blickte lächelnd zu Enowir auf.

»Wie meinst du das? Du hast die Nekaru gerufen?«, fragte dieser stattdessen. War es das Gerede eines Wahnsinnigen, der sich mehr Zeit versprach? Oder handelte es sich um den Versuch, einer gebeutelten Seele vor seinem Tod noch etwas ins Reine zu bringen?

»Ich war einst nahe unserer alten Hauptstadt, dem verbotenen Bereich. Ein furcherregender Ort. Ich verlor im Kampf all meine Männer, nur ich blieb übrig, auf meiner Flucht geriet ich in eine Bibliothek. Dort fand ich ein Buch mit Beschwörungen. Eine davon versprach einen Gegner hervorzubringen, der unserer würdig war.« Er spuckte das Blut von sich, welches wohl von seinem Magen hinauf in den Mund lief. »Ja, ich kann lesen, auch wenn ich keiner von diesen widerwärtigen Denkern bin.«

»Das Buch, wo ist es?«, wollte Lestral wissen. Verzweifelt blickte er über das Trümmerfeld.

»Nachdem ich das Ritual vollzogen habe, habe ich es verbrannt. Niemand sollte es wissen, niemand sollte sehen, was ich getan hatte, oder es aufhalten können«, erklärte er. »Ich wartete über hundert Jahre und nichts geschah. Erst kurz nachdem ich Darlach abgesetzt hatte, tauchten diese Kreaturen aus dem Norden auf.«

»In diesem Buch, stand dort, dass die Wesen exakt an der Stelle erscheinen müssen, wo das Ritual durchgeführt wurde?«, fragte Lestral. Zwischen dem Ritual und dem Auftauchen der Nekaru musste nicht zwangsläufig ein Zusammenhang bestehen.

»Ich weiß es nicht. Es gewährt ihnen Zugang, so hieß es im Text. Aber ich erinnere mich nicht mehr, weder an den genauen Wortlaut, noch an die Beschwörung. Es war jedenfalls sehr viel Gefuchtel und ich musste das halbe Buch laut vor- ... singen. Danach spürte ich, auf seltsame Weise, dass es geglückt war«, er blickte zu Enowir auf. »Was ist jetzt, ich habe nicht den ganzen Tag Zeit.«

Lestral nickte zustimmend, er musste wohl nicht mehr wissen.

Enowir schlug zu. Die Klinge fuhr Dradnach durch den Hals. Dessen Kopf fiel herunter und sein Körper sackte zur Seite. Nach mehreren Stößen grünen Lebenssaftes aus dem Hals des Toten, erstarb der Blutfluss.

»Enowir, ich muss in die Hauptstadt«, teilte Lestral mit. »Wenn es einen Zauber gibt, der die Nekaru rufen kann, dann muss es auch einen geben, um sie zu bannen. Wenn ich ihn finde, vermögen wir ein großes Übel vom Antlitz Godwanas zu wischen.«

Enowir blickte auf den Toten hinab. »Zuerst muss ich mein Volk beschützen«, widersprach er. Die Elfen von Krateno hatten zu lange, zu viel gelitten. Jetzt waren nur die Windelfen und die Vergessenen übrig. Sein Klan, der von Darlach und die Faranier, waren ausgelöscht. Vom Letzteren gab es nur noch die Wilden, vielleicht konnte es gelingen, sie zur Einsicht zu bewegen.

»Das verstehe ich«, sagte Lestral. »Aber es muss dir klar sein, je mehr die Nekaru hier Fuß fassen, umso unsicherer wird es. Das Überleben deines Volkes hängt auch davon ab, ob sie hier Zugang finden. Ihr seid noch wenige, die Nekaru könnten euch überrennen.«

Lestral sprach die Wahrheit.

»Ich kann nicht einfach hier weg, ich muss mich mit Marelija und den anderen Treffen. Dann werden wir sehen, was wir tun können.«

XVI.

*»Gehe niemals dorthin. An diesem Ort hält Krateno ein Grauen bereit,
das du dir nicht vorstellen kannst.«*

Geflügeltes Wort im Klan unter Gwenrars Führung

Zum ersten Mal in seinem Leben fühlte sich alles richtig an. An diesem tödlichen Ort fand er zu sich selbst. Niemals zuvor hätte er es für möglich gehalten, solch einen Gedanken zu fassen. Er hatte geglaubt, dass solch ein Empfinden den Harmoniesüchtlingen des hellen Reiches vorbehalten war. Er hatte sie einmal sagen hören, dass es so etwas wie ein Fluss des eigenen Lebens gäbe. Wenn man in diesen eintrat, würde alles einfach und klar. Nun verstand er, was sie meinten. Der Himmel erstreckte sich über das unwirkliche Land und seine Freiheit schien ebenso groß zu sein. Nachdem Garum aufgegeben hatte, Hinrich an seine Pflicht zu erinnern, wurde es sogar noch leichter.

Wenn man wusste, worauf es ankam, so konnte man die Bestien Kratenos leicht umgehen, jagen oder zu Strecke bringen. Marelija war es geglückt die Soldaten in einer Weise zu einen, wie es das dunkle Reich nicht vermochte. So musste echte Kameradschaft ... nein, Freundschaft aussehen. In den Gesichtern seiner Begleiter sah Hinrich, dass sie ebenso empfanden. Dieser Kontinent wartete darauf, von der Ungeheuerplage befreit und besiedelt zu werden. Das konnten sie leisten.

Marelija hielt überraschend an. »Dort«, sie wies in die Ferne.

»Was hast du?«, fragte Hinrich aus seinen Gedanken gerissen.

»Dort müsste der Turm zu sehen sein«, sie schauderte.

»Sind wir vielleicht vom Weg abgekommen?«, schlug Hinrich vor.

»Ausgeschlossen, dort befindet sich der brandgerodete Wald«, beharrte Marelija.

»Aber was kann solch ein Bauwerk vernichtet haben?«

»Der Wahnsinn eines einzelnen Elfen.«

Hinrich überlief ein kalter Schauer. Er hatte schon viel gesehen, aber derartige Festungen schienen für die Ewigkeit gebaut zu sein. Weder Naturgewalten, noch Krieg waren im Stande gewesen, sie zu vernichten. Doch hier auf diesem verdorbenen Kontinent schien alles ins Extreme verkehrt zu sein.

Sie kamen nur wenige hundert Meter, als Marelija erneut eine Entdeckung machte. »Da vorne kommt jemand.«

Hinrich schirmte seine Augen gegen die Sonne ab, konnte aber nichts erkennen. Bis am Horizont ein blaues Licht aufflammte. »Das ist Lestral«, mutmaßte er.

Es dauerte nicht lange, bis Enowir und der Magier auch für Hinrich in Sichtweite kamen. Aber wollten sie nicht die Elfenklans befreien? Etwas Schreckliches musste geschehen sein.

Marelija löste sich von ihrer Gruppe, um den beiden entgegenzulaufen.

»Das sie nur Freundschaft für Enowir empfindet, kann sie ihrer Mutter erzählen, aber nicht mir«, kommentierte Hinrich.

***

Es war sogar noch schlimmer, als es sich Hinrich vorgestellt hatte. Die meisten Elfen waren in der Schlacht gegen die Nekaru gefallen, der Rest war beim Zusammensturz des Turmes umgekommen. Die Trauer die Marelija empfand, war selbst für Hinrich spürbar. Gerne hätte er etwas gesagt, um ihren Schmerz zu mildern. In Enowirs Gesicht vermochte er dagegen nichts zu lesen. Aber es schien unwahrscheinlich, dass er nicht ebensolches Leid verspürte. Wie sollte es anders sein?

Sie hatten sich um ein Lagefeuer versammelt und besprachen sich. Marelija hockte nur da und stierte in die Flammen. Sie lauschte wortlos Enowirs und Lestrals Bericht. Was sie zu sagen hatten, klang in Hinrichs Ohren unglaublich.

»Es ist eine Möglichkeit, die wir nicht verstreichen lassen dürfen«, meinte Lestral.

»Was Ihr sagt ist richtig, aber es ist nur eine Möglichkeit«, entgegnete Enowir. »Es ist äußerst ungewiss, dass wir dort ein Buch finden, dass dieses Ritual beschreibt. Wenn es solch ein Buch überhaupt gibt?«

Lestral blickte ebenfalls in das knisternde Feuer.

»Die Kriegsführung lehrt, jeden Vorteil zu nutzen, sei er auch noch so gering«, erklärte Hinrich.

»Die Frage ist jedoch, worin der Vorteil besteht. Sind es die Trinkschläuche voller heilendem Wasser? Ist es das Wissen darum, wie wir den Nekaru die Kraft rauben? Oder die wage Hoffnung, ein Buch mit einem Ritual zu finden, mit dem wir sie loswerden können?«, zählte Enowir auf. »Noch dazu muss ich gestehen, dass ich nicht weiß was uns in der Hauptstadt erwartet.«

»Ihr wart niemals dort?«, wunderte sich Hinrich.

Enowir verneinte kopfschüttelnd, ebenso wie Marelija.

»Auf Krateno lebt man nicht lange genug, um alles zu erkunden. Man muss sich auf die Berichte jener verlassen, die vor einem gekommen sind. Sie alle sagten, man solle sich von diesem Ort fernhalten«, meinte Enowir.

»Ehrlich gesagt, würde mich so etwas erst neugierig machen«, überlegte Lestral.

»Ihr Magier.« Hinrich schüttelte den Kopf.

»Wissen zu erlangen ist unser einziges Bestreben«, rechtfertigte sich der Magier. »Gesichertes Wissen, nicht nur Hörensagen.«

»Ich habe jemanden sagen hören, dass Wissen gleichbedeutend mit Macht ist«, entlarvte Hinrich.

»Suchst du Streit?«, knurrte der Kobold von Lestrals Schulter.

»Komm doch, du blaue Plage«, grinste Hinrich.

Der Kobold sah ihn verunsichert an.

»Natürlich habt Ihr recht«, gestand Lestral. »Das eine geht mit dem anderen einher. Aber Ihr dürft auch nicht vergessen, dass Macht alles komplizierter werden lässt. Die Verantwortung, die damit einhergeht, wächst exponentiell.«

»Deshalb mischt ihr Magier euch in alles ein«, stellte Hinrich fest.

»Das ist ein Grund, ein anderer ist, dass wir uns sehr wichtig nehmen.« Lestral erntete einzelne Lacher, der Umstehenden. Selbst Hinrich musste schmunzeln. Der Magier bestach durch seine Ehrlichkeit, das musste er ihm zugestehen.

»Dann gehen wir zur Hauptstadt«, beschloss Marelija, sie erhob sich. »Die Vergessenen haben eine Möglichkeit, sich am Leben zu halten. Das alles nutzt nur nichts, wenn die Nekaru uns überrennen.«

»Hört, hört«, stimmte Hinrich zu.

»Die Männer sollten sich ausruhen«, schlug Lestral vor. »Wir werden mit dem ersten Sonnenstrahl aufbrechen.«

***

»Es ist seltsam«, überlegte Hinrich, der Marelija und Enowir gegenüber am Feuer saß.

»Du hättest nicht gedacht, dass du einmal Mitgefühl mit Elfen haben würdest«, erkannte Marelija.

Hinrich nickte. Zunächst war ihm die Fähigkeit der jungen Elfe unheimlich, Einblick in seine Gedankenwelt zu nehmen. Als sie ihm erklärt hatte, wie ihr das gelang, verschwanden seine Bedenken darüber. Im Grunde war es einfach, sie achtete genau auf Mimik und Gestik. Dinge, denen er nie sonderlich Beachtung geschenkt hatte. Seit er dies wusste, übte er sich darin, vor allem bei den Soldaten. Deren Gesichter schienen eine ganz eigene Sprache zu sprechen, mit etwas Übung gelang es ihm, viel daraus abzuleiten. Die Elfen zu deuten fiel ihm hingegen schwer. Enowir war verschlossen, wie eine Felswand. Marelija gewährte zumindest kleine Erkenntnisse in ihr Gefühlsleben.

»Dein Mitgefühl ehrt dich. Es ist vielleicht eines der wichtigsten Gefühle«, meinte Marelija, sie lächelte matt.

»So lang es nicht lähmt«, kommentierte Enowir und schwang sich auf. Er überprüfte den Sitz seiner Waffe und schritt zur Wache.

»Er hat recht«, stimmte die Faranierin zu. »So lang man in seinem Mitgefühl nicht ertrinkt und selbst darunter leidet, kann es sehr kraftvoll sein.«

»Das hat er aber sicher nicht gemeint«, urteilte Hinrich.

»Sicher nicht«, bestätigte Marelija. »Über seinen Geist hat sich ein dunkler Schatten gelegt. So wie über unser Volk.«

»Schatten sind in ihrer Mitte am dunkelsten, vielleicht fällt bald wieder etwas Licht auf ihn«, überlegte Hinrich.

Marelija sah überrascht zu ihm auf. »Hat dich das Feuer der Weisheit ergriffen?«, fragte sie lächelnd.

»In deiner Gegenwart ist es schwer, sich dem zu entziehen«, erwiderte Hinrich. Er fühlte sich seltsam ungewohnt, fast fremd. Doch darin lag eine niegekannte Leichtigkeit.

An Rand des Lagers entstand ein Tumult. Rufe gelten herüber, die den Soldaten verhießen zu den Waffen zu greifen.

Hinrich und Marelija taten es den Infanteristen gleich.

Auf dem Feld vor ihnen lagen drei gigantische Schlangen. Eine war von Armbrustbolzen niedergestreckt worden. Die beiden anderen hatten tiefe Schnitte unterhalb ihrer Köpfe, aus denen das dunkle Blut in Strömen floss.

Im Mondschein waren an den Kadavern nur schwerlich Details auszumachen. Das sie so etwas wie Segel oder Flügel, an den Köpfen besaßen, war jedoch unverkennbar.

»Das sind Lindwürmer«, erklärte Enowir, der sein Schwert am Gras abwischte. »Vermutlich sind sie gerade erst geschlüpft. Kurz nach ihrer Geburt brauchen sie dringen etwas zu fressen.«

»Dann müssen wir hier weg!«, rief Marelija. »Packt die Sachen, wir ziehen weiter!«

»Warum?«, fragte einer der Soldaten. »Wir können sie hier aufhalten.«

»In so einer Brut sind oft bis zu vierzig Tiere«, berichtete Marelija. »Sie dienen aber vor allem als

Nahrung für die Mutter. Wenn es seine Jungen erst einmal gefressen hat und ohnehin schon auf dem Weg in unsere Richtung ist ...«, sie brauchte nicht weitersprechen.

Die Soldaten packten hektisch zusammen. Sie schienen kurz vor einer Panik, das spürte Hinrich deutlich.

Unterdessen gingen Lestral und Enowir den Monstren entgegen, um sie von dem Lager wegzulocken.

Erst im Morgengrauen schlossen die beiden wieder zu ihnen auf. Sie wirkten abgekämpft und erschöpft. Lestral nahm sich die Freiheit, sich auf einem der Wägen auszuruhen, die von den Orks gezogen wurden.

»Wir werden etwas Ruhe haben«, versicherte Enowir den besorgten Soldaten. »Und wenn sich doch ein Lindwurm hierher verirrt, dann werden wir ihn auf dieser Ebene früh kommen sehen.«

***

»Das sieht schon sehr wie eine Straße aus«, überlegte Hinrich. Tatsächlich war der Pfad etwa sechs Meter breit und zog sich schnurgerade durch das Vorgebirge. Dem Weg waren selbst die Felsen gewichen.

»Da habt Ihr recht«, stimmte Lestral zu. Er stieß seinen Stab in den Boden, kam aber nicht tief. Er rüttelte etwas an dem Zauberstab, die Schicht aus Erde und Gras lockerte sich. Vorsichtig griff Lestral in das Loch und zog die Erdschicht beiseite, die vom Gras zusammengehalten wurden. Darunter kam weißer Stein zum Vorschein. Für jeden, der daran zweifelte, das Lestral eine gepflasterte Straße gefunden hatte, legte er den rechteckigen Stein komplett frei. Er war eindeutig bearbeitet worden. An dessen Kanten fügten sich ohne nennenswerte Fugen weitere Pflastersteine an. Dies war zweifelsohne vortreffliche Baukunst, die Hinrich auf jedem anderen Kontinent den Zwergen zugeschrieben hätte. Dort wäre es ein Grund gewesen sogleich in Deckung zu gehen und sich zu verschanzen. Aber hier mochte die Straße von der einstigen Größe des Elfenvolkes künden.

»Was habt ihr?«, fragte Marelija und trat zu den beiden.

»Hinrich hat soeben eine Straße entdeckt«, berichtete Lestral.

Es fühlte sich gut an, dass der Magier das Lob an ihn weiterreichte. Hinrich wunderte sich. Es war kaum zwei Wochen her, da hätte er Lestral für solch eine Geste den Arm aus dem Schultergelenk gedreht. Doch jetzt freute er sich darüber. Nur eine schwache Stimme in seinem Inneren ärgerte sich. Sie verstummte, sobald er sich dieser gewahr wurde.

»Dann lasst uns der Straße folgen«, beschloss Marelija.

Gesagt getan.

Hinrich sah sich nach allen Seiten um. Auf Krateno galt es vorsichtig zu sein, aber jetzt ging es ihm darum weitere Anhaltspunkte zu finden, die Zeugnis von der Kultur der Elfen ablegten.

Die Straße führte sie an einem Stein vorbei, der so aussah, als habe er dieser weichen müssen. Der Felsen war abgeschnitten, wie ein Laib Brot. Welch Zauber hier gewirkt haben mochte? Hinrich wischte über den Stein, um zu fühlen, wie vollkommen glatt er war. Schriftzeichen glommen auf. Hinrich wich erschrocken zurück, da er mit einer Falle rechnete. Aber weder traf ihn ein Feuerball, noch erhob sich der Fels, zu einem grässlichen Ungetüm.

»Lestral ich hab etwas gefunden!«, rief er den Magier herbei. Die Soldaten versammelten sich um ihn.

Lestral kämpfte sich durch die Männer. »Was denn?«, fragte er neugierig.

»Dort«, Hinrich zeigte auf den Stein, doch die Zeichen waren erloschen.

Einige Männer lachten, sie hielten es wohl für einen Scherz.

Hinrich trat an den Stein und strich erneut darüber. Ein Raunen lief durch die Soldaten, als die Zeichen sichtbar wurden.

»Ganz fantastisch«, freute sich Lestral. »Ihr habt einen Wegpunkt entdeckt.«

»Einen was?«, fragte Hinrich.

»Das ist ein Zauber, der in den Stein gewoben ist. Aber ich fange lieber von vorne an«, sprach Lestral, als er in die fragenden Gesichter blickte. »Von allen Elementen ist die Luft am schwersten zu beherrschen. Die Kraft ist so gewaltig, dass sich kein Mensch damit, nun ja ... verbinden kann. Jene, die sie nutzen, müssen magische Runen verwenden, die sie in Steine, oder Metalle, wie Eisen oder Stahl, weben. Für den Kampf taugt diese Magie nicht viel, aber wenn man etwas Zeit hat, ist es möglich Großes zu bewirken. Gebäude, können beispielsweise in ungeahnte Höhen wachsen, weil man die Luft durch die Runen selbst zur Stabilisierung verwendet.« Lestral schien als Magister völlig in seinem Element zu sein. »Der Zauber, der hier in den Stein gelegt wurde, kann benutzt werden, um zu einem andren Wegpunkt zu reisen. Dabei geht man kurzzeitig eine Symbiose mit der Luft ein und erscheint andernorts wieder.«

»Woher weiß man, wohin man reist?«, wollte ein Soldate wissen.

»Man berührt die Symbole und konzentriert sich. Vor dem inneren Auge taucht dann eine Art Karte auf, die einem die weiteren Wegpunkte zeigt.«

»Könnten wir ihn nutzen?«, fragte Hinrich hoffnungsvoll.

»Leider nicht, zu dem Zauber gehören bestimmte Runen, die in Gürtel, Armbänder oder anderen Schmuck gewoben sind. Nur wenn wir jene besitzen, die dem Wegpunkt entsprechen, wäre es möglich, ihn zu benutzen.«

»Es gibt wohl immer einen Haken«, grummelte einer der Soldaten.

»In der Magie?«, fragte Lestral, um selbst die Antwort zu geben. »Nein, dort gibt es hunderte. Fiese spitze Dinger sind das, die einem die Haut vom Körper reißen, wenn man nicht aufpasst.«

Hinrich wusste aus den Gesprächen mit dem Magier, dass er keinesfalls scherzte, wahrscheinlich meinte er es sogar wörtlich.

Lestral rieb sich zufrieden die Hände, als er feststelle, dass der Wissensdurst in seinen Zuhörern erwacht war. »Gibt es Fragen?«

***

»Was ist das?«, Hinrich konnte nicht umhin zu erschaudern. Seine Gefühlslage blieb den meisten jedoch verborgen, als Kommandant lernt man, sich bedeckt zu halten.

»Ein Stachelfüßler«, erwiderte Enowir tonlos.

Das Monstrum saß mitten auf der Straße, die unter ihm hindurch in eine Felsspalte führte. Auf diese Entfernung sah das Monster wie ein Skorpion oder ein Krebs aus. Wenn er allerdings auf diese Weite bereits so deutlich zu sehen war, dann musste die Kreatur monströs sein. Fast so gewaltig, wie der Herrschaftspalast des dunklen Reiches.

»Vermutlich hat es uns noch nicht bemerkt«, meinte Marelija.

»Du hast doch einmal gesagt, dass wir nicht auf dem Speiseplan, dieser großen Kreaturen stehen. Deshalb würden sie uns nichts tun«, klammerte sich Hinrich an eine vage Hoffnung.

»Das stimmt auch, bei den meisten. Ausnahmen gibt es immer«, entgegnete Marelija ernst.

»Und eine davon hockt auf unserem Weg«, schlussfolgerte Hinrich.

»So ist es. Diese Bestien sind aggressiv. Sie greifen alles an, was sich bewegt. Unabhängig davon, ob sie es fressen können oder nicht«, berichtete Enowir. »Allerdings verlieren sie schnell ihre Kraft. Ihr Panzer ist sehr schwer, deshalb kommen sie nicht weit. Sie sind jedoch unfassbar schnell.«

»Das bedeutet, wenn wir jetzt umdrehen ...«, überlegte Hinrich.

»So kenne ich Euch gar nicht«, witzelte Lestral.

»Euer Humor ist mir auch neu«, erwiderte Hinrich.

»Eigentlich nicht, es ist nur klüger ihn in Anwesenheit der Armee des dunklen Reiches zu verbergen.«

»Ihr seit von Soldaten des dunklen Reiches ... Ja richtig«, Hinrich lächelte matt, als er sich daran erinnerte, dass sie alle Deserteure waren. Seit neuestem stellte er die Entscheidung in Frage, so leichtfertig auf Krateno Asyl zu suchen. Auf diesem Kontinent musste ihn zwangsläufig der Tod ereilen. Wobei Galwar auch in der Heimat auf ihn wartete. Aber in jenem Moment saß der Gott des Todes, in Gestalt eines Stachelfüßlers mitten auf der Straße.

»Etwas stimmt nicht mit diesem Ding«, meinte einer der Soldaten.

»Was meinst du?«, fragte Hinrich nach.

»Das Monster rührt sich nicht«, gab der Angesprochene seine Beobachtung preis.

»Das stimmt«, bestätigte Marelija.

»Ich werde nachsehen«, beschloss Enowir. »Wenn er schläft, dann werde ich ihn wecken und fortlocken.«

Wenn einem dieser waghalsige Plan gelang, dann ihm, das wusste Hinrich.

Gebannt beobachteten sie Enowir, wie er auf das Untier zulief. Er schlug dabei einen ausladenden Haken, damit das Monster nicht auf ihre Gruppe aufmerksam wurde.

Als er bei dem Ungetüm ankam, wurde allen bewusst, welche Ausmaße das Monstrum annahm. Denn Enowir war gegen den Stachelfüßler nicht größer, als eine Maus gegenüber einem Menschen. Hinrich zog das Fernglas vom Gürtel, um zu sehen, was der Elf tat. Gebückt schlich sich dieser an die Bestie heran, sein Schwert blitzte in der Sonne. Hinrich erschrak, als Enowir mit dem Schwert auf den Panzer des Monstrums drosch. Die Männer um ihn herum schrien auf. Er sah es erst, als er das Fernglas herunternahm. Eine der Scheren schwang auf Enowir hinab und schlug über dem Elfen ein. Der Donner hallte weit durch das Tal. Staub wirbelte auf. Der Stachelfüßler rutschte die Felsspalte einige Meter hinab und blieb liegen. Keine weiteren Regungen gingen von dem Monster aus.

»Es ist tot«, stellte Marelija fest.

»Er hat es erschlagen?«, fragte ein Infanterist.

Hinrich seufzte, diese Soldaten. »Nein, das Monster war schon lange tot. Es ist dort verendet.«

Enowir trat aus der Staubwolke und winkte die Gruppe zu sich heran.

Hinrich konnte das Unbehagen der Männer förmlich greifen, als sie sich in Bewegung setzten.

Nicht im Entferntesten hätte er sich die wahre Größe des Monstrums vorstellen können.

»Das ist unglaublich«, entfuhr es ihm, als er direkt vor dem Stachelfüßler stand. »Wie kann es nur so etwas geben.«

»Das ist der Fluch, der auf unserem Land liegt«, sprach Marelija. Auch sie schien die Größe kaum fassen zu können.

»Ich vermute, dass dieses Monster an seiner eigenen Größe gestorben ist«, überlegte Lestral.

»Wie meint Ihr das schon wieder?«, fragte Hinrich.

»Wahrscheinlich ist es immer weiter gewachsen, bis es seinen eigenen Panzer nicht mehr tragen konnte und hier verendet ist«, erklärte der Magier.

»Na wunderbar«, kommentierte Hinrich halb ernst. »Es ist gut, zu wissen, dass manche Monster sich selbst besiegen.«

»Ein interessantes Gleichnis, nicht wahr?«, stellte Lestral fest. »Manche Monster blähen sich so sehr auf, bis sie an ihrer eigenen Größe zugrunde gehen.«

»Wenn Ihr auf das dunkle Reich anspielt, dann ist mir das herzlich egal«, erwiderte Hinrich.

»So dreist wäre ich nie«, der Magier blickte ihn spitzbübisch an.

»Wir können unter dem Stachelfüßler hindurch, wenn wir den Kopf einziehen.« Enowir zeigte auf eine Spalte zwischen Felsen und dem Panzer des Ungeheuers.

»Was ist mit Leichenfressern?«, erinnerte sich Hinrich an eine von Marelijas Lektionen.

»Ich glaube, die sind schon lange weg, man könnte es riechen. Sie werden vor allem von Verwesung angezogen.«

Hinrich sog schnaubend die Luft ein. Sie roch nach Staub und etwas anderem, das vielleicht vom Panzer der Kreatur ausging, aber Verwesungsgeruch gab es keinen mehr.

Enowir hatte sich bereits durch die Spalte hindurchgeschoben. Er ließ einen Ruf des Staunens vernehmen. In Hinrich erwachte eine ungekannte Neugier. Was war es, dass diesen kaltblütigen Elfen in Erstaunen versetzte? Die Frage stellten sich wohl auch einige Soldaten, denn es entstand sogleich ein dichtes Gedränge um den Durchgang. Vergessen schien der Schrecken der toten Kreatur.

Es dauerte, bis Hinrich sich endlich durch die Spalte gekämpft hatte. Der Panzer der Bestie fühlte sich rau an, wie eine Feile. Sein Überwurf blieb mehrfach an dieser Struktur hängen. Auf der anderen Seite standen die Soldaten so dichtgedrängt, dass er sich erst durch sie hindurchkämpfen musste, um freie Sicht zu haben. Die Felsen bildeten einen Krater wie in einem Vulkan und darin lag eine Stadt. Etliche Häuser aus Stein, von denen jedes mit einem Herrscherpalast konkurrieren konnte. Sie besaßen Zinnen und Türme. Im hinteren Teil der Metropole erhob sich ein Prachtbau, für den Hinrich jeder Vergleich fehlte. Noch nie hatte er so ein gigantisches Bauwerk gesehen. Gesäumt wurde die Elfenstadt von einer hohen Mauer, die den Ansturm einer jeden Armee zum Erliegen gebracht hätte. Aber etwas stimmte nicht, die Stadt erschien seltsam unscharf, sodass Hinrich an der Kraft seines Augenlichtes zweifelte. Manch ein Soldat blinzelte, wie gegen die Sonne, andere rieben sich die Augen, ihnen schien es ähnlich zu ergehen.

»Als hätte man einen grauen Schleier über die Stadt geworfen«, beschrieb Marelija, was sie sahen.

»Warum sollten wir davon nichts Wissen?«, fragte Enowir. Die Antwort blieb aus.

Ein seltsamer Wind blies durch die Stadt und fuhr Hinrich eiskalt in die Knochen. Er und seine Männer schauderten.

»Es ist ein eigentümliches Lied, das gesungen wird«, sinnierte Lestral. Er trat vor die Soldaten.

»Was meint Ihr?«, fragte Enowir.

»›Wir dürfen nicht vergessen‹«, übersetzte Lestral die Sprache des Windes.

Hinrich fröstelte.

»Ich höre es ebenfalls«, stimmte Marelija zu.

»Ich höre nichts.« Hinrich mühte sich vergeblich.

»Es gibt auch nichts zu hören«, gab ihm Lestral ein Rätsel auf. »Lauscht in Euch hinein.«

Hinrich wusste nicht, was das nun wieder bedeuten sollte. Er folgte der Kälte, die in ihn hineinkroch und da ...

Niemals! Sang eine fremde Stimme. *Wir dürfen nicht vergessen werden! Erinnert euch!*

Knarrend wurden die Tore der Stadt geöffnet. Was Hinrich nun hörte, erkannte er sofort. Den donnernden Gleichschritt einer Armee.

»In Formation!«, rief Hinrich. Die Soldaten reagierten unverzüglich. Der Schildwall war sogleich errichtet.

Der Gleichschritt, der Armee lief bebend durch den Felsboden.

Elfen, hunderte von ihnen, kamen aus dem Tor geschritten. In den ersten zwanzig Reihen bewaffnet mir Schwert und Schild. In den hinteren Rängen erhoben sich lange Kampflanzen. Die Rüstungen, wenn auch in Vollkommenheit verarbeitet, waren glanzlos. Die Gesichter der Elfen blieben ohne jeglichen Ausdruck und unscharf, so wie die Stadt hinter ihnen. Vor dem Tor zogen sie ihre Formation in die Breite. Sie verharrten nur einen kurzen Moment, dann begann der Angriff. Über den Lärm des Ansturms verstand Hinrich nicht, was Enowir schrie.

Wie das Geschoss eines Katapults schlugen die Elfen in den Schildwall ein. Sie brachen die Phalanx und danach die komplette Formation.

»Lestral! Eure Magie!«, brüllte Hinrich.

»Es ... nicht ...« Nur Bruchstücke von dem was der Magier rief, drang über den Schlachtlärm. »Ein ... Zauber!«

Ein Schlachtgetümmel entstand, wie Hinrich es lange nicht mehr gesehen hatte. Soldaten fochten um ihr Leben, Mann gegen Elf. Hinrich fing ein Schwert mit dem Schild ab. Es blieb in dem Holz stecken. Er riss den Waffenarm seines Gegners beiseite und stach ihm ins Gesicht. Es geschah nichts. Der Elf reagierte nicht auf die tödliche Wunde. Er trat nach rechts, aus der Klinge heraus, als wäre er ein Schatten. Der Elfenkrieger riss sein Schwert aus dem Schild und hieb erneut zu. Jene Erfahrung machten in diesem Moment viele der Soldaten. Einige waren so entsetzt, dass sie sich wehrlos abschlachten ließen. Blut spritze über den Felsboden. Sterbend oder tot, ging ein Soldat nach dem anderen nieder. Die Orks kämpften völlig schutzlos und so waren sie die Ersten, die gänzlich ausgelöscht wurden. Hinrich klammerte sich an sein letztes bisschen Lebenswillen und wehrte sich nach Leibeskräften gegen die Angreifer.

»Wir sind nicht eure Feinde!«, hörte er Enowir rufen.

Lestral schlug sich erstaunlich gut. Seine Schwertführung war vollkommen, als wäre er mit der Waffe in der Hand aufgewachsen, aber auch ihm schwanden die Kräfte.

Marelija hatte sich gleich mit dreien angelegt. Mit ihrem Kampfstab konnte sie diese zwar auf Abstand halten, aber wie lange noch? Ihr Stab brach bei einer Parade.

»Marelija!« Enowir warf ihr das Schwert zu. Er selbst hatte sich gerade freigekämpft. Die Elfin fing die Waffe und zog die Klinge mit einem wütenden Schrei durch. Sie schnitt damit zwei der Elfen durch die Kehlen, die sie parallel angreifen wollten. Diese zerstoben wie Wüstensand im Wind. Allein ihre Schwerter fielen klirrend zu Boden. Hinrich erkannte die Verarbeitung der Waffen. Sie glichen Enowirs Klinge, als seien sie vom selben Schmied gefertigt.

Hinrich ließ sein Schwert fallen und hielt den Schild mit beiden Händen. Der Elf, der sich ihm zum Gegner auserkoren hatte, schlug mit aller Kraft darauf ein. Hinrich stolperte rückwärts auf die Schwerter zu, die im Staub langen. Sein Schild brach. Er warf ein Bruchstück dem Elf entgegen, fiel zu Boden, griff nach einem der Schwerter, sah die Klinge auf sich herabgleiten und stach zu. Der Elf vor ihm verwehte, von ihm blieben nur Schwert und Schild. Hinrich griff nach der zweiten Waffe am Boden und sprang auf.

»Nutzt die Schwerter!«, rief er Enowir zu und warf ihm eine der Klingen hinüber. Der Elf fing sie und machte mit seinem Widersacher kurzen Prozess. Von diesem blieb ebenfalls nur die Bewaffnung übrig. Chotra manifestierte sich bei der Klinge, packte die Waffe und schleppte sie zu seinem Herrn. Dabei zog er sie nicht ganz unabsichtlich über einige Füße der Elfengeister, jene vergingen wie Sand im Sturm.

Lestral gelang es, die Waffen zu ergreifen, und setzte sich damit gegen die schemenhaften Krieger zur Wehr.

Hinrich sprang einem seiner Soldaten beiseite und zerschlug dessen Gegner.

»Nimm die Waffe!«, rief er dem Infanteristen zu, der seinen Kommandanten fassungslos anblickte. Wie ein Lauffeuer verbreitete sich die Kunde, wie den Elfenkriegern beizukommen war. Das Schlachtfeld lichtete sich. Zurück blieben lediglich die toten Orks und die Leichen der Soldaten.

»Neu formieren!«, rief Hinrich in seiner Rolle als Kommandant. »Vorrücken, wir müssen in die Stadt und auf die Wehrgänge!«

»Wir können die Toten doch nicht so zurücklassen«, wandte Marelija ein.

»Entweder wir rücken vor oder wir legen uns gleich zu ihnen!«

Hinrich sollte recht behalten. Auf den Wehrgängen der Stadt entbrannten sogleich Gefechte mit Bogenschützen, die von überall herbeiströmten.

Den präzisen Elfenschüssen fielen einige weitere Soldaten zum Opfer. Nur jene nicht, die sich mit den Schilden, der geisterhaften Elfen ausgerüstet hatten. Diese vermochten die Schützen nicht zu durchdringen.

Den Kampf gegen die Bogenschützen konnten sie schnell für sich entscheiden. Die Wehrgänge besetzt, hielten die Soldaten nach weiteren Feinden Ausschau.

Die Stadt lag wie ausgestorben da.

»Wir müssen das Wasser sichern«, erinnerte Lestral an ihre wichtige Fracht.

»Am besten bringen wir es an die Außenwand der Stadtmauer«, überlegte Hinrich. »Wenn sie noch einen

Ausfall wagen, dann liegen die Trinkschläuche zumindest nicht auf dem Schlachtfeld herum.«

Unter den wachsamen Augen Enowirs, der sich mittlerweile mit Pfeil und Bogen bewaffnet hatte und Marelijas, die eine der Kampflanzen führte, schleppten die Soldaten die Schläuche unter dem Kadaver des Stachelfüßlers hindurch. Darauf wurden einige Wachen zum Schutz der Trinkschläuche abgestellt.

Begleitet von zehn Soldaten drangen Enowir, Marelija, Lestral und Hinrich in die Stadt vor.

Solche Bauwerke hatte Hinrich noch nie gesehen. Es wunderte ihn nicht, dass sich die Elfen in Godwana nach den alten Tagen zurücksehnten. Hier lebten selbst die einfachsten Bürger in Palästen.

Zum Ziel hatten sie sich den Prachtbau in der Mitte der Stadt auserkoren. Die Frage, ob er mit Magie errichtet worden war, schien gänzlich überflüssig. Die schmalen Türme ragten unnatürlich hoch in den Himmel, so wie die Zinnen und Gebäude.

»Es wirkt alles so unwirklich, schemenenhaft wie im Traum«, bemerkte Marelija.

»Als hätte ein Gott einen grauen Vorhang über all das gelegt«, stimmte Hinrich zu.

»Das ist ein Zauber, eine alte Magie«, meinte Lestral. »Jedoch keine, der ich je begegnet bin. Da ist immer dieses Lied.«

Tatsächlich erklang das Lied unentwegt in Hinrichs Innerem. Es war leiser geworden, sodass er die Melodie kaum noch vernahm.

Sie liefen fast eine Stunde, die ganze Zeit hielt Enowir den Bogen im Anschlag. Während Hinrich mit seiner Aufmerksamkeit zu kämpfen hatte, die unentwegt in die Ferne glitt, blieb sie bei den Elfen ungebrochen.

Hinrich wischte sich über die Augen, vielleicht saß er einem Trugbild auf. Denn die verschwommenen Konturen der Gebäude bereiteten ihm Kopfschmerzen. Aber wenn ihn nicht alles täuschte, schwangen die beiden Flügel des Tores zum Palast auf. Es geschah unnatürlich lautlos, dass es ihm beinahe entgangen wäre.

»Enowir«, unwillkürlich flüsterte Hinrich und deutete zum Palast empor.

Der Elf sah hinauf.

»Ein Angriff?«, fragte Hinrich. Seine Faust schloss sich kampfbereit um den Schwertgriff.

»Wer weiß«, meinte Enowir, ebenso flüsternd.

»Was ist mit Eurer Magie?«, wollte Hinrich von Lestral wissen.

»Etwas blockiert sie, als läge ein Bannzauber über der ganzen Stadt«, erwiderte der Magister.

»Na wunderbar.«

Es blieb so unangenehm leise, als würde jemand seine Finger in Hinrichs Ohren bohren.

»Vorsichtig«, mahnte er, als Enowir zum Tor trat. Blitzartig zog der Elf den Pfeil auf, zielte und verharrte in Regungslosigkeit.

»Was ist?«, fragte Marelija.

»Sieh selbst«, verlangte Enowir.

»Oh«, mehr brachte die junge Elfe nicht heraus.

Neugierig kamen Lestral und Hinrich hinzu. Zuvor gab der Kommandant seinen Männern jedoch den Befehl zurückzubleiben und den Rückweg zu sichern.

Gemeinsam spähten sie in den Innenhof. Vor dem Portal des Palastes stand ein einzelner Elf. Er erschien genauso verschwommen, wie die gesamte Stadt. Er war unbewaffnet und dessen Gesichtsausdruck wollte Hinrich als ein Lächeln interpretieren. Die Kleidung des Elfen glich dem eines Herold. Oder wie der Pisser auch immer hieß, der die Besucher eines Schlosses in Empfang nahm.

Offenbar hatte er die Gruppe bemerkt. Er vollführte eine grazile Verbeugung, schritt zu dem Portal, schob es auf und trat beiseite.

»Ihr werdet bereits erwartet«, sprach er. Seine Stimme drang über den Hof an ihre Ohren. Hätte man Hinrich nach dessen Klang gefragt, so hätte er ihn nicht zu beschreiben gewusst. So als habe er sie vor Jahrzehnten gehört und nicht gerade eben.

»Wer erwartet uns?«, fragte Enowir, der als Erster den Hof betrat. Er senkte den Bogen.

»Der Rat«, sprach der Herold. »Mit Verlaub ihr seid spät, ich bitte Euch um Eile.«

»Wie viel zu spät sind wir?«, wollte Marelija wissen.

Der Herold lächelte sie an. »Zweitausend Jahre.«

***

Hinrich hielt so gar nichts davon, das Schloss zu betreten, ohne zuvor die anderen Gebäude auf dem Hof untersucht zu haben. Hier konnte eine ganze Arme der geisterhaften Elfen lauern und nur darauf warten, sie in die Zange zu nehmen.

Lestral hingegen meinte, dass sie sich innerhalb des Schlosses im Falle eines Angriffs besser verteidigen könnten. Die Enge des Schlossportals machte jede Übermacht wirkungslos. Es war geradeso breit genug für vier Kämpfer.

Sie wurden jedoch nicht angegriffen.

Der Herold führte sie durch die Empfangshalle, bis zu dessen Ende. Dort befand sich ein vergleichsweise kleiner, kreisrunder Raum, dessen Boden aus einer kunstvoll gearbeiteten Metallplatte bestand. Die

Abbildung darauf zeigte einen runden Tisch, an dem neun Throne standen, es sah aus wie eine Ratskammer. Hinter dem neunten Thron war stilistisch eine Krone dargestellt. Hinrichs Einwänden zuwider, betraten sie den Raum. Lediglich die Soldaten und der Herold blieben zurück, für sie gab es keinen Platz. Hinrich gefiel der Gedanke, Männer im Hintergrund zu wissen, die ihnen den Fluchtweg notfalls freihalten konnten.

Ein Ruck lief durch die Bodenplatte und sie begann sich anzuheben. Der Kommandant unterdrückte einen Fluch. Ein seltsames Gefühl, so gegen den Boden gedrückt zu werden, und die Wände an sich vorbeifahren zu sehen. Jedoch war es nicht einfach nur eine nackte Steinwand, die an ihnen vorbeiglitt. Jemand hatte sich die Zeit genommen, sie zu bemalen. Die Bilder waren allerdings genauso unscharf und farblos wie der Rest der Stadt, sodass Hinrich die Darstellung, im Licht des Zauberstabes, nicht zu erkennen vermochte.

Keiner von ihnen sprach ein Wort, Hinrich bemerkte die Anspannung deutlich. Jetzt wäre er dankbar für den Kobold gewesen, der die Stimmung mit seinen Grimassen aufheiterte, doch der kleine Kerl blieb verschwunden.

Die Fahrt endete abrupt, Hinrich verlor beinahe das Gleichgewicht, noch nie hatte er einen vergleichbaren Aufzug benutzt.

»Wir kommen hier nicht mehr raus«, resignierte er, auf eine massive Steinwand blickend.

Lestral klopfte ihm auf die Schulter und deutete über dieselbe nach hinten. Als Hinrich dem Finger mit dem Blick folgte, wurde ihm erneut schwindelig. Der Saal, der sich vor ihnen öffnete, wirkte gegenüber der Stadt seltsam Real. Hier war nichts verschwommen, sondern eindeutig und klar.

Der Saal war rund. An den Wänden befanden sich vierfach abgestufte Sitzränge, für Zuschauer. Im dunklen Reich hätte sich in der Mitte eine Arena befunden, in der Sklaven miteinander fochten. Hier gab es einen anderen Kampfplatz zu sehen, und zwar jenen der Diplomatie. Unter einem Kronleuchter, der mit einem dichten Spinnennetz überspannt war, stand ein runder Ratstisch. An diesem hatten neun Stühle ihren Platz, von denen jeder einem König würdig gewesen wäre. Sie glichen einer wie dem anderen, nur der neunte Stuhl war erhaben. Er gehört dem König der Elfen, das wusste Hinrich, aber nur, weil auf dessen Sitzfläche eine Krone ruhte. Aus Gold und Silber gefertigt und mit Edelsteinen aller Art verziert. Sie war mehr als ein Reif, nach oben reckten sich Ranken, die sich ineinander verflochten. Sie erstreckten sich ebenso nach unten, dabei wanden sie sich über den Nackenbereich.

Die weiteren Stühle waren aber keinesfalls leer.

»Das ist traurig«, drückte Marelija ihr Mitgefühl aus.

»Du hast recht«, stimmte Lestral zu.

Auf den Ratssitzen saßen Elfen. Sie waren wie Könige gekleidet. Der Stoff ihrer Gewänder war ausgeblichen und porös geworden. Die Gesichter mumifiziert, die Haut teilweise zu Staub zerfallen, darunter traten die Knochen zum Vorschein.

»Haben sie hier ausgeharrt, und darauf gewartet, dass die Elfen sich nach dem großen Ereignis vereinen?«, fragte Enowir.

»Vereinein«, wiederholte eine kratzige Stimme. Sie klang so trocken wie die Wüste selbst. »Ausharren, wir mussten ausharren, bis wir zu neuer Größe aufsteigen.«

Hinrich gefror das Blut in den Adern, als sich einer der Totgeglaubte regte. Zwei Sitze rechts neben dem Thron, saß eine tote Elfe, deren Geschlecht Hinrich aus dem Schnitt ihres Gewandes schloss. Die scheinbar mumifizierten Finger knackten, als sie sich um einen Kelch schlossen, der vor der Elfe auf dem Ratstisch stand. Ihr Kopf ruckte herum, dabei öffnete sie die Augen. Sie waren strahlend blau und kündeten von Leben, das eigentlich nicht mehr in ihr stecken durfte. Tattrig wie eine Greisin, in den letzten Atemzügen, hob sie den Kelch, um den Neuankömmlingen zuzuprosten. Sie warf einen Blick in das Gefäß und stellte ihn ab.

»Wer seit Ihr?«, fragte Marelija.

»Ich bin ...«, die Elfe stockte, als suche sie in den Windungen ihres Gedächtnisses nach ihrem Namen. »Ich bin Hebgira, Abgesandte der Stadt Drahtunu.« Sie straffte sich, einer uralten Gewohnheit folgend. In ihrem Körper knirschte es und die Kleidung bröckelte von ihrem Leib. »Ich war hier in Karnuharto, als uns das große Ereignis traf. Von diesen Fenstern aus sah ich, unsere Völker, die Hoch- und die Tiefgeborenen vergehen.«

Enowir schritt zu dem Ratstisch hinab, gefolgt von Marelija und Lestral. Hinrich wollte nicht als Feigling gelten und folgte ihnen. Skeptisch beäugte er die anderen Elfen im Rat, ob von ihnen wohl auch noch jemand lebte? Wenn dem so gewesen wäre, hätte es ihn sehr überrascht. Sie waren teils skelettiert und die leeren Augenhöhlen machten ihren Anblick nicht erträglicher.

»Ausharren, wir müssen ausharren«, skandierte Hebgira leise. Als versuche sie sich zum Durchhalten zu motivieren.

»Was habt Ihr getan, als Ihr es gesehen habt?«, fragte Enowir.

Die Jahrtausende alte Elfe sah ihn mit ihren blauen Augen an. Sie lächelte, als sie ihn erblickte, dabei rissen ihre Lippen in den Mundwinkeln ein. »Wir sandten unsere Armeen aus, um die Überlebenden nach der Flut zu bergen und hierher zu bringen.«

»Es kehrte keiner zurück«, half Lestral. Riet er es oder kannte er die Geschichte?

»So ist es«, stimmte das Ratsmitglied zu. »Die Monstren überrannten uns und diese Stadt. Wir der Rat, flüchteten in diese Kammer. Wir verwoben unsere Magie zu einem Zauber, der bereits zu meinen Lebzeiten alt war. Die Magie der Erinnerung. Diese Stadt sollte in unserem Gedächtnis bewahrt werden. Mit all ihrer Macht und den Soldaten. Nur eine Gruppe, angeführt von einem Nibahekrieger, sollte die Armee bezwingen können.« Sie blickte Enowir und Marelija abwechselnd an. »Wir einigten uns darauf, dass unser Volk ein Recht auf Leben hat. All unserer Verfehlungen und Freveln gegen die Götter zum Trotz. Aber nur unter dem beding, dass wir zurück zur Nibahe finden würden. Vorher gäbe dies keinen Sinn, denn in Abkehr von der Gabe Galarus würden wir uns wieder und wieder an den Punkt unserer eigenen Vernichtung bringen.«

»Ihr habt jeden Elf getötet, der auch nur in die Nähe dieser Stadt kam?«, fragte Enowir. War er entsetzt? Hinrich wusste dessen Mimik nicht zu deuten.

»Es ging um den Schutz unseres Erbes. Unser Volk war einst groß, weise und mächtig. Im Rausch der Macht gaben wir die Größe auf, die in Gnade und Mitgefühl bestand. Jedwede Weisheit opferten wir unserer Gier nach immer größerer Macht. Sollte unser Volk nicht lernen, zur Nibahe zurückzufinden, dann soll es zu Grunde gehen und anderen, besseren Platz machen.«

Hinrich spürte zum ersten Mal seit langem Scham in sich aufsteigen, als der Blick der Elfe ihn traf. In seinem Volk existierten zwar jene Werte, galten jedoch als absolut unerheblich. Sie standen wahrer Macht im Wege, wie es hieß. Nein, in den Menschen fand sich die Hoffnung der Elfen nicht bestätigt.

»Und doch habt ihr zurückgefunden«, sie blickte Enowir an. »Deshalb ist es nun Zeit, einen neuen König auszurufen.«

Die völlig ausgezehrte Gestalt erhob sich. Hinrich befürchtete, sie würde dabei auseinanderbrechen. Teile ihrer Kleidung zerfielen zu Staub. Die Haut darunter, war trocken und rissig, sie glich keinem lebenden Gewebe. Hebgira stützte sich an dem Ratstisch ab, als sie die Beine durchstrecken. »Ausharren, wir müssen ausharren«, wisperte sie.

»Wie hat sie so lange überlebt?«, flüsterte Hinrich. In ihm erstarb der Impuls zu ihr zu eilen und sie zu stützen, denn in dem Moment fing sie sich.

»Das Elfenleben, ist unendlich«, erklärte Lestral. »Aber sie benötigen Nahrung und Wasser. Wenn sie nichts davon zu sich nehmen, erhalten sie für jedes Lebensjahr einen zusätzlichen Tag. Einem Elf, dem es gelingt ein Jahr ohne zu Essen und zu trinken zu überleben, der muss mindestens vierhundert Jahre alt sein.«

»Schwieriger war es, meinen Geist zusammenzuhalten, um den Schutz aufrechtzuerhalten, den wir um diese Stadt errichtet haben«, berichtete Hebgira. »Meine Erinnerungen verschwimmen, werden undeutlich.« Sie schritt um den Ratstisch herum. Dabei strich sie einem der Toten über die Schulter. Ihre Berührungen waren unbeholfen und zärtlich zugleich, sie kündeten von einer alten Liebe, die vor Jahrhunderten vergangen sein mochte.

»Was habt Ihr nun vor?«, fragte Enowir.

Unsicher, er ist unsicher, versuchte Hinrich, die Miene des Elfen zu lesen.

Hebgira griff die Krone. »Du wirst unser neuer König sein.« Sie wankte mit der prächtigen Krone in beiden Händen auf Enowir zu.

»Das ... nein ...«, widersprach dieser.

»Aus diesem Grund bist du der Richtige«, beharrte Hebgira. »Dir verlangt es nicht nach Macht. Die Last der Verantwortung wischt dir jede Arroganz über solch einen Titel beiseite«, erklärte sie. Schwerfällig schritt sie auf Enowir zu. Dieser wich zurück, wie vor einem schrecklichen Monster.

»Euer Volk liegt am Boden, die Frage nach der Herrschaft ist absolut widersinnig«, sprach Hinrich einen Gedanken aus. »Mit Verlaub«, fügte er hinzu, um seinen Worten die Schärfe zu nehmen.

»Sie ist die wichtigste Frage, denn damals als wir den Herrscher verloren, begann unser Untergang. Wir waren zu gierig, als dass wir die Zauber hätten weben können, einen neuen Herrscher zu krönen. Es ist mehr als nur ein Titel. Enowir, dein Volk hat auf dich gewartet. Nur du kannst die Herrschaft antreten. Marelija ist zu jung, sie ist noch nicht gefestigt genug, um zur Königin zu werden. Wenn du es nicht tust, dann ist all unser Streben ... dein Streben vergebens gewesen.«

Enowir zauderte. Zum ersten Mal erkannte Hinrich, wie der Elf innerlich mit sich focht. Er kannte keinen, der bei solch einem Versprechen von Macht gezögert hätte, sie zu ergreifen.

»Enowir«, bat Hebgira. »Für unser Volk.«

Der Elf schob den Pfeil zurück in den Köcher und stellte den Bogen beiseite. Er fiel auf die Knie, so als würde ihn eine gigantische Hand mit brachialer Gewalt zu Boden zwingen.

Hebgira senkte die Krone auf das Haupt des Elfen herab. In dem Moment, in dem sie ihre Hände von der Krone nahm, lief ein Impuls durch den Raum, der Hinrich wie eine Faust gegen die Brust traf. Er keuchte.

»Erhebe dich, König der Hochgeborenen«, befahl Hebgira.

Enowir richtete sich vorsichtig auf, als müsse er die Krone auf seinem Kopf balancieren. Erst als er aufrecht stand, fiel die Unsicherheit wie ein Mantel von seinen Schultern.

Hebgira lächelte. Das Licht in ihren Augen erlosch, zurück blieben leere Höhlen. Ein Lüftchen brach ihre Gesichtszüge. Wie Sand wurde die rissige Haut vom Knochen geweht. Ihre Leiche fiel klappernd zu Boden. In dem Haufen aus Staub und alten Gebeinen fand sich eine Brosche, in die ein schwarzer Stein eingefasst war.

»Sie war selbst nicht mehr als eine Erinnerung«, stellte Lestral fest.

In dem Moment drehte sich Enowir um. Seine Augen strahlten in einem silbernen Glanz. Selbst in der verschlissenen Kleidung, mit dem Köcher über der Schulter ging von ihm eine Erhabenheit aus, wie Hinrich sie noch bei keinem Herrscher empfunden hatten. Er konnte dieser nicht anders begegnen, als auf die Knie zu fallen. In der demütigen Haltung angekommen, bemerkte er, dass es seinen Begleitern ähnlich erging. Selbst Lestral kniete. Magier senkten für gewöhnlich vor einem König lediglich den Blick, das war deren höchste Form der Ehrerbietung.

Enowir schritt um den Ratstisch und stellte sich vor den Thron. Mit der Faust hieb er auf die Tischplatte aus Stein. Der Klang lief wie eine Welle durch die Ratshalle. Wind brandete auf. Die toten Elfen in den Stühlen verwehten bis nichts von ihnen übrig blieb. In der ganzen Ratskammer zerrissen und verflogen die Spinnweben. Hinter Enowir an der Wand offenbarte sich die steinerne Darstellung zweier hoch aufgeschossener Elfen. Gemeinsam hielten sie eine Schale über dem Königsthron, so als wollten sie den Inhalt im nächsten Moment über den Stuhl ausgießen.

Die Faust auf die Tischplatte gedrückt sprach Enowir, mit aller Macht. »Es wird in jedem Elf widerhallen, sie werden wissen, dass sie einen König haben!« Seine Worte klangen leise in Hinrichs Körper wieder.

Mareljia dagegen schienen sie wesentlich heftiger zu ergreifen. Tränen schwemmten ihre Augenlider.

»Erhebe dich, Marelija«, befahl Enowir. »Erstes Mitglied dieses Rates. Nimm zu meiner linken Platz.«

Die Elfe folgte, die Worte ließen keinen Widerspruch und keinen Zweifel zu.

»Erhebe dich Lestral, Magister aus der hohen Schule der Magie. Nimm als Gesandter Platz am Ratstisch der der Elfen.«

Der Magier erhob sich, um der Aufforderung Folge zu leisten.

Hinrich schluckte. Er war ein viel zu kleines Licht, ein Deserteur, er durfte sich glücklich schätzen hier knien zu dürfen.

»Erhebe dich Hinrich, Sohn der Menschen und nimm Platz an diesem Tisch, in diesem Rat soll deine Stimme zu jeder Zeit gehört werden.«

Unsicher stand er auf und setzte sich auf einen der Ratstühle, weit ab von dem neuen König.

»Es gibt viel zu tun«, verkündete Enowir. »Ein Feind hat unser Reich befallen und wir werden ihn in die Schranken weisen.«

Solch Entschlossenheit kannte Hinrich von Enowir nicht.

»Zunächst gilt des den Elfen in Rewolkaar beizustehen. Wir werden sie über den Wegpunkt im Schlosshof erreichen, ihnen das Wasser bringen und mit vereinten Kräften den Soldaten des dunklen Reiches zur Hilfe eilen«, erklärte Enowir.

»Dradnach meinte, hier könnte es Aufzeichnungen über die Nekaru geben, wie sie zu rufen und zu bannen sind«, erinnerte Lestral. »Wenn ich sie sie fände, dann könnte uns das behilflich sein.«

»Sieh im zweiten Stock, in der Bibliothek nach, vielleicht hat etwas die Zeit überdauert«, riet Enowir. »Ich selbst weiß nichts über die Nekaru. Das einzige Volk, mit denen die Elfen vor dem großen Ereignis Konflikte hatten, waren die Tiefgeborenen. Aber sie haben höchstwahrscheinlich nichts mit den Nekaru zu schaffen. Wenn wir Rewolkaar gerettet habe, gibt es dort zwei Elfen, die dir bei den Studien helfen können.«

»Woher weißt du das alles?«, fragte Marelija, wenn sie auch jung war, so schien sie sich nicht an eine herrschaftliche Anrede gewöhnen zu können. Genauso wenig wie an den Umstand, Mitglied des Elfenrats zu sein.

»Ich ...«, zum ersten Mal blitze im Gesicht des Elfenkönigs der alte Enowir auf.

»Es ist die Krone und die Zeremonie, sie hat die Erinnerungen des Rates an ihn übertragen und die Nibahe hat sie freigesetzt«, half Lestral.

XVII.

»... verbannt und vergessen ... für immer ...«

Uraltes Textfragment

Die nächsten Tage verbrachten sie mit den Vorbereitungen. Angeblich konnte man einen Wegpunkt zu hunderten durchschreiten, wenn man sich dabei berührte. Auch wenn es Hinrich zuwider war, sich an den Händen zu fassen, es musste wohl sein. Auf diese Weise sollte es sogar möglich sein, Gepäck mitzunehmen. Wenn das tatsächlich gelang, so wäre dies der schnellste und sicherste Weg nach Rewolkaar. Jener Stadt in der es Elfen gab, denen es galt zur Hilfe zu Eilen.
Der magische Reif, der nötig war den Wegpunkt zu nutzen, saß eng um Hinrichs Handgelenk. Die Elfen waren recht feingliedrig, bei Marelija rutschte er über den gesamten Unterarm. Skeptisch hatte Hinrich den Wegpunkt zum ersten Mal berührt. Er war über das Bild erschrocken, dass sich in seinem Kopf gezeigt hatte. Mittlerweile fiel es ihm leicht, sich darauf zu konzentrieren. Er sah den gesamten Kontinent Krateno vor seinem inneren Auge. Darüber spannte sich ein kompliziertes Geflecht aus leuchtenden Linien, die meisten davon führten ins Leere. Bei dem großen Ereignis mussten viele Wegpunkte zerstört worden sein. Laut Enowir ... König Enowir, genügte es, wenn die Wegpunkte umgekippt oder verschüttet waren, damit sie unbenutzbar wurden. Es musste eine Verbindung über die Luft bestehen. Selbst wenn eine geschlossene Tür dazwischen lag, so wären die Wegpunkte nicht mehr zu

gebrauchen. Des Weiteren bestand die Gefahr, dass man sich direkt in das Nest eines Monstrums beförderte.

»Kommandant Hinrich«, sprach ihn einer der Soldaten an.

Er nahm die Hand von dem Stein, das Bild in seinem Geist erlosch, er schlug die Augen auf. »Ja?«

»Da sind welche am Tor, sie wollen den König sehen.« Der Soldat wirkte verunsichert.

»Wer?«, fragte er.

»Es sind die Elfen in Lederrüstungen, vom Wasserloch«, berichtete der Soldat.

»Geh zum König, er soll entscheiden«, wies Hinrich ihn an.

Der Soldat nickte und lief zum Schloss hinauf.

Hinrich indes, wandte sich zum Tor. Der Zauber, der über der Stadt gelegen hatte, war gefallen. Ihre Umrisse erschienen nun völlig klar. Die Zeit war nicht spurlos an der Metropole vorbeigegangen. Die Fassaden waren verwittert und manch ein Gebäude eingestürzt. Zumindest hatte der Zauber der Elfen dafür gesorgt, dass es innerhalb der Mauern keine Bestien gab. Enowir ließ Tag wie Nacht Soldaten durch die Straßen streifen, die dafür sorgen sollten, dass es auch so blieb. Tatsächlich gab es einige fliegende Ungetüme, die unentwegt versuchten, hier ihre Nester zu bauen. Diese waren sie bisher ohne Verluste losgeworden.

Zu essen gab es hier nichts und Hinrich vermisste einen saftigen Braten. Sie ernährten sich von dem heilenden Wasser. Ein Tropfen davon genügte, um ihren Durst und Hunger für zwei Tage zu stillen.

***

Enowir musste wohl noch lernen, dass man sich als König Zeit ließ. Es kam darauf an, seine Untergebenen warten zu lassen, das zeigt ihnen, wie unwichtig sie waren. Und Elfen, die um Asyl suchten, die sollte man gleich doppelt so lange ausharren lassen, damit sie mürbe wurden. Der neue König sah das offenbar anders. Als Hinrich bei dem Tor ankam, war Enowir bereits dort und ließ die Windelfen - wie er sie nannte - hinein.

»Ich möchte, dass ihr sie mit Rüstungen und Schwertern aus dem Arsenal ausstattet«, verlangte er von einem der Soldaten.

»Mein König, ist das klug?«, fragte Hinrich leise. »Sie waren einst Eure Feinde.«

»Das waren sie nie. Sie waren verloren, jetzt haben sie einen neuen Weg«, sprach Enowir feierlich. »Wenn wir die Nekaru besiegen wollen, brauchen wir Krieger«, fügte er flüstern hinzu. Er fuhr mit normaler Lautstärke fort: »Habt Ihr in der Karte den Landeplatz des dunklen Reiches gefunden?«

»Ja, aber der Wegpunkt dort ist nicht mehr zu gebrauchen«, berichtete Hinrich. Misstrauisch beäugte er die Elfen, die staunend in die Stadt kamen. Sie hatten ihre Frauen und Kinder dabei, das beruhigte ihn ein wenig, niemand brachte Schutzbedürftige dorthin, wo sie Krieg zu führen gedachten. »Es gibt einen, der sich vielleicht eine Tagesreise weiter westlich von Rewolkaar befindet, der ist benutzbar.«

»Wer durch einen Wegpunkt schreitet, verliert einen halben Tag, dies müssen wir bedenken«, erklärte Enowir. »Ihr seid mittlerweile sicher im Umgang damit?«

»Wenn ich einen Wegpunkt ausgewählt habe, muss ich mich nur darauf konzentrieren«, wiederholte Hinrich die Lektion, die Enowir ihm eingebeult hatte.

»Eure Männer wissen, was zu tun ist, wenn sie einen Wegpunkt verlassen?«, fragte der König.

»Sofort die Umgebung sichern. Ich habe es mit ihnen mehrfach geübt, der Ablauf sollte reibungslos vonstattengehen.«

»Gut, denn wir werden heute, zum finstersten Punkt der Nacht, aufbrechen«, erklärte Enowir. »Macht Eure Männer dafür bereit.«

»Mein König, erlaubt mir, meine Bedenken zu äußern«, bat Hinrich.

»Sprecht«, verlangte Enowir, sein rechter Mundwinkel bewegte sich leicht. Vielleicht ein Lächeln?

»Ein König sollte nicht an die vorderste Front gehen, nicht wenn in Eurem Kopf das Erbe Eures gesamten Volkes liegt«, sprach Hinrich.

»Ja«, seufzte er. »Das hat Marelija auch schon gesagt.«

***

»Du hast die alte Sprache schnell gelernt«, lobte Lestral. Gemeinsam mit Marelija brütete er in der Bibliothek über gigantischen Folianten.

»Sie ist der elfischen Schrift nicht ganz unähnlich«, meinte sie.

»Sie ist nicht unähnlich, richtig, und doch ganz anders«, ergänzte der Magier. Sein Stab leuchtete den Raum aus, der keine Fenster und eine staubtrockene Luft besaß. In dem blauen Licht fiel das Lesen besonders leicht. Mittlerweile verstand Marelija, warum Daschmir die meiste Zeit in der Bibliothek zubrachte.

Mit jeder Erkenntnis, die sie gewann, tauchten mindestens zwei neue Fragen auf.

Nur Chotra schien sich nicht für das geschriebene Wort zu interessieren. Er streifte gelangweilt durch die Gänge, las hier und da einen Buchrücken oder zog einen Folianten hervor, um dessen Titel genauer in Augenschein zu nehmen. Wenn er glaubte, etwas Interessantes gefunden zu haben, meldete er sich bei seinem Herrn.

»Es ist sinnlos, so schnell können wir diese Bibliothek nicht durchsehen«, Marelija sah auf. Die Summe an Büchern hatte sie fast erschlagen, als Enowir ihnen den Raum geöffnet hatte.

»Ich weiß, dass Dradnach Glück hatte, solch einen Text zu finden«, äußerte Lestral. Er stand vom Studiertisch auf und streckte sich.

»Sein Glück, unser Verderben«, urteilte Marelija düster.

»Da hast du recht«, stimmte Lestral zu.

»Woher stammt eigentlich die andere Art zu schreiben?«, fragte die Faranierin und lehnte sich zurück. »Ich meine, die Elfen haben ihre eigene. Diese Sprache, sie findet sich nur in wenigen Büchern.«

»Und auch nur in den sehr alten. Wir nennen sie die Sprache der Magie. Die Worte können ausgesprochen mächtige Zauber entfesseln«, erklärte Lestral.

»Oder einem den Kopf platzen lassen«, presste Chotra hervor. Er schleppte gerade ein ramponiertes Buch heran, das mit einem Schloss versiegelt war. Die Seiten waren so brüchig, dass sie aus dem Einband heraus bröselten. Von ihnen blieb nicht mehr als Staub.

»Man muss achtsam damit sein, das ist -«, Lestral sah, was sein Kobold da tat. »Bei allen Strömungen der Magie, was hast du da?«

Chotra ließ das Buch zu Boden gleiten. »Das lag unter einem Regal«, berichtete er. »Das Schloss glitzerte so schön. Darf ich es behalten?«

Lestral hob das Buch auf und legte es auf den Tisch. Der Einband war so rissig, dass dieses Schloss ihn nicht mehr zusammenzuhalten vermochte. Lestral trennte den Verschlussmechanismus vorsichtig heraus und reichte ihn seinem Kobold. Dieser drehte das Metall im Schein des Stabes, das Licht brach sich darin und warf die verschiedensten Farbfacetten an die Regale. Fasziniert beobachtete der Kobold das Schauspiel.

Lestral öffnete sorgsam das Buch. Von den Seiten waren nicht mehr als Fragmente geblieben. Dazwischen gab es bereits große Staubnester, von Seitenteilen, die unwiederbringbar verloren waren.

Mit spitzen Fingern zog Lestral die obersten Seiten herunter. Wenn sie einst beschrieben gewesen waren, so waren die Worte nun verblasst.

Marelija trat neben ihn und sah ihm dabei zu.

Die meisten Worte konnte sie nicht mehr enträtseln. Es gab Abbildungen, doch auch diesen hatte die Zeit nicht gutgetan. Aber dann ... Zunächst glaubte Marelija, es sei einen Tintenfleck, doch da erkannte sie es.

»Das ist es, das ist der Schlund«, beim Sprechen hielt sie sich die Hand vor den Mund, damit ihr Atem das sensible Pergament nicht verwehte.

Lestral hielt die Luft an und beugte sich hinab, um die undeutlichen Worte besser lesen zu können. Marelija ließ ihn gewähren. Als er sich erhob und nach Atem rang, blickte sie ihn fragend an.

»Ein Gefängnis«, keuchte er. »Das was du Schlund nennst, ist ein alter Zauber um Feinde in das Erdinnere zu bannen. Tiefer, als die Tiefgeborenen jemals graben würden.«

»Gibt es eine Möglichkeit das Gefängnis zu versiegeln?«, fragte Marelija hoffnungsvoll.

»Es gibt nur eine Formel, wie man es öffnet, und die soll vergleichsweise leicht sein, die wird aber auf der Seite nicht beschrieben. Es ist auch nichts davon zu lesen, wie man den Schlund aus der Ferne schließt.« Er holte tief Luft und tauchte erneut in die Seiten ab. Er verbrachte viel Zeit damit, die Fragmente auseinanderzuziehen, doch das Buch schien ihm nicht mehr zu offenbaren. Er erhob sich und schüttelte den Kopf. »Was ich finden konnte, ist der Vermerk, dass sich der Zugang zu dem Gefängnis von alleine schließen. Es scheint nicht natürlich zu sein, dass er offenbleibt. Außerdem genügt es wohl nicht, den Schlund von einer Seite zu öffnen. Es muss auf beiden Seiten dasselbe Ritual durchgeführt werden.«

»Aber wie lange hält so ein Zauber? Dradnach hat ihn vor etlichen Jahren gewirkt, damit kann er die Nekaru doch nicht auf unser Land gelassen haben«, zweifelte Marelija.

»Auch wenn ich nichts über die Durchführung des Öffnungsvorgangs gefunden habe, so würde ich - nach Dradnachs Beschreibung - auf ein schamanistisches Ritual schließen«, mutmaßte Lestral. Auf den fragenden Blick der Faranierin erklärte er: »Der Schamanismus erlaubt es, sehr komplexe Zauber zu wirken. Über ein Ritual kann man diesen an einen Ort oder Gegenstand binden. Dort schlummert er, bis er ausgelöst wird.«

»Das bedeutet, dass überall auf Krateno solche Rituale stattgefunden haben könnten, durch welche die Nekaru auf unseren Kontinent gelangen können?« Marelija schauderte.

»Ja und nein«, antwortete Lestral. »Die Ritualplätze können nur einmal benutzt werden, um einen Schlund zu öffnen. Danach muss man den Zauber erneuern. Die Nakaru sind nicht dumm, sie haben vermutlich das Ritual bemerkt, das Dradnach durchgeführt hat. Haben aber abgewartet, bis sie diese Möglichkeit nutzten, damit keiner mehr mit ihnen rechnet. Was mich jedoch erstaunt ist, dass solch ein Schlund bestehen bleibt. Normalerweise ist die Wirkung schamanistische Rituale zeitlich begrenzt.«

»Ein Schlund bleibt auch nicht einfach so offen«, sprach Marelija bitter. »Es ist ein übler Zauber notwendig, um sie geöffnet zu halten.«

Lestral nickte. Dankenswerterweise ging er nicht weiter auf das schmerzliche Thema ein. »Was auch immer da unten gefangen worden ist, es hat einen Weg zurück in diese Welt gefunden und versucht sie zu übernehmen«, mutmaßte er.

Die Tür wurde vorsichtig geöffnet, Enowir trat herein. In der Krone fing sich ebenfalls das Licht des Stabes.

Marelijas Freude darüber, ihren Freund zu sehen, fand in dessen ernsthafter Miene jähen Abbruch.

»Macht euch bereit«, wies er sie an.

XVIII.

*»Welch Kraft und Wohlstand könnte daraus erwachsen,
wenn die Völker Godwanas zusammenarbeiten würden.«*

Aus Lestrals persönlichen Tagebüchern

Mit den Windelfen und einem Teil der Menschensoldaten schritten sie durch das Portal und würden im Morgengrauen in Rewolkaar ankommen. Die ganze Gruppe schritt scheinbar in den Wegpunkt hinein. In Wirklichkeit wurden sie jedoch eins mit der Luft und bewegten sich mit dem Wind über Krateno. Woher Enowir das wusste, vermochte er sich selbst nicht zu erklären. Es schien, als hätten sich die Erinnerungen von Hebgira in ihm niedergelassen, ohne dass dabei ihre Persönlichkeit mit in seinen Geist eingezogen wäre.

Enowir blickte dem Trupp wehmütig hinterher. Auf Hinrichs und Marelijas Drängen war er zurückgeblieben.

Er schritt ins Schloss zurück und fuhr in die Ratskammer hinauf. Hier hatten sie sich einst beraten, die Elfen von Krateno. Vertreter aus allen Städten. Lange vor dem großen Ereignis hatte es keinen Herrscher mehr gegeben, und jetzt sollte er, Enowir, es sein. Es fiel ihm noch immer schwer, das zu glauben.

Im Schein des Kronleuchters glänzte etwas unter einer der steinernen Zuschauerbänke. In Gedanken bückte sich Enowir danach. Es war die Brosche von Hebgira. Das Einzige, was von ihrer Existenz geblieben war. Es handelte sich um einen schwarzen Edelstein, der in Gold eingefasst war. Enowir hielt ihn nachdenklich gegen das Licht. Die Schwärze waberte in dem Juwel, wie Tinte, die verzweifelt versuchte, sich mit Wasser zu verbinden. Für einen Moment gefror die Flüssigkeit in dem Stein und ein Gesicht grinste ihn aus schwarzen Augen an. Enowir zuckte heftig zusammen.

»Es tut mir leid, ich wollte Euch nicht erschrecken«, entschuldigte sich Garum, der soeben den Thronsaal betrat. Ihn hatte Enowir gänzlich vergessen.

»Hauptmann«, der König nickte ihm zu. Er behielt die Brosche in seiner rechten Faust.

»Oh ich bin wohl nur noch ein einfacher Soldat«, erwiderte dieser matt lächelnd. »Und nachdem ich zu einer Gruppe Deserteure gehöre, auch nicht einmal mehr das. Vermutlich werde ich nie mehr Heim ins Reich kommen.« Verbitterung lag in seinen Worten. Er schritt neben Enowir ans Fenster und blickte hinaus.

»Das ist bedauerlich«, drückte der neue König der Elfen sein Mitgefühl aus. »Vielleicht kann ich mit Euren Herrschern reden, damit Ihr zu Eurem alten Posten zurückkehren könnt«, bot er an.

»Vergebt mir, aber Ihr kennt meine Herrscher nicht. Gnade gehört nicht in ihr Vokabular«, lehnte Garum ab. »Es sei denn, ich könnte ihnen etwas bieten, eine Errungenschaft sozusagen.«

»So?«, fragte Enowir.

»Ich glaube nicht, dass sie ein weiteres Königreich auf der Landkarte dulden werden, es gibt schon zu viele. Wenn ich verhindern könnte, dass ein neues ...«, Garum stieß zu.

Enowir sah die Klinge, die seinen Hals zerriss, nicht kommen. Blut sprudelte aus der klaffenden Wunde.

Garum sah zufrieden auf ihn herab, als der König zu Boden ging. »Wenn ich verhindere, dass sich ein neues Reich erhebt, dann kann ich mich in ihren Augen reinwaschen. Ich werde ein gefeierter Held.«

Ich kann dich retten, bot eine eisige Stimme Enowir an. Sie erklang in seinem Kopf und schnitt, wie die Winterkälte. *Zerschlage den Stein und lasse mich in deinen Geist.*

»Ihr Elfen werdet nie mehr sein, als einfaches Gesindel«, triumphierte Garum.

Die Stimme drang offenkundig aus der Brosche. *Ich habe zu lange gewartet, um mir jetzt die Möglichkeit nehmen zu lassen, endlich zu herrschen.*

Enowir ließ die Brosche aus der Hand gleiten. Die Stimme erlosch. Er griff an seinen Gürtel, löste ein Fläschen davon und schüttete den Inhalt über seinen Hals.

»Was?«, Garum konnte sehen, was Enowir nur spürte. Die Wunde schloss sich. Der Hauptmann stach erneut zu, Enowir wich zur Seite. Der Dolch ritzte seine rechte Wange auf. Er packte den Arm des Menschen und drehte ihn herum, sodass es, in dessen Gelenken knackte. Garum schrie auf. Der König erhob sich.

»Lestral hatte recht, als Anführer muss man immer mit Verrat rechnen«, meinte Enowir enttäuscht. »Ich sage dir Garum«, er entwandt ihm den Dolch. »Weder du, noch ein anderes Stumpfohr wird uns Hochgeborene daran hindern ein neues Reich zu begründen.«

Irgendetwas in Enowirs Miene schien Garum heftig zu erschrecken. Der Gesichtsausdruck des Menschen erstarb abrupt, als Enowir ihm den Dolch von unten durchs Kinn in den Schädel trieb. Garum kippte nach hinten und schlug ungebremst auf. Blut ergoss sich aus der Wunde, über den Boden des Ratsaals. Von sich selbst entsetzt blickte Enowir auf sein Werk.

XIX.

»Dereinst wird ein König kommen und die Hochgeborenen zurück ins Licht führen. Wenn diese Zeit anbricht, wird es jeder der unsren wissen.«

Aus den Prophezeiungen der Hochgeborenen

Es fühlte sich so an, als wäre man im Suff aus einer Taverne geschmissen worden, so unbeholfen strauchelte Hinrich aus dem Wegpunkt heraus. Er stürzte und über ihn stolperten die Soldaten. Hinrich verkniff sich einen lauten Fluch und stemmte sich hoch, während die Elfen grazil über ihn hinwegsprangen.

»Verteilt euch«, zischte er. »So wie wir es durchexerziert haben«, erinnerte er sie. Nur wenigen seiner Männer war es gelungen, auf den Beinen zu bleiben. Sie halfen ihren Kameraden auf, um sich nach einem kurzen Durcheinander über den Platz zu verteilen.

Hinrich blickte zum Himmel hinauf. Eigentlich sollte es mittags sein, doch von der Sonne war nichts zu sehen. Dunkle Wolken verdeckten sie, wie ein dicker Vorhang. Dieses Land war tatsächlich verflucht. Seit sie hier gelandet waren, brannte die Sonne vom Firmament, sodass man in der Rüstung schmorte. Und jetzt, da sie mit dem Sonnenlicht gerechnet hatten, verbarg es sich hinter einem grauen Schleier.

Sie befanden sich - wie Enowir gesagt hatte - in einer Stadt. Die Zeit hatte es mit ihr nicht sonderlich gut gemeint. Auf einige Gebäude wiesen nur noch die Grundrisse hin. Andere waren stark verwilder und teilweise eingestürzt.

»Und?«, fragte Hinrich.

»Wir sind richtig«, verkündete Marelija.

»Das ist erfreulich«, kommentierte Hinrich. »Wohin jetzt?«

»Wir sollten erst zum Palast hinaufgehen, vielleicht ist dort jemand, der unsere Hilfe braucht.«

»Ihr habt es gehört«, wandte sich Hinrich an seine Männer, zu denen er auch die Elfen zählte. »Los jetzt.«

Die Soldaten setzten sich in Bewegung. Die Elfen dagegen waren es nicht gewohnt, eine Phalanx zu halten und scherten unentwegt aus. Sie mussten, von den erfahrenen Infanteristen, beharrlich zurückgerufen werden.

Aus den Schatten zwischen den Häusern blickten sie leuchtende Augenpaare an. Sie blinzelten und verschwanden, um gleich darauf an anderer Stelle aufzutauchen.

»Was sind das für Kreaturen?«, fragte Hinrich. »Sie sehen aus wie nackte Affen.«

»Das sind Aasfresser«, flüsterte Marelija. »Von ihnen haben wir nichts zu befürchten.«

»Warum flüsterst du dann?«, fragte Hinrich noch leiser.

»Weil es so viele sind. Wir sollten sie nicht aufscheuchen. Jedes Tier wehrt sich, wenn es sich bedroht fühlt«, erklärte sie.

»Na wunderbar.«

In dem fahlen Licht sah er eines der Wesen, das ihren Weg kreuzte. Es war nicht mehr als ein Schatten mit glitzernden schwarzen Augen und blitzenden Zähnen. Sie ließen es passieren und setzten daraufhin ihren Marsch fort. Hinrich spürte die Angst seiner Männer. Sie waren den Anblick dieser Kreaturen nicht gewohnt. Da erging es den Elfen in ihren Reihen wesentlich besser. Sie kannten Krateno und wussten, wo die wirklichen Gefahren lauerten.

»Haben die Aasfresser schon immer hier gelebt?«, fragte Hinrich.

»Nein«, erwiderte Marelija. »Sie sind vermutlich nur hier, weil es für sie eine große Ausbeute gibt.« Die junge Elfe schauderte.

Auch Hinrich beschlich eine düstere Vorahnung. Was wenn sie zu spät kamen?

Ein paar Meter weiter stieg Hinrich ein Gestank in die Nase, der ihm verriet, warum sich hier so viele Aasfresser eingefunden hatten. Der süßliche Verwesungsgeruch trieb ihm die Tränen in die Augen. Einige seiner Männer würgten heftig. Auch diesmal erwiesen sich die Elfen als beherrschter. Das waren nicht die sensiblen Geschöpfe, die im Rest von Godwana lebten.

Sie betraten eine Straße, die hinauf zum Palast führte, sie war übersät mit zerrissenen Kadavern, die kaum noch zu identifizieren waren. Dazwischen krochen und sprangen die Aasfresser herum, auf der Suche nach dem besten Stück Fleisch.

»Die Nekaru, sie waren hier«, flüsterte einer der Soldaten. Die Menschen erschauderten allesamt. Ohne die Unterstützung des Magiers waren sie gegen diese Kreaturen aufgeschmissen.

»Reißt euch zusammen«, befahl Hinrich.

»Das waren nicht die Nekaru«, versicherte Marelija.

»Was dann?«, fragte einer der Soldaten mit bebender Stimme. Der Mangel an Disziplin war beklagenswert, doch was sollte man von einem Deserteur anderes erwarten?

»Ich habe da so eine Ahnung.« Marelija schob die Kampflanze unter einen der zerrissenen Leiber und drehte ihn herum. Ihnen stob eine Wolke aus Fliegen entgegen.

»Du willst uns nur beruhigen«, versuchte ein Soldat, sie zu durchschauen.

»Ruhe jetzt«, rief Hinrich den Infanteristen zur Ordnung.

»Es sieht so aus, als hätten die Kreaturen gegeneinander gekämpft«, urteilte sie.

»Und am Ende haben die Aasfresser gewonnen«, fügte Hinrich hinzu.

Marelija nickte. Sie lenkte ihre Schritte zum Palast hinauf.

»Sieh doch«, wies Hinrich sie an. Er deutete auf das zertrümmerte Stadttor. »War das schon immer so.«

Marelija wirkte beunruhigt. Er hätte es nicht bemerkt, wenn er von ihr nicht die ein oder andere Lektion erhalten hätte.

»Nein, das Tor war geschlossen und massiv. Genauso, wie das oben im Schloss.« Sie zeigte zum Palast empor.

»Es sieht so aus, als hätte ein Rammbock das Tor aufgebrochen«, meinte Hinrich unsicher. »Ein ziemlich Großer.«

Ein dunkles Grollen rollte über den Platz. Die Aasfresser sprangen davon und verschwanden in den Schatten. Die Soldaten blickten den Bestien erschrocken nach.

»Vielleicht sollten wir es ihnen gleichtun?«, überlegte Hinrich. Den Schrei zu unterdrücken, der aus seiner Kehle drang gelang ihm nicht. So erging es allen seinen Männern, die des fürchterlichen Anblicks gewahr wurden.

Aus dem Tor des Schlosses schob sich eine gigantische Schlange, die drei Köpfe besaß und sich völlig lautlos bewegte. Das mittlere Haupt schien einzig und allein aus einem Maul zu bestehen, dass sie in vier Richtungen aufriss und dabei ein markerschütterndes Gebrüll entfesselte. Die anderen beiden Köpfe besaßen jeweils vier Augen, der linke hatte ein kleines Maul, aus dem zwei Zungen züngelten. Der rechte trug unter den Augen einen langen Dorn, von dessen Spitze dunkle Flüssigkeit tropfte. Das Monster schoss auf die Gruppe zu.

»Verteilt euch!«, rief Marelija.

Die Soldaten stoben auseinandern, um zwischen den Häusern Deckung zu suchen.

Hinrich folgte einem Soldaten und drei Elfen. Sie liefen um eine Ecke, es platschte hinter ihnen. Sogleich stieg Hinrich ein scharfer Geruch in die Nase.

»Die Hydra verspritzt Gift!«, rief einer der Elfen.

»Weiter!«, triebe Hinrich sie an.

Ihre Gruppe schlug auf der Flucht mehrere Haken, bis es still um sie wurde. Sie hielten an und sahen sich nach allen Richtungen um. Hinrich hob den Schild und ließ das Schwert kreisen.

»Jetzt wollen wir sehen, ob wir nicht von der Beute zu Jägern werden können.« Er blickte vorsichtig um eine Häuserecke. Das Monstrum war nirgends auszumachen. Er gab den Männern ein Zeichen ihm zu folgen. Just in diesem Moment erklangen Schreie hinter ihm. Er fuhr herum und musste mit ansehen, wie der Soldaten von Säure aufgefressen wurde. Instinktiv hob Hinrich den Schild empor. Die Elfen schossen mit ihren Bögen, doch die Pfeile prallten an den dicken Schuppen der Hydra ab. Verblüfft über die Gegenwehr zog sich das Monster zurück.

»Was jetzt?«, fragte Hinrich. Er wusste nicht, wie sich solche Tiere verhielten. Lauerte es hinter der nächsten

Häuserecke oder versuchte es, sie von einer anderen Seite anzugreifen?

Ein Elf sprang um die Ecke und schickte der Hydra zwei Pfeile hinterher. »Sie kommt zurück!«, rief er und legte dabei nochmal an. Die Elfen stoben an Hinrich vorbei, um dem Monster in den schuppigen Rücken zu fallen. Er folgte ihnen. Gemeinsam bogen sie zweimal ab und da war er, der wehrlose Körper der Hydra.

»Schlagt ihm eine Wunde!«, rief einer der Elfen.

Hinrich tat wie ihm geheißen, er ließ das Schild vom Arm gleiten und schlug mit beiden Händen zu. Die uralte Elfenklinge durchbrach die dicken Hautschuppen. Das Monster fauchte unter Schmerzen. Hinrich riss das Schwert heraus. Er wollte erneut zuschlagen, da stieß ihn einer der Elfen beiseite. Aus kürzester Entfernung schossen sie zwei Pfeile auf das klaffende Loch. Das Monstrum bäumte sich auf, und entging so dem einen Pfeil, der andere grub sich jedoch tief in das blutende Fleisch. An den Geschossen hingen lange Leinen. Die Elfen ergriffen die Flucht. Hinrich ergriff sein Schild und stürmte ihnen nach, hinter ihm zischte es laut. Er sprang reflexartig zur Seite. Ein dünner Strahl Säure fauchte durch die Luft und traft einen der Elf im Rücken, noch bevor Hinrich ihn warnen konnte. Die Rüstung hielt, aber die Säure lief zwischen die Platten. Niemals zuvor hatte Hinrich solch einen Schmerzensschrei gehört. Der Elf stürzte und versuchte, die Rüstung herunterzureißen. Er fasste in das Gift und die Haut löste sich von seinen Händen. Die Schreie mündeten in ein Gurgeln, kurz bevor er starb.

Unweit vor Hinrich war der Letzte seiner Begleiter damit beschäftigt, die Leine, die sie an dem Monster befestigt hatten, um eine schwere Steinsäule zu schlagen. Seine Finger banden routiniert einen Knoten hinein. Das Seil straffte sich. Hinrich fuhr herum. Das Monster brüllte weithin hörbar, kam aber nicht in Sicht. Das Grollen von übereinaderschleifenden Steinen erklang. Ohne hinzusehen wusste Hinrich, dass die Säule einbrach. Ein Beben lief durch den Boden, als der Pfeiler einschlug. Die Leine wurde unter den Trümmern begraben, dabei verlor sie nichts von ihrer Spannung.

»Wir haben es«, triumphierte er.

»Wütend gemacht«, verbesserte der Elf.

Jener Elf, der das Monstrum abgelenkt hatte, schloss in diesem Moment zu ihnen auf. »Wichtig ist, dass wir ihm nichts abschlagen«, sprach er mit dem Blick auf Hinrichs blutverschmierte Waffe. »Das fehlende Glied wird zweifach nachwachsen.«

»Oder die Kreatur teilt sich und wir bekommen es mit zweien zu tun«, ergänzte der andere.

»Wie sollen wir es dann töten?«, fragte Hinrich verunsichert.

Immer wieder drangen Schreie aus der Stadt zu ihnen herauf.

»Entweder bluten wir es aus.«

»Oder wir nageln es fest«, erklärten die Elfen.

»Dann bin ich für ausbluten.« Hinrich hob entschlossen das Schwert.

***

»Der Panzer ist zu dick, die Pfeile kommen nicht durch!«, rief einer der Windelfen, in Begleitung Marelijas.

»Wenn ich ein paar Löcher in die Schlange schlagen, würde dir das helfen?«, fragte sie.

Der Elf sah sie verblüfft an und nickte.

»Na dann komm und halte dich hinter mir«, befahl sie. Die beiden schlichen durch die Straßen, bis sie ein gespanntes Seil erblickten. »An einem der Enden hängt die Hydra«, freute sie sich. »Hast du Jagdpfeile dabei?«, fragte sie.

»Zwei«, bejahte der Elf.

»Wenn du sicher bist, dass du triffst, benutze sie«, wies Marelija ihn an. Sie stieg über eine eingebrochene Wand auf ein Hausdach. »Bleib dort unten und schieß, wenn sich die Gelegenheit bietet.«

Von hier oben vergrößerte sich ihr Sichtradius erheblich. Inmitten zweier Häuserreihen wandt sich weithin sichtbar das Untier. Mit allem Hass kämpfte es gegen die Fessel an.

Marelija deutete dem Schützen die Richtung. Sie selbst blieb auf dem Dach und huschte über die brüchigen Dachziegel auf das Monster zu. Es war gänzlich von der Fesselung abgelenkt. Marelija gelangte ungesehen über den Leib der mutierten Schlange. Sie nickte ihrem Begleiter zu und sprang. Unter Einsatz ihres Gewichts rammte sie die Kampfpflanze weit in den Körper der Hydra. So tief, dass sie zur anderen Seite herausbrach und zwischen den Pflastersteinen versank. Das Untier kreischte. Die Köpfe fuhren herum. Marelija ließ die Lanze stecken und spurtete davon. Ihre Waffe hielt das Monster nicht lange fest. Die Hydra riss sich hörbar los.

»Fehlschlag!«, rief sie dem Schützen zu, an dem sie vorbeirannte. Sie ergriffen gemeinsam die Flucht. Abermals brüllte das Monster. Marelija warf einen Blick über die Schulter. Es hatte sich mit der Kampfpflanze im Leib, in einer Häuserenge verkeilt. Die Bestie dachte jedoch nicht daran, die Verfolgung aufzugeben. Von Rechts stürzte Hinrich in Begleitung eines Elfen heran. Er warf sein Schild vor die Köpfe der Hydra, um sie mit der schnellen Bewegung abzulenken. Die gigantische Schlange schnappte danach. Ungesehen hieb Hinrich ein Loch in den Leib der Hydra. Der Elf schoss einen Jagdpfeil in die Wunde und bevor das Monster verstand, was geschah, waren sie bereits um eine Häuserecke verschwunden. Das Jagdseil wurde auf Spannung gezogen. Offenbar hatten sie einen soliden Haltepunkt gefunden.

***

»Hinrich!«

»Marelija!?«, erwiderte er den Ruf, der vertrauten Stimme.

»Schlagt sie noch einmal von der anderen Seite!«, ihre Anweisung gellte durch die Straßen.

Der Schütze schüttelte den Kopf.

»Keine Pfeile!«, rief er zurück.

»Aber wir! Noch zwei!«

Er spähte um die Ecke. Marelija provozierte die Hydra mit lauten Rufen und indem sie Hakenschlagend von den Köpfen des Ungetüms herumsprang.

Hinrich zögerte nicht länger. Er rannte auf das Monstrum zu und schlug auf dessen Leib ein. Die Hydra zischte. Marelija schrie. Von irgendwo kam ein Pfeil geflogen, er versank tief in der Wunden, das Seil daran strafte sich sogleich.

»Marelija!«, rief Hinrich. Er sah sich um, fand aber nicht mehr als eine dampfende Pfütze, in der irgendetwas, oder irgendwer verging. Nur widerwillig ließ er sich von seinen Begleitern aus der Gefahrenzone schleifen.

»Lasst mich los!«, brüllte er. »Ich werde das Monster zerhacken!«

»Tu das von hinten, Mensch«, sprach einer der Elfen und wies auf eine Häuserecke.

Der massige Leib der Hydra wand sich wie ein Wurm, über der Straße. Sie konnte ihre Häscher nicht kommen sehen.

»Nicht mehr als drei Hiebe«, wies ihn der Elf an. »Zu tiefe Wunden und sie spaltet sich auf«, warnte er.

»Gut«, grollte Hinrich enttäuscht. Aber es war besser, auf die Elfen zu hören, sie kannten diese Monstren von Geburt an. Er passte einen günstigen Moment ab und schlug zu. Das Schwert versank tief in dem Leib der Bestie. Beißender Gestank schoss ihm ihn die Nase.

»Lauf, Mensch!«, rief einer der Elf.

Aus dem Körper des Monsters sprühte Hinrich das Gift entgegen.

***

Die kalte Luft biss in Hinrichs Haut. Seine Begleiter hatte ihn geistesgegenwärtig gepackt und ihm den Überwurf vom Leib geschnitten. Die Säure war jedoch durch das Kettenhemd gelaufen, sodass er auch dieses hatte loswerden müssen, zusammen mit dem wattierten Waffenrock.

»Glaubst du, das Monstrum steckt fest?«, fragte Hinrich den Elfen. Er sah dem Kettenhemd zu, wie dessen Glieder aufweichten und zerflossen.

»Bisher konnte es sich nicht befreien und es wird schwächer. Die Seile sind Artefakte, sie können nicht reißen«, schätzte der Elf die Situation ein.

»Am liebsten würde ich ihm den Kopf abschlagen«, zürnte Hinrich. Auch wenn die Hydra sich bei einem langsamen Tod mehr quälte, so empfand er diesen als höchst unbefriedigend.

»Geht es euch gut?«, fragte eine vertraute Stimme.

»Marelija!« Hinrich fuhr herum. Da stand die dunkle Elfe. Die Haut ihrer Schulter war stark verätzt. Man konnte die freiliegenden Muskeln sehen. Offenbar war die Wunde gereinigt worden, denn die Verätzung breitete sich nicht weiter aus.

»Es ist nichts«, erwiderte sie, auf Hinrichs Blick.

Blut floss aus dem brachliegenden Fleisch.

»Du bist härter als mancher Soldat«, sprach er anerkennend.

Sie lächelte gequält, so ganz konnte sie ihre Schmerzen nicht verbergen.

Gemeinsam kehrten sie an den Ort zurück, an dem sie die Wasserschläuche fallengelassen hatten. Weder die Hydra, noch die Leichenfresser hatten sich dafür interessiert. Dort trafen sie auf die anderen Überlebenden ihrer Truppe.

»Im Schloss hat sicher keiner mehr überlebt«, deutete Hinrich Marelijas Blick. »Bleibt zu hoffen, dass sie fliehen konnten.«

»Es wäre mir wohler, wir würden nachsehen«, bat Marelija. Sie öffnete einen der Schläuche und nahm einen Schluck daraus. Sogleich schloss sich die entsetzliche Wunde an ihrer Schulter. Ihre Augen flammten in einem hellen Grün auf. Sie verkniff das Gesicht und knickte ein.

Hinrich fing sie auf. »Marelija?«

Sie sah mit glasigem Blick zu ihm empor.

»Was ist mit ihr?«, fragte er in die Runde.

»Das Gift der Schlange, es ist wohl noch in ihrem Körper und reagiert mit dem Wasser«, mutmaßte einer der Elfen.

»Und wie können wir ihr helfen?«, wollte Hinrich verzweifelt wissen.

»Das weiß ich nicht«, gab der Elf zu.

Marelija schien gänzlich weggetreten. Dennoch war Kraft in ihren Beinen, sodass Hinrich sie lediglich stabilisieren musste.

»Marelija komm zu dir«, verlangte er.

»Es ... es geht mir gut«, stammelte sie. »Es fühlt sich nur so ... seltsam an.«

Damit rechnend, dass sie kippte, ließ Hinrich sie los. Entgegen seiner Erwartung blieb sie stehen. Das stechende Grün ihrer Augen hielt sich jedoch. Marelijas Blick wanderte umher, als verfolgte sie irgendetwas unsichtbares. Als könne sie es selbst nicht glauben, langte sie prüfend in die Leere.

»Die Mission, ihr sucht das Schloss auf Überlebende ab«, erinnerte sich Hinrich. Er deutete dabei auf zwei Infanteristen und zwei Elfen. »Wir bleiben hier und halten euch den Rücken frei.«

***

Hinrich hasste es zu warten. Die Zeit erschien noch langsamer zu verstreichen, da er sich Sorgen um Marelija machte. Die dunkle Elfe fand indes alles faszinierend. Sie besah sich Steine, Häuser und Gräser. Beim Anblick der Wolken verharrte sie besonders lange. Sie fuchtelte durch die Luft, als könne sie diese bewegen. Tatsächlich tat sich ein Riss in der Wolkendecke auf. Aber das musste eine Luftströmung gewesen sein. Ungläubig betrachtete Marelija ihre Hand.

»Geht es dir wirklich gut?«, fragte Hinrich, mittlerweile das fünfte Mal. Solch seltsames Verhalten hatte er nur einmal beobachtet, als sich Soldaten einen Sud aus Pilzen gekocht hatten.

»Es ist alles ... sonderbar«, gab sie eine kryptische Antwort.

Hinrich blickte sie ratlos an.

Endlich kam der Trupp aus dem Schloss zurück. Sie schüttelten die Köpfe. »Keine Überlebenden und keine Leichen«, berichtete ein Infanterist.

Marelija schien sich indes sehr für einen Elfen zu interessieren. So angestarrt zu werden, war diesem sichtlich unangenehm.

»Wir haben nur ein Nest gefunden, vermutlich von der Hydra, wir haben die Eier zerschlagen«, wusste der Soldat zu berichten.

»Das Tier war wohl trächtig und hat ein Nest gesucht, deshalb ist es hier eingedrungen«, der Elf versuchte, sich Marelijas Blick zu entziehen.

»Sie waren nicht mehr in dem Schloss«, sagte die dunkle Elfe. »Sie haben sich in der Ruhestätte in Sicherheit gebracht.« Sie sah versonnen eine Straße hinab.

»Dann werden wir diesen Friedhof aufsuchen«, beschloss Hinrich.

»Kein Grab«, berichtigte Marelija. »Eine Ruhestätte.«

Auf dem Weg erklärte sie, was es damit auf sich hatte. Hinrich tat sich schwer, die Beweggründe der Elfen zu verstehen. Warum sollte einem das Leben langweilig werden? Aber Elfen empfanden eben anders. Er traute es den Spitzohren durchaus zu, dass sie sich von der Welt abkehrten, weil diese ihnen zu eintönig erschien. Er hatte keinen Grund, Marelijas Worte anzuzweifeln. Die Elfen hatten also eine Möglichkeit gefunden, sich über Jahrhunderte zur Ruhe zu legen.

Wie Marelija den Tempel öffnete, sah er nicht. Fackeln waren schnell entzündet und sie betraten die heilige Ruhestätte. Sie kam Hinrich sogleich bekannt vor. Die Bauart ähnelte jenem Grab, das sie bei ihrer Landung gefunden hatten, allerdings floss hier kein Wasser.

»Daschmir?«, rief Marelija.

Sollte das ein Name sein?

Tatsächlich regte sich etwas in der Dunkelheit. Ein blonder Elf trat mit blankgezogenem Schwert in den Fackelschein.

»Marelija, du bist es wirklich?«, er sah sie ungläubig an. »Ich dachte, ich würde hier verenden.«

Das, was in seiner Miene stand war wohl Erleichterung.

»Wir sind hier, um dich und die anderen zu holen«, teilte ihm Marelija mit.

»Die Vergessenen sie sind sicher ... Sie schlafen alle.« Er schleppte sich entkräftet zu ihnen.

Hinrich fasste instinktiv zum Schwertgriff.

»Kurz darauf brach die Hydra in die Stadt ein. Ich wollte sie aufhalten und habe die Bestien gerufen. Aber mir ist die Kontrolle entglitten ... ich ...« Er sank auf die Knie, das Schwert fiel klirrend zu Boden.

Was der Elf sprach, gab für Hinrich keinen Sinn.

»Ich habe geträumt, wir hätten einen König ...«

»So ist es«, stimmte Marelija zu. Er schien sie gar nicht zu hören. Sie ging neben ihm in die Knie und gab ihm einen Schluck von dem heilenden Wasser.

Schlagartig kehrten die Lebensgeister des Elf zurück. Er sah Marelija an. »Deine Augen, wie damals bei Nemira«, überlegte er.

»Eine Vergiftung. Ich versteh es selbst noch nicht«, erklärte sie. Behutsam half sie Daschmir auf, dessen Schwert stieß sie mit dem Fuß zur Seite. Gemeinsam schritten sie tiefer in den Tempel hinein. Gefolgt von Hinrich und den Überlebenden ihres Trupps.

Auf den Steinliegen ruhten etliche der mumifiziert wirkenden Elfen.

»Wir testen es erst an einem. Wenn das Wasser sie aufweckt, fahren wir fort«, befahl Hinrich.

Vorsichtig ließen die Elfen einem der Ruhenden etwas von dem Wasser in den Mund laufen. Es regte sich nichts.

Marelija trat hinzu und blickte erwartungsvoll auf den Elfen.

»Es wirkt«, sagte sie.

»Woher ...« Da sah es Hinrich ebenfalls. Die Haut des Elfen gewann an Fülle. Als hätte man Wasser auf einen vertrockneten Boden gegossen. Es dauerte einer Weile, bis er es aufnahm, doch dann erwachte das Leben in ihm. So kehrte das Leben auch in den Elf zurück. Dieser nahm einen tiefen Atemzug. Darauf blinzelte er in die Fackel.

»Marelija?«, erkannte er die Elfe unter den umstehenden.

»Wie fühlst du dich?«, fragte sie.

»Es ist alles so verworren, mein Geist ist in Unordnung.« Er lauschte in sich hinein. »Aber diese innere Leere ist verschwunden«, er richtete sich langsam auf. »Ich fühle ... Lebendigkeit.« Erschrocken sah er Hinrich an.

»Das sind Freunde, aus einem fernen Land, wir werden es dir später erklären«, versicherte Marelija.

So verfuhren sie mit allen anderen. Jeder Elf war beim Erwachen durcheinander. Einige schrien, wie aus einem Albtraum erwacht, anderen fiel das Sprechen schwer. Aber sie alle schienen gesund. Ihre ersten Fragen galten dem König, dessen Ernennung sie selbst im Schlaf gespürt hatten.

Hinrich wollte den Trinkschlauch an die Lippen des letzten Elfen setzen, doch dieser hatte keine mehr. »Ich glaube, der ist tot!«, rief er Marelija zu.

Sie trat zu ihm heran. »Nein, er hat nur viel mitgemacht.« Sie nahm Hinrich den Schlauch ab und ließ etwas von dem heilenden Wasser über den Bauch des Elfen laufen. Dort befand sich eine Wunde, die Hinrich übersehen hatte. Marelija dachte gerade darüber nach, ob sie dem entstellten Elf das Wasser zwischen den Zähnen hindurchgießen sollte, da schlug dieser im Atemholen die Augen auf. Er fuhr hoch, so als habe man ihn aus einem leichten Schlaf geweckt und sah sich um. Sein Blick blieb auf Daschmir hängen. Er sprang von der Liege, schritt zu Daschmir hinüber und schlug ihm mit der Linken so heftig ins Gesicht, dass der Elf bewusstlos zusammenbrach. Dies geschah so schnell und unerwartet, dass weder Hinrich, noch Marelija ihn daran hindern konnten.

»Das tat gut«, rief er zufrieden. »Wo ist der König?«

XX.

»Auch jene wird es geben, die sich der neuen Zeit entgegenstellen.«

Aus den Prophezeiungen der Hochgeborenen

Ich bin dagegen Menschen hier auf Krateno aufzunehmen«, urteilte Daschmir. Die Abfälligkeit des Elfen, war nicht nur in seinen Worten, sondern auch in seiner Miene deutlich zu lesen.

Hinrich kannte Vorurteile recht gut, er war selbst ausreichend damit beladen, den Elfen gegenüber und dem hellen Reich. Aber auf der Seite, die verurteilt wurde, hatte er sich noch nie befunden. Er fühlte sich auf einmal unwohl unter den Elfen am Ratstisch zu sitzen.

»Meine Absicht ist es, unseren Kontinent in neuem Licht erstrahlen zu lassen«, erklärte Enowir. »Und dazu werde ich jede Hilfe nutzen, die ich bekommen kann.«

»Außerdem wollen wir doch nicht gleich einem ganzen Volk den Krieg erklären.« Radonar klackte mit den Zähnen. Dieser Elf war Hinrich ob seiner Erscheinung unheimlich. Die freiliegenden Knochen seines Kiefers, die boshaften Augen und die fehlende rechte Hand, wiesen darauf hin, dass er viel erlitten hatte. Oder war er vielleicht zu nah an die verdorbene Kraft Kratenos geraten?

»Was meint Ihr, Hinrich?«, sprach ihn der furchterregende Elf direkt an.

»Ich bin hier nicht mehr als ein Bittsteller.« Echte Demut war für ihn eine ebenso neue Erfahrung.

»Eure Bescheidenheit ehrt Euch und außerdem ist es bereits beschlossene Sache«, ging Enowir dazwischen.

»Jeder, der nach Krateno kommt und willens ist seinen Teil zum Aufbau unseres Reiches beizutragen, ist willkommen.«

»Zu was hast du dann den Rat einberufen«, knurrte Daschmir. Er war nicht nur unzufrieden, es gefiel ihm nicht, Enowirs Befehlen gehorchen zu müssen. Zumindest interpretierte Hinrich dessen Verhalten auf diese Weise.

»Natürlich wird Euch die hohe Schule der Magie mit Rat und Tat zur Seite stehen«, heftete sich Lestral wie ein Blutegel an den frischgebackenen König.

»Dieser ist ebenfalls jeder Zeit willkommen«, erwiderte Enowir. »Aber genug davon. Es gibt noch einen Feind auf Krateno und unsere Freunde sind in Bedrängnis. Wir werden ihnen helfen. Ihr Lager befindet sich außerdem über einer Ruhestätte, in der noch Elfen aus der Zeit vor dem großen Ereignis zu finden sind. Ihre Kenntnisse sind wertvoll beim Aufbau des Reiches.« Enowir schien sich mit seinen Worten vor allem an Daschmir zu richten.

»Wenn dieser Feind so gefährlich ist, wie Marelija sagt, dann haben wir kaum eine Möglichkeit ihn in einem offen Kampf zu besiegen«, schätzte dieser die Lage ein. »Dafür sind wir zu wenige.«

»Wir haben Hinrich, der sich mit Kampfstrategien auskennt«, entgegnete Enowir.

»So lang die Nekaru ihre Macht aus dem Schlund beziehen können, so lange werden wir sie nicht aufhalten können«, sprach Lestral wissend.

»Und, Ihr wisst natürlich, wie man dieser Macht brechen kann, richtig?«, fragte Daschmir abfällig.

»Es kann gelingen wenn wir nur nahe genug herankommen«, half Marelija, die bisher geschwiegen hatten.

Hinrich hatte erleichtert festgestellt, dass die Grünfärbung ihrer Augen nicht von Dauer war.

Enowir blickte auf den Ratstisch. Radonar klackte mit seinen Zähnen.

»Wenn ich einen bescheidenen Vorschlag machen dürfte«, meldete sich Hinrich. Daschmir bedachte ihn mit einem bösen Blick, aber solcherlei war er aus der Zeit in der Streitmach des dunklen Reiches gewohnt. »Wir können den Feind mit der Armee höchstens ablenken. Jemand muss sich an der Front vorbeischleichen, in den Sumpf eindringen, und den Schlund schließen.«

»Die Magie des Sumpfes beeinträchtigt die meine. Ich werde nützlicher auf Seiten der Ablenkung sein«, erklärte sich Lestral sogleich bereit zu helfen.

»Die Krieger brauchen einen Anführer, der sie zusammenhalten kann.« Enowir blickte Hinrich an.

»Die Aufgabe klingt wie geschaffen für mich«, entgegnete der ehemalige Kommandant aus dem dunklen Reich.

»Gut«, freute sich Enowir. Zumindest deutete sein rechter Mundwinkel ein Lächeln an.

»Ich werde den Schlund schließen, es ist mir bereits einmal gelungen, es wird wieder gelingen«, verkündete Marelija.

Alle am Tisch wandten sich der jungen Elfe zu. Lestral nickte anerkennend, wenn auch in dem leichten Runzeln seiner Stirn Besorgnis zu lesen war.

Die anderen Ratsmitglieder sahen sie ungläubig an.

»Das ist zu gefährlich«, fiel Enowir in die Rolle als ihr Mentor zurück. »Wenn du das tust, werde ich dich begleiten.«

»Deine Aufgaben als unser König liegen nun hier. Du darfst dich keiner solchen Gefahr aussetzen«, sagte Radonar bestimmt. »Ich begleite sie.«

»Das ist in Ordnung«, willigte Marelija ein. »Wir werden zu zweit gehen. So können wir uns besser verbergen.«

»Ich werde hier nicht herumsitzen und warten, während mein Volk in die Schlacht zieht«, entgegnete Enowir.

»Dann begleitet uns«, bot Hinrich an. Er wusste um die Schlagkraft des Königs, er wäre froh solch einen Kämpfer in seinen Reihen zu wissen.

»Ich halte das für keine gute Idee«, äußerte Lestral Bedenken. »In Eurem Kopf befindet sich all das alte Wissen, wenn es verloren geht, dann fällt mit Euch das Volk der Elfen.«

Enowir nickte. »Das Risiko ist mir bewusst. Aber wir müssen unsere ganzen Kräfte aufbieten, um die Nekaru aus Krateno zu vertreiben. Wenn es nicht gelingt, wird es hier ohnehin keine Elfen mehr geben.«

Daschmir musterte den König geringschätzig. Offenbar entsprach er nicht dem, was er unter einem Anführer verstand. »Du bist der König«, gestand er ihm dennoch zu.

»Um die Kampfmoral zu stärken ist es sinnvoll jeden Krieger mit einer Phiole des heilenden Wassers auszustatten«, überlegte Lestral.

»Wir haben nicht mehr viel davon. Ihr müsste ihnen klar machen, dass ein einziger Tropfen genügt, um schlimmste Wunden zu heilen«, sagte Radonar.

Darauf folgte eine lange Besprechung über die unterschiedlichsten Strategien. Zunächst war Hinrich dabei voll und ganz in seinem Element. Bis sich die Sitzung mehr und mehr in Details verlor, die für eine

Schlacht unerheblich waren. Eine gute Kampfstrategie musste schlicht und einfach sein. Je komplexer sie wurde, umso wahrscheinlicher war ihr Scheitern. Auf dem Schlachtfeld gab es viel unvorhersehbares, allein deshalb war es wichtig, sich auf das wesentliche zu beschränken.

Daschmir verstand viel von Strategie, das musste Hinrich zugeben, allerdings besaß er keinerlei praktische Erfahrung.

Irgendwann sah auch der König ein, dass sich ihr Gespräch zusehends im Kreis drehte und beschloss dieserhalb die Unterredung zu beenden. Daschmirs Einwände unterband er, mit der Autorität eines Herrschers. Die Runde löste sich auf.

Als ihre Gruppe den Aufzug verließ, hielt Lestral Marelija zurück.

»Wir müssen sprechen.« Er wirkte so bestimmend wie selten.

Die dunkle Elfe nickte wissend und folgte ihm.

Zu gerne hätte Hinrich gewusst, um was es ging. Es fiel ihm schwer, sich einzugestehen, dass er die Elfe ins Herz geschlossen hatte. Solche Empfindungen waren ihm fremd. Vielleicht fühlte es sich so an, wenn man Vater wurde. Er widerstand der Neugier und schritt mit Radonar zu den Soldaten, um sie auf ihre Pläne einzustimmen. Denn sie hatten beschlossen noch in dieser Nacht in die letzte Schlacht, um die Herrschaft Kratenos zu ziehen.

***

»Du bist abgelenkt, konzentriere dich«, zischte Radonar, beim Anblick des Sumpfes, der sich vor ihnen erhob.

Eine dampfende Wunde im Fleisch des Kontinents Krateno.

»Ich bin bei dir«, versicherte Marelija. Auch wenn das nicht stimmte. Die Worte von Lestral beschäftigten sie immer noch so sehr, dass es ihr kaum möglich war, sich auf die vor ihr liegende Aufgabe zu fokussieren.

»Was du siehst, sind die Ströme der Magie«, hatte Lestral gesagt. »Sie wabern, schwingen, wie die Wellen auf dem Ozean. Als Magier konzentrieren wir uns auf eine dieser unterschiedlichen Kräfte, die uns umgeben. Ist die Konzentration im richtigen Maß vorhanden, dann können wir die Ströme beeinflussen. Beim Studium entscheiden wir uns irgendwann für einen dieser Ströme. Erst dann werden sie durch viel Übung sichtbar. Bei dir spüre ich eine magische Kraft, wie ich sie noch nie wahrgenommen habe.«

»Was soll das bedeuten?«, hatte sie gefragt.

»Das beutet, dass sich dein Körper durch den Unfall mit dem Schlangengift irgendwie verändert haben muss. Denn letzten Endes sind die magischen Fähigkeiten durch unseren Körper limitiert. Wenn wir in das Gefüge der Magie eingreifen, dann wirken diese Kräfte auch auf uns. Muten wir uns dabei zu viel zu, kann das bedeuten, dass es uns im wahrsten Sinne des Wortes zerreißt. Deshalb entscheiden wir uns früh im Studium für eine dieser Kräfte. Ich habe noch nie jemanden getroffen, der die Ströme sehen konnte, ohne Jahre der Übung und noch dazu alle. Dein Zustand ist gefährlich. Es wäre mir am liebsten, wenn du dich aus allem raushältst, bis du gelernt hast damit umzugehen.«

»Ich kann nicht, es geht um das Überleben meines Volkes«, hatte sie erwidert.

Lestral wusste wohl, dass er sie nicht zurückhalten konnte.

»Ne! Ka! Ru!«, gellte es durch den Sumpf.

Radonar stieß Marelija hinter einen Stein, in Deckung. Er packte sie fest an den Schultern. »Konzentrier dich«, beschwor er sie.

Sie blickte ihm in die Augen und nickte. Marelija versuchte, ihren Geist beisammenzuhalten. Die Ströme der Magie, die von Radonar ausgingen, sahen seltsam undeutlich aus. Wie Wasser im Sturm, durchwirkt von hellen und dunklen Schlieren, die miteinander rangen. Enowirs Strömungen hingen, sahen völlig klar aus. Bei ihm wirkte es so, als speise sich seine Kraft aus der Vergangenheit ihres Volkes.

Marelija schüttelte den Gedanken an ihren Freund ab. Dieser hatte seinen eigenen Kampf zu schlagen. Radonar sah sie noch immer an. Sie versuchte, sich auf seine Augen zu fokussieren. Er schrie auf und schlug sich vor die Stirn. Sogleich löste sie ihre Konzentration von ihm.

»Mareljia«, keuchte Radonar. »Ich wäre dir dankbar, wenn du das lassen könntest.« Er kniff die Augen zusammen, als habe er zu lange in die Sonne geblickt.

»Es tut mir leid«, entschuldigte sie sich.

»Schon gut«, beteuerte er. »Ich wusste nicht, dass du in Magie bewandert bist.« Für einen Moment blitze in seinem Verstand, der alte Wunsch nach Macht auf. Marelija schauderte, als sie das spürte. Ihr Begleiter hatte sich nicht abschließend für eine Seite entschieden. Der dunkle Schatten aus der Vergangenheit war nach wie vor ein Teil von ihm.

Offenkundig erkannte Radonar ihre Befürchtung. Er wandte sich ab und spähte an ihrer Deckung vorbei. »Dieser Ruf, er galt nicht uns«, stellte er fest, dennoch legte sich seine Linke um den Schwertgriff.

»Nein, sie haben das Heer entdeckt. Der Kampf, er hat begonnen«, wusste Marelija. Sie spürte das Aufwallen von Magie, die an ihrem Inneren zerrte.

Radonar mustere sie neugierig. »Wir müssen los«, erinnerte er sich. »Wenn diese Nekaru tatsächlich so gefährlich sind, hat Enowir nicht viel Zeit.«

Sie sprangen hinter der Deckung hervor und liefen geduckt auf den Sumpf zu.

Marelija schauderte, als sie dessen Magieströme erblickte. Von dem Schillern der Lebendigkeit war dort nichts mehr zu sehen. Für gewöhnlich mischten sich die Ströme und schienen miteinander zu spielen. Doch die Kraft dieses Ortes war zielgerichteter. Sie griff rund um den Sumpf in den Boden Kratenos, als wolle sie das Land um seine Lebenskraft berauben. Auch wenn es so langsam ging, dass Marelija es nicht direkt zu sehen vermochte, so wusste sie, dass der Sumpf sich ausbreitete. Die geraubte Kraft floss in die Mitte des Sumpfes. Für einen Moment dachte Marelija darüber nach, was wohl geschehen würde, wenn sie sich auf die magischen Ströme des Sumpfes konzentrierte. Lestral hatte sie gewarnt, dass es viel Übung erforderte in die Ebenen der Magie einzugreifen. Jene Kraft, die von dem Moor ausging, wirkte wie ein gefräßiges Monster. Ihr Überlebensinstinkt riet ihr dazu, sich nicht mit dieser Macht einzulassen. So wenig wie man eine der Bestien von Krateno absichtlich auf sich aufmerksam machte.

Mit kampfbereiten Waffen schlichen die beiden in den Sumpf hinein.

»So etwas habe ich noch nie gesehen, und ich lebe schon ein paar Jahre«, flüsterte Radonar.

»Pass auf den Boden auf, man kann darin versinken«, warnte Marelija.

»Ich sehe es, wie der Schlund eines gierigen Raubtiers«, kicherte Radonar. Er hielt sich nah an den Bäumen. Sie waren zwar tot, dennoch hielten ihre Wurzeln den Boden zusammen.

Immer wieder spürte Marelija das Aufwallen der Magie von Lestral, es musste ein heftiger Kampf entbrannt sein.

»Wir müssen da lang«, sie wies mit der Kampflanze in die Richtung, in der die Ströme der geraubten Magie flossen.

»Woher weißt ...«, Radonar stockt, als er ihren ernsten Gesichtsausdruck sah. »Ist gut.«

Sie kamen nur noch wenige Schritte weit. Marelija hatte es für eine moosbewachsene Fläche gehalten. Niemals hätte sie daran gedacht, dass es sich um ein gigantisches Monstrum handelte, dass dort im tiefen Sumpf lauerte. Brüllend erhob sich die Kreatur. Radonar sprang reflexartig zurück. Direkt in die offen Klauen des Monsters, die sich ungesehen hinter ihm aus dem Schlamm hob. Er wurde ergriffen und in die Luft gerissen. Marelija sah, wie er in der Faust zappelte. Das Monster drückte ihm die Luft ab. Die andere Klaue schoss auf Marelija zu. Sie wich aus. Dabei trat sie in den Morast, der sich wie eine Fessel um ihren rechten Fuß schloss. Sie konnte der Klaue des Monsters ausweichen, indem sie sich gänzlich in dem Matsch fallen ließ. Der Arm fegte über sie hinweg. Der Sumpf hingegen ergriff ihren Körper. Er sog mit aller Macht an der Elfe. Vergeblich versuchte, sie sich zu befreien und bekam eine Wurzel zu fassen. Das morsche Holz brach, sie sank immer tiefer. Der Schlamm fraß ihre Beine, griff sich ihre Arme und schwappte über ihre Brust. Sie sah Radonar, der auf die Klaue einschlug, die in gepackt hielt. Der Schlick lief in ihre Ohren.

Radonars Widerstand erstarb. Mit letzter Kraft wendete er das Schwert und trieb es sich durch den Bauch, in die Klaue der Bestie. Diese riss das Maul auf. Selbst durch den Schlamm glaubte Marelija, sie schreien zu hören. Vor Schmerzen schüttelte das Monster seine Pranke. Radonar wurde davon geschleudert. Das war das Letzte, was Marelija sah, bevor sich die Schlammdecke über ihr schloss. Verzweifelt suchte sie im Morast nach Halt, nach einer Wurzel, einem Stein, irgendetwas ... Es verlangte ihr danach, Luft zu holen. Ihr Brustkorb schmerzte, er wollte explodieren, um die verbrauchte Atemluft freizugeben. Marelijas Körper erlahmte.

Eine kräftige Hand packte sie am Unterarm und zog sie mit brachialer Gewalt aus dem Sumpf. Dieser gab sie nur widerwillig frei. Schlamm von sich spuckend landete die Faranierin auf einigermaßen festem Boden. Sie streifte sich die Hände ab und wischte sich den Matsch aus den Augen. Mit Schrecken erwarte sie, was sie sehen würde. Zu ihrer Überraschung kniete Radonar neben ihr. Sein Hemd war blutdurchtränkt, die Haut darunter jedoch unversehrt. Sein Kiefer bewegte sich. Marelija klopfte sich den Schlamm aus den Ohren.

»Alles in Ordnung?«, drang Radonars Stimme dumpf an ihre Ohren.

»Ja«, keuchte sie. »Bei dir?«

Er wies auf das kleine Fläschen, dass er an einer robusten Kette an seinem Hals trug.

Marelija stemmte sich hoch, sie fühlte sich geschwächt. Ihr Körper war schwer vom Schlamm, der auf ihrer Haut klebte. Erstaunt sah sie sich nach dem Monstrum um. Es lag halb eingesunken im Morast, den es mit seinem Blut rot färbte. Der Lebenssaft floss aus etlichen Wunden, die Gravierendste davon befand sich an dessen Kehle.

»Wohin müssen wir?«, fragte Radonar.

»Dort lang«, Marelija wies die Richtung. Noch einmal blickte sie in den blubbernden Schlamm, irgendwo dort musste ihre Stabwaffe versunken sein. Sie zog das Messer aus der Scheiden. Gemeinsam setzten sie ihren Weg fort.

Doch auch diesmal sollten sie nicht weit kommen. In wenigen Schritten Entfernung schälten sich die Nekaru aus dem Sumpf. Der Schlamm perlte von ihrer sandfarbenen Haut. In den Händen trugen sie die martialischen Waffen aus morschem Holz und rostigem Stahl. Innerhalb von wenigen Lidschlägen waren Marelija und Radonar von über dreißig dieser Kreaturen umzingelt.

»Kommt nur!«, rief Radonar todesmutig.

Die Nekaru fletschten die Zähne und fuchtelten mit ihren Waffen. Allerdings griffen sie nicht an.

»Ihr ... aufgeben«, sprach eine kalte Stimme, mit einem seltsamen Akzent. Sie gehört zu einem der Kreaturen, die sich auf einen Stab stütze und sich einen Lappen aus vermodernder Haut um die Schulter geschlungen hatte.

»Es hat keinen Sinn, euer Blut hier zu verschwenden«, fauchte er.

»Ihr werdet dort hin verschwinden, wo ihr her gekommen seid«, giftete Radonar. Mit einem Sprung nach vorne stürzte er sich auf den Nekaru. Er kam jedoch nicht sonderlich weit. Unbemerkt hatte der Sumpf seinen linken Fuß umschlossen. Bei dem Versuch, sich loszureißen, wurde er von zwei Nekaru gepackt und zu Boden gerungen. Sie entwanden ihm die Waffe und weil er sich immer noch wehrte, schlugen sie mit stumpfen Hölzern auf ihn ein. Radonars Widerstand erstarb, als ihn ein Hieb am Kopf traf.

»Was wollt ihr hier?«, grollte Marelija. In ihr erwachte der Hass auf die Bestien. Am liebsten hätte sie sich ebenfalls gegen diese Dinger in den Kampf gestürzt, nur wem sollte das helfen? Ihre Hand zitterte vor kaltem Zorn, als sie ihr Messer fallen ließ. Die Waffe blieb mit der Klinge in einer Wurzel stecken.

»Das was uns zusteht«, gab der Nekaru eine kryptische Antwort. Er humpelte auf Marelija zu. Sein linker Arm war verkümmert, die Extremität war nicht viel mehr als ein Fleischsack, der ihm von der Schulter hing. »Und du wirst deinen Teil dazu beitragen«, versprach er.

Marelija schauderte. Von dieser Kreatur ging eine wabernde Kraft aus, die alles in seinem Umfeld zu verderben suchte. In den vielen Strömen die Marelija wahrnahm, erkannte sie erst sehr spät, dass dessen Kraft aus der Mitte des Sumpfes gespeist wurde. Eben von dem Ort, zu den alle magischen Ströme gezogen wurden.

Er winkte zwei Nekaru herbei, die Marelija zwischen sich nahmen. Eine rostige Klinge am Hals, wagte sie nicht, sich zu widersetzen.

Ein besonders kräftiges Exemplar der Nekaru warf sich Radonar über die Schulter. Der Elf schien immer noch bewusstlos, doch Marelija spürte, dass er seine Ohnmacht nur vortäuschte. Es fiel keinem auf, dass er den Dolch aus der Wurzel zog und in seinem Ärmel verschwinden ließ. Marelija spürte es lediglich, sie sah es ebenfalls nicht.

»Wo gehen wir hin?«, fragte sie, um die Aufmerksamkeit auf sich zu ziehen. Aber auch um Radonar dazu zu bewegen sich ruhig zu verhalten.

»Schweig!«, blaffte die Kreatur sie an. »Wir haben genug gesprochen.«

»Zum Schlund nicht wahr«, blieb Marelija hartnäckig. Sie spürte, wie ihr die rostige Klinge in die Haut schnitt. Der Nekaru wollte ihr wohl bedeuten zu schweigen.

»Der Schlund, er braucht Kraft, wenn ihr kämpft«, mutmaßte sie. Sie bekam einen Schlag in die Rippen, der sie aufkeuchen ließ.

Die Nekaru schwiegen beharrlich. Marelija sah die Ströme der Magie, die sich über ihnen ballten und im Boden versanken. Da war er, der Schlund. Auch dieser wurde von einem sorgsam geflochtenen Kranz eingefasst. Darauf lagen ausgezehrte Körper. Die Hautsäcke zeigten runde Ohren.

Diesmal endete die Reise für Marelija jedoch nicht kurz vor dem Abgrund. Sie wurde mit an die Kehle gesetzter Klinge an dessen Rand geführt.

»Ich werde dem Schlund nicht als Nahrung dienen!«, rief Marelija. Sie wollte sich losreißen. Es gelang ihr, der Klinge auszuweichen, die nach ihr stieß. Den fünf Nekaru, die sich ihr in den Weg stellten, entkam sie jedoch nicht. Sie wurde gepackt und gegen allen Widerstand, den sie aufbieten konnte, zerrten sie die Nekaru zum Schlund. Um sie niederzuzwingen, schlug man ihr in die Kniekehlen, darauf wurde sie nach hinten gestoßen.

Marelija fand sich auf dem Geflecht liegend wieder. Die Nekaru sprangen zurück, als fürchteten sie sich davor, ebenfalls in den Wirkungskreis des Schlunds zu geraten. Sogleich spürte sie, wie die unheilvollen Kräfte an ihr sogen. Etwas Übles lauerte da unten. Marelija spürte deutlich, wie es ihre Lebenskraft für sich beanspruchte. Sie versuchte aufzustehen, doch eine unbekannte Macht hielt sie auf dem Geflecht. Ihre Glieder wurden steif.

Um sie herum brandete Kampflärm auf. Sie konnte ihren Kopf nicht drehen, aber das musste Radonar sein, der seine Tarnung aufgegeben hatte. Marelijas Blick wurde in den Himmel gezwungen, die magischen Ströme glitten über sie hinweg. Stechender Schmerz flammte in ihren Fingern auf, genau wie in ihren Zehen. Gleich einem Feuer der Pein breitete sich dieser mehr und mehr aus. Sie schrie, um sich Erleichterung zu verschaffen. Der Schmerz brannte in ihr, als wolle er sie verzehren. Marelija wusste, dass sie sterben würde. Aber mit ihr sollten auch die Nekaru von diesem Kontinent verschwinden. Sie blickte durch den Nebel der Pein in den magischen Strom, griff mit ihren Gedanken hinein und entfesselte die darin enthaltene Macht. Der Himmel explodierte! Eine Feuersbrunst rollte über sie hinweg. Marelija erschrak. Vergeblich versuchte sie, die Arme schützend vor das Gesicht zu legen. Sie gehorchten ihr nicht.

Die Nekaru kreischten erschrocken, ihre Schreie verwandelten sich in Laute der Qual. Der Lärm währte nur kurz, gleich darauf legte sich eine heilige Stille über den Sumpf. Die Klagelaute waren ebenso erloschen, wie die Pein in Marelijas Körper. Allein das Knistern von Flammen war zu hören. Die Bündelung des Stroms war verweht und die Präsenz des Schlundes verloschen.

Sie schlug die Augen auf. Der Platz war mit verbrannten Leichen der Nekaru übersät. Dazwischen befanden sich hier und da einige Überlebende. Die ebenfalls den Verbrennungen erliegen würden. Das Schicksal hatte lediglich ein grausameres Ende für sie vorgesehen.

»Radonar!«, rief Marelija. Die Elfe kam nur sehr schwer auf die Beine, es fehlte ihr an Kraft. Sie erinnerte sich an den Flakon um ihren Hals und nahm einen Schluck davon. Die Kälte ihrer Schwäche wurde von einer warmen Brise der Kraft davongetragen.

Da fand sie ihn. Marelija erkannte Radonar an dessen Kopfform. Die Haare waren ihm vom Haupt gebrannt. Die Augen geplatzt und das Gesicht versengt. Sie stürzte zu ihm. Kein Leben schien mehr in dem verbrannten Leib zu stecken. So leicht wollte sie ihren Freund jedoch nicht aufgeben und goss ihm das heilende Wasser in die Augenhöhlen. Marelija hoffte, dass es auf diesem Wege in seine Blutbahn gelangen konnte.

Darauf folgte Stille, wie sie auf Krateno selten zu finden war. Nichts rührte sich. In der Ferne hörte Marelija immer noch Schlachtenlärm. Sie krallte sich fest in Radonars Schultern.

»Haben wir gewonnen?«, fragte eine vertraute Stimme.

Marelija sah erleichtert zu ihrem Freund hinab. Die verbrannte Haut löste sich, um unversehrtem Fleisch darunter Platz zu machen. Auch seine Augenhöhlen füllten sich, Lider schlossen sich darüber. Radonar blinzelte und sah zu ihr auf.

Marelija wischte sich die Tränen von den Wangen.

»Das jemand einmal um mich weinen würde, hätte ich nicht gedacht«, zischte Radonar ergriffen.

***

Die Phalanx gebrochen, der Magier am Ende seiner Kräfte und dennoch fochten sie. Hinrich hatte bewusst den Standort des Heeres so gewählt, dass es kein

Entkommen geben würde. So gab es nur zwei Möglichkeiten Sieg oder Tod.

Hinrich spürte, wie seine Arme immer schwerer wurden, wie seine Konzentration schwand. Parieren und zuschlagen, Parieren und zuschlagen. Die Nekaru kämpften wie die Wahnsinnigen. Sie stürzten sich bereitwillig in seine Klinge, in der vagen Hoffnung so nah genug an ihn heranzukommen, um ihm einen tödlichen Schlag zu verpassen.

Enowir fegte wie Galwar selbst durch die Reihen der Nekaru. Jeder Hieb von ihm streckte einen der Feinde nieder. Vier der gigantischen Monstren hatte er bereits alleine zu Strecke gebracht. Der Tod einer jeden hatte die Krieger motiviert weiterzukämpfen, dennoch standen die Zeichen gegen sie.

Hinrich wurde von hinten getroffen. Sein Panzer schützte ihn, dennoch geriet er ins Taumeln. Er stolperte in die Arme zweier Nekaru. Der eine schlug seinen Schild beiseite. Der andere hieb Hinrich die rostige Klinge in den ungeschützten Hals. Bevor er dem Schmerz gewahr wurde, stach Hinrich zu und brachte seinen Mörder zur Strecke. Sein Blut sprudelte in die Rüstung. Wie er den Mund öffnete, schwappte sein Lebenssaft heraus. Der andere Nakaru setzte nach, um sein Werk zu beenden. Er hob die Waffe und verlor erst den Arm und danach den Kopf. Enowir tauchte vor Hinrich auf. Er riss dem Feldherrn die Klinge aus dem Hals. Der König ging in gleißendem Licht auf, Hinrich spürte keinen Schmerz.

»Noch werdet Ihr nicht sterben«, hörte er Enowirs Stimme.

Das grelle Licht erlosch und der König tauchte vor Hinrichs Augen auf. Der Kommandant betastete seinen Hals. Auch wenn er ihn durch den dicken Handschuh kaum spürte, so wusste er doch, dass sich die tödliche Wunde geschlossen hatte. In seine Glieder war die Kraft zurückgekehrt. Enowir zog ihn am Schwertarm auf die Beine.

Um sie herum ertönten Jubelrufe. Zunächst vereinzelt, bis alle Soldaten mit einstimmte. Hinrich sah sich nach allen Seiten um. Es wurde nicht mehr gekämpft. Er vermochte weit und breit keinen lebenden Nekaru zu erblicken. »Haben wir doch gesiegt«, er konnte es nicht fassen.

»Glaubt es nur«, hörte er Lestral sagen. Die Robe des Magiers war zerrissen und blutdurchtränkt. Er schien unverletzt zu sein. »Marelija hat es geschafft, die Magie der Nekaru ist gebrochen, so wie der Einfluss auf diesen Ort.«

Die Jubelrufe wandelten sich in Bekundungen der Treue zu ihrem neuen König. Dies war Enowirs erster Sieg als Herrscher über Krateno und was für einer. Die Nekaru galten als unbesiegbar, ob ihrer verdorbenen Macht. Zum ersten Mal fühlte sich ein Sieg richtig an. Alle Schlachten die Hinrich bisher geschlagen hatte, besaßen den bitteren Beigeschmack, dass er für eine Sache kämpfte, an die er nicht glaubte. Seine Gegner waren immer Menschen gewesen, Soldaten wie er. Aber die Nekaru waren Monster, die keine andere Sprache verstanden, als die von blankgezogenem Stahl.

Der Einzige der mit seinem Sieg nicht umgehen konnte, war Enowir. Er ignorierte die Elfen und Menschen, die seinen Namen im Chor riefen. Der König wirkte bedrückt. Er kniete sich zu einem der Nekaru nieder, um dem Toten in die gebrochenen Augen zu sehen.

»Enowir, was habt Ihr, wir haben gewonnen?«, fragte Hinrich, der neben ihn trat.

»Ich frage mich, ob es richtig war, was wir getan haben.«

Bedauern? Nein, das konnte nicht sein. Wieso sollte man den Tod eines solchen Feindes bedauern? Von allen Elfen gab Enowir Hinrich die größten Rätsel auf.

»Bei uns gibt es ein Sprichwort, wonach jedes neue Königreich mit Blut getauft wird«, überlegte Hinrich.

»Nichts verbindet mehr als ein gemeinsamer Feind«, steuerte Lestral bei.

»Das ist nicht die Melodie, zu der mein Volk singen soll«, erwiderte Enowir. Seine Augen glitzerten feucht.

***

Das Lager war zerstört und verbrannt. Aber nirgends gab es Tote zu sehen. Marelija wusste auch zu sagen warum. »Sie haben die Soldaten benutzt, um den Schlund offen zu halten«, erklärte sie.

»Das ist also aus unserer Invasion geworden«, urteilte Hinrich. Erneut fühlte er sich in dem Wunsch bestärkt hierzubleiben.

»Dass es Wahnsinn ist, habt Ihr selbst unentwegt betont«, erinnerte Lestral.

»Und doch habt Ihr Euch uns angeschlossen«, überlegte Hinrich. »Ihr wusstet von Anfang an, was wir hier finden würden.«

»Ich hatte auf altes Wissen gehofft, Antworten. Ich wollte verstehen woher die Nekaru kommen. In grillenhaften Stunden glaubte ich sogar, ihren Ursprung ergründen zu können. Wenigstens haben wir gelernt, wie sie zu bannen, und zu vertreiben sind. Eine sehr wertvolle Erkenntnis. Die ich gedenke in Godwana zu verbreiten.«

»Also seid Ihr Magier wirklich so selbstlos, wie man sagt?«, fragte Hinrich bissig. Er konnte seine Vorurteile gegenüber dieses Menschenschlages nicht ablegen.

»Nein«, lächelte Lestral. »Wir haben nur verstanden, dass es besser ist miteinander zu leben, als einander zu töten«, er nickte, als würde er sich selbst zustimme. Dennoch fügte er darauf einschränkend hinzu: »Zumindest rede ich mir ein, dass die meisten von uns zu dieser Einsicht gelangt sind, oder gelangen werden.«

Sie schlossen zu Marelija auf. Die Faranierin hatte zielsicher den Ort der Ruhestätte gefunden. Wenngleich sie zugeschüttet war.

»Etwas ist dort unten«, meinte Marelija.

»Was?«, fragte Lestral.

»Jemand, der Magie beherrscht«, führte sie aus.

»Oh, jetzt spüre ich es auch«, der Magier wirkte überrascht.

Hinrich blieb keine Zeit sich zu wundern, da türmte sich die Erde zu einer gigantischen Pranke auf, die nach den Dreien schlug. Hinrich stolperte ungelenk zur Seite, Marelija sprang davon und Lestral zog das Wasser aus einer Pfütze, formte eine Klinge daraus und spaltete die Erdhand. Sie zerbarst in zwei Teile, die rechts und links neben ihm aufschlugen.

»Ein unvollkommener Zauber«, urteilte Lestral. »Ein Zauber, der nicht hätte gewirkt werden dürfen.« Er blickte die Treppe hinunter, die nun frei lag. »Ich wusste nicht, dass Ihr in Eurem Studium der Magie so weit gekommen seit, Sahinier.«

Hinrich spürte, wie sich eine eiskalte Faust um sein Herz schloss.

Tatsächlich kam sie die Treppe emporgestiegen. Ihre Frisur war nicht mehr als solche zu erkennen und die Kleidung verschlissen. Das letzte bisschen Würde, versuchte die Herrin des dunklen Reiches, über ihre Haltung zu vermitteln. Hinter ihr zeigten sich einige Soldaten, die mit ihr in der Ruhestätte Schutz gefunden hatten.

In dem Moment kamen Radonar und Enowir herbeigelaufen, mit einer Eskorte aus Elfen und Menschen. »Alles in Ordnung wir haben, die ...« Der König brach ab, als er die Menschenfrau sah.

Diese würdigte die Elfen mit keinem Blick. »Hinrich, Lestral, ihr habt lange gebraucht«, sprach sie herablassend.

In Hinrich reifte unterdessen eine Erkenntnis. Die dunklen Herren hatte nur Macht über ihn, so lange er sie ihnen zugestand. Eine nie gekannte Leichtigkeit machte sich in seinem Herzen breit.

»Wir wurden aufgehalten«, entschuldigte sich Lestral. Wie ernst seine Worte gemeint waren, konnte Hinrich nur ahnen. Schließlich saß dem Magier der Schalk im Nacken. »Umso mehr tut es uns leid mitteilen zu müssen, dass die Invasion gescheitert ist.«

Die Herrin blickte Hinrich durchdringend an. Er vermochte diesem Blick kaum standzuhalten. »Habt Ihr etwas zu Eurer Verteidigung zu sagen?«

Marelija sah zwischen den beiden hin und her.

Hinrich schüttelte den Kopf. In sich spürte er die alte Gewohnheit sich dieser Frau zu unterwerfen. Sein altes und sein neues Ich rangen miteinander.

»Ich habe etwas zu sagen.« Enowir trat vor.

»Und was für ein Wicht bist du?«, fragte sie herablassen. Sie musterte ihn abfällig.

»König Enowir von Krateno.« Radonar klackte beim Sprechen mit seinen Zähnen.

»Noch nie gehört«, sie sah den entstellten Elfen angewidert an.

»Keine Sorge, das werdet Ihr schon noch«, versicherte Radonar.

»Kommandant Hinrich hat sich um unser Land verdient gemacht«, erklärte Enowir. »Wir wollen in abwerben.«

Sahinier sah stirnrunzelnd zwischen Hinrich und dem König hin und her. »Es gibt nur eine Möglichkeit die Armee zu verlassen.« Ihr Blick blieb auf dem Kommandanten hängen. »Ihr kennt ihn.«

Enowir verstand. »Das werden wir nicht akzeptieren. Auf unserem Land gelten unsere Gesetze. Wir werden über euer unerlaubtes Eindringen hinwegsehen, wenn ihr Hinrich freigebt.«

»Wenn Ihr das wirklich wollt, Elf«, sie spie das Wort wie eine Beleidigung aus. »Dann erklärt Ihr unserer Nation den Krieg. Ich rate Euch, das nicht zu tun. Unsere Streitkräfte sind unerbittlich und zahllos.«

»Dann wärst du unsere erste Gefangene.« Der entstellte Elf leckte sich über die Zähne. »Alle werden glauben du seist tot.«

»Radonar, bitte«, rief Enowir ihn zur Ordnung.

»Ich mache Euch ein anderes Angebot«, sprach Lestral ruhig. »Hinrich und seine Männer dürfen bleiben und ich vergesse, dass Ihr Magie wirken könnt.«

»Was wollt Ihr schon tun?«, giftete sie.

»Ich müsste euch melden. Und die Averlier gehen nicht sonderlich zaghaft mit Magieanwendern um, die ihre Ausbildung abgebrochen haben. Schließlich seid Ihr ein Risiko. Ich selbst müsste Euch eigentlich die Fessel anlegen.«

Zum ersten Mal sah Sahinier zu Boden. Sie musste verstehen, dass sie unterlegen war. Zumindest in diesem Moment »Einverstanden«, flüsterte sie. »Was mich angeht, Hinrich, bist du bei dieser Unternehmung gestorben.« Ihr böser Blick kümmerte den freien Mann nicht mehr.

»Nachdem wir jetzt gute Freunde sind, wie wäre es mit einem Friedensvertrag, ich glaube, das wäre im Sinne unseres Königs«, wechselte Radonar das Thema.

»Wir sind keine Freunde und die Schlacht um euer Land ist noch nicht geschlagen«, grollte Herrin Sahinier.

»Jetzt erklärt sie uns doch den Krieg«, höhnte Radonar.

»Das habe ich überhört«, entschied Enowir. »Ich gemahne, Euch immer an die Schrecken zu erinnern, die Krateno bereithält und nie hierher zurückzukommen. Denn das wird dann Euer letzter Besuch sein.«

Epilog

Hinrich stand an der Klippe und sah dem aufgeblähten Segel nach, dass sich zum Horizont bewegte. Es waren gerade genug Männer übrig geblieben, um ein einziges Schiff zu bemannen. Die Herrin des dunklen Reiches befand sich auf selbigem. Diesmal musste sie die Schiffsreise auf sich nehmen, denn die Vorrichtung, um einen Sprung zu tun war zerstört worden. Hinrich lächelte bei dem Gedanken, welche Unannehmlichkeiten auf sie lauerten. Viele stinkende Männer um sie herum, Seekrankheit, abgestandenes Wasser und täglich den verdammten Zwieback. Dennoch wünschte er ihr, dass sie wohlbehalten ankäme. Seltsam, so etwas hatte er nie zuvor empfunden. er kannte nicht einmal ein Wort dafür.

»Bereust du es?«, erkundigte sich Marelija, die neben ihn trat.

»Nein, so seltsam dein Kontinent auch ist, es fühlt sich richtig an«, erklärte er. »Helfen zu können, ein neues Reich aufzubauen, das scheint eine gute Aufgabe zu sein.«

»Aber auch eine Schwierige, zu der jeder einen Beitrag leisten muss«, meinte Marelija. Sie sah bedrückt aus.

»Du hast dich entschieden«, stellte Hinrich fest.

»Ich werde mit Lestral gehen«, stimmte sie zu. »Durch den Unfall habe ich die Fähigkeit erlangt, Magie zu nutzen, wie es keiner kann. Zumindest meint das Lestral. Ich weiß nur, dass es gefährlich ist, wenn ich nicht lerne, damit umzugehen. Außerdem könnte ich damit meinem Volk helfen. So wie mein Onkel es einst getan hat.«

»Wie ist die Erweckung gelaufen?«, fragte Hinrich. Er wollte nicht dabei sein, irgendwie empfand er es nicht als angebracht. Es wäre vielleicht zu viel für die Elfen gewesen einen Menschen zu sehen, gleich nachdem sie aus einem Schlaf erwachten, der über zweitausend Jahre währte.

»Gut«, doch ihre düstre Miene passte nicht dazu.

Hinrich sah sie fragend an.

»Es ist mir bewusst geworden, wie schlecht es um unser Volk bestellt ist. Stell dir vor, du wachst auf und alles, was du kanntest, gibt es nicht mehr. Das ganze Reich liegt in Trümmern. Diesen Schmerz müssen sie erst einmal verarbeiten.«

»Und dazu kommen die Monster.« Hinrich blickte die Klippe hinab, zu dem Seeungeheuer. Das Monstrum war das Erste, was sie von Krateno erblickt hatten. In Godwana gab es viel Absonderliches, aber etwas so Gewaltiges, war ihm noch nie untergekommen. Damals war er sicher gewesen auf Krateno zu sterben, niemals hätte er damit gerechnet, Freunde zu finden.

Mittlerweile hatte der Kadaver begonnen sich zu zersetzen. Die Schuppen lösten sich vom Körper und versanken im Meer. An dem brachliegenden Fleisch tummelten sich die Fische. Sie mussten ebenfalls recht groß sein, wenn Hinrich sie von hier oben sehen konnte.

Marelija folgte seinen Blick. »Ich hoffe, ihnen gelingt es, den Schmerz zu überwinden, dann können sie uns mit ihren Kenntnissen beim Aufbau unseres Landes helfen.« Sie schwieg eine Weile und sah dann zu Hinrich hinauf. »Ich habe nie erfahren, warum du eigentlich nach Krateno gekommen bist. Du sagtest, es sei eine Strafe gewesen.«

»Es war eine ... eine Lappalie, im Grunde.« Hinrich musste beim Gedanken daran Schmunzeln. »Ich habe geniest.«

»Geniest?«, fragte Marelija ungläubig.

»Ja«, beteuerte Hinrich. »Es war auf einem Empfang der hohen Herren, des dunklen Reiches. Eine der Damen hatte ein Duftwasser aufgelegt, das mir die Tränen in die Augen trieb und mich zum Niesen brachte.«

»Wegen Nicsens hat man dich auf solch eine Reise geschickt?«, Marelija schien es nicht glauben zu können.

»Ich war gerade wegen herausragender Dienste befördert worden, und durfte deshalb an solch einem Empfang teilnehmen. Glaub mir, wenn ich niese, dann hört man das. Ich hätte der Dame ins Gesicht spucken können, dass wäre wohl nicht ganz so schlimm gewesen. Mich nur enthaupten zu lassen, genügte ihr nicht, deshalb schickten sie mich als Kommandant auf diese Mission.«

Marelija blickte verständnislos drein.

»Der Sadismus der hohen Herren nimmt bisweilen seltsam Auswüchse an.« Seine Miene verfinsterte sich, als er an seine frühere Heimat dachte.

»Du machst dir Sorgen, den Blick kenne ich von Enowir.« Marelija lächelte aufbauend.

»Dort wo ich herkomme, sind Fremde nicht gern gesehen, ich und meine Männer sind Fremde für euch«, sprach er seine Bedenken aus.

»Die Verdienste deiner Männer und von dir, um unser Volk, sollten das bei weitem aufwiegen. Dies wird selbst für die Kritiker an dieser Entscheidung ein überzeugendes Argument sein.«

»Ich hoffe, du hast Recht«, erwiderte Hinrich.

»Ich auch.«

***

»Ihr seid ein Herrscher mit Bedacht und Einfühlungsvermögen, eine Seltenheit«, stellte Lestral fest. Er stand alleine mit Enowir in der Hauptkammer der Ruhestätte.

»Ich habe zuviel Wahnsinn unter Anführern gesehen, als dass ich dafür empfänglich wäre«, erklärte er. »Außerdem habe ich Elfen um mich, die mir immer wieder Vernunft einbläuen.«

»Darüber wolltet Ihr aber nicht mit mir sprechen«, wusste Lestral.

»Nein«, stimmte Enowir zu. Er zog die Brosche, welche er in der Ratskammer gefunden hatte, aus der Tasche und reichte sie dem Magier. »Etwas Böses lauert darin. Es wollte Besitz von mir ergreifen.«

»Böse ist wohl untertrieben«, urteilte Lestral, er besah sich den Stein genauer. »Ich spüre seine Kraft. Aber ich vermag nicht zu sagen, was es ist. Vielleicht hat darin jemand seine Seele eingefangen. Es könnte aber auch nur der Schatten einer Seele sein. Diese Brosche hat Hebgira getragen, richtig?«

Enowir nickte.

»Womöglich hat der Rat dessen Macht genutzt, um ihre Erinnerungen zu erhalten und ihnen eine Form zu geben.«

»Vielleicht kann man in Eurer Schule feststellen, was es ist«, überlegte Enowir. »Das Artefakt ist zu gefährlich, um es hierzubehalten.«

»Da stimme ich Euch zu. Ich werde sie dem Rat zeigen«, versprach Lestral. »Sobald ich sicher bin, was es damit auf sich hat, erfahrt Ihr es.«

»Danke«, erwiderte Enowir. »Das ist aber nicht das Einzige, um was ich bitten muss.«

»So?«, fragte Lestral. Er verstaute die Brosche sorgsam in einer seiner Gürteltaschen.

»Hinrich sagte, Ihr kämt viel herum und es gebe noch Elfen in Godwana.«

Lestral lächelte wissend. »Wo ich gehe und stehe, werde ich die Kunde verbreiten, dass es einen neuen König gibt, der bereit ist sein versprengtes Volk aufzunehmen, um mit ihnen ein neues Reich zu gründen.«

»Ich weiß nicht, wie ich Euch danken soll«, entgegnete Enowir.

»Ich habe hier viel gelernt. Wissen ist der Lohn des Magiers.«

»Und ...«

»Ich werde Marelija unter meine Fittiche nehmen und persönlich ausbilden«, versprach Lestral.

***

Dann war der Moment des Abschieds gekommen. Lestral hatte mit seinen Wasserelementaren ein Schiff seetüchtig gemacht, mit dem er direkt zu hohen Schule der Magie übersetzen wollte.

Hinrich, Radonar, Daschmir und natürlich der König waren angetreten sie zu verabschieden.

Marelija kämpfte schon seit geraumer Zeit mit den Tränen. Auch wenn Krateno nicht besonders heimelig war, so kannte sie doch nichts anderes. Dies war ihr Zuhause und es zu verlassen schmerzte.

»Seid gewiss, dass Ihr in der hohen Schule der Magie für alle Zeit Freunde gefunden habt«, versicherte Lestral.

»Das gilt ebenso für uns«, Enowir verbeugte sich vor dem Magier. Lestral tat es ihm gleich. Den anderen warf er freundliche Blicke zu und wandte sich ab.

»Du hast alle Zeit der Welt«, flüsterte er Marelija zu, als er an ihr vorbeischritt. Lestral stieg über die Planke auf das Schiff. Chotra mühte sich nach Leibeskräften, den Steg zu sichern. Eine Anstrengung, die nicht nötig gewesen wäre, schließlich wurde die Planke von zwei Wasserelementaren gehalten. Aber offenbar schmerzte auch ihn der Abschied, besonders von seinem Spielkameraden Hinrich, dem er verstohlene Blicke zuwarf. Er unternahm diese Mühen, um sich abzulenken.

Marelija wandte sich unterdessen an Daschmir. Sie sah die Bitterkeit in dessen Augen.

»Pass auf dich auf«, sprach dieser, er sah sie kaum an.

»Du auch. Du wirst Enowir eine große Hilfe sein«, beteuerte sie.

Er nickte abwesend.

Sie schritt zu Radonar. Dessen Augen glitzerten, wie die ihren.

»Ich ...«, Marelija vermochte nicht weiter zu sprechen. Radonar ergriff sie mit seiner verbliebenen Hand und drückte sie fest an sich. »Du wirst deinen Frieden finden«, flüsterte sie. Sie spürte seinen Tränen auf ihrer Wange.

»Wenn, dann dank dir«, erwiderte er leise. »Aber bei einem bin ich mir ganz sicher: Du wirst Großes vollbringen.«

Langsam lösten sie sich voneinander. Marelija wischten sich über die Augen.

»Hinrich, pass auf den König auf«, nahm Marelija ihm ein Versprechen ab.

»Das werde ich«, erwiderte er mit belegter Stimme.

Marelija umarmte ihn freundschaftlich. Dies schien ihn etwas zu überrumpeln, unbeholfen tätschelte er ihr mit seinen großen Händen den Rücken.

»Mein König«, wandte sich Marelija Enowir zu.

Er lächelte sie an. »Du wirst uns alle sehr Stolz machen.«

Sie konnte nicht anders, auch ihn musste sie umarmen, selbst wenn es nicht standesgemäß war. Erleichtert spürte sie, dass er ihre Zuneigung erwiderte.

»Komm so oft zurück zu uns, wie du kannst«, flüsterte Enowir und küsste sie auf die Stirn.

»Das werde ich«, krächzte Marelija. Enowir gab sie nur zögerlich frei.

Marelija sah sich noch einige Male um, während sie über die Planke schritt.

Ohne die Segel gesetzt zu haben, legte das Schiff ab. Marelija blickte so lange zurück zur Küste, wie diese am Horizont zu sehen war. Die raue Felsenklippe mit dem Kadaver der gigantischen Seeschlange, waren das, was Hinrich als erstes von Krateno gesehen hatte. Und für sie sollte es für lange Zeit das Letzte sein.

***

»Enowir ist kein guter Anführer«, sprach Daschmir. »Ich kenne ihn lange, er ist mutig. Aber als Herrscher muss man bereit sein, zu tun was notwendig ist. Auch wenn es schmerzt, wenn man jemanden verletzt, oder jemanden in den Tod schicken muss.«

Zu seinem geheimen Treffen hatten sich neun Elfen eingefunden. Sie befanden sich in einer dunklen Gasse, weitab des Herrscherpalastes, ihrer Hauptstadt. Daschmir hatte sie mit seiner Redkunst davon überzeugt her zu kommen. Von Daschmir abgesehen befanden sich unter ihnen noch zwei Elfen, die Enowir in den Rat berufen hatte. Man konnte ihnen vielleicht zugutehalten, dass sie die Neugier dazu gebracht hatte, hier zu erscheinen.

Ihn selbst hatte ebenfalls die Neugier dazu bewegt. Auch wenn er von Daschmir nicht geladen war, an diesem geheimen Treffen teilzunehmen.

»Enowir ist von den Alten dazu berufen worden«, wandte ein Elf ein. »Wir werden ihm vertrauen und keinen Verrat an ihm begehen.«

»Der König hat ein offenes Ohr für einen jeden von uns, wieso sollten wir ihn absetzen, wenn er doch stetig in unserem Interesse handelt?«, fragte ein anderer.

»Godwana ist groß, überall gibt es Mächte, die sich an diesem Kontinent bereichern wollen, nur deshalb sind die Menschen hiergeblieben«, wusste Daschmir. »Sie wollen unser Land und unser Wissen. Wir müssen den anderen Völkern mit Härte begegnen. Nicht mit Worten und milden Gesten. Wenn Enowir herrscht, wird unser Reich nicht länger als fünfzig Jahre bestehen.« Beim Schweigen der Elfen lächelte Daschmir selbstgefällig. »Wir müssen jetzt einen festen Grundstein legen, sonst wird unser Reich keinen Bestand haben.«

»Ich schlage vor, wir geben ihm etwas Zeit. Wir nehmen deine Bedenken zur Kenntnis und treffen uns in zehn Jahren wieder«, dieser Kompromiss fand Zustimmung. Die Elfen versprengten sich. Daschmir wusste wohl, dass er genug Zweifel gesät hatte. Dieser würde keimen, wenn man ihn nicht solgleich wieder erstickte und um diese Saat auszubringen war er hier.

Aus einer dunklen Gasse trat ein Elf, in einen schwarzen Mantel gehüllt, dessen Farbe hatte ihn eins mit dem Schatten werden lassen. »Eine ergreifende Ansprache. Wenn ich noch beide Hände hätte, würde ich applaudieren.«

Daschmir fuhr erschrocken zusammen. »Du?«

Radonar zog sich die Kapuze vom Kopf, der nur von kurzen Haarstoppeln bedeckt war. »Ja ich.«

»Verschwinde«, fuhr ihn Daschmir an.

Stattdessen kam der entstellte Elf auf ihn zu. »Weißt du, du hast recht.«

Daschmir sah ihn überrascht an.

»Enowir ist wirklich sehr auf Harmonie und Frieden bedacht. Ihm fehlt die Verschlagenheit, er ist gutgläubig und optimistisch. Eigenschaften, die einem Herrscher nicht gut zu Gesicht stehen. Wenn er dich heute gehört hätte, er würde dich tadeln und nichts weiter unternehmen«, sprach Radonar.

»Dann bist du meiner Meinung?«, fragte Daschmir ungläubig.

»Oh durchaus«, bestätigte Radonar, er trat vor den Intriganten. »Weißt du, ich glaube sogar, dass er dich anflehen würde, ihm die Möglichkeit zu geben, zu beweisen, dass sein Weg funktioniert. Das ist unwürdig für einen Herrscher der Elfen. Deshalb sollten wir ihm diese Demütigung ersparen.«

»Sollten wir das?« Daschmir zog die Brauen hoch.

»Sicher«, stimmte Radonar zu. »Besser er bestraft mich, als dass er sich bei dir dafür entschuldigt, dass du glaubst, er sei kein guter Herrscher.«

»Wie meinst du ...«

Radonar beantworte die Frage - noch bevor sie gänzlich ausgesprochen war - mit einem Dolch, den er Daschmir in die Brust rammte.

»Enowir ist nicht willens den Preis für seine Herrschaft zu zahlen. Nur wenn man ihn dazu drängt.« Er zog Daschmir zu sich heran. »Sieh mich an, ich habe ebenfalls gegen mein Volk gefrevelt. Und Conara selbst verweigert die Heilung meiner Wunden. Jetzt werde ich immer daran erinnert, dass man krankes Fleisch herausschneiden muss, wenn man will, dass der Körper heilt.«

Daschmir sah ihn mit aufgerissenen Augen an.

»Das Elfenvolk wird wieder auferstehen, unter Enowir, dem einzigen, rechtmäßigen Herrscher. Und ich werde jeden töten, der ihn daran hindern will.«

Der Intrigant sank in die Knie. Kein Wort kam über seine Lippen, seine Glieder erschlafften. Radonar blickte Daschmir in die Augen bis dessen Blick brach. Er schloss dem Toten die Lider.

»Ich hoffe, dass du deinen Frieden findest«, wünschte ihm Radonar ehrlich. Darauf hob er den Toten über seine Schulter. Niemand würde die Leiche jemals finden.

***

Tage, Monde? Er wusste nicht wie lang. An einen Pfahl gebunden, wurde er durch die Finsternis getragen. Die Luft war heiß, feucht und modrig. Immer wieder sah er gelbe Augen aufblitzen und hörte fauchende Stimmen, die er nicht verstand.

Mit einem Ruck endete die Reise. Seine Glieder schmerzten, sein Verstand versuchte ihn davon zu überzeugen, dass es sich um einen Albtraum handelte.

Sein Kopf wurde gepackt und herumgedreht. Fauliger Atem blies ihm entgegen. Die gelben Augen stachen wie Nadeln in seinen Pupillen.

Da begrüßte ihn eine unheilvolle Stimme: »Willkommen in der Verdammnis, Ladrach.«

***

Nach der langen Ratssitzung blieb Enowir allein zurück. Er atmete tief durch. Die Elfen von seinem Standpunkt zu überzeugen und dabei auf alle Wünsche und Bedenken Rücksicht zu nehmen, kostete mehr Kraft, als der Kampf mit einer Hydra. Enowir schloss die Augen und sah auf. In seinem Kopf stellte er sich die Ratshalle vor und da saß sie. Nemira, auf dem Stuhl neben ihm. Sie lächelten ihn an. Nur selten erlaubte er sich, seiner Liebsten zu begegnen, er fürchte das er eines Tages nicht zurückkehren würde. Im Grunde wusste er, dass diese Gefahr jedes Mal bestand.

»Du bist ein guter König«, bestärkte ihn Nemira.

»Ich weiß nicht. Ich habe bereits zu viele gute Elfen verloren. Von Ladrach fehlt jede Spur. Ich fürchte, ich habe ihn in den Tod geschickt.«

»Enowir, du bist nicht für alles verantwortlich, er ist ein guter Kämpfer. Aber Krateno ist und bleibt gefährlich«, erinnerte ihn Nemira.

Enowir fasste ihre Hand. »Und was ist mit Garum, ich kenne mich so nicht?«

»Wir alle verändern uns«, tat Nemira ab. »Keine Sorge, ich passe auf, dass du dich nicht in ein Monster verwandelst.« Sie lächelte aufmunternd.

»Dann ist da der Rat, diese endlosen Debatten. Ich glaube, sie vertrauen mir nicht.«

»Weil du dir selbst nicht vertraust, Stumpfohr«, neckte ihn seine Liebste. »Sie werden schon bald begreifen, dass du das Beste für dein Volk willst.«

»Draußen in der Wildnis, war alles einfach und klar. Jetzt plagen mich Zweifel, ich muss so viel abwägen ... Ich ...«

»Eben das macht dich zu einem guten Herrscher«, beharrte Nemira. »Jemand, der niemals zweifelt und glaubt, dass nur der eigene Weg richtig ist, der würde das Reich ins Verderben stürzen. Es wird leichter werden, richtig abzuwägen.«

»Uns stehen noch harte Kämpfe bevor«, mutmaßte Enowir.

Nemira rutschte näher zu ihm heran und fasste liebevoll seine Wange. »Da hast du recht«, bestätigte sie. »Aber vergiss nicht, dass du nicht alleine bist. Du hast Radonar, Hinrich und natürlich mich.«

»Ich hoffe, ich werde mich als König würdig erweisen.«

»Das wirst du«, versicherte Nemira. »Und ich werde immer auf dich aufzupassen, Stumpfohr.« Sie beugte sich nach vorne und küsste ihn.

***

»Eindrucksvoll nicht wahr?«, fragte Lestral.

»Das ist es«, stimmte Marelija zu.

Die Insel auf die sie zusteuerten, schien aus einem einzigen Schloss zu bestehen. Es gab einen gewaltigen Turm in der Mitte und mehrere kleine rundherum. Zwischen ihnen spannten sich die Mauern auf, welche die Schule umgaben. Im Inneren konnte Marelija einige Gebäude ausmachen, hinter deren Fenstern reges Treiben herrschte. Auch am Strand tummelten sich die Menschen. An dem ausladenden Pier lagen zwei Schiffe vor Anker. Aus einem stiegen soeben etliche Leute aus, während das andere beladen wurde.

Beim Anblick der vielen Menschen wurde Marelija schwindelig. Sie wusste nicht, wie man sich unter ihnen verhielt, noch was man von ihr erwartete.

»Mach dir keine Sorgen, das wird schon«, sprach Lestral ihr Mut zu.

»Das hoffe ich.« Marelijas Gedanken galten ihrer Heimat. Enowir, Radonar, Hinrich und sogar Daschmir. Mehr war ihr nicht geblieben.

»Ich glaube, dass du schnell neue Freunde finden wirst«, meinte Lestral.

Chotra tätschelte ihren Arm.

Ihr Schiff stieß in einer - für ein Segelschiff - unmöglichen Wendung mit der Bordwand an den Pier.

Marelija schluckte. »Fünfzig Jahre, sollten dafür Zeit genug sein«, stimmte sie zu.

Nachwort

Liebe Leserin, lieber Leser, die Geschichte um Krateno ist natürlich nicht zu Ende erzählt. Aber welche Geschichten sind das schon. Mit ziemlicher Sicherheit werde ich eines Tages nach Krateno zurückkehren. Denn wir wissen ja, dass eine Trilogie ohne vierten oder gar fünften Teil nicht abgeschlossen ist.

Aber bis dahin werde ich mein Augenmerk auf andere Regionen Godwanas legen. Dort gibt es noch viele Ereignisse, von denen berichtet werden will. Dazu zählt unter anderem das Leben von Marelija, in der hohen Schule der Magie.

Ich hoffe, dass du mich bei der Reise durch Godwana begleiten wirst.

Dein Lucian

Danksagung

Ein ganz besonderer Dank gilt natürlich dir, liebe Leserin, lieber Leser, dafür, dass du meine Elfen jetzt schon so lange begleitest. Ich hoffe, dass ich dir beim Lesen dieses Buches nicht zu viel zugemutet habe. Aber sei gewisse, dass alles seinen Grund und seinen Sinn hat. Ich würde mich natürlich darüber freuen, wenn du bald erneut in die Welt Godwana eintauchst. Es sind jedenfalls noch viele weitere Bücher geplant, in der immer wieder bekannte Charaktere auftauchen werden. Über Wünsche und Anregungen bin ich natürlich dankbar.

Hervorheben muss ich, in Dankbarkeit, die Zusammenarbeit mit meinem Lektorat, die bei diesem Werk besonders intensiv und erfreulich war. Selbst wenn ich ihrem Bitten um das Leben einiger Charaktere nicht nachgeben konnte.

Danke möchte ich auch an all jenen Menschen richten, die mir Inspiration waren, selbst wenn sie nichts davon wissen, oder gar ahnen.

Zu letzt, aber nicht vergessen, ist Raimund Frey, der den Buchumschlag gestaltet hat und damit dafür sorgt, dass die Seele von Krateno vortrefflich zur Geltung kommt. Als Dankeschön verbleibt mir nur auf sein weiteres künstlerisches Schaffen aufmerksam zu machen:

www.raimund-frey.de

Personen, Begriffe und Monster

Albra (von den Vergessenen): Er ist Radonars erster Freund. Er schläft in der Ruhestätte, der Stadt der Vergessenen.

Aldrina (von den Vergessenen): Sie ist eine Adeptin der Magie. Da jene tot sind, die sie darin unterweisen können, wendet sie sich den Göttern zu. Sie hat schwarze Haare, die jetzt zu Tage treten, da sich das Gift in ihrem Körper abbaut. Dieses Gift hat ihre Haare einst weiß gefärbt. Sie gilt als begeisterungsfähig und interessiert.

Averl, der Erbarmungslose: Zu Lebzeiten war er der dritte Erzkanzler der hohen Schule der Magie. Er gründete die Averlier. Deren Aufgabe ist es, abtrünnige Magier, die gegen die Prinzipien der Schule verstoßen unschädlich zu machen.

Chotra (von der hohen Schule der Magie): Er ist ein Kobold, ein Wesen, das sich aus magischer Kraft nährt, daher sucht er die Nähe von Zauberern. Er kann Lestral dabei unterstützen, die Magie zu bündeln. Sein Charakter ist der eines Lausejungen, der keine Autoritäten akzeptieren kann und diese unentwegt durch seine Taten herausfordert. Sein Hautton ist blau. Einem asugewachsenen Menschen reicht er bis zum Knie, er hat lange Segelohren und ein freches Gesicht.

Darlach: Er ist ein Gelehrter, damit trägt er die übliche weiße Robe und zurückgeflochtene Haare. Er hat die für seinen Klan üblichen eingekerbten Ohren. Er war Klanoberhaupt, bis Dradnach ihn abgesetzt hat.

Daschmir: Er war einst der Obere eines eigenen Klans, der von Radonar nahezu ausgelöscht wurde. Seitdem empfindet er Hass für diesen Elfen. In seinen Studien der alten Texte hat er selbst versucht, arkane Kräfte auf sich zu vereinen. Der Wunsch nach Macht ist in ihm nicht erloschen.

Dradnach: Nach einem Putsch gegen Darlach ist er das Klanoberhaupt. Wie alle Krieger seines Klans trägt er eine schwere Rüstung, die aus Panzerplatten der Bestien Kratenos zusammengesetzt ist. Seine Ohren sind eingekerbt, sodass sie statt einer Spitze zwei besitzen. Er ist alles andere als ein geborener Anführer. Ihn begleitet eine tiefe Unsicherheit, er versucht diese durch Bestätigung von anderen zu überwinden.

Dunkle Reich, das: Dies ist eines der beiden großen Menschenreiche. Hier herrschen die hohen Herren mit eiserner Hand, die sich erbarmungslos zur Faust ballt und jeden erschlägt, der aus der Reihe fällt.

Durnin-Kristall: Er kann das Tageslicht speichern und daraufhin in seiner Farbe abgeben. Mit Hilfe dieses Edelsteins kann der Magier seine Kraft kanalisieren und verstärken. Besonders effektiv ist dieser Vorgang, wenn der Kristall in Holz oder Edelmetall eingearbeitet ist.

Enowir: Der klanlose Elf hat lange schwarze Haare und graue Augen, über die sich bisweilen ein silberner Glanz legt. Er trägt meist schlichte Gewandung aus dickem Reptilienleder. Er gilt als der erste Elf, dem es gelungen ist, Kontakt zu einer alten Kraft, der Nibahe, aufzunehmen. Diese erlaubt ihm, auf Kraft und Wissen seiner einstigen Gefährten zuzugreifen. Er kann dadurch auch Kontakt zu anderen Elfen auf Krateno aufnehmen, wenn deren Geister klar und ihre Gemüter befriedet sind. Er führt Schwert und Dolch. Beides sind Artefakte aus der Zeit vor dem großen Ereignis und sogenannte Nibahe-Waffen. Diese erleichtern den Zugang zu der Kraft der Nibahe. Das geht so weit, dass er die Kontrolle seines Körpers gänzlich an die ihm innewohnenden Gefährten abgeben kann, die daraufhin seine Hand im Kampf lenken. Daher gilt er als unbesiegbar.

Enuhr (von den Windelfen): Er hat den Rang eines Generals inne und steht somit direkt unter seinem König. Er hat schwarze Hare und trägt eine aufwändige Lederrüstung, die den Rüstungen aus Tagen vor dem großen Ereignis nachempfunden ist.

Faranier: So nennen sich die dunkelhäutigen Elfen aus dem Süden. Sie leben eng mit der Natur verbunden und gliedern sich dabei in zwei Untergruppen. Ein Teil von ihnen glaubt, es sei besser, sich der Brutalität Kratenos anzupassen, die anderen streben nach alter Größe. Beiden ist gemein, dass sie ihre Haare flechten und sich mit Tierknochen schmücken, die sie teilweise durch ihre Haut stoßen. Sie tragen meist nicht mehr als einen Lendenschurz. Die Frauen tragen noch eine Binde aus

Leder um die Brust. In diesem Klan sind Männer und Frauen absolut gleichberechtigt.

Farangar (Faranier): Er ist ein angehender Schamane und Schüler von Norfra. Wie die meisten seines Klans trägt er nicht mehr als einen Lendenschurz und schmückt seinen Körper mit Knochen, die er sich dabei auch durch die Haut sticht.

Garum (aus dem dunklen Reich): Er hat den Rang eines Hauptmanns inne. Dabei ist er ein kleiner schmächtiger Mann mit bösen Augen. Die Haare trägt er standesgemäß kurz geschoren. Wie alle Soldaten ist er von dem Wunsch beseelt, aufzusteigen und zu Lebzeiten zu Ruhm zu gelangen.

Lestral (von der hohen Schule der Magie): Er ist durchschnittlich groß, hager und trägt eine Glatze und einen weißen Spitzbart. Seine Kleidung besteht meist aus einer schlichten Reiserobe. In die Spitze seines Zauberstabs ist ein blauer Durnin eingearbeitet. Dabei handelt es sich um einen Edelstein, der Tageslicht speichert und bei Bedarf abgeben kann, er dient aber vor allem dazu Magie zu kanalisieren. Lestrals Augen sind blau wie der Ozean. Das Element, auf das er sich spezialisiert hat, ist das Wasser. Wenn er auch einer der mächtigsten Magier von ganz Godwana ist und zu höherem berufen scheint, zieht er den Rang eines Magisters vor. Seine Leidenschaft sind Expeditionen zu Orten, die noch nie ein Mensch betreten hat.

Hadrir: Sie gehören zu den unzähligen Bestien von Krateno und besitzen den Körper von Elfen. Sie bewegen sich jedoch wie Affen und sind kleiner als Elfen. Ihr Leib besitzt keinerlei Haare. Ihre Hände sind mit Klauen besser beschrieben, ihre Haut ist grau. Sie besitzen wie die Elfen spitze Ohren und sie ernähren sich ausschließlich von Aas.

Heilende Wasser, das: Dieses Wasser soll die Fähigkeit besitzen, alle Wunden und Krankheiten zu heilen.

Hephyros (von den Windelfen): In seiner grenzenlosen Arroganz hat er sich zum König der Elfen ausgerufen. Er hat rotblondes wallendes Haar, nicht nur am Kopf, sondern auch auf der Brust. Seinen Brustkorb zieren außerdem tiefe Narben. Seine Haut ist grobporig, die Fingernägel lang und verdreckt, beide Ohren sind an der Spitze abgerissen. Seine Augen besitzen keine Pupillen und sehen aus wie eingesetzter Bernstein.

Hinrich (vom dunklen Reich): Er ist der oberste Befehlshaber der Expedition des dunklen Reiches, die ihn auf den letzten Kontinent führt. Er besitzt die Statur eines Orks und kurzgeschorene Haare. Er gewandet sich wie alle Soldaten in den Farben des dunklen Reiches: schwarz und blutrot. Er ist im Umgang mit den unterschiedlichsten Waffen geschult.

Sein Gemüt ist das einens Soldaten, der gegen sein Reich gefehlt hat. Gram und Schuld plagen ihn.

Ladrach: Nachdem er seinen Klan hinter sich gelassen hat, ist er ein heimatloser Elf. Er ist ein Krieger durch und durch. Als Zeichen seines einstigen Klans, hat er eingeschlitzte Ohren, die dadurch zwei Spitzen besitzen. Er hat blonde Haare und trägt unentwegt eine Rüstung, die ihm die Vergessenen geschmiedet haben.

Ladrunur (von den Vergessenen): Er ist in der Kriegskunst ausgebildet, trägt einen Stahlharnisch und hat schwarze Haare, die durch die bereinigte Vergiftung am Haaransatz sichtbar werden.

Letzte Kontinent, der: So wird Krateno in der Menschenwelt genannt, da es sich um den letzten Kontinent handelt, den sie noch nicht erschlossen haben.

Marelija (Faranierin): Sie ist eine noch sehr junge Elfe und kaum fünfundzwanzig Jahre alt. Als Enowirs Begleiterin hat sie bereits viel erlebt. Sie verfügt über ein enormes Einfühlungsvermögen, das so weit reicht, dass sie die Gedanken ihres Gegenübers erahnen kann. Als Faranierin ist sie es gewohnt, leichte Bekleidung zu tragen. Dazu gehört, ein Lendenschurz und eine Brustbinde. Die schwarzen Haare trägt sie zurückgeflochten. Ihre bevorzugte Waffe ist ein Kampfstab.

Nemira: Sie ist nicht nur die Geliebte von Enowir, erst durch die Verbindung mit ihr hat er Kontakt zu Nibahe bekommen. Nemira ist gestorben, um die Klans zu schützen. Die Verbindung mit Enowir besteht jedoch über ihren Tod hinaus. Nicht selten übernimmt sie ungefragt Kontrolle über seinen Körper, nicht nur im Kampf, sondern auch gelegentlich über sein Mundwerk. Für umstehende ist es sehr befremdlich, wenn der sonst so ernsthafte Enowir auf einmal schnippische Antworten gibt, oder Witze macht.

Norfra (Faranier): Er hoch gewachsen und muskulös. Seine Haare sind in der Tradition seines Klans geflochten. Er bekleidet das Amt eines Schamanen. Er ist weise und immer darum bemüht, sich mit dem Sein in Einklang zu bringen.

Orksklaven (des dunklen Reiches): Orks werden im dunklen Reich mit Vorliebe als Sklaven eingesetzt, da sie leicht zu züchten, und zu lenken sind. Das Geheimnis ist, ihnen immer etwas zu tun zu geben.

Qualtra: eine der unzähligen Bestien von Krateno. Es ist ein unförmiger Fleischberg unter dessen Hautlappen lange Fangarme verborgen liegen. Zu Orientierung nutzt es ein großes Auge. Abgesehen davon ist seine Anatomie nicht festgelegt. Wenngleich diese Kreatur aus dem verdorbenen Wasser entspringt, ist sie essbar, zumindest bis sie ein gewisses Alter erreicht.

Radonar: Sein Kinn bis hin zur Nase ist verätzt und sein Kieferknochen liegt brach. Außerdem fehlt ihm die rechte Hand. Seine Psyche ist labil. Die Reue über seine Taten begleitet ihn. Schatten aus seiner Vergangenheit quälen ihn unablässig. Er verfügt über ein enormes Wissen, sowohl in der Geschichte, als auch in der Alchemie.

Ruhestätte: Dieser Begriff bezeichnet einen Tempel, in dem sich die unsterblichen Elfen über Jahrhunderte zur Ruhe gelegt haben, wenn sie des Lebens müde wurden. Eine Haltung, die heutige Elfen kaum nachvollziehen können.

Sahinier, Herrin (des dunklen Reiches): Sie ist hochgewachsen und schlank, hat blasse Haut, dunkle Augen und schwarze Haare. Sie trägt die Farben ihres Landes (schwarz und blutrot). Sie ist eine Adlige von niedrigem Rang, die nach Höherem strebt. Deshalb hat sie sich angeboten, die Expedition zu überwachen.

Vergessenen, die (von Krateno): Dies sind Elfen, die in der Stadt Rewolkaar, ganz oben im Norden Kratenos, überlebt haben. Sie hofften jahrhundertelang auf Rettung. Da keine eintraf und sie keinen Kontakt zu anderen Elfen bekamen, nannten sie sich selbst die Vergessenen. Einst mussten sie sich selbst vergiften, um das vergiftete Wasser Kratenos trinken zu können. Jetzt scheinen sie von diesem Fluch erlöst und sie wenden sich Höherem zu.

Windelfen: Sie sind ein Klan, der nie einen festen Wohnsitz gefunden hat. Sie leben in Holzbaracken, die leicht auf- und abzubauen sind, so können sie ihren Standort schnell wechseln. Ihr Dasein ist von Nostalgie getragen, deshalb versuchen sie mit ihren primitiven Mitteln die Zeit vor dem großen Ereignis weiterleben zu lassen. Das tun sie, indem sie Lederrüstungen tragen, die aussehen, wie die Rüstungen, die es als Artefakte zu finden gibt. Auch ihre Holzbauten sind durch aufwändige Schnitzereien den alten Festungen nachempfunden.